DA TERRA À LUA

COPYRIGHT © 2014 BY EDITORA LANDMARK LTDA
TODOS OS DIREITOS RESERVADOS À EDITORA LANDMARK LTDA.

TEXTO ADAPTADO À NOVA ORTOGRAFIA DA LÍNGUA PORTUGUESA DECRETO NO 6.583, DE 29 DE SETEMBRO DE 2008
PRIMEIRA EDIÇÃO DE "DE LA TERRE À LA LUNE": PUBLICADO NA COLEÇÃO "LES VOYAGES EXTRAORDINAIRES": J. HETZEL ET COMPAGNIE, PARIS, 1865; IMPRESSO NAS OFICINAS DE GAUTHIER-VILLARS.

DIRETOR EDITORIAL: FABIO PEDRO-CYRINO
TRADUÇÃO E NOTAS: VERA SÍLVIA CAMARGO GUARNIERI
REVISÃO: FRANCISCO DE FREITAS
ILUSTRAÇÃO: HENRI DE MONTAUT (1830-1900)

DIAGRAMAÇÃO E CAPA: ARQUÉTIPO DESIGN+COMUNICAÇÃO
IMPRESSÃO E ACABAMENTO: RR DONNELLEY EDITORA E GRÁFICA LTDA.

DADOS INTERNACIONAIS DE CATALOGAÇÃO NA PUBLICAÇÃO (CIP)
(CÂMARA BRASILEIRA DO LIVRO, CBL, SÃO PAULO, BRASIL)

VERNE, JULES (1828-1905)
DA TERRA À LUA: TRAJETO DIRETO EM 97 HORAS E 20 MINUTOS = DE LA TERRE À LA LUNE: TRAJET DIRECT EN 97 HEURES 20 MINUTES / JULES VERNE; ILUSTRAÇÕES DE HENRI DE MONTAUT; GRAVAÇÃO ADOLPHEFRANÇOIS PANNEMAKER & A. DOMS; TRADUÇÃO E NOTAS VERA SÍLVIA CAMARGO GUARNIERI -- SÃO PAULO: EDITORA LANDMARK, 2014.

TÍTULO ORIGINAL: DE LA TERRE À LA LUNE: TRAJET DIRECT EN 97 HEURES 20 MINUTES
EDIÇÃO BILÍNGUE: PORTUGUÊS/FRANCÊS
EDIÇÃO ESPECIAL DE LUXO
ISBN 978-85-8070-039-8

1. FICÇÃO CIENTÍFICA FRANCESA. I. MONTAUT, HENRI DE. II. PANNEMAKER, ADOLPHE-FRANÇOIS. III. DOMS, A. IV. CAMARGO GUARNIERI, VERA SÍLVIA; V. TÍTULO. VI. TÍTULO: DE LA TERRE À LA LUNE (1865).

14-00067   CDD: 843.0876

ÍNDICES PARA CATÁLOGO SISTEMÁTICO:

1. FICÇÃO CIENTÍFICA: LITERATURA FRANCESA   843.0876

TEXTO EM FRANCÊS E ILUSTRAÇÕES ORIGINAIS DE DOMÍNIO PÚBLICO.
RESERVADOS TODOS OS DIREITOS DESTA TRADUÇÃO E PRODUÇÃO.
NENHUMA PARTE DESTA OBRA PODERÁ SER REPRODUZIDA ATRAVÉS DE QUALQUER MÉTODO, NEM SER DISTRIBUÍDA E/OU ARMAZENADA EM SEU TODO OU EM PARTES ATRAVÉS DE MEIOS ELETRÔNICOS SEM PERMISSÃO EXPRESSA DA EDITORA LANDMARK LTDA, CONFORME LEI N° 9610, DE 19/02/1998

EDITORA LANDMARK

RUA ALFREDO PUJOL, 285 - 12° ANDAR - SANTANA
02017-010 - SÃO PAULO - SP
TEL.: +55 (11) 2711-2566 / 2950-9095
E-MAIL: EDITORA@EDITORALANDMARK.COM.BR

WWW.EDITORALANDMARK.COM.BR

IMPRESSO NO BRASIL
PRINTED IN BRAZIL
2014

JULES VERNE

DA TERRA
À LUA

TRAJETO DIRETO EM 97
HORAS E 20 MINUTOS

EDIÇÃO BILÍNGUE PORTUGUÊS / FRANCÊS

DE LA TERRE À LA LUNE

ILUSTRAÇÕES
HENRI DE MONTAUT

GRAVAÇÃO
ADOLPHE-FRANÇOIS PANNEMAKER & A. DOMS

TRADUÇÃO E NOTAS
VERA SÍLVIA CAMARGO GUARNIERI

SÃO PAULO - SP - BRASIL
2014

Jules Verne

Jules-Gabriel Verne, nascido em 8 de fevereiro de 1828 na cidade francesa de Nantes e falecido em 24 de março de 1905, em Amiens, foi um escritor francês cuja grande parte de sua obra é consagrada aos romances de aventuras e de ficção científica, sendo considerado um dos pioneiros desse gênero literário, ao lado do escritor inglês H. G. Wells (1866-1946).

Filho mais velho do casal Pierre Verne, advogado, e Sophie Allote de la Fuÿe, esta de uma família burguesa de Nantes, realizou predições em seus livros sobre o aparecimento de novos avanços científicos e tecnologias, como submarinos, máquinas voadoras e viagens à Lua. Suas mais de 70 obras são ricamente documentadas, sendo considerado, ao lado da escritora inglesa Agatha Christie (1890-1976) e de William Shakespeare (1564-1616), como o escritor com mais obras traduzidas no mundo, com um total de 4.073 traduções, segundo o *Index Translationum* e, desde 2011, o escritor francês mais difundido no mundo.

A carreira literária de Jules Verne começou a se destacar a partir do início da década de 1860, quando se associou a Pierre-Jules Hetzel (1814-1886), editor experiente que trabalhava com grandes nomes da época, como Alfred de Brehat, Victor Hugo, George Sand e Erckmann-Chatrian.

Hetzel publicou a primeira grande novela de sucesso de Jules Verne em 1862, o relato de viagem à África em um balão, intitulado "CINCO SEMANAS EM UM BALÃO". Essa história continha detalhes tão minuciosos de coordenadas geográficas, culturas, animais, etc., que os leitores se perguntavam se era realmente uma ficção ou um relato verídico. Na verdade, Jules Verne nunca havia estado em um balão ou viajado à África. Toda a informação sobre a história veio de sua imaginação e de sua capacidade de pesquisa. Hetzel apresentou Verne a Félix Nadar, cientista interessado em navegação aérea e balonismo, e um dos precursores da fotografia, de quem se tornou grande amigo e que introduziu Verne ao seu círculo de amigos cientistas, de cujas conversações o autor provavelmente tirou algumas de suas ideias.

O sucesso de "CINCO SEMANAS EM UM BALÃO" lhe rendeu fama e dinheiro. Sua produção literária seguiu em ritmo acelerado, com a publicação quase que anual de um novo livro, sempre ricamente ilustrados por famosos ilustradores, como Adolphe de Neuville (1835-1927), Emily Bayard (1837-1891), Henri de Montaut (1830-1900) e George Roux (1850-1929). Suas obras, quase todas grandes sucessos, despertaram o interesse dos leitores por grandes aventuras. Dentre elas se encontram: "VINTE MIL LÉGUAS SUBMARINAS", "VIAGEM AO CENTRO DA TERRA", "A VOLTA AO MUNDO EM OITENTA DIAS", "DA TERRA À LUA", "AO REDOR DA LUA" e "ROBUR, O CONQUISTADOR".

Seu último livro publicado foi "PARIS NO SÉCULO XX". Escrito em 1863, somente foi publicado em 1989, quando o manuscrito foi descoberto pelo bisneto de Jules Verne. Livro de conteúdo depressivo, foi rejeitado por Hetzel, que recomendou Verne não publicá-lo na época, por fugir à fórmula de sucesso dos livros já escritos, que falavam de aventuras extraordinárias. Verne seguiu seu conselho e guardou o manuscrito em um cofre, só sendo encontrado mais de um século depois.

DA TERRA À LUA

TRAJETO DIRETO EM 97 HORAS E 20 MINUTOS

DE LA TERRE À LA LUNE

TRAJET DIRECT EN 97 HEURES 20 MINUTES

CHAPITRE I
LE GUN-CLUB

Pendant la guerre fédérale des États-Unis, un nouveau club très influent s'établit dans la ville de Baltimore, en plein Maryland. On sait avec quelle énergie l'instinct militaire se développa chez ce peuple d'armateurs, de marchands et de mécaniciens. De simples négociants enjambèrent leur comptoir pour s'improviser capitaines, colonels, généraux, sans avoir passé par les écoles d'application de West-Point[1] ; ils égalèrent bientôt dans "L'art de la guerre" leurs collègues du vieux continent, et comme eux ils remportèrent des victoires à force de prodiguer les boulets, les millions et les hommes.

Mais en quoi les Américains surpassèrent singulièrement les Européens ? Ce fut dans la science de la balistique. Non que leurs armes atteignissent un plus haut degré de perfection, mais elles offrirent des dimensions inusitées, et eurent par conséquent des portées inconnues jusqu'alors. En fait de tirs rasants, plongeants ou de plein fouet, de feux d'écharpe, d'enfilade ou de revers, les Anglais, les Français, les Prussiens, n'ont plus rien à apprendre ; mais leurs canons, leurs obusiers, leurs mortiers ne sont que des pistolets de poche auprès des formidables engins de l'artillerie américaine.

Ceci ne doit étonner personne. Les Yankees, ces premiers mécaniciens du monde, sont ingénieurs, comme les Italiens sont musiciens et les Allemands métaphysiciens — de naissance. Rien de plus naturel, dès lors, que de les voir apporter dans la science de la balistique leur audacieuse ingéniosité. De là ces canons gigantesques, beaucoup moins utiles que les machines à coudre, mais aussi étonnants et encore plus admirés. On connaît en ce genre les merveilles de Parrott, de Dahlgreen, de Rodman. Les Armstrong, les Pallisser et les Treuille de Beaulieu n'eurent plus qu'à s'incliner devant leurs rivaux d'outre-mer.

---

[1] École militaire des États-Unis.

CAPÍTULO I
O CLUBE DO CANHÃO

Durante a Guerra de Secessão dos Estados Unidos, um novo clube muito influente foi fundado na cidade de Baltimore, em plena Maryland. Sabe-se com que energia de instinto militar se desenvolveu esse povo de armadores, comerciantes e mecânicos. Simples negociantes saltaram por sobre o balcão e se transformaram em capitães, coronéis e generais e, sem ter passado pelas escolas de aplicação de West Point[1]; logo se igualaram aos seus colegas do velho continente na "arte da guerra", obtendo vitórias por gastarem prodigamente vários milhões, balas e homens.

Mas em que os americanos superaram singularmente os europeus? Foi na ciência da balística. Não que suas armas tenham atingido um mais alto grau de perfeição, mas elas apresentaram dimensões inusitadas e, consequentemente, obtiveram alcance até então desconhecido. Com relação aos tiros rasantes, profundos, em cheio, de bateria oblíca, de enfiada ou de revés, os ingleses, os franceses e os prussianos não têm mais nada a aprender; mas seus canhões, obuses e morteiros não passam de pistolas portáteis de bolso diante dos formidáveis engenhos bélicos americanos.

Ninguém deve se espantar com isso. Os ianques, primeiros mecânicos do mundo, são engenheiros como os italianos são músicos e os alemães são metafísicos — de nascença. Nada mais natural do que vê-los levar à ciência da balística sua audaciosa engenhosidade. Desse modo se explicam seus canhões gigantescos que são espantosos, e apesar de muito menos úteis que as máquinas de costura, são ainda mais admirados. Nesse gênero, conhecemos as maravilhas de Parrott, de Dahlgreen, de Rodman. Os Armstrong, os Pallisser e os Treuille de Beaulieu não puderam deixar de se inclinar diante de seus rivais de além mar.

---
[1] Escola militar dos Estados Unidos.

Donc, pendant cette terrible lutte des Nordistes et des Sudistes, les artilleurs tinrent le haut du pavé; les journaux de l'Union célébraient leurs inventions avec enthousiasme, et il n'était si mince marchand, si naïf "booby"[2], qui ne se cassât jour et nuit la tête à calculer des trajectoires insensées.

Or, quand un Américain a une idée, il cherche un second Américain qui la partage. Sont-ils trois, ils élisent un président et deux secrétaires. Quatre, ils nomment un archiviste, et le bureau fonctionne. Cinq, ils se convoquent en assemblée générale, et le club est constitué: Ainsi arriva-t-il à Baltimore. Le premier qui inventa un nouveau canon s'associa avec le premier qui le fondit et le premier qui le fora. Tel fut le noyau du Gun-Club[3]. Un mois après sa formation, il comptait dix-huit cent trente-trois membres effectifs et trente mille cinq cent soixante-quinze membres correspondants.

Une condition *sine qua non* était imposée à toute personne qui voulait entrer dans l'association, la condition d'avoir imaginé ou, tout au moins, perfectionné un canon; à défaut de canon, une arme à feu quelconque. Mais, pour tout dire, les inventeurs de revolvers à quinze coups, de carabines pivotantes ou de sabres-pistolets ne jouissaient pas d'une grande considération. Les artilleurs les primaient en toute circonstance.

"L'estime qu'ils obtiennent, dit un jour un des plus savants orateurs du Gun-Club, est proportionnelle 'aux masses' de leur canon, et 'en raison directe du carré des distances' atteintes par leurs projectiles!"

Un peu plus, c'était la loi de Newton sur la gravitation universelle transportée dans l'ordre moral.

Le Gun-Club fondé, on se figure aisément ce que produisit en ce genre le génie inventif des Américains. Les engins de guerre prirent des proportions colossales, et les projectiles allèrent, au-delà des limites permises, couper en deux les promeneurs inoffensifs. Toutes ces inventions laissèrent loin derrière elles les timides instruments de l'artillerie européenne. Qu'on en juge par les chiffres suivants.

Jadis, "au bon temps", un boulet de trente-six, à une distance de trois cents pieds, traversait trente-six chevaux pris de flanc et soixante-huit hommes. C'était l'enfance de l'art. Depuis lors, les projectiles ont fait du chemin. Le canon Rodman, qui portait à sept milles[4] un boulet pesant une demi-tonne[5] aurait facilement renversé cent cinquante chevaux et trois cents hommes. Il fut même question au Gun-Club d'en faire une épreuve solennelle. Mais, si les chevaux consentirent à tenter l'expérience, les hommes firent malheureusement défaut.

Quoi qu'il en soit, l'effet de ces canons était très-meurtrier, et à chaque décharge les combattants tombaient comme des épis sous la faux. Que signifiaient, auprès de tels projectiles, ce fameux boulet qui, à Coutras, en 1587, mit vingt-cinq hommes hors de combat, et cet autre qui, à Zorndoff, en 1758, tua quarante fantassins, et, en 1742, ce canon autrichien de Kesselsdorf, dont chaque coup

---

[2] Badaud.
[3] Littéralement "Club-Canon".
[4] Le mille vaut 1609 mètres 31 centimètres. Cela fait donc près de trois lieues.
[5] Cinq cents kilogrammes.

Portanto, durante a terrível luta entre nortistas e sulistas, os artilheiros ocuparam o lugar mais destacado em todos os lugares; os jornais da União celebraram suas invenções com entusiasmo, e até os menores comerciantes e os mais ingênuos dos *booby*[2] quebravam a cabeça dia e noite calculando trajetórias insanas.

Mas quando um americano tem uma ideia, procura outro americano que a compartilhe. Se forem três, elegem um presidente e dois secretários. Sendo quatro, nomeiam um arquivista e o escritório entra em funcionamento. Cinco, convocam uma assembleia geral e o clube está constituído. Desse modo chegamos a Baltimore. O primeiro que inventou um novo canhão se associou ao primeiro que o fundiu e ao primeiro que o perfurou. Tal foi a origem do *Gun-Club*[3]. Um mês após sua formação já contava com 1.833 sócios efetivos e 30.565 membros correspondentes.

Uma condição *sine qua non*[4] era imposta a todas as pessoas que desejavam entrar na associação: a condição de ter inventado ou ao menos aperfeiçoado um canhão; na falta do canhão, uma arma de fogo qualquer. Mas para dizer a verdade, os inventores de revólveres de quinze tiros, de carabinas giratórias ou de pistolas-sabres não gozavam de grande consideração. Os artilheiros tinham primazia em todas as circunstâncias.

Um dia, um dos mais sábios oradores do Clube do Canhão falou: "A estima que os artilheiros obtêm é proporcional à massa de seu canhão, na razão direta do quadrado da distância atingida por seus projéteis!"

Mais um pouco, a lei de Newton sobre a gravidade universal seria transportada para a ordem moral.

Depois de fundado o Clube do Canhão, pode-se imaginar tudo que o gênio inventivo dos americanos produziu nesse gênero. Os engenhos de guerra alcançaram proporções colossais e os projéteis chegaram além dos limites permissíveis, cortando em dois os passantes inofensivos. Todas essas invenções deixaram muito para trás os tímidos instrumentos da artilharia europeia, como se pode julgar pelos seguintes números:

No passado, "nos bons tempos", uma bala de calibre 36, à distância de 300 pés, atravessava 36 cavalos colocados de lado, e 68 homens. Era a infância dessa arte. Depois disso, os projéteis melhoraram muito. O canhão Rodman, que alcançava sete milhas[5] com uma bala de meia tonelada[6], facilmente atingiria 150 cavalos e 300 homens. No Clube do Canhão, chegaram a propor a realização de uma prova solene. Mas se os cavalos consentiram em tentar a experiência, quanto aos homens, infelizmente nenhum se ofereceu.

Seja como for, o efeito desses canhões era extremamente mortífero e a cada descarga os combatentes tombavam como espigas sob uma foice. Diante de tais projéteis, que valia a famosa bala que em Coutras, em 1587, colocou 25 homens fora de combate, e outra que em Zorndoff, em 1758, matou 40 soldados de infantaria e, em 1742 esse canhão austríaco de Kesselsdorf que a cada disparo

---

[2] Booby: expressão norte-americana para designar os tolos ou os mais simplórios. (N.T.)
[3] Literalmente, Clube do Canhão.
[4] Imprescindível. (N.T.)
[5] Uma milha equivale a 1.609,31metros, isto é, quase três léguas.
[6] Quinhentos quilos.

jetait soixante-dix ennemis par terre? Qu'étaient ces feux surprenants d'Iéna ou d'Austerlitz qui décidaient du sort de la bataille? On en avait vu bien d'autres pendant la guerre fédérale! Au combat de Gettysburg, un projectile conique lancé par un canon rayé atteignit cent soixante-treize confédérés; et, au passage du Potomac, un boulet Rodman envoya deux cent quinze Sudistes dans un monde évidemment meilleur. Il faut mentionner également un mortier formidable inventé par J. T. Maston, membre distingué et secrétaire perpétuel du Gun-Club, dont le résultat fut bien autrement meurtrier, puisque, à son coup d'essai, il tua trois cent trente-sept personnes — en éclatant, il est vrai!

Qu'ajouter à ces nombres si éloquents par eux-mêmes? Rien. Aussi admettra-t-on sans conteste le calcul suivant, obtenu par le statisticien Pitcairn: en divisant le nombre des victimes tombées sous les boulets par celui des membres du Gun-Club, il trouva que chacun de ceux-ci avait tué pour son compte une "moyenne" de deux mille trois cent soixante-quinze hommes et une fraction.

À considérer un pareil chiffre, il est évident que l'unique préoccupation de cette société savante fut la destruction de l'humanité dans un but philanthropique, et le perfectionnement des armes de guerre, considérées comme instruments de civilisation. C'était une réunion d'Anges Exterminateurs; au demeurant, les meilleurs fils du monde.

Il faut ajouter que ces Yankees, braves à toute épreuve, ne s'en tinrent pas seulement aux formules et qu'ils payèrent de leur personne. On comptait parmi eux des officiers de tout grade, lieutenants ou généraux, des militaires de tout âge: ceux qui débutaient dans la carrière des armes et ceux qui vieillissaient sur leur affût. Beaucoup restèrent sur le champ de bataille dont les noms figuraient au livre d'honneur du Gun-Club, et de ceux qui revinrent la plupart portaient les marques de leur indiscutable intrépidité. Béquilles, jambes de bois, bras articulés, mains à crochets, mâchoires en caoutchouc, crânes en argent, nez en platine, rien ne manquait à la collection, et le susdit Pitcairn calcula également que, dans le Gun-Club, il n'y avait pas tout à fait un bras pour quatre personnes, et seulement deux jambes pour six.

Mais ces vaillants artilleurs n'y regardaient pas de si près, et ils se sentaient fiers à bon droit, quand le bulletin d'une bataille relevait un nombre de victimes décuple de la quantité de projectiles dépensés.

Un jour, pourtant, triste et lamentable jour, la paix fut signée par les survivants de la guerre, les détonations cessèrent peu à peu, les mortiers se turent, les obusiers muselés pour longtemps et les canons, la tête basse, rentrèrent aux arsenaux, les boulets s'empilèrent dans les parcs, les souvenirs sanglants s'effacèrent, les cotonniers poussèrent magnifiquement sur les champs largement engraissés, les vêtements de deuil achevèrent de s'user avec les douleurs, et le Gun-Club demeura plongé dans un désœuvrement profond.

Certains piocheurs, des travailleurs acharnés, se livraient bien encore à des calculs de balistique; ils rêvaient toujours de bombes gigantesques et d'obus incomparables. Mais, sans la pratique, pourquoi ces vaines théories? Aussi les salles devenaient désertes, les domestiques dormaient dans les antichambres, les journaux moisissaient sur les tables, les coins obscurs retentissaient de ronflements

derrubava 70 inimigos por terra? O que foram esses disparos surpreendentes de Iena ou de Austerlitz que decidiram a sorte da batalha? Vimos muitos outros durante a guerra federal! No combate de Gettysburg, um projétil cônico lançado por um canhão raiado atingiu 173 confederados. E na passagem do Potomac, uma bala Rodman enviou 215 sulistas para um mundo evidentemente melhor. É preciso mencionar também um morteiro formidável inventado por J. T. Maston, distinto membro e secretário perpétuo do Clube do Canhão, cujos efeitos foram incomparavelmente mais mortíferos, pois seu primeiro tiro experimental matou 137 pessoas — ao estourar, é verdade!

Que se pode acrescentar a esses números, por si mesmos tão eloquentes? Nada. Assim, pode-se admitir sem contestação o cálculo seguinte, obtido por Pitcairn, especialista em estatística: dividindo-se o número de vítimas tombadas sob as balas pelo número de membros do Clube do Canhão, ele descobriu que cada qual havia matado uma "média" de 2.375 homens, mais uma fração.

Analisando-se esse número, é evidente que a única preocupação dessa sociedade de sábios era a destruição da humanidade com uma finalidade filantrópica e o aperfeiçoamento das armas de guerra, consideradas como instrumentos de civilização. Era uma reunião de Anjos Exterminadores; fora isso, as melhores pessoas do mundo.

Deve-se acrescentar que esses ianques dotados de coragem a toda prova não se atinham somente às fórmulas, mas empregavam o próprio corpo. Entre eles havia oficiais de todas as patentes, de tenentes a generais, e militares de todas as idades: os que debutavam na carreira das armas e os que envelheciam sobre seus reparos. Muitos ficaram no campo de batalha e seus nomes figuravam no livro de honra do Clube do Canhão, e dentre os que voltaram, a maior parte exibia as marcas de sua indiscutível intrepidez. Muletas, pernas de pau, braços articulados, mãos de gancho, queixos de borracha, crânios de prata, narizes de platina, nada faltava à coleção, e o já citado Pitcairn também calculou que no Clube do Canhão não havia mais que um braço para cada quatro pessoas, e somente duas pernas para cada seis.

Mas esses valentes artilheiros não se importavam; com todo direito, sentiam-se orgulhosos quando o boletim de uma batalha revelava o número de vítimas pela quantidade de projéteis disparados.

Porém, em um dia triste e lamentável a paz foi assinada pelos sobreviventes da guerra, as detonações cessaram pouco a pouco, os morteiros se calaram e os obuses foram amordaçados por muito tempo e, de cabeça baixa, os canhões voltaram aos arsenais, as balas se empilharam nos parques, as lembranças sangrentas se apagaram, os algodoeiros cresceram de forma magnífica nos campos largamente adubados, os trajes de luto desapareceram juntamente com a tristeza e o Clube do Canhão mergulhou em profunda inatividade.

Alguns trabalhadores perseverantes e incansáveis ainda se entregavam a cálculos balísticos; sonhavam com bombas gigantescas e obuses incomparáveis. Mas, sem a prática, de que valiam essas vãs teorias? Assim, as salas ficaram desertas, os criados passaram a dormir nas antecâmaras, os jornais emboloraram sobre as mesas, os cantos escuros ressoaram com os roncos tristes e os

tristes, et les membres du Gun-Club, jadis si bruyants, maintenant réduits au silence par une paix désastreuse, s'endormaient dans les rêveries de l'artillerie platonique!

— C'est désolant, dit un soir le brave Tom Hunter, pendant que ses jambes de bois se carbonisaient dans la cheminée du fumoir. Rien à faire! rien à espérer! Quelle existence fastidieuse! Où est le temps où le canon vous réveillait chaque matin par ses joyeuses détonations?

Les artilleurs du Gun-Club

— Ce temps-là n'est plus, répondit le fringant Bilsby, en cherchant à se détirer les bras qui lui manquaient. C'était un plaisir alors! On inventait son obusier, et, à peine fondu, on courait l'essayer devant l'ennemi; puis on rentrait au camp avec un encouragement de Sherman ou une poignée de main de MacClellan! Mais, aujourd'hui, les généraux sont retournés à leur comptoir, et, au lieu de projectiles, ils expédient d'inoffensives balles de coton! Ah! par sainte Barbe! L'avenir de l'artillerie est perdu en Amérique!

membros do Clube do Canhão, antigamente tão barulhentos, agora reduzidos ao silêncio por uma paz desastrosa, adormeceram com sonhos de artilharia platônica!

— É desolador, disse uma noite o bravo Tom Hunter, enquanto suas pernas de pau se queimavam na chaminé do defumador. Nada a fazer! Nada a esperar! Que existência tediosa! Onde está a época em que o canhão nos acordava a cada manhã com suas alegres detonações?

Os artilheiros do Clube do Canhão

— Esse tempo já passou, respondeu o arrojado Bilsby, tentando se espreguiçar com braços já inexistentes. Naquela época era um prazer! A gente inventava seu próprio obus; acabava de fundi-lo e corria a experimentá-lo diante do inimigo; depois, voltávamos ao campo com um encorajamento de Sherman ou um aperto de mão de MacClellan! Mas hoje em dia os generais voltaram aos balcões e em lugar de projéteis disparam inofensivos fardos de algodão! Ah! Por santa Bárbara! O futuro da artilharia se perdeu na América!

— Oui, Bilsby, s'écria le colonel Blomsberry, voilà de cruelles déceptions! Un jour on quitte ses habitudes tranquilles, on s'exerce au maniement des armes, on abandonne Baltimore pour les champs de bataille, on se conduit en héros, et, deux ans, trois ans plus tard, il faut perdre le fruit de tant de fatigues, s'endormir dans une déplorable oisiveté et fourrer ses mains dans ses poches.

Quoi qu'il pût dire, le vaillant colonel eût été fort empêché de donner une pareille marque de son désœuvrement, et cependant, ce n'étaient pas les poches qui lui manquaient.

— Et nulle guerre en perspective! dit alors le fameux J. T. Maston, en grattant de son crochet de fer son crâne en gutta-percha. Pas un nuage à l'horizon, et cela quand il y a tant à faire dans la science de l'artillerie! Moi qui vous parle, j'ai terminé ce matin une épure, avec plan, coupe et élévation, d'un mortier destiné à changer les lois de la guerre!

— Vraiment? répliqua Tom Hunter, en songeant involontairement au dernier essai de l'honorable J. T. Maston.

— Vraiment, répondit celui-ci. Mais à quoi serviront tant d'études menées à bonne fin, tant de difficultés vaincues? N'est-ce pas travailler en pure perte? Les peuples du Nouveau Monde semblent s'être donné le mot pour vivre en paix, et notre belliqueux *Tribune*[6] en arrive à pronostiquer de prochaines catastrophes dues à l'accroissement scandaleux des populations!

— Cependant, Maston, reprit le colonel Blomsberry, on se bat toujours en Europe pour soutenir le principe des nationalités!

— Eh bien?

— Eh bien, il y aurait peut-être quelque chose à tenter là-bas, et si l'on acceptait nos services…

— Y pensez-vous? s'écria Bilsby. Faire de la balistique au profit des étrangers!

— Cela vaudrait mieux que de n'en pas faire du tout, riposta le colonel.

— Sans doute, dit J. T. Maston, cela vaudrait mieux, mais il ne faut même pas songer à cet expédient.

— Et pourquoi cela? demanda le colonel.

— Parce qu'ils ont dans le Vieux Monde des idées sur l'avancement qui contrarieraient toutes nos habitudes américaines. Ces gens-là ne s'imaginent pas qu'on puisse devenir général en chef avant d'avoir servi comme sous-lieutenant, ce qui reviendrait à dire qu'on ne saurait être bon pointeur à moins d'avoir fondu le canon soi-même! Or, c'est tout simplement…

— Absurde!, répliqua Tom Hunter en déchiquetant les bras de son fauteuil à coups de "bowie-knife[7]", et puisque les choses en sont là, il ne nous reste plus qu'à planter du tabac ou à distiller de l'huile de baleine!

---

[6] Le plus fougueux journal abolitionniste de l'Union.
[7] Couteau à large lame.

— Sim, Bilsby, exclamou o coronel Blomsberry. Que cruel decepção! Um dia a gente abandona os hábitos tranquilos, exercita-se no manejo das armas, abandona Baltimore pelos campos de batalha, comporta-se como um herói, e dois ou três anos mais tarde é obrigado a renunciar ao fruto de tanta fadiga, dormir em deplorável ociosidade e enfiar as suas mãos nos bolsos.

O valente coronel podia dizer o que desejasse, mas ficaria em grandes dificuldades para dar provas de sua ociosidade e, no entanto, não eram bolsos que lhe faltavam.

— E nenhuma guerra em perspectiva, disse então o famoso J. T. Maston, coçando com o crânio de guta-percha com seu gancho de ferro. Nem uma nuvem no horizonte, e isso quando há tanto a fazer na ciência da artilharia! Eu que aqui lhes falo, esta manhã terminei de aperfeiçoar um morteiro destinado a alterar as leis da guerra, pois contém plano, perfil e elevação!

— Verdade?, replicou Tom Hunter, involuntariamente recordando a última experiência do honorável J. T. Maston.

— Verdade, respondeu este. Mas para que servem tantos estudos levados a bom termo, tantas dificuldades vencidas? Trabalhar não é pura perda de tempo? As pessoas do Novo Mundo parecem ter combinado de viver em paz, e nossa belicosa *Tribune*[7] chega a prognosticar novas catástrofes causadas pelo escandaloso crescimento das populações!

— Contudo, Maston, , replicou o coronel Blomsbery, lutamos na Europa para manter o princípio das nacionalidades!

— E então?

— E então, talvez pudéssemos tentar alguma coisa por lá, se aceitarem nossos serviços...

— Você acha?, exclamou Bilsby, fazer balística para o proveito dos estrangeiros!

— É muito melhor que não fazer nada, respondeu o coronel.

— Sem dúvida seria melhor, mas não vale a pena sonhar com esse expediente, disse J. T. Maston.

— Por quê? perguntou o coronel.

— Porque no Velho Mundo as ideias que eles têm sobre o progresso contrariam todos os hábitos americanos. Eles não imaginam que possamos nos tornar generais em chefe antes de termos servido como segundos tenentes, o que equivale a dizer que não poderíamos ter boa pontaria a menos que tivéssemos fundido pessoalmente o canhão! Ora, isso é simplesmente...

— Absurdo!, redarguiu Tom Hunter, lascando os braços de sua poltrona com golpes de uma "bowie-knife[8]", e já que as coisas são assim por lá, não nos resta nada mais que plantar tabaco ou destilar óleo de baleia!

---

[7] O mais ardente jornal abolicionista da União.
[8] A faca Bowie é uma faca de defesa e caça, rústica e de grandes proporções, com lâminas largas e longas – normalmente com mais de 25 cm. Seu uso pelos pioneiros e colonizadores do oeste norte-americano a associaram definitivamente à conquista do Velho Oeste, ligando-as indelevelmente à cultura norte-americana. (N.T.)

— Comment!, s'écria J. T. Maston d'une voix retentissante, ces dernières années de notre existence, nous ne les emploierons pas au perfectionnement des armes à feu! Une nouvelle occasion ne se rencontrera pas d'essayer la portée de nos projectiles! L'atmosphère ne s'illuminera plus sous l'éclair de nos canons! Il ne surgira pas une difficulté internationale qui nous permette de déclarer la guerre à quelque puissance transatlantique! Les Français ne couleront pas un seul de nos steamers et les Anglais ne pendront pas, au mépris du droit des gens, trois ou quatre de nos nationaux!

— Non, Maston, répondit le colonel Blomsberry, nous n'aurons pas ce bonheur! Non! pas un de ces incidents ne se produira, et, se produisît-il, nous n'en profiterions même pas! La susceptibilité américaine s'en va de jour en jour, et nous tombons en quenouille!

— Oui, nous nous humilions! répliqua Bilsby.

— Et on nous humilie! riposta Tom Hunter.

— Tout cela n'est que trop vrai, répliqua J. T. Maston avec une nouvelle véhémence. Il y a dans l'air mille raisons de se battre et l'on ne se bat pas! On économise des bras et des jambes, et cela au profit de gens qui n'en savent que faire! Et tenez, sans chercher si loin un motif de guerre: l'Amérique du Nord n'a-t-elle pas appartenu autrefois aux Anglais?

— Sans doute, répondit Tom Hunter en tisonnant avec rage du bout de sa béquille.

— Eh bien! reprit J. T. Maston, pourquoi l'Angleterre à son tour n'appartiendrait-elle pas aux Américains?

— Ce ne serait que justice, riposta le colonel Blomsberry.

— Allez proposer cela au président des États-Unis, s'écria J. T. Maston, et vous verrez comme il vous recevra!

— Il nous recevra mal, murmura Bilsby entre les quatre dents qu'il avait sauvées de la bataille.

— Par ma foi, s'écria J. T. Maston, aux prochaines élections il n'a que faire de compter sur ma voix!

— Ni sur les nôtres, répondirent d'un commun accord ces belliqueux invalides.

— En attendant, reprit J. T. Maston, et pour conclure, si l'on ne me fournit pas l'occasion d'essayer mon nouveau mortier sur un vrai champ de bataille, je donne ma démission de membre du Gun-Club et je cours m'enterrer dans les savanes de l'Arkansas!

— Nous vous y suivrons, répondirent les interlocuteurs de l'audacieux J. T. Maston.

Or, les choses en étaient là, les esprits se montaient de plus en plus, et le club était menacé d'une dissolution prochaine, quand un événement inattendu vint empêcher cette regrettable catastrophe.

Le lendemain même de cette conversation, chaque membre du cercle recevait une circulaire libellée en ces termes:

— Como! exclamou J. T. Maston com uma voz ressonante. Não mais empregaremos estes últimos anos de nossa existência para aperfeiçoar armas de fogo! Não mais haverá ocasião para experimentar o alcance de nossos projéteis! A atmosfera não mais será iluminada pelo clarão de nossos canhões! Não surgirá dificuldade internacional que nos permita declarar guerra a uma potência transatlântica! E desprezando o direito das pessoas, os franceses não afundarão um único de nossos vapores e os ingleses não enforcarão três ou quatro de nossos compatriotas!

— Não, Maston, respondeu o coronel Blomsberry, não teremos essa felicidade! Não! Nada disso acontecerá, e se essas coisas acontecerem não as aproveitaremos! A susceptibilidade americana desaparece a cada dia e nos tornamos efeminados!

— Sim, nós nos humilhamos! replicou Bilsby.

— E nos humilham! respondeu Tom Hunter.

— Isso tudo é uma grande verdade, redarguiu J. T. Maston com nova veemência. Há no ar mil razões para nos batermos e não nos batemos! Economizamos braços e pernas e disso se aproveitam as pessoas que não sabem o que fazer! E não procuremos tão longe um motivo para a guerra: no passado a América do Norte não pertenceu aos ingleses?

— Sem dúvida, repondeu Tom Hunter, raivosamente cutucando o fogo com a ponta da muleta.

— Pois bem! continuou J. T. Maston. Por que, por seu lado, a Inglaterra, não pode pertencer aos americanos?

— Não deixaria de ser justo, replicou o coronel Blomsberry.

— Vá propor isso ao presidente dos Estados Unidos, exclamou J. T. Maston, e verá como ele o receberá!

— Ele nos receberá mal, murmurou Bilsby entre os quatro dentes que haviam escapado da batalha.

— Cruzes, exclamou J. T. Maston, nas próximas eleições ele não vai contar com o meu voto!

— Nem com os nossos, responderam os belicosos inválidos, de comum acordo.

— No entanto, continuou J. T. Maston, e para concluir, se não me for dada uma oportunidade de experimentar meu novo morteiro em um verdadeiro campo de batalha, apresento minha demissão como membro do Clube do Canhão e vou depressa me enterrar nas savanas de Arkansas!

— Nós o seguiremos, reponderam os interlocutores do audacioso J. T. Maston.

Ora, as coisas se encontravam nesse ponto, os espíritos se exaltavam cada vez mais, e o clube estava ameaçado de uma próxima dissolução quando um acontecimento inesperado impediu essa lamentável catástrofe.

No dia seguinte a essa mesma conversação, cada membro do círculo recebeu uma circular redigida nos seguintes termos:

Baltimore, 3 octobre.

Le président du Gun-Club a l'honneur de prévenir ses collègues qu'à la séance du 5 courant il leur fera une communication de nature à les intéresser vivement. En conséquence, il les prie, toute affaire cessante, de se rendre à l'invitation qui leur est faite par la présente.

Très cordialement leur,

I<small>MPEY</small> B<small>ARBICANE</small>, P.G.C.

Baltimore, 3 de outubro.

O presidente do Clube do Canhão tem a honra de prevenir seus colegas que na sessão de 5 do corrente fará uma comunicação que os interessará vivamente. Portanto, solicita que tenham a bondade de suspender todos os seus compromissos para aceitar o convite que lhes é feito através da presente.

Muito cordialmente,

Impey Barbicane, P.G.C.

CHAPITRE II
COMMUNICATION DU PRÉSIDENT BARBICANE

Le 5 octobre, à huit heures du soir, une foule compacte se pressait dans les salons du Gun-Club, 21, Union-Square. Tous les membres du cercle résidant à Baltimore s'étaient rendus à l'invitation de leur président. Quant aux membres correspondants, les express les débarquaient par centaines dans les rues de la ville, et si grand que fût le "hall" des séances, ce monde de savants n'avait pu y trouver place; aussi refluait-il dans les salles voisines, au fond des couloirs et jusqu'au milieu des cours extérieures; là, il rencontrait le simple populaire qui se pressait aux portes, chacun cherchant à gagner les premiers rangs, tous avides de connaître l'importante communication du président Barbicane, se poussant, se bousculant, s'écrasant avec cette liberté d'action particulière aux masses élevées dans les idées du "self government"[8].

Ce soir-là, un étranger qui se fût trouvé à Baltimore n'eût pas obtenu, même à prix d'or, de pénétrer dans la grande salle; celle-ci était exclusivement réservée aux membres résidants ou correspondants; nul autre n'y pouvait prendre place, et les notables de la cité, les magistrats du conseil des selectmen[9] avaient dû se mêler à la foule de leurs administrés, pour saisir au vol les nouvelles de l'intérieur.

Cependant l'immense "hall" offrait aux regards un curieux spectacle. Ce vaste local était merveilleusement approprié à sa destination. De hautes colonnes formées de canons superposés auxquels d'épais mortiers servaient de base soutenaient les fines armatures de la voûte, véritables dentelles de fonte frappées à l'emporte-pièce. Des panoplies d'espingoles, de tromblons, d'arquebuses, de carabines, de toutes les armes à feu anciennes ou modernes s'écartelaient sur les murs dans un entrelacement pittoresque. Le gaz sortait pleine flamme d'un

---
[8] Gouvernement personnel.
[9] Administrateurs de la ville élus par la population.

CAPÍTULO II
COMUNICADO DO PRESIDENTE BARBICANE

No dia 5 de outubro, às oito horas da noite, uma multidão compacta se espremeu nos salões do Clube do Canhão, na Union-Square, 21. Todos os membros do círculo, residentes em Baltimore, haviam aceitado o convite de seu presidente. Quanto aos membros correspondentes, os expressos os desembarcavam às centenas nas ruas da cidade, e apesar do salão das sessões ser muito grande, aquele mundo de sábios não conseguiu encontrar lugar e invadiu as salas vizinhas, o fundo dos corredores e até a metade dos pátios exteriores. Lá se encontravam como simples populares que se esmagavam nas portas, cada qual tentando alcançar as primeiras fileiras, todos ávidos para saber qual era a importante comunicação do presidente Barbicane, empurrando-se, acotovelando-se, apertando-se com essa liberdade de ação particular às massas criadas dentro das ideias de "self government"[9].

Naquela noite, um estrangeiro que se encontrasse em Baltimore nem a preço de ouro conseguiria entrar no grande salão. Este fora reservado exclusivamente aos membros residentes ou correspondentes. Ninguém mais poderia entrar; os notáveis da cidade e os magistrados do conselho municipal[10] foram obrigados a se misturar à massa de seus administrados para apanhar no ar as notícias do interior.

No entanto, o imenso salão oferecia aos olhares um curioso espetáculo. Esse vasto local fora maravilhosamente apropriado ao seu destino. Altas colunas formadas por canhões superpostos, às quais grossos morteiros serviam de base, sustentavam as finas armações da abóboda, verdadeiras rendas de ferro fundido batido. Panóplias de espingardas, bacamartes, arcabuzes, carabinas, de todas as armas de fogo antigas ou modernas se estendiam sobre as paredes em um entrelaçamento pitoresco. O gás inflamado saía de milhares de revólveres

---
[9] Governo próprio.
[10] Administradores da cidade, eleitos pelo povo.

millier de revolvers groupés en forme de lustres, tandis que des girandoles de pistolets et des candélabres faits de fusils réunis en faisceaux, complétaient ce splendide éclairage. Les modèles de canons, les échantillons de bronze, les mires criblées de coups, les plaques brisées au choc des boulets du Gun-Club, les assortiments de refouloirs et d'écouvillons, les chapelets de bombes, les colliers de projectiles, les guirlandes d'obus, en un mot, tous les outils de l'artilleur surprenaient l'œil par leur étonnante disposition et laissaient à penser que leur véritable destination était plus décorative que meurtrière.

À la place d'honneur, on voyait, abrité par une splendide vitrine, un morceau de culasse, brisé et tordu sous l'effort de la poudre, précieux débris du canon de J. T. Maston.

À l'extrémité de la salle, le président, assisté de quatre secrétaires, occupait une large esplanade. Son siège, élevé sur un affût sculpté, affectait dans son ensemble les formes puissantes d'un mortier de trente-deux pouces; il était braqué sous un angle de quatre-vingt-dix degrés et suspendu à des tourillons, de telle sorte que le président pouvait lui imprimer, comme aux "rocking-chairs"[10], un balancement fort agréable par les grandes chaleurs. Sur le bureau, vaste plaque de tôle supportée par six caronades, on voyait un encrier d'un goût exquis, fait d'un biscaïen délicieusement ciselé, et un timbre à détonation qui éclatait, à l'occasion, comme un revolver. Pendant les discussions véhémentes, cette sonnette d'un nouveau genre suffisait à peine à couvrir la voix de cette légion d'artilleurs surexcités.

Devant le bureau, des banquettes disposées en zigzags, comme les circonvallations d'un retranchement, formaient une succession de bastions et de courtines où prenaient place tous les membres du Gun-Club, et ce soir-là, on peut le dire, "il y avait du monde sur les remparts". On connaissait assez le président pour savoir qu'il n'eût pas dérangé ses collègues sans un motif de la plus haute gravité.

Impey Barbicane était un homme de quarante ans, calme, froid, austère, d'un esprit éminemment sérieux et concentré; exact comme un chronomètre, d'un tempérament à toute épreuve, d'un caractère inébranlable; peu chevaleresque, aventureux cependant, mais apportant des idées pratiques jusque dans ses entreprises les plus téméraires; l'homme par excellence de la Nouvelle-Angleterre, le Nordiste colonisateur, le descendant de ces Têtes-Rondes si funestes aux Stuarts, et l'implacable ennemi des gentlemen du Sud, ces anciens Cavaliers de la mère patrie. En un mot, un Yankee coulé d'un seul bloc.

Barbicane avait fait une grande fortune dans le commerce des bois; nommé directeur de l'artillerie pendant la guerre, il se montra fertile en inventions; audacieux dans ses idées, il contribua puissamment aux progrès de cette arme, et donna aux recherches expérimentales un incomparable élan.

C'était un personnage de taille moyenne, ayant, par une rare exception dans le Gun-Club, tous ses membres intacts. Ses traits accentués semblaient tracés à l'équerre et au tire-ligne, et s'il est vrai que, pour deviner les instincts d'un homme, on doive le regarder de profil, Barbicane, vu ainsi, offrait les indices les plus certains de l'énergie, de l'audace et du sang-froid.

---

[10] Chaises à bascule en usage aux États-Unis.

agrupados em forma de lustre, enquanto os olhares eram surpreendidos por girândolas de pistolas e de candelabros feitos de fuzis reunidos como braços, complementavam esta esplêndida iluminação. Os modelos de canhões, as amostras de bronze, as miras cheias de buracos, as placas quebradas pelo choque das balas do Clube do Canhão; pelas variedades de varetas e escovas; pelos rosários de bombas; pelos colares de projéteis; pelas guirlandas de obuses, em suma, por todos os utensílios de artilharia. Sua espantosa disposição levava a pensar que seu verdadeiro destino era mais decorativo que mortífero.

No lugar de honra, abrigado por uma esplêndida vitrine, via-se um pedaço de cilindro partido e retorcido pelo esforço da pólvora, resto precioso do canhão de J. T. Maston.

Na extremidade da sala, o presidente, assistido por quatro secretários, ocupava uma grande esplanada. Elevado sobre uma carruagem esculpida, seu assento exibia no conjunto as formas poderosas de um morteiro de 32 polegadas. Estava colocado sob um ângulo de 90 graus, suspenso por correntes, e o presidente podia lhe imprimir um movimento bastante agradável quando fazia muito calor, como se fosse uma "rocking-chairs"[11]. Sobre a escrivaninha, enorme placa de metal apoiada em seis canhões curtos, via-se um tinteiro elegante feito de um mosquete deliciosamente cinzelado e um timbre à detonação, que eclodia em algumas ocasiões, tal como um revólver. Durante as discussões veementes, essa sineta de um gênero novo era apenas suficiente para cobrir a voz dessa legião de artilheiros superexcitados.

Diante da escrivaninha, banquetas dispostas no ziguezigue característico de uma trincheira formavam uma sucessão de bastões e fortificações onde tomavam lugar todos os membros do Clube do Canhão e, naquela noite, podia-se dizer que "as muralhas estavam repletas". O presidente era bastante conhecido para que se soubesse que ele não incomodaria seus colegas sem um motivo da mais alta gravidade.

Impey Barbicane era um homem de quarenta anos, calmo, frio e austero, de um espírito eminentemente sério e concentrado. Preciso como um cronômetro, de temperamento a toda prova, caráter inquebrantável, pouco cavalheiresco porém aventureiro, levava ideias práticas para seus projetos temerários. Por excelência, era o típico homem da Nova Inglaterra, o nortista colonizador, o descendente dos Cabeças-Redondas tão funestos para os Stuarts, implacável inimigo dos cavalheiros do sul, os antigos cavaleiros da Mãe Pátria. Em suma, era um ianque moldado em um único bloco.

Barbicane fizera grande fortuna no comércio de madeira. Nomeado diretor de artilharia durante a guerra, mostrou-se fértil em invenções. Audacioso em suas ideias, contribuiu vigorosamente para o progresso do canhão e deu às pesquisas experimentais um impulso incomparável.

Era um personagem de altura média que, por uma rara exceção no Clube do Canhão, tinha todos os membros intactos. Seus traços fortes pareciam traçados com régua e esquadro. E se é verdade que para conhecer os instintos de um homem é preciso olhá-lo de perfil, visto por esse ângulo Barbicane dava os indícios mais certeiros de energia, audácia e sangue frio.

---

[11] Cadeira de balanço muito em uso nos Estados Unidos.

Le président Barbicane

En cet instant, il demeurait immobile dans son fauteuil, muet, absorbé, le regard en dedans, abrité sous son chapeau à haute forme, cylindre de soie noire qui semble vissé sur les crânes américains.

Ses collègues causaient bruyamment autour de lui sans le distraire; ils s'interrogeaient, ils se lançaient dans le champ des suppositions, ils examinaient leur président et cherchaient, mais en vain, à dégager l'X de son imperturbable physionomie.

Lorsque huit heures sonnèrent à l'horloge fulminante de la grande salle, Barbicane, comme s'il eût été mû par un ressort, se redressa subitement; il se fit un silence général, et l'orateur, d'un ton un peu emphatique, prit la parole en ces termes:

— Braves collègues, depuis trop longtemps déjà une paix inféconde est

O presidente Barbicane

Naquele instante, permanecia imóvel em sua poltrona, mudo, absorto, o olhar baixo abrigado sob um chapéu alto e cilíndrico de seda negra, do tipo que sempre parece parafusado nos crânios americanos.

Seus colegas mantinham uma conversa barulhenta em torno dele, mas não conseguiam distraí-lo. Eles se interrogavam, lançavam-se ao campo das suposições, examinavam seu presidente e em vão procuravam descobrir o "X" de sua fisionomia imperturbável.

Assim que soaram oito horas subitamente no relógio do grande salão, Barbicane se levantou de repente, como se tivesse sido impulsionado por uma mola. Fez-se um silêncio geral e, em um tom um pouco enfático, o orador tomou da palavra nos seguintes termos:

— Bravos colegas, há muito tempo uma paz infecunda mergulha os

venue plonger les membres du Gun-Club dans un regrettable désœuvrement. Après une période de quelques années, si pleine d'incidents, il a fallu abandonner nos travaux et nous arrêter net sur la route du progrès. Je ne crains pas de le proclamer à haute voix, toute guerre qui nous remettrait les armes à la main serait bien venue…

— Oui, la guerre! s'écria l'impétueux J. T. Maston.

— Écoutez! écoutez! répliqua-t-on de toutes parts.

— Mais la guerre, dit Barbicane, la guerre est impossible dans les circonstances actuelles, et, quoi que puisse espérer mon honorable interrupteur, de longues années s'écouleront encore avant que nos canons tonnent sur un champ de bataille. Il faut donc en prendre son parti et chercher dans un autre ordre d'idées un aliment à l'activité qui nous dévore!

L'assemblée sentit que son président allait aborder le point délicat. Elle redoubla d'attention.

— Depuis quelques mois, mes braves collègues, reprit Barbicane, je me suis demandé si, tout en restant dans notre spécialité, nous ne pourrions pas entreprendre quelque grande expérience digne du dix-neuvième siècle, et si les progrès de la balistique ne nous permettraient pas de la mener à bonne fin. J'ai donc cherché, travaillé, calculé, et de mes études est résultée cette conviction que nous devons réussir dans une entreprise qui paraîtrait impraticable à tout autre pays. Ce projet, longuement élaboré, va faire l'objet de ma communication; il est digne de vous, digne du passé du Gun-Club, et il ne pourra manquer de faire du bruit dans le monde!

— Beaucoup de bruit? s'écria un artilleur passionné.

— Beaucoup de bruit dans le vrai sens du mot, répondit Barbicane.

— N'interrompez pas! répétèrent plusieurs voix.

— Je vous prie donc, braves collègues, reprit le président, de m'accorder toute votre attention.

Un frémissement courut dans l'assemblée. Barbicane, ayant d'un geste rapide assuré son chapeau sur sa tête, continua son discours d'une voix calme:

— Il n'est aucun de vous, braves collègues, qui n'ait vu la Lune, ou tout au moins, qui n'en ait entendu parler. Ne vous étonnez pas si je viens vous entretenir ici de l'astre des nuits. Il nous est peut-être réservé d'être les Colombs de ce monde inconnu. Comprenez-moi, secondez-moi de tout votre pouvoir, je vous mènerai à sa conquête, et son nom se joindra à ceux des trente-six États qui forment ce grand pays de l'Union!

— Hurrah pour la Lune! s'écria le Gun-Club d'une seule voix.

— On a beaucoup étudié la Lune, reprit Barbicane; sa masse, sa densité, son poids, son volume, sa constitution, ses mouvements, sa distance, son rôle dans le monde solaire, sont parfaitement déterminés; on a dressé des cartes sélénographiques[11] avec une perfection qui égale, si même elle ne surpasse pas, celle des cartes terrestres; la photographie a donné de notre satellite des épreuves

---

11 De σελήνη, mot grec qui signifie Lune.

membros do Clube do Canhão em uma lamentável ociosidade. Após um período de alguns anos, tão cheio de incidentes, foi necessário abandonar nossos trabalhos e nos detivemos no caminho do progresso. Não temo proclamar em alta voz que qualquer guerra que nos trouxesse de volta às armas seria bem-vinda...

— Sim, à guerra! exclamou o impetuoso J. T. Maston.

— Ouçam! Ouçam! replicaram de todas as partes.

— Mas a guerra, disse Barbicane, é impossível nas atuais circunstâncias e não importa o que possa esperar a honrada pessoa que me interrompeu vários anos se passarão antes que nossos canhões voltem a ribombar em um campo de batalha. Assim, é preciso arregaçar as mangas e buscar em outras ideias um alimento para a atividade que nos devora!

A assembleia sentiu que seu presidente iria abordar um ponto delicado e redobrou a atenção.

— Há alguns meses, meus bravos colegas, continuou Barbicane, perguntei-me se permanecendo em nossa especialidade não poderíamos realizar alguma grande experiência digna do século XIX, e se o progresso da balística não nos permitiria levá-la a bom termo. Assim sendo, pesquisei, trabalhei, calculei, e de meus estudos brotou a convicção de que devemos ter sucesso em um projeto que pareceria impraticável para todos os outros países. Esse projeto longamente elaborado é o objeto de minha comunicação. Ele é digno dos senhores, digno do passado do Clube do Canhão, e não poderá deixar de ter um grande impacto no mundo todo!

— Um grande impacto? exclamou um artilheiro apaixonado.

— Um grande impacto no verdadeiro sentido da palavra, respondeu Barbicane.

— Não interrompam! repetiram várias vozes.

— Eu lhes peço, bravos colegas, que me dediquem toda sua atenção, redarguiu o presidente.

Um frêmito correu pela assembleia. Depois de um gesto rápido para se certificar de que seu chapéu continuava sobre a cabeça, Barbicane continuou o discurso com voz calma:

— Bravos colegas, não há nenhum dentre os senhores que não tenha visto a Lua, ou ao menos ouvido falar dela. Não se espantem pelo fato de eu falar aqui sobre o astro das noites. Talvez estejamos fadados a ser Colombos desse mundo desconhecido. Compreendam, coloquem à minha disposição todo seu poder e eu os conduzirei à sua conquista, e seu nome estará ao lado dos 36 Estados que formam este grande país de União!

— Hurra para a Lua! Exclamou todo o Clube do Canhão a uma só voz.

— Estudamos bastante a Lua, continuou Barbicane; sua massa, densidade, peso, volume, constituição, movimentos, distância e papel no mundo solar estão perfeitamente determinados; traçamos mapas selenográficos[12] com uma precisão que se iguala, ou talvez supere a dos mapas terrestres; a fotografia deu provas de que

---

[12] Derivado de σελήνη, palavra grega que significa Lua.

d'une incomparable beauté[12]. En un mot, on sait de la Lune tout ce que les sciences mathématiques, l'astronomie, la géologie, l'optique peuvent en apprendre; mais jusqu'ici il n'a jamais été établi de communication directe avec elle.

Un violent mouvement d'intérêt et de surprise accueillit cette phrase de l'orateur.

La scéance du Gun-Club

— Permettez-moi, reprit-il, de vous rappeler en quelques mots comment certains esprits ardents, embarqués pour des voyages imaginaires, prétendirent avoir pénétré les secrets de notre satellite. Au dix-septième siècle, un certain David Fabricius se vanta d'avoir vu de ses yeux des habitants de la Lune. En 1649, un Français, Jean Baudoin, publia *Le Voyage fait au monde de la Lune par Dominique*

---

12 Voir les magnifiques clichés de la Lune, obtenus par M. Warren de la Rue.

nosso satélite possui uma beleza incomparável[13]. Em suma, sabemos tudo que as ciências matemáticas, a astronomia e a geologia poderiam nos ensinar, mas até agora ninguém jamais estabeleceu comunicação direta com ela.

Um violento movimento de interesse e de surpresa acolheu essa frase do orador.

A assembleia do Clube do Canhão

— Permitam-me lembrar-lhes em algumas palavras como certos espíritos ardentes, embarcados em viagens imaginárias, pretenderam ter penetrado os segredos de nosso satélite, continuou ele. No século XVII, certo David Fabricius se vangloriou de ter visto os habitantes da Lua com os próprios olhos. Em 1649, um francês, Jean Baudoin, publicou *As Viagens à Lua feitas por Dominique*

---

13 Ver os magníficos instantâneos da Lua, obtidos pelo Sr. Warren de la Rue.

Gonzalès, aventurier espagnol. À la même époque, Cyrano de Bergerac fit paraître cette expédition célèbre qui eut tant de succès en France. Plus tard, un autre Français — ces gens-là s'occupent beaucoup de la Lune — le nommé Fontenelle, écrivit la *Pluralité des Mondes*, un chef-d'œuvre en son temps; mais la science, en marchant, écrase même les chefs-d'œuvre! Vers 1835, un opuscule traduit du *New York American* raconta que Sir John Herschell, envoyé au cap de Bonne-Espérance pour y faire des études astronomiques, avait, au moyen d'un télescope perfectionné par un éclairage intérieur, ramené la Lune à une distance de quatre-vingts yards[13]. Alors il aurait aperçu distinctement des cavernes dans lesquelles vivaient des hippopotames, de vertes montagnes frangées de dentelles d'or, des moutons aux cornes d'ivoire, des chevreuils blancs, des habitants avec des ailes membraneuses comme celles de la chauve-souris. Cette brochure, œuvre d'un Américain nommé Locke[14], eut un très-grand succès. Mais bientôt on reconnut que c'était une mystification scientifique, et les Français furent les premiers à en rire.

— Rire d'un Américain! s'écria J. T. Maston, mais voilà un *casus belli*!...

— Rassurez-vous, mon digne ami. Les Français, avant d'en rire, avaient été parfaitement dupes de notre compatriote. Pour terminer ce rapide historique, j'ajouterai qu'un certain Hans Pfaal de Rotterdam, s'élançant dans un ballon rempli d'un gaz tiré de l'azote, et trente-sept fois plus léger que l'hydrogène, atteignit la Lune après dix-neuf jours de traversée. Ce voyage, comme les tentatives précédentes, était simplement imaginaire, mais ce fut l'œuvre d'un écrivain populaire en Amérique, d'un génie étrange et contemplatif. J'ai nommé Poë!

— Hurrah pour Edgard Poë! s'écria l'assemblée, électrisée par les paroles de son président.

— J'en ai fini, reprit Barbicane, avec ces tentatives que j'appellerai purement littéraires, et parfaitement insuffisantes pour établir des relations sérieuses avec l'astre des nuits. Cependant, je dois ajouter que quelques esprits pratiques essayèrent de se mettre en communication sérieuse avec lui. Ainsi, il y a quelques années, un géomètre allemand proposa d'envoyer une commission de savants dans les steppes de la Sibérie. Là, sur de vastes plaines, on devait établir d'immenses figures géométriques, dessinées au moyen de réflecteurs lumineux, entre autres le carré de l'hypoténuse, vulgairement appelé le "Pont aux ânes" par les Français. Tout être intelligent, disait le géomètre, doit comprendre la destination scientifique de cette figure. Les Sélénites[15], s'ils existent, répondront par une figure semblable, et la communication une fois établie, il sera facile de créer un alphabet qui permettra de s'entretenir avec les habitants de la Lune. Ainsi parlait le géomètre allemand, mais son projet ne fut pas mis à exécution, et jusqu'ici aucun lien direct n'a existé entre la Terre et son satellite. Mais il est réservé au génie pratique des Américains de se mettre en rapport avec le monde sidéral. Le moyen d'y parvenir est simple, facile, certain, immanquable, et il va faire l'objet de ma proposition.

---

[13] Le yard vaut un peu moins que le mètre, soit 0,91 cent.
[14] Cette brochure fut publiée en France par le républicain Laviron, qui fut tué au siège de Rome en 1819.
[15] Habitants de la Lune.

Gonzales, aventureiro espanhol. Na mesma época, Cyrano de Bergerac[14] publicou essa expedição célebre que fez tanto sucesso na França. Mais tarde, outro francês — essas pessoas se ocupavam bastante da Lua — chamado Fontenelle escreveu *A pluralidade dos mundos*, obra-prima em seu tempo. Mas ao caminhar, a ciência esmaga até as obras-primas! Por volta de 1835, um opúsculo traduzido do *New York American* narra que Sir John Herschell, enviado ao Cabo da Boa Esperança para ali realizar estudos astronômicos, usando um telescópio aperfeiçoado com iluminação interior, conseguiu ver a Lua a uma distância aparente de oitenta jardas[15]. Ele então viu distintamente as cavernas onde vivam hipopótamos, verdes montanhas franjadas de rendas de ouro, carneiros com chifres de marfim, cabritos brancos e habitantes com asas membranosas como as dos morcegos. Essa obra de um americano chamado Locke[16] teve grande sucesso. Mas logo reconheceram que era uma mistificação científica e os franceses foram os primeiros a rir dele.

— Rir de um americano! exclamou J. T. Maston, esse é um *casus belli*[17]!...

— Fique tranquilo, digno amigo. Antes de rirem, os franceses haviam sido perfeitamente ludibriados por nosso compatriota. Para terminar essa breve história, acrescentarei que certo Hans Pfaal, de Rotterdam, subindo em um balão cheio de gás de azoto, 37 vezes mais leve que o hidrogênio, chegou à Lua depois de dezenove dias de travessia. Assim como as tentativas precedentes, essa viagem foi simplesmente imaginária, mas foi obra de um escritor muito popular na América, um gênio estranho e contemplativo chamado Poe!

— Hurra para Edgard Poe! exclamou a assembleia, eletrizada pelas palavras de seu presidente.

— Terminei o que tinha para lhes dizer sobre essas tentativas que chamarei de puramente literárias, perfeitamente insuficientes para estabelecer relações sérias com o astro das noites, disse Barbicane. No entanto, devo acrescentar que alguns espíritos práticos tentaram entrar em comunicação séria com ele. Assim sendo, há alguns anos um geômetra alemão propôs enviar uma comissão de sábios para as estepes da Sibéria. Deveriam inscrever em suas vastas planícies imensas figuras geométricas desenhadas por refletores luminosos, entre outras, o quadrado da hipotenusa, vulgarmente chamado de "ponte para os burros" pelos franceses. O geômetra dizia que todos os seres inteligentes deviam compreender a finalidade científica dessa figura. Se existirem, os selenitas[18] responderão com uma figura semelhante, e uma vez estabelecida a comunicação será fácil criar um alfabeto que permitirá nos comunicarmos com os habitantes da Lua. Assim falou o geômetra alemão, mas seu projeto não foi executado e até agora não existe nenhuma ligação direta entre a Terra e seu satélite. Mas estava reservada ao gênio dos americanos a comunicação com o mundo sideral. O meio de conseguir isso é simples, certo e infalível, e é esse o objeto de minha proposição.

---

[14] Hector Savinien de Cyrano de Bergerac, dramaturgo francês (1619-1655). Não confundir com a peça de teatro Cyrano de Bergerac, escrita por Edmond Rostand em 1897, portanto, 32 anos após a publicação deste livro, em 1865. (N. T.)
[15] Uma jarda equivale a 91 centímetros.
[16] Essa brochura foi publicada na França pelo republicano Laviron, morto no cerco de Roma em 1819.
[17] Motivo para guerra. (N. T.)
[18] Habitantes da Lua.

Un brouhaha, une tempête d'exclamations accueillit ces paroles. Il n'était pas un seul des assistants qui ne fût dominé, entraîné, enlevé par les paroles de l'orateur.

— Écoutez! écoutez! Silence donc!, s'écria-t-on de toutes parts.

Lorsque l'agitation fut calmée, Barbicane reprit d'une voix plus grave son discours interrompu:

— Vous savez, dit-il, quels progrès la balistique a faits depuis quelques années et à quel degré de perfection les armes à feu seraient parvenues, si la guerre eût continué. Vous n'ignorez pas non plus que, d'une façon générale, la force de résistance des canons et la puissance expansive de la poudre sont illimitées. Eh bien! partant de ce principe, je me suis demandé si, au moyen d'un appareil suffisant, établi dans des conditions de résistance déterminées, il ne serait pas possible d'envoyer un boulet dans la Lune!

À ces paroles, un "oh!" de stupéfaction s'échappa de mille poitrines haletantes; puis il se fit un moment de silence, semblable à ce calme profond qui précède les coups de tonnerre. Et, en effet, le tonnerre éclata, mais un tonnerre d'applaudissements, de cris, de clameurs, qui fit trembler la salle des séances. Le président voulait parler; il ne le pouvait pas. Ce ne fut qu'au bout de dix minutes qu'il parvint à se faire entendre.

— Laissez-moi achever, reprit-il froidement. J'ai pris la question sous toutes ses faces, je l'ai abordée résolûment, et de mes calculs indiscutables il résulte que tout projectile doué d'une vitesse initiale de douze mille yards[16] par seconde, et dirigé vers la Lune, arrivera nécessairement jusqu'à elle. J'ai donc l'honneur de vous proposer, mes braves collègues, de tenter cette petite expérience!

---

[16] Environ 11,000 mètres.

Um zum-zum, uma tempestade de exclamações recebeu essas palavras. Não houve ninguém dentre os presentes que não tivesse sido dominado, arrastado, subjugado pelas palavras do orador.

— Ouçam! Ouçam! Silêncio! exclamava-se em toda parte.

Logo que a agitação se acalmou Barbicane retomou seu discurso interrompido e continuou com voz grave:

— Os senhores sabem quanto as armas de fogo têm progredido de uns anos para cá, e a que nível de perfeição teriam chegado se a guerra tivesse continuado. Os senhores não ignoram que, de modo geral, a força de resistência dos canhões e a potência expansiva da pólvora são ilimitadas. Pois bem, partindo desse princípio, eu me perguntei se através de um aparelho suficientemente potente, estabelecido nas condições de resistência determinadas, não seria possível enviar um projétil à Lua!

Diante dessas palavras, um "oh!" de espanto escapou de mil peitos ofegantes. Depois, fez-se um momento de silêncio semelhante a essa calma profunda que precede o ribombar de trovoadas. E, com efeito, a trovoada ribombou, mas como uma trovoada de aplausos, gritos e clamores, que fez tremer o salão das sessões. O presidente queria falar, mas não conseguia. Apenas depois de dez minutos pôde se fazer ouvir.

— Permitam-me terminar, disse ele friamente. Examinei a questão por todos os ângulos, analisei-a resolutamente e meus cálculos indiscutíveis apresentaram o resultado de que, apontado para a Lua, todo projétil dotado de uma velocidade inicial de 12 mil jardas por segundo[19] necessariamente chegará a ela. Então, meus bravos colegas, tenho a honra de lhes propor tentar esta pequena experiência!

---

[19] Cerca de 11.000 metros.

CHAPITRE III
EFFET DE LA COMMUNICATION BARBICANE.

Il est impossible de peindre l'effet produit par les dernières paroles de l'honorable président. Quels cris! quelles vociférations! quelle succession de grognements, de hurrahs, de "Hip! Hip! Hip!" et de toutes ces onomatopées qui foisonnent dans la langue américaine. C'était un désordre, un brouhaha indescriptible! Les bouches criaient, les mains battaient, les pieds ébranlaient le plancher des salles. Toutes les armes de ce musée d'artillerie, partant à la fois, n'auraient pas agité plus violemment les ondes sonores. Cela ne peut surprendre. Il y a des canonniers presque aussi bruyants que leurs canons.

Barbicane demeurait calme au milieu de ces clameurs enthousiastes; peut-être voulait-il encore adresser quelques paroles à ses collègues, car ses gestes réclamèrent le silence, et son timbre fulminant s'épuisa en violentes détonations. On ne l'entendit même pas. Bientôt il fut arraché de son siège, porté en triomphe, et des mains de ses fidèles camarades il passa dans les bras d'une foule non moins surexcitée.

Rien ne saurait étonner un Américain. On a souvent répété que le mot "impossible" n'était pas français; on s'est évidemment trompé de dictionnaire. En Amérique, tout est facile, tout est simple, et quant aux difficultés mécaniques, elles sont mortes avant d'être nées. Entre le projet Barbicane et sa réalisation, pas un véritable Yankee ne se fût permis d'entrevoir l'apparence d'une difficulté. Chose dite, chose faite.

La promenade triomphale du président se prolongea dans la soirée. Une véritable marche aux flambeaux. Irlandais, Allemands, Français, Écossais, tous ces individus hétérogènes dont se compose la population du Maryland, criaient dans leur langue maternelle, et les vivats, les hurrahs, les bravos s'entremêlaient dans un inexprimable élan.

CAPÍTULO III
EFEITO DA COMUNICAÇÃO BARBICANE

Impossível descrever o efeito produzido pelas últimas palavras do honorável presidente. Que gritos! Que vociferações! Que sucessão de grunhidos, de hurras, de "Hip! Hip! Hip!" e de todas essas onomatopeias que abundam na língua americana. Era uma desordem, um zum-zum indescritível! As bocas gritavam, as mãos batiam, os pés sacudiam o assoalho das salas. Disparando uma a uma, todas as armas desse museu de artilharia não teriam agitado mais violentamente as ondas sonoras. Isso não deve surpreender ninguém. Há artilheiros quase tão barulhentos quanto seus canhões.

Barbicane permanecia calmo em meio a esses clamores entusiastas. Talvez ainda desejasse dirigir algumas palavras aos seus colegas, pois seus gestos pediam silêncio e sua sineta fulminante se esgotava em violentas detonações. Mas não era ouvido. Logo foi arrancado de sua poltrona e levado em triunfo. Das mãos de seus fiéis camaradas passou para os braços de uma multidão não menos superexcitada.

Nada pode espantar um americano. Sempre repetimos que o termo "impossível" não é francês. Evidentemente nos enganamos de dicionário. Na América tudo é fácil, tudo é simples, e quanto às dificuldades mecânicas, estão mortas antes de nascerem. Entre o projeto de Barbicane e sua realização, nem um único ianque verdadeiro se permitiu entrever qualquer aparência de dificuldade. Coisa dita, coisa feita.

A caminhada triunfal do presidente se prolongou pela noite toda. Um verdadeiro passeio iluminado por tochas. Irlandeses, alemães, franceses, escoceses, todos esses indivíduos heterogêneos da qual se compõe a população de Maryland, gritavam em sua língua materna e os vivas, os hurras, os bravos se misturavam em inexprimível entusiasmo.

La promenade aux flambeaux

Précisément, comme si elle eût compris qu'il s'agissait d'elle, la Lune brillait alors avec une sereine magnificence, éclipsant de son intense irradiation les feux environnants. Tous les Yankees dirigeaient leurs yeux vers son disque étincelant; les uns la saluaient de la main, les autres l'appelaient des plus doux noms; ceux-ci la mesuraient du regard, ceux-là la menaçaient du poing; de huit heures à minuit, un opticien de Jone's-Fall-Street fit sa fortune à vendre des lunettes. L'astre des nuits était lorgné comme une lady de haute volée. Les Américains en agissaient avec un sans-façon de propriétaires. Il semblait que la blonde Phœbé appartînt à ces audacieux conquérants et fît déjà partie du territoire de l'Union. Et pourtant il n'était question que de lui envoyer un projectile, façon assez brutale d'entrer en relation, même avec un satellite, mais fort en usage parmi les nations civilisées.

O desfile das tochas

Como se compreendesse que se tratava dela, a Lua brilhava com serena magnificência e com sua intensa radiação eclipsava as tochas circunvizinhas. Todos os ianques dirigiam os olhos para seu disco cintilante. Alguns a saudavam com as mãos, outros a chamavam pelos mais doces nomes; estes a mediam com o olhar, aqueles a ameaçavam com o punho fechado. De oito horas até meia-noite, um oculista da Rua Jone's Fall fez uma fortuna vendendo lunetas. O astro das noites foi espiado como uma dama da mais alta sociedade. Os americanos agiam como proprietários. Parecia que a loura Febe pertencia a esses audaciosos conquistadores e já fazia parte do território da União. Só se tratava de lhe enviar um projétil, maneira bastante brutal de principiar relações, mesmo com um satélite, mas grandemente utilizada entre nações civilizadas.

Minuit venait de sonner, et l'enthousiasme ne baissait pas; il se maintenait à dose égale dans toutes les classes de la population; le magistrat, le savant, le négociant, le marchand, le portefaix, les hommes intelligents aussi bien que les gens "verts"[17], se sentaient remués dans leur fibre la plus délicate; il s'agissait là d'une entreprise nationale; aussi la ville haute, la ville basse, les quais baignés par les eaux du Patapsco, les navires emprisonnés dans leurs bassins regorgeaient d'une foule ivre de joie, de gin et de whisky; chacun conversait, pérorait, discutait, disputait, approuvait, applaudissait, depuis le gentleman nonchalamment étendu sur le canapé des *bar-rooms* devant sa chope de *sherry-cobbler*[18], jusqu'au waterman qui se grisait de "casse-poitrine"[19] dans les sombres tavernes du Fells-Point.

Cependant, vers deux heures, l'émotion se calma. Le président Barbicane parvint à rentrer chez lui, brisé, écrasé, moulu. Un hercule n'eût pas résisté à un enthousiasme pareil. La foule abandonna peu à peu les places et les rues. Les quatre rails-roads de l'Ohio, de Susquehanna, de Philadelphie et de Washington, qui convergent à Baltimore, jetèrent le public hexogène aux quatre coins des États-Unis, et la ville se reposa dans une tranquillité relative.

Ce serait d'ailleurs une erreur de croire que, pendant cette soirée mémorable, Baltimore fût seule en proie à cette agitation. Les grandes villes de l'Union, New-York, Boston, Albany, Washington, Richmond, Crescent-City[20], Charleston, la Mobile, du Texas au Massachusetts, du Michigan aux Florides, toutes prenaient leur part de ce délire. En effet, les trente mille correspondants du Gun-Club connaissaient la lettre de leur président, et ils attendaient avec une égale impatience la fameuse communication du 5 octobre. Aussi, le soir même, à mesure que les paroles s'échappaient des lèvres de l'orateur, elles couraient sur les fils télégraphiques, à travers les États de l'Union, avec une vitesse de deux cent quarante-huit mille quatre cent quarante-sept milles[21] à la seconde. On peut donc dire avec une certitude absolue qu'au même instant les États-Unis d'Amérique, dix fois grands comme la France, poussèrent un seul hurrah, et que vingt-cinq millions de cœurs, gonflés d'orgueil, battirent de la même pulsation.

Le lendemain, quinze cents journaux quotidiens, hebdomadaires, bimensuels ou mensuels, s'emparèrent de la question; ils l'examinèrent sous ses différents aspects physiques, météorologiques, économiques ou moraux, au point de vue de la prépondérance politique ou de la civilisation. Ils se demandèrent si la Lune était un monde achevé, si elle ne subissait plus aucune transformation. Ressemblait-elle à la Terre au temps où l'atmosphère n'existait pas encore? Quel spectacle présentait cette face invisible au sphéroïde terrestre? Bien qu'il ne s'agît encore que d'envoyer un boulet à l'astre des nuits, tous voyaient là le point de départ d'une série d'expériences; tous espéraient qu'un jour l'Amérique pénétrerait les derniers secrets de ce disque mystérieux, et quelques-uns même semblèrent craindre que sa conquête ne dérangeât sensiblement l'équilibre européen.

---

[17] Expression tout à fait américaine pour désigner des gens naïfs.
[18] Mélange de rhum, de jus d'orange, de sucre, de cannelle et de muscade. Cette boisson de couleur jaunâtre s'aspire dans des chopes au moyen d'un chalumeau de verre. Les *bar-rooms* sont des espèces de cafés.
[19] Boisson effrayante du bas peuple. Littéralement, en anglais: thoroug knoch me down.
[20] Surnom de La Nouvelle-Orléans.
[21] Cent mille lieues. C'est la vitesse de l'électricité.

Acabara de soar a meia-noite e o entusiasmo não arrefecia. Mantinha-se no mesmo nível em todas as classes da população: o magistrado, o sábio, o negociante, o comerciante, o carregador, os homens inteligentes e as pessoas "verdes"[20] se sentiam emocionadas em suas fibras mais delicadas. Tratava-se de uma empreitada nacional. A cidade alta, a cidade baixa, as docas banhadas pelas águas do Patapsco e os navios fundeados em suas docas transbordavam de uma multidão bêbada de alegria, de uísque e de gin. Cada qual conversava, perorava, brigava, aprovava, aplaudia, desde os cavalheiros preguiçosamente estendidos sobre os sofás dos *bar-rooms*, diante de suas canecas de *sherry-cobbler*[21] até o barqueiro que se envenenava com "quebra-peito"[22] nas sombras das tavernas de Fells-Point.

Contudo, por volta de duas horas a emoção se acalmou. Exausto, esmagado, moído, o presidente Barbicane conseguiu voltar para casa. Um Hércules não teria resistido a tal entusiasmo. Pouco a pouco a multidão abandonou os lugares e as ruas. As quatro ferrovias de Ohio, Susquehanna, Filadélfia e Washington, que se entroncavam em Baltimore, espalharam o público heterogêneo pelos quatro cantos dos Estados Unidos e a cidade descansou em relativa tranquilidade.

A propósito, seria um erro acreditar que durante essa noite memorável Baltimore fora a única cidade a conhecer essa agitação. As grandes cidades da União, como Nova York, Boston, Albany, Washington, Richmond, Crescent-City[23], Charleston, Mobil, Texas em Massachutts, Michigan na Flórida, todas tomaram parte nesse delírio. Com efeito, os 30 mil correspondentes do Clube do Canhão conheciam a carta de seu presidente e esperavam com impaciência a famosa comunicação do dia 5 de outubro. Naquela mesma noite, à medida que as palavras saíam dos lábios do orador também eram transmitidas pelos fios telegráficos através de todos os Estados da União, à velocidade de 248.447 milhas por segundo[24]. Portanto, pode-se dizer com certeza absoluta que no mesmo instante os Estados Unidos da América, dez vezes maior que a França, lançaram um único hurra e, cheios de orgulho, 25 milhões de corações bateram com a mesma pulsação.

No dia seguinte, 1.500 jornais diários, hebdomadários, bimensais ou mensais se apoderaram da questão. Eles a examinaram sob diferentes aspectos, físicos, políticos, meteorológicos, econômicos ou morais, do ponto de vista da preponderância política ou da civilização. Perguntaram-se se a Lua era um mundo pronto, se não estava passando por mais nenhuma transformação. Se ela se parecia com a Terra na época em que a atmosfera ainda não existia. Que aspecto teria a face invisível para a esfera terrestre? Como somente se tratava de enviar um projétil ao astro das noites, todos viam nisso um ponto de partida para uma série de experiências e esperavam que um dia a América penetrasse nos últimos segredos desse disco misterioso. Alguns até pareciam acreditar que sua conquista poderia perturbar sensivelmente o equilíbrio europeu.

---

[20] Expressão tipicamente americana para designar pessoas ingênuas.
[21] Mistura de rum, suco de laranja, açúcar, canela e noz-moscada. Esta bebida amarelada é aspirada em canecas através de um maçarico de vidro. Os *bar-rooms* são espécies de cafés.
[22] Bebida terrível do povo mais simples. Literalmente, em inglês: *thorough knock me down*.
[23] Como também é conhecida a cidade de Nova-Orléans.
[24] Cem mil léguas. A velocidade da eletricidade.

Le projet discuté, pas une feuille ne mit en doute sa réalisation; les recueils, les brochures, les bulletins, les "magazines" publiés par les sociétés savantes, littéraires ou religieuses, en firent ressortir les avantages, et "la Société d'Histoire Naturelle", de Boston, la "Société américaine des sciences et des arts", d'Albany, "la Société géographique et statistique", de New York, "la Société philosophique américaine", de Philadelphie, "l'Institution Smithsonienne", de Washington, envoyèrent dans mille lettres leurs félicitations au Gun-Club, avec des offres immédiates de service et d'argent.

Aussi, on peut le dire, jamais proposition ne réunit un pareil nombre d'adhérents; d'hésitations, de doutes, d'inquiétudes, il ne fut même pas question. Quant aux plaisanteries, aux caricatures, aux chansons qui eussent accueilli en Europe, et particulièrement en France, l'idée d'envoyer un projectile à la Lune, elles auraient fort mal servi leur auteur; tous les "life-preservers"[22] du monde eussent été impuissants à le garantir contre l'indignation générale. Il y a des choses dont on ne rit pas dans le Nouveau Monde.

Impey Barbicane devint donc, à partir de ce jour, un des plus grands citoyens des États-Unis, quelque chose comme le Washington de la science, et un trait, entre plusieurs, montrera jusqu'où allait cette inféodation subite d'un peuple à un homme.

Quelques jours après la fameuse séance du Gun-Club, le directeur d'une troupe anglaise annonça au théâtre de Baltimore la représentation de "*Much ado about nothing*"[23]. Mais la population de la ville, voyant dans ce titre une allusion blessante aux projets du président Barbicane, envahit la salle, brisa les banquettes et obligea le malheureux directeur à changer son affiche. Celui-ci, en homme d'esprit, s'inclinant devant la volonté publique, remplaça la malencontreuse comédie par "*As you like it*"[24], et, pendant plusieurs semaines, il fit des recettes phénoménales.

---

[22] Arme de poche faite en baleine flexible et d'une boule de métal.
[23] "Beaucoup de bruit pour rien", une des comédies de Shakespeare.
[24] "Comme il vous plaira", de Shakespeare.

O projeto foi discutido, mas nenhuma publicação colocou em dúvida a sua realização: as coleções, as brochuras, os boletins, as revistas publicadas pelas sociedades eruditas, literárias ou religiosas ressaltaram suas vantagens, e a "Sociedade de História Natural", de Boston, a "Sociedade americana de artes e ciencias", de Albany, a "Sociedade Geográfica e Estatística", de Nova York, a "Sociedade Filosófica Americana", da Filadélfia, o "Instituto Smithsoniano", de Washington enviaram mil cartas de felicitações ao Clube do Canhão, com ofertas imediatas de colaboração e de dinheiro.

Também se pode dizer que jamais uma proposta reuniu tamanho número de adesões. Ninguém se preocupou com hesitações, dúvidas e inquietudes. Quanto às brincadeiras, caricaturas e canções que teriam surgido na Europa, particularmente na França, diante da ideia de enviar um projétil à Lua, não fizeram nenhum bem aos seus autores. Todos os "salva-vidas"[25] do mundo teriam sido incapazes de preservá-los contra a indignação geral. Há coisas sobre as quais ninguém ri no Novo Mundo.

Por conseguinte, a partir desse dia Impey Barbicane se tornou um dos maiores cidadãos dos Estados Unidos, algo como o Washington da ciência, e uma característica entre muitas mostrará até que ponto ia a súbita submissão de um povo a um homem.

Alguns dias depois da famosa sessão do Clube do Canhão, o diretor de uma companhia inglesa anunciou no teatro de Baltimore a representação de "*Much ado about nothing*"[26]. Mas a população da cidade, vendo nesse título uma alusão ofensiva aos projetos do presidente Barbicane, invadiu a sala, quebrou as cadeiras e obrigou o infeliz diretor a mudar a peça em cartaz. Este, como homem de espírito, inclinando-se diante da vontade pública, substituiu a infeliz comédia por "*As you like it*"[27], e durante várias semanas a receita foi fenomenal.

---

[25] Arma de bolso feita com uma barbatana flexível e uma bola de metal.
[26] "Muito barulho por nada". Uma das comédias de Shakespeare.
[27] "Como lhe Aprouver", também de Shakespeare.

CHAPITRE IV
RÉPONSE DE L'OBSERVATOIRE DE CAMBRIDGE

Cependant Barbicane ne perdit pas un instant au milieu des ovations dont il était l'objet. Son premier soin fut de réunir ses collègues dans les bureaux du Gun-Club. Là, après discussion, on convint de consulter les astronomes sur la partie astronomique de l'entreprise; leur réponse une fois connue, on discuterait alors les moyens mécaniques, et rien ne serait négligé pour assurer le succès de cette grande expérience.

Une note très-précise, contenant des questions spéciales, fut donc rédigée et adressée à l'Observatoire de Cambridge, dans le Massachusetts. Cette ville, où fut fondée la première Université des États-Unis, est justement célèbre par son bureau astronomique. Là se trouvent réunis des savants du plus haut mérite; là fonctionne la puissante lunette qui permit à Bond de résoudre la nébuleuse d'Andromède et à Clarke de découvrir le satellite de Sirius. Cet établissement célèbre justifiait donc à tous les titres la confiance du Gun-Club.

Aussi, deux jours après, sa réponse, si impatiemment attendue, arrivait entre les mains du président Barbicane. Elle était conçue en ces termes:

Le Directeur de l'Observatoire de Cambridge au Président du Gun-Club, à Baltimore.

Cambridge, 7 octobre.

Au reçu de votre honorée du 6 courant, adressée à l'Observatoire de Cambridge au nom des membres du Gun-Club de Baltimore, notre bureau s'est immédiatement réuni, et il a jugé à propos[25] *de répondre comme suit:*

---
[25] Il y a dans le texte le mot *expedient*, qui est absolument intraduisible en français.

CAPÍTULO IV
A RESPOSTA DO OBSERVATÓRIO DE CAMBRIDGE

No entanto, Barbicane não perdeu um instante em meio às ovações de que era objeto. Seu primeiro cuidado foi reunir seus colegas nos escritórios do Clube do Canhão. Depois de discutirem o assunto, resolveram consultar os astrônomos sobre a parte astronômica do projeto. Uma vez conhecida a resposta seriam debatidos os meio mecânicos, e nada seria negligenciado para garantir o sucesso da grande experiência.

Uma nota muito precisa, contendo questões especiais, foi então redigida e enviada ao Observatório de Cambridge, em Massachussets. Essa cidade na qual foi fundada a primeira universidade dos Estados Unidos é justamente célebre por seu observatório astronômico. Ali se reúnem sábios de mais alto mérito e funciona o poderoso telescópio que permitiu que Bond analisasse a nebulosa de Andrômeda e Clarke descobrisse o satélite de Sírio. Portanto, por todos os títulos, esse célebre estabelecimento justificava a confiança do Clube do Canhão.

Dois dias depois a resposta tão impacientemente esperada chegava às mãos do presidente Barbicane. Estava redigida nos seguintes termos:

Do Diretor do Observatório de Cambridge ao Presidente do Clube do Canhão, em Baltimore.

Cambridge, 7 de outubro.

Ao recebeu sua honrosa carta de 6 do corrente, enviada ao Observatório de Cambridge em nome dos membros do Clube do Canhão de Baltimore, nossa diretoria se reuniu imediatamente e julgou adequado[28] responder como segue:

---

[28] Verne cita que no texto do Observatório havia a palavra "expedient", em inglês, que seria absolutamente intraduzível para o francês. (N.T.)

L'observatoire de Cambridge

Les questions qui lui ont été posées sont celles-ci:

1° Est-il possible d'envoyer un projectile dans la Lune?

2° Quelle est la distance exacte qui sépare la Terre de son satellite?

3° Quelle sera la durée du trajet du projectile auquel aura été imprimée une vitesse initiale suffisante, et, par conséquent, à quel moment devra-t-on le lancer pour qu'il rencontre la Lune en un point déterminé?

4° À quel moment précis la Lune se présentera-t-elle dans la position la plus favorable pour être atteinte par le projectile?

5° Quel point du ciel devra-t-on viser avec le canon destiné à lancer le projectile?

O observatório de Cambridge

As questões propostas são:

1° É possível enviar um projétil à Lua?

2° Qual é a distância exata que separa a Terra de seu satélite?

3° Qual será a duração do trajeto do projétil ao qual será impressa uma velocidade inicial suficiente e em que momento ele deverá ser lançado para que encontre a Lua em um ponto determinado?

4° Em que momento, precisamente, a Lua estará na posição mais favorável para ser atingida pelo projétil?

5° Para que ponto do céu o canhão deve ser apontado no lançamento do projétil?

6° Quelle place la Lune occupera-t-elle dans le ciel au moment où partira le projectile?

Sur la première question: — *Est-il possible d'envoyer un projectile dans la Lune?*

Oui, il est possible d'envoyer un projectile dans la Lune, si l'on parvient à animer ce projectile d'une vitesse initiale de douze mille yards par seconde. Le calcul démontre que cette vitesse est suffisante. À mesure que l'on s'éloigne de la Terre, l'action de la pesanteur diminue en raison inverse du carré des distances, c'est-à-dire que, pour une distance trois fois plus grande, cette action est neuf fois moins forte. En conséquence, la pesanteur du boulet décroîtra rapidement, et finira par s'annuler complètement au moment où l'attraction de la Lune fera équilibre à celle de la Terre, c'est-à-dire aux quarante-sept cinquante-deuxièmes du trajet. En ce moment, le projectile ne pèsera plus, et, s'il franchit ce point, il tombera sur la Lune par l'effet seul de l'attraction lunaire. La possibilité théorique de l'expérience est donc absolument démontrée; quant à sa réussite, elle dépend uniquement de la puissance de l'engin employé.

Sur la deuxième question: — *Quelle est la distance exacte qui sépare la Terre de son satellite?*

La Lune ne décrit pas autour de la Terre une circonférence, mais bien une ellipse dont notre globe occupe l'un des foyers; de là cette conséquence que la Lune se trouve tantôt plus rapprochée de la Terre, et tantôt plus éloignée, ou, en termes astronomiques, tantôt dans son apogée, tantôt dans son périgée. Or, la différence entre sa plus grande et sa plus petite distance est assez considérable, dans l'espèce, pour qu'on ne doive pas la négliger. En effet, dans son apogée, la Lune est à deux cent quarante-sept mille cinq cent cinquante-deux milles (99,640 lieues de 4 kilomètres), et dans son périgée à deux cent dix-huit mille six cent cinquante-sept milles seulement (88,010 lieues), ce qui fait une différence de vingt-huit mille huit cent quatre-vingt-quinze milles (11,630 lieues), ou plus du neuvième du parcours. C'est donc la distance périgéenne de la Lune qui doit servir de base aux calculs.

Sur la troisième question: — *Quelle sera la durée du trajet du projectile auquel aura été imprimée une vitesse initiale suffisante, et, par conséquent, à quel moment devra-t-on le lancer pour qu'il rencontre la Lune en un point déterminé?*

Si le boulet conservait indéfiniment la vitesse initiale de douze mille yards par seconde qui lui aura été imprimée à son départ, il ne mettrait que neuf heures environ à se rendre à sa destination; mais comme cette vitesse initiale ira continuellement en décroissant, il se trouve, tout calcul fait, que le projectile emploiera trois cent mille secondes, soit quatre-vingt-trois heures et vingt minutes, pour atteindre le point où les attractions terrestre et lunaire se font équilibre, et de ce point il tombera sur la Lune en cinquante

6° Que lugar a Lua ocupará no céu no momento em que o projétil partir?

Sobre a primeira questão: — É possível enviar um projétil à Lua?

Sim, é possível enviar um projétil à Lua, se for exequível dar a esse projétil uma velocidade inicial de 12 mil jardas por segundo. Os cálculos demonstram que essa velocidade é suficiente. À medida que nos afastamos da Terra a ação da gravidade diminui na razão inversa do quadrado das distâncias, isto é: através de uma distância três vezes maior, essa ação é nove vezes menos forte. Em consequência a gravidade sobre o projétil diminuirá rapidamente e terminará por ser completamente anulada no momento em que a atração da Lua esteja em equilíbrio com a da Terra, isto é, a quarenta e sete sobre cinquenta e dois avos do trajeto. Nesse momento o projétil estará sem peso e se ultrapassar esse ponto cairá sobre a Lua apenas pelo efeito da atração lunar. Portanto, a possibilidade teórica da experiência foi totalmente demonstrada. Quanto ao seu sucesso, depende unicamente da potência do engenho empregado.

Sobre a segunda questão: — Qual a distância exata que separa a Terra de seu satélite?

A Lua não descreve uma circunferência em torno da Terra, mas sim uma elipse na qual nosso globo ocupa uma das casas. Como consequência, a Lua tanto se encontra mais próxima da Terra como mais afastada ou, em termos astronômicos, tanto em seu apogeu e quanto no seu perigeu. Ora, a diferença entre a distância maior e a menor é, portanto, considerável e não deve ser negligenciada. Na verdade, em seu apogeu a Lua está a duzentos e quarenta e sete mil, quinhentas e cinquenta e duas milhas (99.640 léguas de quatro quilômetros), e em seu perigeu a apenas duzentos e dezoito mil, seiscentos e cinquenta e sete milhas (88.010 léguas), o que perfaz uma diferença de vinte e oito mil, oitocentos e noventa e cinco milhas (11.630 léguas), isto é, mais de um nono do percurso. Portanto, é a distância do perigeu da Lua que deve servir de base para os cálculos.

Sobre a terceira questão: — Qual a duração do trajeto do projétil ao qual será impressa uma velocidade inicial suficiente e, por consequência, em que momento ele deverá ser lançado para que encontre a Lua em um ponto determinado?

Se o projétil conservasse indefinidamente a velocidade inicial de doze mil jardas por segundo alcançada na partida, demoraria apenas cerca de nove horas para chegar ao seu destino. Mas como essa velocidade inicial decrescerá continuamente, depois de todos os cálculos chega-se ao resultado de que o projétil viajará durante trezentos mil segundos, ou seja, oitenta e quatro horas e vinte minutos para chegar ao ponto em que as atrações terrestre e lunar se equilibram, e desse ponto ele cairá sobre a Lua em

mille secondes, ou treize heures cinquante-trois minutes et vingt secondes. Il conviendra donc de le lancer quatre-vingt-dix-sept heures treize minutes et vingt secondes avant l'arrivée de la Lune au point visé.

Sur la quatrième question: — À quel moment précis la Lune se présentera-t-elle dans la position la plus favorable pour être atteinte par le projectile?

D'après ce qui vient d'être dit ci-dessus, il faut d'abord choisir l'époque où la Lune sera dans son périgée, et en même temps le moment où elle passera au zénith, ce qui diminuera encore le parcours d'une distance égale au rayon terrestre, soit trois mille neuf cent dix-neuf milles; de telle sorte que le trajet définitif sera de deux cent quatorze mille neuf cent soixante-seize milles (86,410 lieues). Mais, si chaque mois la Lune passe à son périgée, elle ne se trouve pas toujours au zénith à ce moment. Elle ne se présente dans ces deux conditions qu'à de longs intervalles. Il faudra donc attendre la coïncidence du passage au périgée et au zénith. Or, par une heureuse circonstance, le 4 décembre de l'année prochaine, la Lune offrira ces deux conditions: à minuit, elle sera dans son périgée, c'est-à-dire à sa plus courte distance de la Terre, et elle passera en même temps au zénith.

Sur la cinquième question: — Quel point du ciel devra-t-on viser avec le canon destiné à lancer le projectile?

Les observations précédentes étant admises, le canon devra être braqué sur le zénith[26] du lieu; de la sorte, le tir sera perpendiculaire au plan de l'horizon, et le projectile se dérobera plus rapidement aux effets de l'attraction terrestre. Mais, pour que la Lune monte au zénith d'un lieu, il faut que ce lieu ne soit pas plus haut en latitude que la déclinaison de cet astre, autrement dit, qu'il soit compris entre 0° et 28° de latitude nord ou sud[27]. En tout autre endroit, le tir devrait être nécessairement oblique, ce qui nuirait à la réussite de l'expérience.

Sur la sixième question: — Quelle place la Lune occupera-t-elle dans le ciel au moment où partira le projectile?

Au moment où le projectile sera lancé dans l'espace, la Lune, qui avance chaque jour de 13°10'35", devra se trouver éloignée du point zénithal de quatre fois ce nombre, soit 52°42'20", espace qui correspond au chemin qu'elle fera pendant la durée du parcours du projectile. Mais comme il faut également tenir compte de la déviation que fera éprouver au boulet le mouvement de rotation de la terre, et comme le boulet n'arrivera à la Lune qu'après avoir dévié d'une distance égale à seize rayons terrestres, qui, comptés sur l'orbite de la Lune, font environ onze degrés, on doit ajouter

---

[26] Le zénith est le point du ciel situé verticalement au-dessus de la tête d'un observateur.
[27] Il n'y a en effet que les régions du globe comprises entre l'équateur et le vingt-huitième parallèle, dans lesquels la culmination de la Lune l'amène au zénith; au-delà du 28e degré, la Lune s'approche d'autant moins du zénith que l'on s'avance vers les pôles.

cinquenta mil segundos, ou treze horas, cinquenta e três minutos e vinte segundos. Assim sendo, será conveniente lançá-lo noventa e sete horas, treze minutos e vinte segundos antes de sua chegada à Lua no ponto visado.

Sobre a quarta questão: — Em que momento, precisamente, a Lua estará na posição mais favorável para ser atingida pelo projétil?

Diante do acima exposto, em primeiro lugar é preciso escolher a época em que a Lua estará em seu perigeu e, ao mesmo tempo, o momento em que ela passará pelo zênite, o que diminuirá o percurso em uma distância igual ao raio de Terra, ou seja, três mil, noveventos e dezenove milhas, de sorte que o trajeto definitivo será de duzentos e quatorze mil, novecentos e setenta e seis milhas (86.410 léguas). Mas se todos os meses a Lua passa por seu perigeu, nem sempre ela se encontra no zênite nesse momento. Ela só se apresenta nessas duas condições a longos intervalos. Assim, é preciso esperar pela coincidência da passagem pelo perigeu e pelo zênite. Ora, por uma feliz circunstância, no dia 4 de dezembro do próximo ano a Lua oferecerá essas duas condições: à meia-noite ela estará em seu perigeu, isto é, em sua menor distância da Terra, e ao mesmo tempo passará pelo zênite.

Sobre a quinta questão: Para que ponto do céu o canhão deve ser apontado no lançamento do projétil?

Depois de admitidas as observações precedentes, o canhão deverá apontar para o zênite do local, de modo que o tiro seja perpendicular ao plano do horizonte e o projétil possa escapar mais rapidamente aos efeitos da atração terrestre. Mas para que a Lua suba ao zênite[29] de um local é preciso que este não seja mais alto em latitude que o declínio desse astro, o que significa que ele deve estar entre 0° e 28° de latitude norte ou sul[30]. Em todos os outros lugares, o tiro necessariamente deveria ser oblíquo, o que prejudicaria o sucesso da experiência.

Sobre a sexta questão: — Que lugar a Lua ocupará no céu no momento em que o projétil partir?

No momento em que o projétil for lançado ao espaço, a Lua, que a cada dia avança 13°10'35", deverá se encontrar afastada do zênite quatro vezes essa grandeza, isto é, 52°42'20", espaço que corresponde ao caminho por ela percorrido durante o trajeto do projétil. Mas como é igualmente necessário ter em conta o desvio que sofrerá o projétil devido ao movimento de rotação da Terra, e como o projétil não chegará à Lua senão depois de ter se desviado uma distância igual a dezesseis raios terrestres, que contados sobre a órbita da Lua somam aproximadamente onze graus, é preciso

---
[29] O zênite é o ponto do céu situado verticalmente acima da cabeça de um observador.
[30] Na verdade, só nas regiões do globo compreendidas entre o equador e o 28° paralelo a culminação da Lua a leva ao zênite. Além do 28° paralelo, à medida que se avança na direção dos polos, a Lua se aproxima cada vez menos do zênite.

ces onze degrés à ceux qui expriment le retard de la Lune déjà mentionné, soit soixante-quatre degrés en chiffres ronds. Ainsi donc, au moment du tir, le rayon visuel mené à la Lune fera avec la verticale du lieu un angle de soixante-quatre degrés.

Telles sont les réponses aux questions posées à l'Observatoire de Cambridge par les membres du Gun-Club.

En résumé:

1° Le canon devra être établi dans un pays situé entre 0° et 28° de latitude nord ou sud.

2° Il devra être braqué sur le zénith du lieu.

3° Le projectile devra être animé d'une vitesse initiale de douze mille yards par seconde.

4° Il devra être lancé le 1er décembre de l'année prochaine, à onze heures moins treize minutes et vingt secondes.

5° Il rencontrera la Lune quatre jours après son départ, le 4 décembre à minuit précis, au moment où elle passera au zénith.

Les membres du Gun-Club doivent donc commencer sans retard les travaux nécessités par une pareille entreprise et être prêts à opérer au moment déterminé, car, s'ils laissaient passer cette date du 4 décembre, ils ne retrouveraient la Lune dans les mêmes conditions de périgée et de zénith que dix-huit ans et onze jours après.

Le bureau de l'Observatoire de Cambridge se met entièrement à leur disposition pour les questions d'astronomie théorique, et il joint par la présente ses félicitations à celles de l'Amérique tout entière.

Pour le bureau:

J. M. BELFAST, XXXXXX
Directeur de l'Observatoire de Cambridge.

acrescentar esses 11 graus aos que exprimem o já mencionado atraso da Lua, ou seja, 64 graus em números redondos. Portanto, no momento do disparo, o raio visual levado até a Lua deverá fazer um ângulo de 64 graus com a vertical do lugar.

São essas as respostas às questões propostas ao Observatório de Cambridge pelos membros do Clube do Canhão.

Em resumo:

1° O canhão deverá ser posicionado em uma região situada entre 0° e 28°de latitude norte ou sul.
2° Ele deverá ser apontado para o zênite do local.
3° O projétil deverá possuir velocidade inicial de doze mil jardas por segundos.
4° Ele deve ser lançado no dia 1° de dezembro do próximo ano, às 11 horas menos 13 minutos e 20 segundos.
5° Ele encontrará a Lua quatro dias depois de sua partida no dia 4 de dezembro, precisamente à meia-noite, momento em que ela passará pelo zênite.

Portanto, os membros do Clube do Canhão devem começar imediatamente os trabalhos necessários para realizar esse projeto e estar prontos para operar no momento determinado, pois se deixarem passar essa data de 4 de dezembro, somente encontrarão as mesmas condições de perigeu e zênite daqui a dezoito anos e onze dias.

A Diretoria do Observatório de Cambridge se coloca à sua inteira disposição quanto às questões de astronomia teórica, e pelas presentes felicitações junta-se às de toda a América.

Pelo departamento:

J. M. BELFAST, XXXXXX
Diretor do Observatório de Cambridge.

CHAPITRE V
LE ROMAN DE LA LUNE

Un observateur doué d'une vue infiniment pénétrante, et placé à ce centre inconnu autour duquel gravite le monde, aurait vu des myriades d'atomes remplir l'espace à l'époque chaotique de l'univers. Mais peu à peu, avec les siècles, un changement se produisit; une loi d'attraction se manifesta, à laquelle obéirent les atomes errants jusqu'alors; ces atomes se combinèrent chimiquement suivant leurs affinités, se firent molécules et formèrent ces amas nébuleux dont sont parsemées les profondeurs du ciel.

Ces amas furent aussitôt animés d'un mouvement de rotation autour de leur point central. Ce centre, formé de molécules vagues, se prit à tourner sur lui-même en se condensant progressivement; d'ailleurs, suivant des lois immuables de la mécanique, à mesure que son volume diminuait par la condensation, son mouvement de rotation s'accélérait, et ces deux effets persistant, il en résulta une étoile principale, centre de l'amas nébuleux.

En regardant attentivement, l'observateur eût alors vu les autres molécules de l'amas se comporter comme l'étoile centrale, se condenser à sa façon par un mouvement de rotation progressivement accéléré, et graviter autour d'elle sous forme d'étoiles innombrables. La nébuleuse, dont les astronomes comptent près de cinq mille actuellement, était formée.

Parmi ces cinq mille nébuleuses, il en est une que les hommes ont nommée la Voie lactée[28], et qui renferme dix-huit millions d'étoiles, dont chacune est devenue le centre d'un monde solaire.

Si l'observateur eût alors spécialement examiné entre ces dix-huit millions d'astres l'un des plus modestes et des moins brillants[29], une étoile de quatrième

---

[28] Du mot grec γαλακτος, qui signifie lait.
[29] Le diamètre de Sirius, suivant Wollaston, doit égaler douze fois celui du Soleil, soit 4,300,000 lieues.

CAPÍTULO V
O ROMANCE DA LUA

Um observador dotado de visão infinitamente penetrante, colocado nesse centro desconhecido em torno do qual gravita o mundo, na época caótica do universo veria miríades de átomos preenchendo o espaço. Mas pouco a pouco, com os séculos produziu-se uma mudança: uma lei de atração se manifestou, à qual obedeceram os átomos, errantes até aquele momento. Esses átomos se combinaram quimicamente segundo suas afinidades, tornaram-se moléculas e formaram esses aglomerados nebulosos de que são pontilhadas as profundezas do céu.

Esses aglomerados logo foram animados com um movimento de rotação em torno de seu ponto central. Esse centro formado por moléculas errantes pôs-se a girar sobre si mesmo, condensando-se progressivamente. Depois, segundo as leis imutáveis da mecânica, à medida que seu volume diminuía devido à condensação, seu movimento de rotação se acelerava, e a persistência desses dois efeitos resultou em uma estrela principal, centro desse aglomerado nebuloso.

Olhando com atenção, o observador veria então outras moléculas do aglomerado que, ao se comportarem como uma estrela central, começaram a se condensar devido a um movimento de rotação progressivamente acelerado e gravitar em torno dela sob a forma de inumeráveis estrelas, formando então as nebulosas que os astrônomos atualmente calculam ser perto de 5 mil.

Entre essas 5 mil nebulosas, há uma que os homens denominaram Via Láctea[31], e que contém 18 milhões de estrelas, cada qual sendo o centro de um mundo solar.

Se entre essas 18 milhões de estrelas o observador tivesse então examinado com cuidado uma das mais modestas e menos brilhantes[32], uma estrela de

---
[31] Da palavra grega γαλακτος, que significa leite.
[32] De acordo com Wollaston, o diâmetro de Sirius deve ser 12 vezes o do Sol, ou seja, 4.300.000 léguas.

ordre, celle qui s'appelle orgueilleusement le Soleil, tous les phénomènes auxquels est due la formation de l'univers se seraient successivement accomplis à ses yeux.

En effet, ce Soleil, encore à l'état gazeux et composé de molécules mobiles, il l'eût aperçu tournant sur son axe pour achever son travail de concentration. Ce mouvement, fidèle aux lois de la mécanique, se fût accéléré avec la diminution de volume, et un moment serait arrivé où la force centrifuge l'aurait emporté sur la force centripète, qui tend à repousser les molécules vers le centre.

Alors un autre phénomène se serait passé devant les yeux de l'observateur, et les molécules situées dans le plan de l'équateur, s'échappant comme la pierre d'une fronde dont la corde vient à se briser subitement, auraient été former autour du Soleil plusieurs anneaux concentriques semblables à celui de Saturne. À leur tour, ces anneaux de matière cosmique, pris d'un mouvement de rotation autour de la masse centrale, se seraient brisés et décomposés en nébulosités secondaires, c'est-à-dire en planètes.

Si l'observateur eût alors concentré toute son attention sur ces planètes, il les aurait vues se comporter exactement comme le Soleil et donner naissance à un ou plusieurs anneaux cosmiques, origines de ces astres d'ordre inférieur qu'on appelle satellites.

Ainsi donc, en remontant de l'atome à la molécule, de la molécule à l'amas nébuleux, de l'amas nébuleux à la nébuleuse, de la nébuleuse à l'étoile principale, de l'étoile principale au Soleil, du Soleil à la planète, et de la planète au satellite, on a toute la série des transformations subies par les corps célestes depuis les premiers jours du monde.

Le Soleil semble perdu dans les immensités du monde stellaire, et cependant il est rattaché, par les théories actuelles de la science, à la nébuleuse de la Voie lactée. Centre d'un monde, et si petit qu'il paraisse au milieu des régions éthérées, il est cependant énorme, car sa grosseur est quatorze cent mille fois celle de la Terre. Autour de lui gravitent huit planètes, sorties de ses entrailles mêmes aux premiers temps de la Création. Ce sont, en allant du plus proche de ces astres au plus éloigné, Mercure, Vénus, la Terre, Mars Jupiter, Saturne, Uranus et Neptune. De plus entre Mars et Jupiter circulent régulièrement d'autres corps moins considérables, peut-être les débris errants d'un astre brisé en plusieurs milliers de morceaux, dont le télescope a reconnu quatre-vingt-dix-sept jusqu'à ce jour[30].

De ces serviteurs que le Soleil maintient dans leur orbite elliptique par la grande loi de la gravitation, quelques-uns possèdent à leur tour des satellites. Uranus en a huit, Saturne huit, Jupiter quatre, Neptune trois peut-être, la Terre

---

[30] Quelques-uns de ces astéroïdes sont assez petits pour qu'on puisse en faire le tour dans l'espace d'une seule journée en marchant au pas gymnastique.

quarta grandeza que é orgulhosamente denominada Sol, todos os fenômenos aos quais se deve a formação do universo se realizariam sucessivamente diante de seus olhos.

Com efeito, esse Sol ainda em estado gasoso e composto de moléculas móveis seria visto girando em torno de seu eixo para realizar o trabalho de condensação. Esse movimento fiel às leis da mecânica se aceleraria com a diminuição de seu volume e chegaria o momento em que a força centrífuga venceria a força centrípeta, que tende a empurrar as moléculas em direção ao centro.

Então, outro fenômeno se passaria diante dos olhos do observador e as moléculas situadas no plano do equador, escapando como uma pedra de um estilingue, cuja corda se rompesse de repente, formariam em torno do Sol vários anéis concêntricos semelhantes aos de Saturno. Por sua vez, animados por um movimento de rotação em torno da massa central, esses anéis de matéria cósmica se partiriam e se decomporiam em nebulosas secundárias, isto é, em planetas.

Se o observador ainda concentrasse toda sua atenção sobre esses planetas, ele os veria se comportarem exatamente como o Sol, dando origem a um ou a vários anéis cósmicos, origens dos astros de ordem inferior que chamamos de satélites.

Assim, portanto, retornando do átomo à molécula, da molécula aos aglomerados nebulosos, dos aglomerados nebulosos à nebulosa, da nebulosa à estrela principal, da estrela principal ao Sol, do Sol ao planeta e do planeta ao satélite, temos toda a série de transformações sofridas pelos corpos celestes desde a aurora do mundo.

O Sol parece perdido nas imensidões do mundo estelar, contudo, pelas teorias atuais da ciência, ele está conectado à nebulosa da Via Láctea. Centro de um mundo, e por pequeno que pareça em meio às regiões etéreas, ele é enorme, pois seu tamanho é 1.400 vezes o da Terra. Em torno dele gravitam oito planetas saídos de suas próprias entranhas nos primeiros tempos da Criação. São eles, partindo do mais próximo ao mais afastado, Mercúrio, Vênus, Terra, Marte, Júpiter, Saturno, Urano e Netuno. Além disso, entre Marte e Júpiter circulam regularmente outros corpos menos consideráveis, talvez os restos errantes de um astro partido em milhares de pedaços, dos quais o telescópio reconheceu 97 até os dias de hoje[33].

Desses servidores que o Sol mantém em sua órbita elíptica pela grande lei da gravidade, por sua vez, alguns possuem satélites. Urano tem oito, Saturno tem oito, Júpiter possui quatro, Netuno talvez três e a Terra possui um[34]. Este último,

---

[33] Alguns desses asteroides são suficientemente pequenos para fazer seu percurso no espaço em um único dia de marcha compassada.

[34] Desde a publicação de "*Da Terra à Lua*", em 1865, o número de satélites naturais dos planetas do sistema solar aumentou consideravelmente: Urano possui atualmente 27 luas confirmadas (Verne cita oito luas na obra, mas em sua época apenas quatro eram conhecidas: Ariel, Umbriel, Titânia e Oberon); Saturno possui 62 luas confirmadas, incluindo as oito citadas por Verne (Titã, Tétis, Dione, Reia, Jápeto, Mimas, Hipérion e Encelado); Júpiter possui 67 luas confirmadas, incluindo as quatro citadas por Verne, as chamadas luas galileanas (Io, Ganimedes, Europa e Calisto); Netuno possui 14 luas confirmadas (Verne cita três luas na obra, mas em sua época apenas uma era conhecida: Tritão); as luas de Marte (Fobos e Deimos) só seriam descobertas em 1877 pelo astrônomo norte-americano, Asaph Hall (1829-1907). (N.E.)

un; ce dernier, l'un des moins importants du monde solaire, s'appelle la Lune, et c'est lui que le génie audacieux des Américains prétendait conquérir.

L'astre des nuits, par sa proximité relative et le spectacle rapidement renouvelé de ses phases diverses, a tout d'abord partagé avec le Soleil l'attention des habitants de la Terre; mais le Soleil est fatigant au regard, et les splendeurs de sa lumière obligent ses contemplateurs à baisser les yeux.

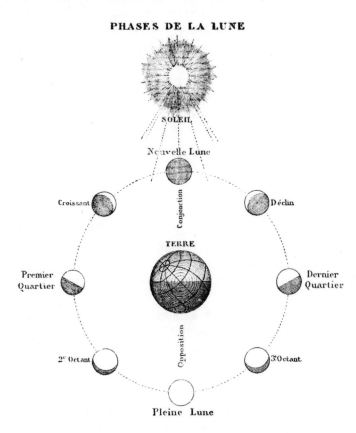

La blonde Phœbé, plus humaine au contraire, se laisse complaisamment voir dans sa grâce modeste; elle est douce à l'œil, peu ambitieuse, et cependant, elle se permet parfois d'éclipser son frère, le radieux Apollon, sans jamais être éclipsée par lui. Les mahométans ont compris la reconnaissance qu'ils devaient à cette fidèle amie de la Terre, et ils ont réglé leur mois sur sa révolution[31].

Les premiers peuples vouèrent un culte particulier à cette chaste déesse. Les Égyptiens l'appelaient Isis; les Phéniciens la nommaient Astarté; les Grecs l'adorèrent sous le nom de Phœbé, fille de Latone et de Jupiter, et ils expliquaient ses éclipses par les visites mystérieuses de Diane au bel Endymion. À en croire la légende mythologique, le lion de Némée parcourut les campagnes de la Lune avant son apparition sur la Terre, et le poète Agésianax, cité par Plutarque, célé-

---

[31] Vingt-neuf jours et demi environ.

um dos menos importantes do mundo solar, chama-se Lua, e era esse satélite que o gênio audacioso dos americanos pretendia conquistar.

Por sua relativa proximidade e pelo espetáculo rapidamente renovado de suas diversas fases, no início o astro das noites dividiu com o Sol a atenção dos habitantes da Terra, mas o Sol cansa o olhar e os esplendores de sua luz obrigam seus observadores a baixar os olhos.

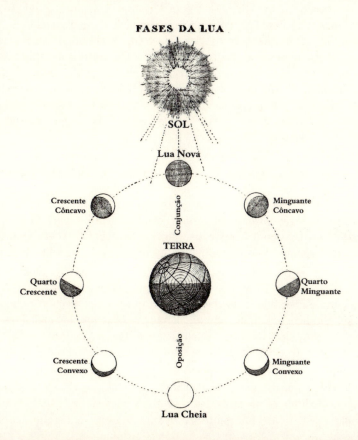

Ao contrário, a loura Febe, mais humana, complacentemente se deixa ver em toda sua modesta graça. Ela é doce aos olhos, pouco ambiciosa e, no entanto, às vezes se permite eclipsar seu irmão, o radioso Apolo, sem jamais ser eclipsada por ele. Os maometanos compreenderam o reconhecimento que deveriam demonstrar para com a fiel amiga da Terra e regularam seus meses por suas revoluções[35].

Os primeiros povos devotavam um culto particular a essa casta deusa. Os egípcios a chamavam de Isis, os fenício de Astarte; os gregos a adoravam sob o nome de Febe, filha de Latona e de Júpiter, e explicavam seus eclipses como visitas misteriosas de Diana ao belo Endímion. A se acreditarmos na lenda mitológica, o leão de Nemeia percorreu os campos da Lua antes de sua aparição na Terra, e o poeta Agesianax, citado por Plutarco, celebrou em

---

[35] Aproximadamente 29 dias e meio.

bra dans ses vers ces doux yeux, ce nez charmant et cette bouche aimable, formés par les parties lumineuses de l'adorable Séléné.

Mais si les Anciens comprirent bien le caractère, le tempérament, en un mot, les qualités morales de la Lune au point de vue mythologique, les plus savants d'entre eux demeurèrent fort ignorants en sélénographie.

Cependant, plusieurs astronomes des époques reculées découvrirent certaines particularités confirmées aujourd'hui par la science. Si les Arcadiens prétendirent avoir habité la Terre à une époque où la Lune n'existait pas encore, si Simplicius la crut immobile et attachée à la voute de cristal, si Tatius la regarda comme un fragment détaché du disque solaire, si Cléarque, le disciple d'Aristote, en fit un miroir poli sur lequel se réfléchissaient les images de l'Océan, si d'autres enfin ne virent en elle qu'un amas de vapeurs exhalées par la Terre, ou un globe moitié feu, moitié glace, qui tournait sur lui-même, quelques savants, au moyen d'observations sagaces, à défaut d'instruments d'optique, soupçonnèrent la plupart des lois qui régissent l'astre des nuits.

Ainsi Thalès de Milet, 460 ans avant J. C., émit l'opinion que la Lune était éclairée par le Soleil. Aristarque de Samos donna la véritable explication de ses phases. Cléomène enseigna qu'elle brillait d'une lumière réfléchie. Le Chaldéen Bérose découvrit que la durée de son mouvement de rotation était égale à celle de son mouvement de révolution, et il expliqua de la sorte le fait que la Lune présente toujours la même face. Enfin Hipparque, deux siècles avant l'ère chrétienne, reconnut quelques inégalités dans les mouvements apparents du satellite de la Terre.

Ces diverses observations se confirmèrent par la suite et profitèrent aux nouveaux astronomes. Ptolémée, au deuxième siècle, l'Arabe Aboul-Wéfa, au dixième, complétèrent les remarques d'Hipparque sur les inégalités que subit la Lune en suivant la ligne ondulée de son orbite sous l'action du Soleil. Puis Copernic[32], au quinzième siècle, et Tycho Brahé, au seizième, exposèrent complètement le système du monde et le rôle que joue la Lune dans l'ensemble des corps célestes.

À cette époque, ses mouvements étaient à peu près déterminés; mais de sa constitution physique on savait peu de chose. Ce fut alors que Galilée expliqua les phénomènes de lumière produits dans certaines phases par l'existence de montagnes auxquelles il donna une hauteur moyenne de quatre mille cinq cents toises.

Après lui, Hevelius, un astronome de Dantzig, rabaissa les plus hautes altitudes à deux mille six cents toises; mais son confrère Riccioli les reporta à sept mille.

Herschell, à la fin du dix-huitième siècle, armé d'un puissant télescope, réduisit singulièrement les mesures précédentes. Il donna dix-neuf cents toises aux montagnes les plus élevées, et ramena la moyenne des différentes hauteurs à quatre cents toises seulement. Mais Herschell se trompait encore, et il fallut les observations de Shrœter, Louville, Halley, Nasmyth, Bianchini, Pastorf, Lohrman, Gruithuysen, et surtout les patientes études de MM. Beer et Mœdeler, pour résoudre définitivement la question. Grâce à ces savants, l'élévation des montagnes de la Lune est parfaitement connue aujourd'hui. MM. Beer et Mœdeler ont mesuré dix-neuf cent cinq hauteurs, dont six sont au-dessus de deux mille six cents toises,

---

[32] Voir *Les Fondateurs de l'Astronomie Moderne*, un livre admirable de M. J. Bertrand, de l'Institut.

versos seus doces olhos, seu nariz encantador e sua boca amável, formados pelas partes luminosas da adorável Selene.

Mas se os antigos compreenderam bem o caráter, o temperamento e as qualidades morais da Lua sob o ponto de vista mitológico, os mais sábios dentre eles permaneceram bastante ignorantes em termos da selenografia.

Contudo, vários astrônomos das épocas antigas descobriram certas particularidades hoje confirmadas pela ciência. Se os arcádios pretenderam ter habitado a Terra em uma época em que a Lua ainda não existia, se Simplício acreditava que ela era imóvel e presa a uma cúpula de cristal, se Tácio a considerava um fragmento solto do disco solar, se Clearco, discípulo de Aristóteles fazia dela um espelho polido sobre o qual se refletiam as imagens do oceano, se outros não viam nela mais que um amontoado de vapores exalados pela Terra ou um globo metade fogo, metade gelo, que girava sobre si mesmo, alguns sábios, por meio de observações sagazes, na ausência de instrumentos ópticos, suspeitaram a maior parte das leis que regem o astro das noites.

Assim, 460 anos antes de Cristo, Tales de Mileto emitiu a opinião de que a Lua era iluminada pelo Sol. Aristarco de Samos deu a verdadeira explicação sobre suas fases. Cleómenes afirmou que ela brilhava por refletir a luz e o caldeu Berósio descobriu que a duração de seu movimento de rotação era igual ao de seu movimento de revolução, explicando que era essa a razão de a Lua apresentar sempre a mesma face. Enfim, dois séculos antes da era cristã, Hiparco reconheceu certas desigualdades nos movimentos aparentes do satélite da Terra.

Essas diversas observações logo se confirmaram e auxiliaram muito os astrônomos. Ptolomeu no século XII, e o árabe Abul-Wáfa no século X, completaram as explicações de Hiparco sobre as desigualdades experimentadas pela Lua ao seguir a linha ondulada de sua órbita, sob a ação do Sol. Depois, Copérnico no século XV[36], e Tycho Brahe no século XVI, expuseram completamente o sistema do mundo e o papel que desempenha a Lua no conjunto dos corpos celestes.

Nessa época, seus movimentos foram determinados pouco a pouco; mas não se sabia muito sobre sua constituição física. Foi então que Galileu explicou que os fenômenos lunares produzidos em certas fases eram devidos a montanhas às quais atribuiu uma altura média de 4.500 toesas[37].

Mais tarde, Hevélio, um astrônomo de Dantzig, abaixou as mais altas altitudes para 2.600 toesas; mas seu compatriota Riccioli as elevou para 7 mil.

No final do século XVIII, armado de um possante telescópio, Herschell reduziu singularmente as medidas precedentes. Ele atribuiu 1.900 toesas às montanhas mais elevadas e calculou a média das diferentes alturas em 400 toesas somente. Mas Herschell também se enganou e foram necessárias as observações de Shrœter, Louville, Halley, Nasmyth, Bianchini, Pastorf, Lohrman, Gruithuysen e, sobretudo, os pacientes estudos dos senhores Beer e Mœdeler para resolver definitivamente a questão. Graças a esses sábios, a altura das montanhas da Lua é perfeitamente conhecida atualmente. Os senhores Beer e Mœdeler mediram 1.950 altitudes, onde seis delas são maiores que 2.600

---

[36] Ver *Os Fundadores da Astronomia Moderna*, livro admirável do senhor J. Bertrand, do Instituto.
[37] Toesa é uma antiga medida de comprimento que equivale a 1,945 metro. (N. T.)

et vingt-deux au-dessus de deux mille quatre cents[33]. Leur plus haut sommet domine de trois mille huit cent et une toises la surface du disque lunaire.

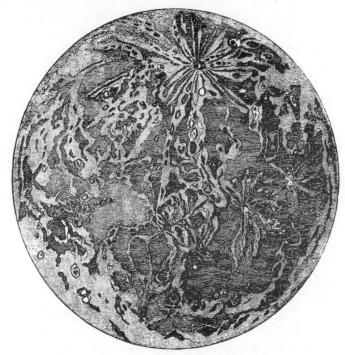

En même temps, la reconnaissance de la Lune se complétait; cet astre apparaissait criblé de cratères, et sa nature essentiellement volcanique s'affirmait à chaque observation. Du défaut de réfraction dans les rayons des planètes occultées par elle, on conclut que l'atmosphère devait presque absolument lui manquer. Cette absence d'air entraînait l'absence d'eau. Il devenait donc manifeste que les Sélénites, pour vivre dans ces conditions, devaient avoir une organisation spéciale et différer singulièrement des habitants de la Terre.

Enfin, grâce aux méthodes nouvelles, les instruments plus perfectionnés fouillèrent la Lune sans relâche, ne laissant pas un point de sa face inexploré, et cependant son diamètre mesure deux mille cent cinquante milles[34], sa surface est la treizième partie de la surface du globe[35], son volume la quarante-neuvième partie du volume du sphéroïde terrestre; mais aucun de ses secrets ne pouvait échapper à l'œil des astronomes, et ces habiles savants portèrent plus loin encore leurs prodigieuses observations.

Ainsi ils remarquèrent que, pendant la pleine Lune, le disque apparaissait dans certaines parties rayé de lignes blanches, et pendant les phases, rayé de lignes noires. En étudiant avec une plus grande précision, ils parvinrent à se rendre un compte exact de la nature de ces lignes. C'étaient des sillons longs et étroits, creusés entre des bords parallèles, aboutissant généralement aux contours des cratères; ils avaient

---

[33] La hauteur du mont Blanc au-dessus de la mer est de 4,813 mètres.
[34] Huit cent soixante-neuf lieues, c'est-à-dire un peu plus du quart du rayon terrestre.
[35] Trente-huit millions de kilomètres carrés.

toesas, e 22 delas acima de 2.400[38]. Com 3.801 toesas, o pico mais alto domina a superfície do disco lunar.

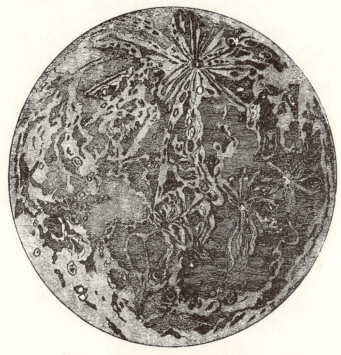

Ao mesmo tempo, completava-se o reconhecimento da Lua. Esse astro parecia crivado de crateras e sua natureza essencialmente vulcânica se afirmava a cada observação. Pela falta de refração nos raios dos planetas ocultos por ela, concluiu-se que praticamente não devia haver atmosfera nela. Essa ausência de ar resultaria em ausência de água. Daí a conclusão de que se existissem selenitas, para viver em tais condições deviam possuir uma organização especial e diferir muitíssimo dos habitantes da Terra.

Enfim, graças aos novos métodos, os instrumentos mais aperfeiçoados esquadrinharam incansavelmente a Lua, não deixando inexplorado um único ponto de sua face e, sendo assim, seu diâmetro é de 2.150 milhas[39], sua superfície é a 13ª da superfície do globo[40], seu volume é 49ª parte do volume do esferóide terrestre; Mas nenhum de seus segredos poderia escapar ao olho dos astrônomos, e estes hábeis sábios levaram mais longe ainda as suas observações prodigiosas.

Assim sendo, notaram que durante a Lua cheia certas partes do disco apareciam raiadas de linhas brancas, e durante suas fases, raiadas de linhas negras. Estudando com uma maior precisão, eles compreenderam a exata natureza dessas linhas. Eram sulcos longos e estreitos cavados entre as bordas paralelas, geralmente terminando junto aos contornos das crateras. Seu comprimento

---

[38] A altitude do Monte Branco é 4.813 metros acima do nível do mar.
[39] Oitocentas e sessenta e nove léguas, isto é, pouco mais de ¼ do raio terrestre.
[40] Trinta e oito milhões de quilômetros quadrados.

une longueur comprise entre dix et cent milles et une largeur de huit cents toises. Les astronomes les appelèrent des rainures, mais tout ce qu'ils surent faire, ce fut de les nommer ainsi. Quant à la question de savoir si ces rainures étaient des lits desséchés d'anciennes rivières ou non, ils ne purent la résoudre d'une manière complète. Aussi les Américains espéraient bien déterminer, un jour ou l'autre, ce fait géologique. Ils se réservaient également de reconnaître cette série de remparts parallèles découverts à la surface de la Lune par Gruithuysen, savant professeur de Munich, qui les considéra comme un système de fortifications élevées par les ingénieurs sélénites. Ces deux points, encore obscurs, et bien d'autres sans doute, ne pouvaient être définitivement réglés qu'après une communication directe avec la Lune.

Quant à l'intensité de sa lumière, il n'y avait plus rien à apprendre à cet égard; on savait qu'elle est trois cent mille fois plus faible que celle du Soleil, et que sa chaleur n'a pas d'action appréciable sur les thermomètres; quant au phénomène connu sous le nom de lumière cendrée, il s'explique naturellement par l'effet des rayons du Soleil renvoyés de la Terre à la Lune, et qui semblent compléter le disque lunaire, lorsque celui-ci se présente sous la forme d'un croissant dans ses première et dernière phases.

Tel était l'état des connaissances acquises sur le satellite de la Terre, que le Gun-Club se proposait de compléter à tous les points de vue, cosmographiques, géologiques, politiques et moraux.

variava entre dez e 100 milhas, e sua largura era de 800 toesas. Os astrônomos as denominaram ranhuras, mas tudo que souberam fazer foi nomeá-las desse modo. Não puderam resolver completamente a questão e saber se essas ranhuras eram ou não leitos ressecados de antigos rios. Os americanos também esperavam um dia ou outro determinar esse fato geológico. Eles também não aceitaram a tese de que a série de muralhas paralelas descobertas na superfície da Lua por Gruithuysen, erudito professor de Munique, era um sistema de fortificações construído por engenheiros selenitas. Esses dois pontos ainda obscuros, e ainda vários outros, não poderiam ser definitivamente colocados antes de se estabelecer uma comunicação direta com a Lua.

Quanto à intensidade de sua luz, não havia mais nada a descobrir sobre este tema; sabia-se que era 300 mil vezes mais débil que aquela do Sol e que seu calor não possuía ação apreciável sobre os termômetros; quanto ao fenômeno conhecido pela alcunha de luz cinza, é naturalmente explicado pelo efeito dos raios do Sol refletidos da Terra à Lua, e que parecem completar o disco lunar, pois este se apresenta sob a forma de um crescente em sua primeira e última fase.

Esse era o estado dos conhecimentos adquiridos sobre o satélite da Terra que o Clube do Canhão se propunha completar sob todos os pontos de vista – cosmográficos, geológicos, políticos e morais.

CHAPITRE VI

CE QU'IL N'EST PAS POSSIBLE D'IGNORER ET CE QU'IL N'EST PLUS PERMIS DE CROIRE DANS LES ÉTATS-UNIS

La proposition Barbicane avait eu pour résultat immédiat de remettre à l'ordre du jour tous les faits astronomiques relatifs à l'astre des nuits. Chacun se mit à l'étudier assidûment. Il semblait que la Lune apparût pour la première fois sur l'horizon et que personne ne l'eût encore entrevue dans les cieux. Elle devint à la mode; elle fut la lionne du jour sans en paraître moins modeste, et prit rang parmi les "étoiles" sans en montrer plus de fierté. Les journaux ravivèrent les vieilles anecdotes dans lesquelles ce "Soleil des loups" jouait un rôle; ils rappelèrent les influences que lui prêtait l'ignorance des premiers âges; ils le chantèrent sur tous les tons; un peu plus, ils eussent cité de ses bons mots; l'Amérique entière fut prise de sélénomanie.

De leur côté, les revues scientifiques traitèrent plus spécialement les questions qui touchaient à l'entreprise du Gun-Club; la lettre de l'Observatoire de Cambridge fut publiée par elles, commentée et approuvée sans réserve.

Bref, il ne fut plus permis, même au moins lettré des Yankees, d'ignorer un seul des faits relatifs à son satellite, ni à la plus bornée des vieilles mistress d'admettre encore de superstitieuses erreurs à son endroit. La science leur arrivait sous toutes les formes; elle les pénétrait par les yeux et les oreilles; impossible d'être un âne… en astronomie.

Jusqu'alors, bien des gens ignoraient comment on avait pu calculer la distance qui sépare la Lune de la Terre. On profita de la circonstance pour leur apprendre que cette distance s'obtenait par la mesure de la parallaxe de la Lune. Si le mot parallaxe semblait les étonner, on leur disait que c'était l'angle formé par deux lignes droites menées de chaque extrémité du rayon terrestre jusqu'à

CAPÍTULO VI

O QUE NÃO É POSSÍVEL IGNORAR E O QUE NÃO MAIS SE PODE ACREDITAR NOS ESTADOS UNIDOS DA AMÉRICA

A proposta de Barbicane teve como resultado imediato levar à ordem do dia todos os fatos astronômicos relativos ao astro das noites. Cada qual se pôs a estudá-lo assiduamente. Parecia que a Lua surgira pela primeira vez no horizonte e que ninguém ainda a vira antes nos céus. Ela ficou na moda; foi a leoa do dia sem parecer menos modesta, e assumiu um posto entre as "estrelas" sem mostrar maior altivez. Os jornais reviveram velhas anedotas nas quais esse "Sol dos lobos" desempenhava um papel; lembraram as influências a ela atribuídas pela ignorância das primeiras eras e ela foi cantada em todos os tons. Um pouco mais e a ela atribuiriam algumas palavras engraçadas; a América inteira foi tomada de selenomania.

Por sua vez, as revistas científicas trataram mais especificamente as questões ligadas ao projeto do Clube do Canhão; a carta do Observatório de Cambridge foi publicada, comentada e aprovada sem reserva.

Em pouco tempo, até aos menos letrados dos ianques não era mais permitido ignorar um único fato relativo ao seu satélite, nem à mais limitada velha senhora admitir os supersticiosos erros sobre ela. A ciência lhes chegava sob todas as formas, penetrava-lhes pelos olhos e pelas orelhas; era impossível ser um asno... em astronomia.

Até aquele momento, muita gente ignorava como era possível calcular a distância que separa a Lua da Terra. Aproveitou-se a circunstância para lhes ensinar que essa distância era obtida pela medida da paralaxe da Lua. Se o termo paralaxe parecia espantá-los era-lhes explicado que ele se referia ao ângulo formado por duas linhas retas traçadas em cada extremidade do raio terrestre até a

la Lune. Doutaient-ils de la perfection de cette méthode, on leur prouvait immédiatement que, non seulement cette distance moyenne était bien de deux cent trente-quatre mille trois cent quarante-sept milles (94,330 lieues), mais encore que les astronomes ne se trompaient pas de soixante-dix milles (30 lieues).

À ceux qui n'étaient pas familiarisés avec les mouvements de la Lune, les journaux démontraient quotidiennement qu'elle possède deux mouvements distincts, le premier dit de rotation sur un axe, le second dit de révolution autour de la Terre, s'accomplissant tous les deux dans un temps égal, soit vingt-sept jours et un tiers[36].

Le mouvement de rotation est celui qui crée le jour et la nuit à la surface de la Lune; seulement il n'y a qu'un jour, il n'y a qu'une nuit par mois lunaire, et ils durent chacun trois cent cinquante-quatre heures et un tiers. Mais, heureusement pour elle, la face tournée vers le globe terrestre est éclairée par lui avec une intensité égale à la lumière de quatorze Lunes. Quant à l'autre face, toujours invisible, elle a naturellement trois cent cinquante-quatre heures d'une nuit absolue, tempérée seulement par cette "pâle clarté qui tombe des étoiles". Ce phénomène est uniquement dû à cette particularité que les mouvements de rotation et de révolution s'accomplissent dans un temps rigoureusement égal, phénomène commun, suivant Cassini et Herschell, aux satellites de Jupiter, et très probablement à tous les autres satellites.

Quelques esprits bien disposés, mais un peu rétifs, ne comprenaient pas tout d'abord que, si la Lune montrait invariablement la même face à la Terre pendant sa révolution, c'est que, dans le même laps de temps, elle faisait un tour sur elle-même. À ceux-là on disait: "Allez dans votre salle à manger, et tournez autour de la table de manière à toujours en regarder le centre; quand votre promenade circulaire sera achevée, vous aurez fait un tour sur vous-même, puisque votre œil aura parcouru successivement tous les points de la salle. Eh bien! la salle, c'est le Ciel, la table, c'est la Terre, et la Lune, c'est vous!" Et ils s'en allaient enchantés de la comparaison.

Ainsi donc, la Lune montre sans cesse la même face à la Terre; cependant, pour être exact, il faut ajouter que, par suite d'un certain balancement du nord au sud et de l'ouest à l'est appelé "libration", elle laisse apercevoir un peu plus de la moitié de son disque, soit les cinquante-sept centièmes environ.

Lorsque les ignorants en savaient autant que le directeur de l'Observatoire de Cambridge sur le mouvement de rotation de la Lune, ils s'inquiétaient beaucoup de son mouvement de révolution autour de la Terre, et vingt revues scientifiques avaient vite fait de les instruire. Ils apprenaient alors que le firmament, avec son infinité d'étoiles, peut être considéré comme un vaste cadran sur lequel la Lune se promène en indiquant l'heure vraie à tous les habitants de la Terre; que c'est dans ce mouvement que l'astre des nuits présente ses différentes phases; que la Lune est pleine, quand elle est en opposition avec le Soleil, c'est-à-dire lorsque les trois astres sont sur la même ligne, la Terre étant au milieu; que la Lune est nouvelle quand elle est en conjonction avec le Soleil, c'est-à-dire lorsqu'elle se trouve entre la Terre et lui; enfin que la Lune est dans son premier ou dans son

---

[36] 'est la durée de la révolution sidérale, c'est-à-dire le temps que la Lune met à revenir à une même étoile.

Lua. Se duvidassem da perfeição desse método, provavam-lhes imediatamente que não apenas essa distância média era de 234.347 milhas (94.330 léguas), mas também que nessa medição os astrônomos não se enganavam mais do que 70 milhas (ou 30 léguas).

Aos que não estavam familiarizados com os movimentos da Lua, os jornais demonstravam todos os dias que ela possui dois movimentos distintos, sendo o primeiro de rotação sobre um eixo, e o segundo chamado de revolução em torno da Terra, os dois completados em um tempo igual de 27 dias e um terço[41].

O movimento de rotação é o que cria o dia e a noite na superfície da Lua, mas somente existe um único dia e somente uma única noite por mês lunar, e cada um deles dura 354 horas e um terço. Mas, felizmente para ela, a face voltada para o globo terrestre é iluminada por ele com uma intensidade igual à luz de quatorze luas. Quanto à outra face, sempre invisível, naturalmente possui 354 horas de uma noite absoluta, temperada apenas por essa "pálida claridade que emana das estrelas". Esse fenômeno se deve unicamente à particularidade de que os movimentos de rotação e de revolução são completados em um tempo rigorosamente igual, um fenômeno compartilhado, segundo Cassini e Herschell, pelos satélites de Júpiter, e muito provavelmente por todos os outros satélites.

Alguns espíritos bem dispostos, mas um pouco rebeldes, de início não compreendiam que se a Lua mostrava invariavelmente a mesma face à Terra durante sua revolução era porque fazia uma volta em torno de si mesma no mesmo espaço de tempo. Diante disso, diziam: "Entrem em sua sala de jantar e andem em torno da mesa de modo a sempre olhar para seu centro e quando terminarem esse passeio circular façam um giro em torno de si mesmos, pois seus olhos terão percorrido sucessivamente todos os pontos da sala. Pois bem, a sala é o céu, a mesa é a Terra e a Lua são vocês!" E todos ficavam encantados com a comparação.

Desse modo, a Lua mostra sem cessar a mesma face para a Terra; mas para ser exato é preciso acrescentar que devido a certa oscilação do norte para o sul e do oeste para o leste, chamada "libração", ela mostra pouco mais da metade de seu disco, isto é, aproximadamente 57 centésimos.

Quando os ignorantes adquiriram tanto conhecimento a respeito do movimento de rotação da Lua quanto o diretor do Observatório de Cambridge, inquietaram-se muito com seu movimento de revolução em torno da Terra, e vinte revistas científicas se apressaram a instruí-los. Eles então aprenderam que o firmamento, com sua infinidade de estrelas, pode ser considerado como um vasto mostrador sobre o qual a Lua passeia, indicando a verdadeira hora a todos os habitantes da Terra, e que é nesse movimento que o astro das noites apresenta suas diferentes fases. Que é Lua cheia quando ela está em oposição com o Sol, isto é, quando os três astros se encontram no mesmo alinhamento, com a Terra posicionada no meio; que é Lua nova quando ela se encontra em conjunção com o Sol, isto é, quando está posicionada entre a Terra e o Sol; enfim,

---

[41] Esta é a duração da revolução sideral, isto é, o tempo que a Lua leva para voltar a uma mesma estrela.

dernier quartier, quand elle fait avec le Soleil et la Terre un angle droit dont elle occupe le sommet.

Quelques Yankees perspicaces en déduisaient alors cette conséquence, que les éclipses ne pouvaient se produire qu'aux époques de conjonction ou d'opposition, et ils raisonnaient bien. En conjonction, la Lune peut éclipser le Soleil, tandis qu'en opposition, c'est la Terre qui peut l'éclipser à son tour, et si ces éclipses n'arrivent pas deux fois par lunaison, c'est parce que le plan suivant lequel se meut la Lune est incliné sur l'écliptique, autrement dit, sur le plan suivant lequel se meut la Terre.

Quant à la hauteur que l'astre des nuits peut atteindre au-dessus de l'horizon, la lettre de l'Observatoire de Cambridge avait tout dit à cet égard. Chacun savait que cette hauteur varie suivant la latitude du lieu où on l'observe. Mais les seules zones du globe pour lesquelles la Lune passe au zénith, c'est-à-dire vient se placer directement au-dessus de la tête de ses contemplateurs, sont nécessairement comprises entre les vingt-huitièmes parallèles et l'équateur. De là cette recommandation importante de tenter l'expérience sur un point quelconque de cette partie du globe, afin que le projectile pût être lancé perpendiculairement et échapper ainsi plus vite à l'action de la pesanteur. C'était une condition essentielle pour le succès de l'entreprise, et elle ne laissait pas de préoccuper vivement l'opinion publique.

Quant à la ligne suivie par la Lune dans sa révolution autour de la Terre, l'Observatoire de Cambridge avait suffisamment appris, même aux ignorants de tous les pays, que cette ligne est une courbe rentrante, non pas un cercle, mais bien une ellipse, dont la Terre occupe un des foyers. Ces orbites elliptiques sont communes à toutes les planètes aussi bien qu'à tous les satellites, et la mécanique rationnelle prouve rigoureusement qu'il ne pouvait en être autrement. Il était bien entendu que la Lune dans son apogée se trouvait plus éloignée de la Terre, et plus rapprochée dans son périgée.

Voilà donc ce que tout Américain savait bon gré mal gré, ce que personne ne pouvait décemment ignorer. Mais si ces vrais principes se vulgarisèrent rapidement, beaucoup d'erreurs, certaines craintes illusoires, furent moins faciles à déraciner.

Ainsi, quelques braves gens, par exemple, soutenaient que la Lune était une ancienne comète, laquelle, en parcourant son orbite allongée autour du Soleil, vint à passer près de la Terre et se trouva retenue dans son cercle d'attraction. Ces astronomes de salon prétendaient expliquer ainsi l'aspect brûlé de la Lune, malheur irréparable dont ils se prenaient à l'astre radieux. Seulement, quand on leur faisait observer que les comètes ont une atmosphère et que la Lune n'en a que peu ou pas, ils restaient fort empêchés de répondre.

D'autres, appartenant à la race des trembleurs, manifestaient certaines craintes à l'endroit de la Lune; ils avaient entendu dire que, depuis les observations faites au temps des Califes, son mouvement de révolution s'accélérait dans une certaine proportion; ils en déduisaient de là, fort logiquement d'ailleurs, qu'à une accélération de mouvement devait correspondre une diminution dans la distance des deux astres, et que, ce double effet se prolongeant à l'infini, la Lune finirait un

que é Lua minguante quando ela faz com o Sol e a Terra um ângulo reto no qual ela ocupa o ponto mais alto.

Alguns ianques perspicazes deduziram então por conseguinte que os eclipses só poderiam acontecer em épocas de conjunção ou oposição, e tinham razão. Em conjunção, a Lua pode eclipsar o Sol, enquanto que em oposição é a Terra que, por sua vez, pode eclipsá-lo. E se esses eclipses não acontecem duas vezes por lunação é porque o plano segundo o qual se move a Lua é inclinado sobre a elíptica, isto é, sobre o plano de acordo com o qual se a Terra se move.

Quanto à altura que o astro das noites pode atingir sobre o horizonte, a carta do Observatório de Cambridge dizia tudo a respeito disso. Todos sabiam que essa altura varia de acordo com a latitude do lugar de onde ela está sendo observada. Mas as únicas zonas do globo pelas quais a Lua passa pelo zênite, isto é, se coloca diretamente sobre a cabeça de seus observadores, estão necessariamente compreendidas entre os paralelos de 28 graus e o equador. Por isso a recomendação importante de tentar a experiência em um ponto qualquer dessa parte do globo para que o projétil pudesse ser lançado de modo perpendicular e assim escapar mais depressa da ação da gravidade. Essa era uma condição essencial para o sucesso da empreitada, e não deixava de preocupar vivamente a opinião pública.

Quanto à linha seguida pela Lua em sua revolução em torno da Terra, o Observatório de Cambridge havia ensinado suficientemente aos ignorantes de todos os países que essa linha é uma curva reentrante, não um círculo, mas sim uma elipse em que a Terra ocupa uma das casas. Essas órbitas elípticas são comuns a todos os planetas e também a todos os satélites, e a mecânica racional prova rigorosamente que não poderia ser diferente. Ficou bem entendido que em seu apogeu a Lua se encontra mais longe da Terra, e em seu perigeu se encontra mais próxima.

Isso era, portanto, o que todo americano sabia, quisesse ou não, e que ninguém poderia decentemente ignorar. Esses princípios verdadeiros se vulgarizaram rapidamente, mas alguns receios ilusórios foram menos fáceis de desenraizar.

Assim, por exemplo, algumas pessoas corajosas afirmavam que a Lua era um antigo cometa que ao percorrer sua órbita alongada em torno do Sol passou perto da Terra e ficou preso em seu círculo de atração. Esses astrônomos de salão pretendiam explicar desse modo o aspecto queimado da Lua, um mal irreparável que atribuíam ao radioso astro do dia. Somente quando lhes diziam que os cometas possuem atmosfera e que a Lua possuiu pouca ou nenhuma eles se viam em dificuldades para responder.

Outros, pertencendo à raça dos medrosos, manifestavam certos receios sobre a Lua. Haviam ouvido dizer que desde as observações feitas no tempo dos califas, seu movimento de revolução se acelerava dentro de certa proporção. Disso se deduzia, então, logicamente que a uma aceleração de movimento devia corresponder uma diminuição na distância entre os dois astros e que esse efeito duplo se prolongaria ao infinito e, portanto, a Lua acabaria por cair um

jour par tomber sur la Terre. Cependant, ils durent se rassurer et cesser de craindre pour les générations futures, quand on leur apprit que, suivant les calculs de Laplace, un illustre mathématicien français, cette accélération de mouvement se renferme dans des limites fort restreintes, et qu'une diminution proportionnelle ne tardera pas à lui succéder. Ainsi donc, l'équilibre du monde solaire ne pouvait être dérangé dans les siècles à venir.

Restait en dernier lieu la classe superstitieuse des ignorants; ceux-là ne se contentent pas d'ignorer, ils savent ce qui n'est pas, et à propos de la Lune ils en savaient long. Les uns regardaient son disque comme un miroir poli au moyen duquel on pouvait se voir des divers points de la Terre et se communiquer ses pensées. Les autres prétendaient que sur mille nouvelles Lunes observées, neuf cent cinquante avaient amené des changements notables, tels que cataclysmes, révolutions, tremblements de terre, déluges, etc.; ils croyaient donc à l'influence mystérieuse de l'astre des nuits sur les destinées humaines; ils le regardaient comme le "véritable contre poids" de l'existence; ils pensaient que chaque Sélénite était rattaché à chaque habitant de la Terre par un lien sympathique; avec le docteur Mead, ils soutenaient que le système vital lui est entièrement soumis, prétendant, sans en démordre, que les garçons naissent surtout pendant la nouvelle Lune, et les filles pendant le dernier quartier, etc., etc. Mais enfin il fallut renoncer à ces vulgaires erreurs, revenir à la seule vérité, et si la Lune, dépouillée de son influence, perdit dans l'esprit de certains courtisans de tous les pouvoirs, si quelques dos lui furent tournés, l'immense majorité se prononça pour elle. Quant aux Yankees, ils n'eurent plus d'autre ambition que de prendre possession de ce nouveau continent des airs et d'arborer à son plus haut sommet le pavillon étoilé des États-Unis d'Amérique.

dia sobre a Terra. Contudo, eles se tranquilizaram e pararam de temer pelas gerações futuras quando lhes disseram que segundo os cálculos de Laplace, ilustre matemático francês, essa aceleração de movimento está dentro de limites bastante restritos e que uma diminuição proporcional não tardaria a suceder. Desse modo, o equilíbrio do mundo solar não poderia ser perturbado nos séculos vindouros.

Em último lugar ficava a classe supersticiosa dos ignorantes, pois eles não se contentam apenas em ignorar e sabem até o que não existe, e a propósito da Lua sabem há muito tempo. Alguns consideravam seu disco um espelho polido no qual podiam se ver e se comunicar por pensamentos, mesmo estando em diferentes pontos da Terra. Outros pretendiam que em mil Luas novas observadas, 950 haviam provocado alterações notáveis como cataclismos, revoluções, tremores de terra, dilúvios, etc. Acreditavam na influência misteriosa do astro das noites sobre os destinos humanos. Eles a consideravam como "verdadeiro contrapeso" da existência e pensavam que cada selenita estava ligado a um habitante da Terra por um elo simpático. Juntamente com o doutor Mead[42], afirmavam que o sistema vital era inteiramente sujeito a eles, pretendendo, sem que fosse possível demovê-los, que nascem mais meninos durante a Lua nova e mais meninas durante a Lua minguante, etc., etc. Mas enfim precisaram renunciar a esses erros vulgares e admitir a única verdade, e se a Lua, destituída de sua influência, perdeu seus poderes sobre o espírito de certas pessoas e alguns lhes viraram as costas, a imensa maioria se pronunciou a seu favor. Quanto aos ianques, estes não possuíam outra ambição senão tomar posse desse novo continente dos ares e erguer em seu mais alto cume o lábaro estrelado dos Estados Unidos da América.

---

[42] Richard Mead (1673-1754), epidemiologista e médico inglês, membro da Sociedade Real, médico da Corte de George II, publicou a obra "Sobre a Influência do Sol e da Lua sobre o Corpo Humano e as Doenças Advindas desses Corpos Estelares", em 1704. Também é o autor da obra "Breves Discursos sobre o Contágio Pestilento e os Métodos para Previni-lo", publicado em 1720, um dos mais importantes tratados sobre a compreensão das doenças transmissíveis. (N.T.)

CHAPITRE VII
L'HYMNE DU BOULET

L'Observatoire de Cambridge avait, dans sa mémorable lettre du 7 octobre, traité la question au point de vue astronomique; il s'agissait désormais de la résoudre mécaniquement. C'est alors que les difficultés pratiques eussent paru insurmontables en tout autre pays que l'Amérique. Ici ce ne fut qu'un jeu.

Le président Barbicane avait, sans perdre de temps, nommé dans le sein du Gun-Club un Comité d'exécution. Ce Comité devait en trois séances élucider les trois grandes questions du canon, du projectile et des poudres; il fut composé de quatre membres très savants sur ces matières: Barbicane, avec voix prépondérante en cas de partage, le général Morgan, le major Elphiston, et enfin l'inévitable J. T. Maston, auquel furent confiées les fonctions de secrétaire- -rapporteur.

Le 8 octobre, le Comité se réunit chez le président Barbicane, 3, Republican Street. Comme il était important que l'estomac ne vînt pas troubler par ses cris une aussi sérieuse discussion, les quatre membres du Gun-Club prirent place à une table couverte de sandwiches et de théières considérables. Aussitôt J. T. Maston vissa sa plume à son crochet de fer, et la séance commença.

Barbicane prit la parole:

— Mes chers collègues, dit-il, nous avons à résoudre un des plus importants problèmes de la balistique, cette science par excellence, qui traite du mouvement des projectiles, c'est-à-dire des corps lancés dans l'espace par une force d'impulsion quelconque, puis abandonnés à eux-mêmes.

— Oh! la balistique! la balistique! s'écria J. T. Maston d'une voix émue.

— Peut-être eût-il paru plus logique, reprit Barbicane, de consacrer cette première séance à la discussion de l'engin...

— En effet, répondit le général Morgan.

CAPÍTULO VII
O HINO DO PROJÉTIL

Em sua memorável carta de sete de outubro, o Observatório de Cambridge tratara a questão do ponto de vista astronômico, mas agora era preciso resolvê-la do ponto de vista mecânico. As dificuldades práticas pareceriam insuperáveis em qualquer outro país que não fosse a América. Ali, não passou de brincadeira.

Sem perda de tempo, o presidente Barbicane nomeou uma Comissão de execução no seio do Clube do Canhão. Em três sessões essa Comissão devia elucidar as três grandes questões do canhão, do projétil e da pólvora. Compunha-se de quatro membros muito versados nessas matérias: Barbicane, voz preponderante em caso de divisão de opiniões, o general Morgan, o major Elphiston e, enfim, o inevitável J. T. Maston, a quem foram confiadas as funções de secretário relator.

Em oito de outubro, a Comissão se reuniu na casa do presidente Barbicane, na Rua Republican, 3. As reivindicações do estômago não poderiam perturbar uma discussão tão séria, portanto os quatro membros do Clube do Canhão tomaram lugar em torno de uma mesa coberta de sanduíches e bules em número considerável. Logo J. T. Maston prendeu a caneta no gancho de ferro que lhe servia de mão e a sessão começou.

Barbicane tomou a palavra:

— Meus caros colegas, precisamos resolver um dos problemas mais importantes da balística, essa ciência por excelência, que trata do movimento dos projéteis, isto é, dos corpos lançados ao espaço por uma força de impulsão qualquer, e depois abandonados a si mesmos, disse ele.

— Oh! A balística! A balística! exclamou J. T. Maston com voz emocionada.

— Talvez parecesse mais lógico, continuou Barbicane, consagrar esta primeira reunião à discussão do engenho...

— Com efeito, respondeu o general Morgan.

Barbicane prit la parole.

— Cependant, reprit Barbicane, après mûres réflexions, il m'a semblé que la question du projectile devait primer celle du canon, et que les dimensions de celui-ci devaient dépendre des dimensions de celui-là.

— Je demande la parole, s'écria J. T. Maston.

La parole lui fut accordée avec l'empressement que méritait son passé magnifique.

— Mes braves amis, dit-il d'un accent inspiré, notre président a raison de donner à la question du projectile le pas sur toutes les autres! Ce boulet que nous allons lancer à la Lune, c'est notre messager, notre ambassadeur, et je vous demande la permission de le considérer à un point de vue purement moral.

Cette façon nouvelle d'envisager un projectile piqua singulièrement la

Barbicane pede a palavra.

— No entanto, continuou Barbicane, depois de muita reflexão cheguei à conclusão de que a questão do projétil deveria ser tratada antes da do canhão, e que de suas dimensões dependeria o calibre desse último.

— Peço a palavra, exclamou J. T. Maston.

A palavra lhe foi concedida com a rapidez que merecia seu passado magnífico.

— Meus bravos amigos, disse ele com voz inspirada, nosso presidente tem razão em dar à questão do projétil a preferência sobre todas as outras! O projétil que vamos lançar à Lua é nosso mensageiro, nosso embaixador, e eu lhes peço permissão de considerá-lo de um ponto de vista puramente moral.

Essa nova maneira de considerar um projétil estimulou singularmente a

curiosité des membres du Comité; ils accordèrent donc la plus vive attention aux paroles de J. T. Maston.

— Mes chers collègues, reprit ce dernier, je serai bref; je laisserai de côté le boulet physique, le boulet qui tue, pour n'envisager que le boulet mathématique, le boulet moral. Le boulet est pour moi la plus éclatante manifestation de la puissance humaine; c'est en lui qu'elle se résume tout entière; c'est en le créant que l'homme s'est le plus rapproché du Créateur!

— Très bien! dit le major Elphiston.

— En effet, s'écria l'orateur, si Dieu a fait les étoiles et les planètes, l'homme a fait le boulet, ce critérium des vitesses terrestres, cette réduction des astres errant dans l'espace, et qui ne sont, à vrai dire, que des projectiles! À Dieu la vitesse de l'électricité, la vitesse de la lumière, la vitesse des étoiles, la vitesse des comètes, la vitesse des planètes, la vitesse des satellites, la vitesse du son, la vitesse du vent! Mais à nous la vitesse du boulet, cent fois supérieure à la vitesse des trains et des chevaux les plus rapides!

J. T. Maston était transporté; sa voix prenait des accents lyriques en chantant cet hymne sacré du boulet.

— Voulez-vous des chiffres? reprit-il, en voilà d'éloquents! Prenez simplement le modeste boulet de vingt-quatre[37]; s'il court huit cent mille fois moins vite que l'électricité, six cent quarante fois moins vite que la lumière, soixante-seize fois moins vite que la Terre dans son mouvement de translation autour du Soleil, cependant, à la sortie du canon, il dépasse la rapidité du son[38], il fait deux cents toises à la seconde, deux mille toises en dix secondes, quatorze milles à la minute (~6 lieues), huit cent quarante milles à l'heure (~360 lieues), vingt mille cent milles par jour (~8,640 lieues), c'est-à-dire la vitesse des points de l'équateur dans le mouvement de rotation du globe, sept millions trois cent trente-six mille cinq cents milles par an (~3,155,760 lieues). Il mettrait donc onze jours à se rendre à la Lune, douze ans à parvenir au Soleil, trois cent soixante ans à atteindre Neptune aux limites du monde solaire. Voilà ce que ferait ce modeste boulet, l'ouvrage de nos mains! Que sera-ce donc quand, vingtuplant cette vitesse, nous le lancerons avec une rapidité de sept milles à la seconde! Ah! boulet superbe! splendide projectile! j'aime à penser que tu seras reçu là-haut avec les honneurs dus à un ambassadeur terrestre!

Des hurrahs accueillirent cette ronflante péroraison, et J. T. Maston, tout ému, s'assit au milieu des félicitations de ses collègues.

— Et maintenant, dit Barbicane, que nous avons fait une large part à la poésie, attaquons directement la question.

— Nous sommes prêts, répondirent les membres du Comité en absorbant chacun une demi-douzaine de sandwiches.

— Vous savez quel est le problème à résoudre, reprit le président; il s'agit d'imprimer à un projectile une vitesse de douze mille yards par seconde. J'ai lieu

---

[37] C'est-à-dire pesant vingt-quatre livres.
[38] Ainsi, quand on a entendu la détonation de la bouche à feu on ne peut plus être frappé par le boulet.

curiosidade dos membros da Comissão e eles prestaram a mais viva atenção às palavras de J. T. Maston.

— Meus caros colegas, serei breve, continuou este último. Deixarei de lado o projétil físico, o projétil que mata, para considerar apenas o projétil matemático, o projétil moral, que para mim é a mais brilhante manifestação do poder humano. É nele que o nosso poder se resume inteiramente, e foi ao criá-lo que o homem mais se aproximou do Criador!

— Muito bem! falou o major Elphiston.

— Na verdade, exclamou o orador, se Deus criou as estrelas e os planetas, o homem criou o projétil, esse critério das velocidades terrestres, essa miniatura dos astros errantes no espaço que, para falar a verdade, não passam de projéteis! A Deus pertence a velocidade da eletricidade, a velocidade da luz, a velocidade das estrelas, a velocidade dos cometas, a velocidade dos planetas, a velocidade dos satélites, a velocidade do som, a velocidade do vento! Mas a nós pertence a velocidade do projétil, cem vezes superior à velocidade das locomotivas e dos cavalos mais rápidos!

J. T. Maston estava arrebatado; sua voz assumia tons líricos ao cantar esse sagrado hino ao projétil.

— Desejam números? continuou ele. São eloquentes! Tomem simplesmente o modesto projétil 24[43], que corre 800 vezes mais devagar que a eletricidade, 600 vezes mais devagar que a luz e 616 vezes mais devagar que a Terra em seu movimento de translação em torno do Sol. Contudo, ao sair do canhão, ele ultrapassa a velocidade do som[44], faz 200 toesas por segundo, 2 mil toesas em dez segundos, 14 mil toesas por minuto (~6 léguas), 840 milhas por hora (~360 léguas)[45], 20.100 milhas por dia (~8.640 léguas), isto é, a velocidade dos pontos do equador no movimento de rotação do globo terrestre, e 7.336.500 milhas por ano (~3.155.760 léguas). Portanto, ele levaria 11 dias para chegar à lua, 12 anos para chegar ao Sol e 360 anos para chegar a Netuno, nos limites do mundo solar. Eis o que faria esse modesto projétil, obra de nossas mãos! O que aconteceria quando, aumentando 20 vezes essa velocidade, nós o lançássemos com uma velocidade de sete milhas por segundo! Ah! Projétil soberbo! Esplêndido projétil! Adoro pensar que ele será recebido nas alturas com as honras devidas a um embaixador terrestre!

Vivas acolheram essa exaltada peroração e, todo emocionado, J. T. Maston sentou-se em meio às felicitações de seus colegas.

— E agora que já demos a devida importância à poesia, ataquemos diretamente a questão, disse Barbicane.

— Estamos prontos, responderam os membros da Comissão, cada qual devorando meia dúzia de sanduíches.

— Os senhores já sabem o problema que precisamos resolver, continuou o presidente. Trata-se de imprimir a um projétil uma velocidade de 12 mil jardas

---

[43] Isto é, pesando 24 libras.
[44] Assim, quando se ouve a detonação da boca de fogo não é mais possível ser atingido pela bala.
[45] Seis léguas ou aproximadamente 29 quilômetros por minutos; 360 léguas ou 1.760 quilômetros por hora. (N.T.)

de penser que nous y réussirons. Mais, en ce moment, examinons les vitesses obtenues jusqu'ici; le général Morgan pourra nous édifier à cet égard.

— D'autant plus facilement, répondit le général, que, pendant la guerre, j'étais membre de la commission d'expérience. Je vous dirai donc que les canons de cent de Dahlgreen, qui portaient à deux mille cinq cents toises, imprimaient à leur projectile une vitesse initiale de cinq cents yards à la seconde.

— Bien. Et la Columbiad[39] Rodman? demanda le président.

La Columbiad Rodman

— La Columbiad Rodman, essayée au fort Hamilton, près de New York, lançait un boulet pesant une demi-tonne à une distance de six milles, avec une

---
[39] Les Américains donnaient le nom de Columbiad à ces énormes engins de destruction.

por segundo[46]. Creio que teremos sucesso. Mas examinemos as velocidades obtidas até aqui. O general Morgan poderá nos informar com relação a isso.

— Com grande facilidade, respondeu o general, pois durante a guerra fui membro da comissão de experiências. Assim, posso lhes dizer que os canhões de 100, de Dahlgreen, com alcance de 2.500 toesas, imprimiam a seus projéteis uma velocidade inicial de 500 jardas por segundo.

— Muito bem. E a Columbiada[47] Rodman? perguntou o presidente.

A Columbiada Rodman

— A Columbiada Rodman, experimentada no forte Hamilton, perto de Nova York, lançava um projétil pesando meia tonelada a uma distância de seis

---

[46] Aproximadamente onze quilômetros por segundo. (N.T.)
[47] Os americanos deram o nome de Columbiada a essas enormes máquinas de destruição.

vitesse de huit cents yards par seconde, résultat que n'ont jamais obtenu Armstrong et Palliser, en Angleterre.

— Oh! les Anglais! fit J. T. Maston en tournant vers l'horizon de l'est son redoutable crochet.

— Ainsi donc, reprit Barbicane, ces huit cents yards seraient la vitesse maximum atteinte jusqu'ici?

— Oui, répondit Morgan.

— Je dirai, cependant, répliqua J. T. Maston, que si mon mortier n'eût pas éclaté...

— Oui, mais il a éclaté, répondit Barbicane avec un geste bienveillant. Prenons donc pour point de départ cette vitesse de huit cents yards. Il faudra la vingtupler. Aussi, réservant pour une autre séance la discussion des moyens destinés à produire cette vitesse, j'appellerai votre attention, mes chers collègues, sur les dimensions qu'il convient de donner au boulet. Vous pensez bien qu'il ne s'agit plus ici de projectiles pesant au plus une demi-tonne!

— Pourquoi pas? demanda le major.

— Parce que ce boulet, répondit vivement J. T. Maston, doit être assez gros pour attirer l'attention des habitants de la Lune, s'il en existe toutefois.

— Oui, répondit Barbicane, et pour une autre raison plus importante encore.

— Que voulez-vous dire, Barbicane? demanda le major.

— Je veux dire qu'il ne suffit pas d'envoyer un projectile et de ne plus s'en occuper; il faut que nous le suivions pendant son parcours jusqu'au moment où il atteindra le but.

— Hein! firent le général et le major, un peu surpris de la proposition.

— Sans doute, reprit Barbicane en homme sûr de lui, sans doute, ou notre expérience ne produira aucun résultat.

— Mais alors, répliqua le major, vous allez donner à ce projectile des dimensions énormes?

— Non. Veuillez bien m'écouter. Vous savez que les instruments d'optique ont acquis une grande perfection; avec certains télescopes on est déjà parvenu à obtenir des grossissements de six mille fois, et à ramener la Lune à quarante milles environ (~16 lieues). Or, à cette distance, les objets ayant soixante pieds de côté sont parfaitement visibles. Si l'on n'a pas poussé plus loin la puissance de pénétration des télescopes, c'est que cette puissance ne s'exerce qu'au détriment de leur clarté, et la Lune, qui n'est qu'un miroir réfléchissant, n'envoie pas une lumière assez intense pour qu'on puisse porter les grossissements au-delà de cette limite.

— Eh bien! que ferez-vous alors? demanda le général. Donnerez-vous à votre projectile un diamètre de soixante pieds?

— Non pas!

— Vous vous chargerez donc de rendre la Lune plus lumineuse?

milhas, com velocidade de 800 jardas por segundo, resultado jamais obtido por Armstrong e Palliser, na Inglaterra.

— Oh! Os ingleses! falou J. T. Maston, apontando para o horizonte do leste seu temível gancho.

— Portanto, essas 800 jardas seriam a velocidade máxima atingida até agora? perguntou Barbicane.

— Sim, respondeu Morgan.

— Contudo, replicou J. T. Maston, direi que se meu morteiro não tivesse explodido...

— Sim, mas ele explodiu, respondeu Barbicane com um gesto benevolente. Tomemos então como ponto de partida essa velocidade de 800 jardas. É preciso vintuplicá-la. Também, reservando para outra reunião a discussão sobre os meios de produzir essa velocidade, chamarei a atenção de todos, meus caros colegas, para as dimensões que devemos dar ao projétil. Os senhores devem levar em consideração que já não se trata de projéteis pesando no máximo meia tonelada!

— E por que não? perguntou o major.

— Porque esse projétil deve ser suficientemente grande para chamar a atenção dos habitantes de Lua, se é que existem, redarguiu vivamente J. T. Maston.

— Sim, concordou Barbicane, e também por outra razão ainda mais importante.

— O que você quer dizer, Barbicane? perguntou o major.

— Quero dizer que não é suficiente simplesmente enviar um projétil. É preciso que nós o acompanhemos durante seu percurso até que ele atinja o alvo.

— Como? disseram o general e o major, um pouco surpresos pela proposta.

— Sem dúvida, continuou Barbicane seguro de si, sem dúvida, ou nossa experiência não produzirá nenhum resultado.

— Mas então, replicou o major, você dará dimensões enormes a esse projétil?

— Não. Prestem atenção. Os senhores sabem que os instrumentos ópticos adquiriram grande perfeição. Com certos telescópios já conseguimos obter uma ampliação de 6 mil vezes, aproximando a Lua a uma distância aparente de cerca de 40 milhas (~16 léguas). Ora, a essa distância, os objetos com 60 pés de lado são perfeitamente visíveis. Se não aumentaram ainda mais o poder de penetração dos telescópios é porque essa amplificação somente seria possível se a clareza fosse sacrificada, e a Lua, que não passa de um espelho de reflexão, não emite luz suficientemente intensa para que possamos elevar essa potência além do limite indicado.

— Pois bem! Que fazer, então? Perguntou o general. Dar ao projétil um diâmetro de 60 pés?

— Não, absolutamente!

— Então vocês farão com que a Lua fique mais luminosa?

— Parfaitement.

— Voilà qui est fort! s'écria J. T. Maston.

— Oui, fort simple, répondit Barbicane. En effet, si je parviens à diminuer l'épaisseur de l'atmosphère que traverse la lumière de la Lune, n'aurais-je pas rendu cette lumière plus intense?

— Évidemment.

— Eh bien! pour obtenir ce résultat, il me suffira d'établir un télescope sur quelque montagne élevée. Ce que nous ferons.

— Je me rends, je me rends, répondit le major. Vous avez une façon de simplifier les choses!... Et quel grossissement espérez-vous obtenir ainsi?

Le canon d'ile de Malte.

— Perfeitamente.

— Isso já é demais! exclamou J. T. Maston.

— Mas é muito simples, respondeu Barbicane. Na verdade, se eu conseguir diminuir a espessura da atmosfera atravessada pela luz da Lua, essa luz não se tornaria mais intensa?

— Evidentemente.

— Pois bem! Para obter esse resultado, será suficiente estabelecer um telescópio em alguma montanha elevada. E é isso que faremos.

— Rendo-me, rendo-me, respondeu o major. Você tem um modo de simplificar as coisas!... E qual a amplificação que você espera obter com esse método?

O canhão da ilha de Malta.

— Un grossissement de quarante-huit mille fois, qui ramènera la Lune à cinq milles seulement, et, pour être visibles, les objets n'auront plus besoin d'avoir que neuf pieds de diamètre.

— Parfait! s'écria J. T. Maston, notre projectile aura donc neuf pieds de diamètre?

— Précisément.

— Permettez-moi de vous dire, cependant, reprit le major Elphiston, qu'il sera encore d'un poids tel, que…

— Oh! major, répondit Barbicane, avant de discuter son poids, laissez-moi vous dire que nos pères faisaient des merveilles en ce genre. Loin de moi la pensée de prétendre que la balistique n'ait pas progressé, mais il est bon de savoir que, dès le Moyen Age, on obtenait des résultats surprenants, j'oserai ajouter, plus surprenants que les nôtres.

— Par exemple! répliqua Morgan.

— Justifiez vos paroles, s'écria vivement J. T. Maston.

— Rien n'est plus facile, répondit Barbicane; j'ai des exemples à l'appui de ma proposition. Ainsi, au siège de Constantinople par Mahomet II, en 1543, on lança des boulets de pierre qui pesaient dix-neuf cents livres, et qui devaient être d'une belle taille.

— Oh! Oh! fit le major, dix-neuf cents livres, c'est un gros chiffre!

— À Malte, au temps des chevaliers, un certain canon du fort Saint-Elme lançait des projectiles pesant deux mille cinq cents livres.

— Pas possible!

— Enfin, d'après un historien français, sous Louis XI, un mortier lançait une bombe de cinq cents livres seulement; mais cette bombe, partie de la Bastille, un endroit où les fous enfermaient les sages, allait tomber à Charenton, un endroit où les sages enferment les fous.

— Très bien! dit J. T. Maston.

— Depuis, qu'avons-nous vu, en somme? Les canons Armstrong lancer des boulets de cinq cents livres, et les Columbiads Rodman des projectiles d'une demi-tonne! Il semble donc que, si les projectiles ont gagné en portée, ils ont perdu en pesanteur. Or, si nous tournons nos efforts de ce côté, nous devons arriver avec le progrès de la science, à décupler le poids des boulets de Mahomet II, et des chevaliers de Malte.

— C'est évident, répondit le major, mais quel métal comptez-vous donc employer pour le projectile?

— De la fonte de fer, tout simplement, dit le général Morgan.

— Peuh! de la fonte! s'écria J. T. Maston avec un profond dédain, c'est bien commun pour un boulet destiné à se rendre à la Lune.

— Uma amplificação de 48 mil por um, que trará a Lua está apenas a cinco milhas de distância. Assim, para serem visíveis, os objetos não precisarão ter mais que nove pés de diâmetro.

— Perfeito! exclamou J. T. Maston. Então nosso projétil terá nove pés de diâmetro?

— Precisamente.

— No entanto, atalhou o major Elphiston, permita-me lhe dizer que ainda assim terá um peso tal, que...

— Oh, major! respondeu Barbicane. Antes de discutir o peso, deixe-me dizer que nossos pais faziam maravilhas nesse gênero. Longe de mim pensar em afirmar que a balística não progrediu, mas é bom saber que na Idade Média já obtínhamos resultados surpreendentes, e ouso acrescentar que eram ainda mais surpreendentes que os nossos.

— Ora essa! redarguiu Morgan.

— Justifique suas palavras, exclamou vivamente J. T. Maston.

— Nada mais fácil, replicou Barbicane. Possuo exemplos que corroboram minha afirmação. No cerco de Constantinopla por Maomé II, em 1543, foram lançados projéteis de pedra que pesavam 1.900 libras e deviam ter tamanho considerável.

— Oh! Oh! disse o major. Mil e novecentas libras é um número enorme!

— Em Malta, no tempo dos cavaleiros, certo canhão do forte Saint-Elme lançava projéteis pesando 2.500 libras.

— Impossível!

— Enfim, de acordo com um historiador francês, no reinado de Luís XI, um morteiro lançou uma bomba de apenas 500 libras, mas essa bomba partiu da Bastilha[48], local onde os loucos prendiam as pessoas sadias, e foi cair em Charenton[49], local onde as pessoas sadias prendiam os loucos.

— Muito bem! disse J. T. Maston.

— Em suma, o que vimos depois disso? Os canhões Armstrong lançam projéteis de 500 libras e as Columbiadas Rodman disparam projéteis de meia tonelada! Portanto, parece-me que se os projéteis ganharam velocidade, perderam peso. Ora, se voltarmos nossos esforços para esse lado, com o progresso da ciência conseguiremos multiplicar por dez o peso dos projéteis de Maomé II e dos cavaleiros de Malta.

— É evidente, respondeu o major, mas que metal você pretende empregar no projétil?

— Ferro fundido, simplesmente, disse o general Morgan.

— Bah! Ferro fundido! exclamou J. T. Maston com profundo desdém. É bem comum para um projétil destinado a ir à Lua.

---

[48] Célebre prisão que funcionou em Paris do início do século XVII até o final do século XVIII. (N. T.)
[49] Charenton, asilo de loucos, fundado em 1645, pelas Irmãs de Caridade, em Charenton-Saint-Maurice, hoje Saint-Maurice, Val-de-Marne, em França; desde 1845, o asilo é conhecido por Hospital Psiquiátrico Esquirol, ou simplesmente, "L'Esquirol". (N.T.)

— N'exagérons pas, mon honorable ami, répondit Morgan; la fonte suffira.

— Eh bien! alors, reprit le major Elphiston, puisque la pesanteur est proportionnelle à son volume, un boulet de fonte, mesurant neuf pieds de diamètre, sera encore d'un poids épouvantable!

— Oui, s'il est plein; non, s'il est creux, dit Barbicane.

— Creux! Ce sera donc un obus?

— Où l'on pourra mettre des dépêches, répliqua J. T. Maston, et des échantillons de nos productions terrestres!

— Oui, un obus, répondit Barbicane; il le faut absolument; un boulet plein de cent huit pouces pèserait plus de deux cent mille livres, poids évidemment trop considérable; cependant, comme il faut conserver une certaine stabilité au projectile, je propose de lui donner un poids de cinq mille livres.

— Quelle sera donc l'épaisseur de ses parois? demanda le major.

— Si nous suivons la proportion réglementaire, reprit Morgan, un diamètre de cent huit pouces exigera des parois de deux pieds au moins.

— Ce serait beaucoup trop, répondit Barbicane; remarquez-le bien, il ne s'agit pas ici d'un boulet destiné à percer des plaques; il suffira donc de lui donner des parois assez fortes pour résister à la pression des gaz de la poudre. Voici donc le problème: quelle épaisseur doit avoir un obus en fonte de fer pour ne peser que vingt mille livres? Notre habile calculateur, le brave Maston, va nous l'apprendre séance tenante.

— Rien n'est plus facile, répliqua l'honorable secrétaire du Comité.

Et ce disant, il traça quelques formules algébriques sur le papier; on vit apparaître sous la plume des π et des x élevés à la deuxième puissance. Il eut même l'air d'extraire, sans y toucher, une certaine racine cubique, et dit:

— Les parois auront à peine deux pouces d'épaisseur.

— Sera-ce suffisant? demanda le major d'un air de doute.

— Non, répondit le président Barbicane, non, évidemment.

— Eh bien! Alors, que faire? reprit Elphiston d'un air assez embarrassé.

— Employer un autre métal que la fonte.

— Du cuivre? dit Morgan.

— Non, c'est encore trop lourd; et j'ai mieux que cela à vous proposer.

— Quoi donc? dit le major.

— De l'aluminium, répondit Barbicane.

— De l'aluminium! s'écrièrent les trois collègues du président.

— Sans doute, mes amis. Vous savez qu'un illustre chimiste français, Henri Sainte-Claire Deville, est parvenu, en 1854, à obtenir l'aluminium en masse compacte. Or, ce précieux métal a la blancheur de l'argent, l'inaltérabilité de l'or, la ténacité du fer, la fusibilité du cuivre et la légèreté du verre; il se travaille facilement, il est extrêmement répandu dans la nature,

— Não exageremos, meu honrado amigo, respondeu Morgan; o ferro será suficiente.

— Pois bem! falou o Elphiston, como o peso é proporcional ao volume, um projétil de ferro fundido medindo nove pés de diâmetro terá um peso assustador!

— Sim se for maciço; não se for oco, disse Barbicane.

— Oco! Então será um obus?

— Onde colocaremos os telegramas e as amostras de nossas produções terrestres, replicou J. T. Maston!

— Sim, um obus, respondeu Barbicane, isso é absolutamente necessário. Um projétil maciço com 108 polegadas pesaria mais de duzentas mil libras, peso evidentemente alto demais. No entanto, como é preciso haver certa estabilidade no projétil, proponho que tenha um peso de 5 mil libras.

— E qual será a espessura de suas paredes? Perguntou o major.

— Se seguirmos a proporção regulamentar, um diâmetro de 108 polegadas exigirá paredes de no mínimo dois pés, continuou Morgan.

— Isso seria demais, respondeu Barbicane. Notem que aqui não se trata de um projétil destinado a perfurar placas. Portanto, é suficiente lhe dar paredes suficientemente fortes para resistir à pressão do gás da pólvora. O problema é o seguinte: que espessura deve ter um obus de ferro fundido para não pesar mais que 20 mil libras? Nosso hábil calculador, o bravo Maston vai nos dizer imediatamente.

— Nada mais fácil, respondeu o honorável secretário da Comissão.

Assim dizendo, traçou algumas fórmulas algébricas no papel e os outros viram aparecer sob sua caneta alguns π e alguns x elevados ao quadrado. Sem tocar em nada, pareceu até extrair certa raiz cúbica antes de dizer:

— As paredes deverão ter apenas duas polegadas de grossura.

— Isso será suficiente? Perguntou o major com ar de dúvida.

— Não, respondeu o presidente Barbicane, é evidente que não.

— Pois bem! Que faremos então? disse Elphiston com um ar bastante embaraçado.

— Utilizar um metal diferente do ferro fundido.

— Cobre? perguntou Morgan.

— Não, ainda é pesado demais. Tenho algo melhor para lhes propor.

— E o que seria, então? disse o major.

— Alumínio, respondeu Barbicane.

— Alumínio! exclamaram os três colegas do presidente.

— Sem dúvida, meus amigos. Os senhores têm conhecimento de que um ilustre químico francês, Henri Sainte-Claire Deville, em 1854 conseguiu obter alumínio em massa compacta. Ora, esse precioso metal com a brancura da prata, a inalterabilidade do ouro, a tenacidade do ferro, a fusibilidade do cobre e a leveza do vidro pode ser trabalhado com facilidade e é extremamente comum na

puisque l'alumine forme la base de la plupart des roches, il est trois fois plus léger que le fer, et il semble avoir été créé tout exprès pour nous fournir la matière de notre projectile!

— Hurrah pour l'aluminium! s'écria le secrétaire du Comité, toujours très bruyant dans ses moments d'enthousiasme.

— Mais, mon cher président, dit le major, est-ce que le prix de revient de l'aluminium n'est pas extrêmement élevé?

— Il l'était, répondit Barbicane; aux premiers temps de sa découverte, la livre d'aluminium coûtait deux cent soixante à deux cent quatre-vingts dollars (environ 1,500 francs); puis elle est tombée à vingt-sept dollars (~150 fr.), et aujourd'hui, enfin, elle vaut neuf dollars (~48 fr.75c.).

— Mais neuf dollars la livre, répliqua le major, qui ne se rendait pas facilement, c'est encore un prix énorme!

— Sans doute, mon cher major, mais non pas inabordable.

— Que pèsera donc le projectile? demanda Morgan.

— Voici ce qui résulte de mes calculs, répondit Barbicane; un boulet de cent huit pouces de diamètre et de douze pouces[40] d'épaisseur pèserait, s'il était en fonte de fer, soixante-sept mille quatre cent quarante livres; en fonte d'aluminium, son poids sera réduit à dix-neuf mille deux cent cinquante livres.

— Parfait! s'écria Maston, voilà qui rentre dans notre programme.

— Parfait! parfait! répliqua le major, mais ne savez-vous pas qu'à dix-huit dollars la livre, ce projectile coûtera...

— Cent soixante-treize mille deux cent cinquante dollars (~ 928, 437 fr. 50 c.), je le sais parfaitement; mais ne craignez rien, mes amis, l'argent ne fera pas défaut à notre entreprise, je vous en réponds.

— Il pleuvra dans nos caisses, répliqua J. T. Maston.

— Eh bien! que pensez-vous de l'aluminium? demanda le président.

— Adopté, répondirent les trois membres du Comité.

— Quant à la forme du boulet, reprit Barbicane, elle importe peu, puisque, l'atmosphère une fois dépassée, le projectile se trouvera dans le vide; je propose donc le boulet rond, qui tournera sur lui-même, si cela lui plaît, et se comportera à sa fantaisie.

Ainsi se termina la première séance du Comité; la question du projectile était définitivement résolue, et J. T. Maston se réjouit fort de la pensée d'envoyer un boulet d'aluminium aux Sélénites, "ce qui leur donnerait une crâne idée des habitants de la Terre!"

---

[40] Trente centimètres; le pouce américain vaut 25 millimètres.

natureza, pois o alumínio é a base da maior parte das rochas. Ele é três vezes mais leve que o ferro e parece ter sido criado expressamente para fornecer a matéria prima de nosso projétil!

— Um viva para o alumínio! exclamou o secretário da Comissão, sempre muito barulhento em seus momentos de entusiasmo.

— Mas meu caro presidente, disse o major, o preço do alumínio não é extremamente alto?

— Era, respondeu Barbicane. Logo depois de sua descoberta, a libra do alumínio custava 260 a 280 dólares (cerca de 1.500 francos). Depois caiu para 27 dólares (~ 150 francos), e atualmente custa apenas nove dólares (~ 48 francos e 75 cêntimos).

— Mas nove dólares a libra ainda é um preço enorme, replicou o major, que não se rendia facilmente!

— Sem dúvida, meu caro major, mas não inacessível.

— Quanto vai pesar o projétil? perguntou Morgan.

— Segundo os meus cálculos, respondeu Barbicane; um projétil de 108 polegadas de diâmetro e 12 polegadas de espessura[50], feito de ferro fundido pesaria 607.449 libras; mas em alumínio, seu peso será reduzido para 19.250 libras.

— Perfeito! exclamou Maston, eis que isso cabe no nosso orçamento.

— Perfeito! Perfeito! replicou o major, mas os senhores não sabem que a 18 dólares a libra, esse projétil custará...

— Custará 673.250 dólares (~ 928.437,50 francos), sei perfeitamente. Mas não temam nada meus amigos, o dinheiro não impedirá nosso projeto, eu lhes garanto.

— Vai chover em nosso caixa, replicou J. T. Maston.

— Muito bem! Que acham do alumínio? perguntou o presidente.

— Adotado, responderam os três membros da Comissão.

— Quanto à forma do projétil, continuou Barbicane, pouco importa, pois uma vez ultrapassada a atmosfera o projétil se encontrará no vácuo. Proponho um projétil redondo que girará sobre si próprio, se for seu desejo, e se comportará segundo sua fantasia.

Assim terminou a primeira sessão da Comissão. A questão do projétil estava definitivamente resolvida e J. T. Maston se alegrou muito com a ideia de enviar um projétil de alumínio aos selenitas, "algo que lhes fará pensar que os habitantes da Terra são o máximo!"

---

[50] Trinta centímetros. A polegada americana é igual a 25 milímetros.

CHAPITRE VIII
HISTOIRE DU CANON

Les résolutions prises dans cette séance produisirent un grand effet au--dehors. Quelques gens timorés s'effrayaient un peu à l'idée d'un boulet, pesant vingt mille livres, lancé à travers l'espace. On se demandait quel canon pourrait jamais transmettre une vitesse initiale suffisante à une pareille masse. Le procès verbal de la seconde séance du Comité devait répondre victorieusement à ces questions.

Le lendemain soir, les quatre membres du Gun-Club s'attablaient devant de nouvelles montagnes de sandwiches et au bord d'un véritable océan de thé. La discussion reprit aussitôt son cours, et, cette fois, sans préambule.

— Mes chers collègues, dit Barbicane, nous allons nous occuper de l'engin à construire, de sa longueur, de sa forme, de sa composition et de son poids. Il est probable que nous arriverons à lui donner des dimensions gigantesques; mais si grandes que soient les difficultés, notre génie industriel en aura facilement raison. Veuillez donc m'écouter, et ne m'épargnez pas les objections à bout portant. Je ne les crains pas!

Un grognement approbateur accueillit cette déclaration.

— N'oublions pas, reprit Barbicane, à quel point notre discussion nous a conduits hier; le problème se présente maintenant sous cette forme: imprimer une vitesse initiale de douze mille yards par seconde à un obus de cent huit pouces de diamètre et d'un poids de vingt mille livres.

— Voilà bien le problème, en effet, répondit le major Elphiston.

— Je continue, reprit Barbicane. Quand un projectile est lancé dans l'espace, que se passe-t-il? Il est sollicité par trois forces indépendantes: la résistance du milieu, l'attraction de la Terre et la force d'impulsion dont il est animé. Examinons ces trois forces. La résistance du milieu, c'est-à-dire la résistance de l'air, sera peu importante. En effet, l'atmosphère terrestre n'a que quarante milles (16 lieues environ). Or, avec une rapidité de douze mille yards, le projectile

CAPÍTULO VIII
A HISTÓRIA DO CANHÃO

As resoluções tomadas nessa reunião produziram grande efeito no público. Algumas pessoas amedrontadas se assustavam um pouco com a ideia de um projétil pesando 20 mil libras lançado ao espaço. Perguntavam-se que canhão poderia dar velocidade inicial suficiente a tal massa. O processo verbal da segundo reunião da Comissão devia responder essas questões de modo vitorioso.

Na noite do dia seguinte, os quatro membros do Clube de Canhão sentaram-se diante de novas montanhas de sanduíches e de um verdadeiro oceano de chá. A discussão logo retomou seu curso, dessa vez sem preâmbulo.

— Meus caros colegas, disse Barbicane, vamos nos ocupar do engenho a ser construído: seu tamanho, sua composição e seu peso. É provável que cheguemos a lhe dar dimensões gigantescas, mas por maiores que sejam as dificuldades, nosso gênio industrial vai vencê-las com facilidade. Ouçam-me e não me poupem objeções à queima-roupa. Eu não as temo!

Um grunhido de aprovação acolheu essa declaração.

— Não nos esqueçamos do ponto a que nossa discussão nos conduziu ontem, continuou Barbicane. Agora o problema se apresenta sob a seguinte forma: imprimir a velocidade inicial de 12 mil jardas por segundo a um obus de 108 polegadas de diâmetro, com um peso de 20 mil libras.

— Com efeito, esse é o problema, respondeu o major Elphiston.

— Vamos prosseguir, disse Barbicane. O que acontece quando um projétil é lançado no espaço? Ele enfrenta três forças independentes: a resistência do meio, a atração da Terra e a força de impulsão que o anima. Examinemos essas três forças. A resistência do meio, isto é, a resistência do ar, será pouco importante. Com efeito, a atmosfera terrestre só tem 40 milhas (aproximadamente 16 léguas). Ora, com uma velocidade de 12 mil jardas por segundo o projétil a

l'aura traversée en cinq secondes, et ce temps est assez court pour que la résistance du milieu soit regardée comme insignifiante. Passons alors à l'attraction de la Terre, c'est-à-dire à la pesanteur de l'obus. Nous savons que cette pesanteur diminuera en raison inverse du carré des distances; en effet, voici ce que la physique nous apprend: quand un corps abandonné à lui-même tombe à la surface de la Terre, sa chute est de quinze pieds[41] dans la première seconde, et si ce même corps était transporté à deux cent cinquante-sept mille cent quarante-deux milles, autrement dit, à la distance où se trouve la Lune, sa chute serait réduite à une demi-ligne environ dans la première seconde. C'est presque l'immobilité. Il s'agit donc de vaincre progressivement cette action de la pesanteur. Comment y parviendrons-nous? Par la force d'impulsion.

— Voilà la difficulté, répondit le major.

— La voilà, en effet, reprit le président, mais nous en triompherons, car cette force d'impulsion qui nous est nécessaire résultera de la longueur de l'engin et de la quantité de poudre employée, celle-ci n'étant limitée que par la résistance de celui-là. Occupons-nous donc aujourd'hui des dimensions à donner au canon. Il est bien entendu que nous pouvons l'établir dans des conditions de résistance pour ainsi dire infinie, puisqu'il n'est pas destiné à être manœuvré.

— Tout ceci est évident, répondit le général.

— Jusqu'ici, dit Barbicane, les canons les plus longs, nos énormes Columbiads, n'ont pas dépassé vingt-cinq pieds en longueur; nous allons donc étonner bien des gens par les dimensions que nous serons forcés d'adopter.

— Eh! sans doute, s'écria J. T. Maston. Pour mon compte, je demande un canon d'un demi-mille au moins!

— Un demi-mille! s'écrièrent le major et le général.

— Oui! un demi-mille, et il sera encore trop court de moitié.

— Allons, Maston, répondit Morgan, vous exagérez.

— Non pas! répliqua le bouillant secrétaire, et je ne sais vraiment pourquoi vous me taxez d'exagération.

— Parce que vous allez trop loin!

— Sachez, monsieur, répondit J. T. Maston en prenant ses grands airs, sachez qu'un artilleur est comme un boulet, il ne peut jamais aller trop loin!

La discussion tournait aux personnalités, mais le président intervint.

— Du calme, mes amis, et raisonnons; il faut évidemment un canon d'une grande volée, puisque la longueur de la pièce accroîtra la détente des gaz accumulés sous le projectile, mais il est inutile de dépasser certaines limites.

— Parfaitement, dit le major.

— Quelles sont les règles usitées en pareil cas? Ordinairement la longueur d'un canon est vingt à vingt-cinq fois le diamètre du boulet, et il pèse deux cent trente-cinq à deux cent quarante fois son poids.

---

[41] Soit 4 mètres 90 centimètres dans la première seconde; à la distance où se trouve la Lune, la chute ne serait plus que de 1 mm 1/3, ou 590 millièmes de ligne.

atravessará em cinco segundos, e esse tempo é suficientemente curto para que a resistência do meio seja vista como insignificante. Passemos então à atração da Terra, isto é, ao peso do obus. Sabemos que esse peso diminuirá na razão inversa do quadrado da distância. Com efeito, segundo a física que nos foi ensinada, quando um corpo abandonado a si mesmo cai na superfície da Terra, sua queda é de 15 pés[51] no primeiro segundo, e se esse mesmo corpo for transportado a 257.142 milhas, ou seja, à distância da Lua, sua queda seria reduzida a aproximadamente meia linha[52] no primeiro segundo. Isso é praticamente a imobilidade. Portanto, trata-se de vencer progressivamente essa ação da gravidade. E como conseguiremos fazer isso? Pela força de impulsão.

— Eis a dificuldade, respondeu o major.

— É verdade, redarguiu o presidente, mas nós triunfaremos, pois essa força de impulsão que nos é necessária resultará do comprimento do engenho e da quantidade de pólvora empregada, e esta só é limitada pela resistência daquele. Portanto, hoje vamos nos ocupar das dimensões do canhão. Já está bem entendido que podemos estabelecê-las dentro de condições de resistência, por assim dizer, infinitas, pois o projétil não está destinado a ser manobrado.

— Tudo isso é evidente, respondeu o general.

— Até agora os canhões mais longos, nossas enormes Columbiadas, não ultrapassaram 25 pés de comprimento, disse Barbicane. Portanto, vamos espantar as pessoas com a magnitude que seremos forçados a adotar.

— Ah! Sem dúvida, exclamou J. T. Maston. De minha parte, creio que será preciso um canhão de no mínimo meia milha!

— Meia milha! Exclamaram juntos o major e o general.

— Sim! Meia milha. E talvez precise ser o dobro.

— Vamos, Maston, isso é um exagero.

— Absolutamente! replicou o efervescente secretário. Verdadeiramente, não sei por que me acusam de exagero.

— Porque você vai longe demais!

— Pois saiba senhor, respondeu J. T. Maston assumindo uma atitude grandiosa, que um artilheiro é como um projétil, jamais vai longe demais!

Como a discussão assumia caráter pessoal, o presidente interveio.

— Calma, meus amigos, e sejamos racionais. Evidentemente necessitamos de um canhão muito grande, pois o comprimento da peça aumentará a expulsão de gases acumulados sob o projétil, mas é inútil ultrapassar certos limites.

— Perfeitamente, disse o major.

— Quais são as regras aplicáveis nesse caso? Em geral o comprimento de um canhão é 20 a 25 vezes o diâmetro do projétil, com peso 235 a 240 vezes maior que o peso deste.

---

[51] Ou seja, quatro metros e 90 centímetros no primeiro segundo. Na distância em que se encontra a Lua, a queda não seria mais do 1,33 mm ou 590 milésimos de linha.

[52] Uma unidade de comprimento que era usada anteriormente à adoção do sistema métrico francês no final do século XVIII e que é ainda é utilizada pelos relojoeiros suíços e franceses como medida de tamanho para o movimento dos relógios.

— Ce n'est pas assez, s'écria J. T. Maston avec impétuosité.

— J'en conviens, mon digne ami, et, en effet, en suivant cette proportion, pour un projectile large de neuf pieds pesant vingt mille livres, l'engin n'aurait qu'une longueur de deux cent vingt-cinq pieds et un poids de sept millions deux cent mille livres.

— C'est ridicule, répartit J. T. Maston. Autant prendre un pistolet!

— Je le pense aussi, répondit Barbicane, c'est pourquoi je me propose de quadrupler cette longueur et de construire un canon de neuf cents pieds.

Le général et le major firent quelques objections; mais néanmoins cette proposition, vivement soutenue par le secrétaire du Gun-Club, fut définitivement adoptée.

— Maintenant, dit Elphiston, quelle épaisseur donner à ses parois.

— Isso não é o suficiente, exclamou J. T. Maston com ímpeto.

— Eu concordo, meu digno amigo, e na verdade, se usarmos essa proporção, para um projétil com nove pés de largura e com um peso de 20 mil libras o engenho não terá mais que 225 pés de comprimento e um peso de 7.200.000 libras.

— É ridículo, redarguiu J. T. Maston. Seria o mesmo que usar uma pistola!

— Também penso assim, respondeu Barbicane, e é por isso que proponho quadruplicar esse comprimento e construir um canhão de 900 pés.

O general e o major fizeram algumas objeções; mas, no entanto, esta proposta, vivamente apoiada pelo secretário do Clube do Canhão, foi definitivamente adotada.

— Agora, disse Elphiston, que espessura devemos dar às suas paredes?

— Une épaisseur de six pieds, répondit Barbicane.

— Vous ne pensez sans doute pas à dresser une pareille masse sur un affût? demanda le major.

— Ce serait pourtant superbe! dit J. T. Maston.

— Mais impraticable, répondit Barbicane. Non, je songe à couler cet engin dans le sol même, à le fretter avec des cercles de fer forgé, et enfin à l'entourer d'un épais massif de maçonnerie à pierre et à chaux, de telle façon qu'il participe de toute la résistance du terrain environnant. Une fois la pièce fondue, l'âme sera soigneusement alésée et calibrée, de manière à empêcher le vent[42] du boulet; ainsi il n'y aura aucune déperdition de gaz, et toute la force expansive de la poudre sera employée à l'impulsion.

— Hurrah! hurrah! fit J. T. Maston, nous tenons notre canon.

— Pas encore! répondit Barbicane en calmant de la main son impatient ami.

— Et pourquoi?

— Parce que nous n'avons pas discuté sa forme. Sera-ce un canon, un obusier ou un mortier?

— Un canon, répliqua Morgan.

— Un obusier, repartit le major.

— Un mortier! s'écria J. T. Maston.

Une nouvelle discussion assez vive allait s'engager, chacun préconisant son arme favorite, lorsque le président l'arrêta net.

— Mes amis, dit-il, je vais vous mettre tous d'accord; notre Columbiad tiendra de ces trois bouches à feu à la fois. Ce sera un canon, puisque la chambre de la poudre aura le même diamètre que l'âme. Ce sera un obusier, puisqu'il lancera un obus. Enfin, ce sera un mortier, puisqu'il sera braqué sous un angle de quatre-vingt-dix degrés, et que, sans recul possible, inébranlablement fixé au sol, il communiquera au projectile toute la puissance d'impulsion accumulée dans ses flancs.

— Adopté, adopté, répondirent les membres du Comité.

— Une simple réflexion, dit Elphiston, ce can-obuso-mortier sera-t-il rayé?

— Non, répondit Barbicane, non; il nous faut une vitesse initiale énorme, et vous savez bien que le boulet sort moins rapidement des canons rayés que des canons à âme lisse.

— C'est juste.

— Enfin, nous le tenons, cette fois! répéta J. T. Maston.

— Pas tout à fait encore, répliqua le président.

— Et pourquoi?

— Parce que nous ne savons pas encore de quel métal il sera fait.

— Décidons-le sans retard.

---

[42] C'est l'espace qui existe quelquefois entre le projectile et l'âme de la pièce.

— Uma espessura de seis pés, respondeu Barbicane.

— Sem dúvida você não pensa em colocar tal massa sobre um suporte, disse o major.

— Seria maravilhoso! disse J. T. Maston.

— Mas impraticável, respondeu Barbicane. Não. Creio que o engenho deve ser modelado no próprio solo, guarnecido com círculos de ferro forjado e cercado por uma obra maciça de pedra e cal, de modo a obter toda resistência do terreno circundante. Depois de fundida a peça, a alma será cuidadosamente perfurada e calibrada, de maneira a impedir o vento do projétil[53]; assim não haverá desperdício de gás e toda a força expansiva da pólvora será empregada na impulsão.

— Hurra! Hurra! bradou J. T. Maston, temos nosso canhão.

— Ainda não! replicou Barbicane, acalmando seu amigo impaciente com a mão.

— E por quê?

— Porque ainda não discutimos sua forma. Será um canhão ou um lançador de obuses ou morteiros?

— Um canhão, replicou Morgan.

— Um lançador de obuses, contestou o major.

— De morteiros! exclamou J. T. Maston.

Uma nova e enérgica discussão teve início, cada qual defendendo sua arma favorita, até que o presidente interveio.

— Meus amigos, disse ele, vou fazer com que todos concordem. Nossa Columbiada terá três bocas de fogo. Será um canhão, pois a câmara destinada à pólvora terá o mesmo diâmetro que a alma. Será um lançador de obuses, pois lançará um obus. Enfim, será um lançador de morteiros, pois estará apontado em um ângulo de 90 graus que, sem recuo possível e inabalavelmente fixo ao solo, comunicará ao projétil toda a potência de impulsão acumulada em seus flancos.

— Adotado, adotado, responderam os membros da Comissão.

— Uma simples reflexão, disse Elphiston, esse canhão-obus-morteiro será raiado?

— Não, não, respondeu Barbicane. Precisamos de uma enorme velocidade inicial e vocês bem sabem que o projétil sai com menos velocidade dos canhões raiados que dos canhões de alma lisa.

— É verdade.

— Enfim, dessa vez já temos nosso canhão! repetiu J. T. Maston.

— Ainda não, replicou o presidente.

— E por quê?

— Porque ainda não sabemos de que metal ele será feito.

— Precisamos decidir isso sem demora.

---

[53] Espaço que às vezes existe entre o projétil e a alma da peça.

— J'allais vous le proposer.

Les quatre membres du Comité avalèrent chacun une douzaine de sandwiches suivis d'un bol de thé, et la discussion recommença.

— Mes braves collègues, dit Barbicane, notre canon doit être d'une grande ténacité, d'une grande dureté, infusible à la chaleur, indissoluble et inoxydable à l'action corrosive des acides.

— Il n'y a pas de doute à cet égard, répondit le major, et comme il faudra employer une quantité considérable de métal, nous n'aurons pas l'embarras du choix.

— Eh bien! alors, dit Morgan, je propose pour la fabrication de la Columbiad le meilleur alliage connu jusqu'ici, c'est-à-dire cent parties de cuivre, douze parties d'étain et six parties de laiton.

— Mes amis, répondit le président, j'avoue que cette composition a donné des résultats excellents; mais, dans l'espèce, elle coûterait trop cher et serait d'un emploi fort difficile. Je pense donc qu'il faut adopter une matière excellente, mais à bas prix, telle que la fonte de fer. N'est-ce pas votre avis, major?

— Parfaitement, répondit Elphiston.

— En effet, reprit Barbicane, la fonte de fer coûte dix fois moins que le bronze; elle est facile à fondre, elle se coule simplement dans des moules de sable, elle est d'une manipulation rapide; c'est donc à la fois économie d'argent et de temps. D'ailleurs, cette matière est excellente, et je me rappelle que pendant la guerre, au siège d'Atlanta, des pièces en fonte ont tiré mille coups chacune de vingt minutes en vingt minutes, sans en avoir souffert.

— Cependant, la fonte est très-cassante, répondit Morgan.

— Oui, mais très-résistante aussi; d'ailleurs, nous n'éclaterons pas, je vous en réponds.

— On peut éclater et être honnête, répliqua sentencieusement J. T. Maston.

— Évidemment, répondit Barbicane. Je vais donc prier notre digne secrétaire de calculer le poids d'un canon de fonte long de neuf cents pieds, d'un diamètre intérieur de neuf pieds, avec parois de six pieds d'épaisseur.

— À l'instant, répondit J. T. Maston.

Et, ainsi qu'il avait fait la veille, il aligna ses formules avec une merveilleuse facilité, et dit au bout d'une minute:

— Ce canon pèsera soixante-huit mille quarante tonnes (68,040,000 kg).

— Et à deux cents la livre (10 centimes), il coûtera?…

— Deux millions cinq cent dix mille sept cent un dollars (13,608,000 francs).

J. T. Maston, le major et le général regardèrent Barbicane d'un air inquiet.

— Eh bien! messieurs, dit le président, je vous répéterai ce que je vous disais hier, soyez tranquilles, les millions ne nous manqueront pas!

Sur cette assurance de son président, le Comité se sépara, après avoir remis au lendemain soir sa troisième séance.

— Era isso que eu ia lhes propor.

Cada um dos quatro membros da Comissão engoliu uma dúzia de sanduíches seguida por um bule de chá e a discussão recomeçou.

— Bravos colegas, disse Barbicane, nosso canhão deve possuir grande tenacidade e dureza, ser resistente ao calor, indissolúvel e inoxidável à ação corrosível dos ácidos.

— Não há dúvida a esse respeito, respondeu o major, e como será necessário empregar uma quantidade considerável de metal, não teremos muita escolha.

— Bem! Para a fabricação da Columbiada, proponho a melhor liga conhecida no momento, isto é, cem partes de cobre, doze partes de estanho e seis partes de latão, disse Morgan.

— Meus amigos, respondeu o presidente, concordo que essa composição deu resultados excelentes, mas seria muito cara e de emprego bastante difícil. Creio que é preciso adotar um material magnífico e de baixo preço, como o ferro fundido. Não é essa a sua opinião, major?

— Perfeitamente, respondeu Elphiston.

— De fato, disse Barbicane, o ferro custa dez vezes menos que o bronze; é fácil de fundir, é simples de ser moldado em formas de areia e é de rápida manipulação. Portanto, economiza-se dinheiro e tempo. Além disso, o material é excelente, e lembro-me de que durante a guerra, no cerco de Atlanta, algumas peças de ferro fundido deram mil tiros — um a cada vinte minutos — sem sofrer qualquer alteração.

— No entanto, o ferro é muito quebradiço, respondeu Morgan.

— Sim, mas também muito resistente. Além disso, garanto-lhes que não explodirá.

— Explodir não é nenhuma desonra, replicou sentenciosamente J. T. Maston.

— Evidentemente, respondeu Barbicane. Então, pedirei ao nosso digno secretário para calcular o peso de um canhão de ferro com 900 pés, com um diâmetro interior de nove pés e paredes com seis pés de espessura.

— Agora mesmo, respondeu J. T. Maston.

E como na véspera, ele alinhou suas fórmulas com maravilhosa facilidade e disse depois de um minuto:

— Este canhão pesará 68.040 toneladas (68.040.000 kg).

— E a dois centavos a libra (10 cêntimos) ele custará?...

— Dois milhões, quinhentos e dez mil, setecentos e um dólares (13.608.000 francos).

J. T. Maston, o major e o general olharam para Barbicane com um ar inquieto.

—Pois bem, senhores, disse o presidente, eu lhes repito o que disse ontem. Fiquem tranquilos, pois os milhões não nos faltarão!

Com essa garantia de seu presidente, a Comissão se separou, depois de marcar a terceira reunião para o dia seguinte.

CHAPITRE IX
LA QUESTION DES POUDRES

Restait à traiter la question des poudres. Le public attendait avec anxiété cette dernière décision. La grosseur du projectile, la longueur du canon étant données, quelle serait la quantité de poudre nécessaire pour produire l'impulsion? Cet agent terrible, dont l'homme a cependant maîtrisé les effets, allait être appelé à jouer son rôle dans des proportions inaccoutumées.

On sait généralement et l'on répète volontiers que la poudre fut inventée au quatorzième siècle par le moine Schwartz, qui paya de sa vie sa grande découverte. Mais il est à peu près prouvé maintenant que cette histoire doit être rangée parmi les légendes du Moyen Age. La poudre n'a été inventée par personne; elle dérive directement des feux grégeois, composés comme elle de soufre et de salpêtre. Seulement, depuis cette époque, ces mélanges, qui n'étaient que des mélanges fusants, se sont transformés en mélanges détonants.

Mais si les érudits savent parfaitement la fausse histoire de la poudre, peu de gens se rendent compte de sa puissance mécanique. Or, c'est ce qu'il faut connaître pour comprendre l'importance de la question soumise au Comité.

Ainsi un litre de poudre pèse environ deux livres (900 grammes[43]); il produit en s'enflammant quatre cents litres de gaz, ces gaz rendus libres, et sous l'action d'une température portée à deux mille quatre cents degrés, occupent l'espace de quatre mille litres. Donc le volume de la poudre est aux volumes des gaz produits par sa déflagration comme un est à quatre mille. Que l'on juge alors de l'effrayante poussée de ces gaz lorsqu'ils sont comprimés dans un espace quatre mille fois trop resserré.

Voilà ce que savaient parfaitement les membres du Comité quand le lendemain ils entrèrent en séance. Barbicane donna la parole au major Elphiston, qui avait été directeur des poudres pendant la guerre.

---
[43] La livre américaine est de 453 grammes.

CAPÍTULO IX
A QUESTÃO DA PÓLVORA

Faltava tratar a questão da pólvora. O público esperava com ansiedade essa última decisão. Resolvidos o tamanho do projétil e o comprimento do canhão, qual seria a quantidade de pólvora necessária para a impulsão? Esse agente terrível do qual o homem dominou os efeitos seria chamado a desempenhar seu papel em proporções jamais vistas.

Geralmente se sabe e é repetido com prazer que a pólvora foi inventada no século XIV pelo monge Schwartz, que pagou com a vida sua grande descoberta. Mas agora já está quase provado que essa história deve ser colocada entre as lendas da Idade Média. A pólvora não foi inventada por ninguém. Ela é derivada diretamente dos fogos gregos e a exemplo destes é composta de enxofre e salitre. Apenas após essa época tais misturas, que não eram mais que misturas propulsoras, se transformaram em misturas de detonação.

Mas se os eruditos sabem perfeitamente a falsa história da pólvora, pouca gente se dá conta de sua potência mecânica. Ora, é exatamente isso que é necessário conhecer para compreender a importância da questão submetida à Comissão.

Assim, um litro de pólvora pesa cerca de duas libras (900 gramas[54]). Ao se inflamar, ele produz 400 litros de gás. Ao ser liberado e sob a ação de uma temperatura de 2.400 graus, esse gás ocupa o espaço de quatro mil litros. Portanto, a relação do volume de gás produzido por sua deflagração para o volume da pólvora será igual a um por quatro mil. Julguem então a assustadora potência desse gás quando comprimido em um espaço quatro mil vezes menor do que deveria ocupar.

Isso tudo era perfeitamente conhecido pelos membros da Comissão quando compareceram à reunião do dia seguinte. Barbicane concedeu a palavra ao major Elphiston, que fora diretor das fábricas de pólvora durante a guerra.

---
[54] A libra americana equivale a 453 gramas.

Le moine Schwartz inventant la poudre.

— Mes chers camarades, dit ce chimiste distingué, je vais commencer par des chiffres irrécusables qui nous serviront de base. Le boulet de vingt-quatre dont nous parlait avant-hier l'honorable J. T. Maston en termes si poétiques, n'est chassé de la bouche à feu que par seize livres de poudre seulement.

— Vous êtes certain du chiffre? demanda Barbicane.

— Absolument certain, répondit le major. Le canon Armstrong n'emploie que soixante-quinze livres de poudre pour un projectile de huit cents livres, et la Columbiad Rodman ne dépense que cent soixante livres de poudre pour envoyer à six milles son boulet d'une demi-tonne. Ces faits ne peuvent être mis en doute, car je les ai relevés moi-même dans les procès-verbaux du Comité d'artillerie.

— Parfaitement, répondit le général.

Monge Schwartz inventa a pólvora.

— Caros camaradas, disse o distinto químico, vou iniciar pelos números irrecusáveis que nos servirão de base. O projétil de 24, do qual nos falou anteontem o honorável J. T. Maston em termos tão poéticos, é expelido da boca de fogo por apenas 16 libras de pólvora.

— Tem certeza desse número? perguntou Barbicane.

— Certeza absoluta, respondeu o major. O canhão Amstrong emprega apenas 75 libras de pólvora para um projétil de 800 libras, e a Columbiada Rodman gasta somente 160 libras para enviar seu projétil de meia tonelada a seis milhas de distância. Esses fatos não podem ser colocados em dúvida, pois eu os registrei pessoalmente nas atas da Comissão de Artilharia.

— Perfeitamente, respondeu o general.

— Eh bien! reprit le major, voici la conséquence à tirer de ces chiffres, c'est que la quantité de poudre n'augmente pas avec le poids du boulet: en effet, s'il fallait seize livres de poudre pour un boulet de vingt-quatre; en d'autres termes, si, dans les canons ordinaires, on emploie une quantité de poudre pesant les deux tiers du poids du projectile, cette proportionnalité n'est pas constante. Calculez, et vous verrez que, pour le boulet d'une demi-tonne, au lieu de trois cent trente-trois livres de poudre, cette quantité a été réduite à cent soixante livres seulement.

— Où voulez-vous en venir? demanda le président.

— Si vous poussez votre théorie à l'extrême, mon cher major, dit J. T. Maston, vous arriverez à ceci, que, lorsque votre boulet sera suffisamment lourd, vous ne mettrez plus de poudre du tout.

— Mon ami Maston est folâtre jusque dans les choses sérieuses, répliqua le major, mais qu'il se rassure; je proposerai bientôt des quantités de poudre qui satisferont son amour-propre d'artilleur. Seulement je tiens à constater que, pendant la guerre, et pour les plus gros canons, le poids de la poudre a été réduit, après expérience, au dixième du poids du boulet.

— Rien n'est plus exact, dit Morgan. Mais avant de décider la quantité de poudre nécessaire pour donner l'impulsion, je pense qu'il est bon de s'entendre sur sa nature.

— Nous emploierons de la poudre à gros grains, répondit le major; sa déflagration est plus rapide que celle du pulvérin.

— Sans doute, répliqua Morgan, mais elle est très brisante et finit par altérer l'âme des pièces.

— Bon! ce qui est un inconvénient pour un canon destiné à faire un long service n'en est pas un pour notre Columbiad. Nous ne courons aucun danger d'explosion, il faut que la poudre s'enflamme instantanément, afin que son effet mécanique soit complet.

— On pourrait, dit J. T. Maston, percer plusieurs lumières, de façon à mettre le feu sur divers points à la fois.

— Sans doute, répondit Elphiston, mais cela rendrait la manœuvre plus difficile. J'en reviens donc à ma poudre à gros grains, qui supprime ces difficultés.

— Soit, répondit le général.

— Pour charger sa Columbiad, reprit le major, Rodman employait une poudre à grains gros comme des châtaignes, faite avec du charbon de saule simplement torréfié dans des chaudières de fonte. Cette poudre était dure et luisante, ne laissait aucune trace sur la main, renfermait dans une grande proportion de l'hydrogène et de l'oxygène, déflagrait instantanément, et, quoique très brisante, ne détériorait pas sensiblement les bouches à feu.

— Eh bien! il me semble, répondit J. T. Maston, que nous n'avons pas à hésiter, et que notre choix est tout fait.

— À moins que vous ne préfériez de la poudre d'or, répliqua le major en riant, ce qui lui valut un geste menaçant du crochet de son susceptible ami.

— Pois bem! continuou o major. A conclusão que devemos tirar desses números é que a quantidade de pólvora não aumenta na proporção do peso do projétil. Na verdade, são necessárias 16 libras de pólvora para um projétil de 24. Em outros termos, nos canhões comuns é gasta uma quantidade de pólvora que pesa dois terços do peso do projétil, mas essa proporção não é constante. Fazendo os cálculos, verão que para um projétil de meia tonelada, em lugar de 333 libras de pólvora, a quantidade é reduzida para apenas 160 libras.

— Aonde quer chegar? perguntou o presidente.

— Se você levar a teoria ao extremo, meu caro major, disse J. T. Maston, chegará à conclusão de que desde que seu projétil seja suficientemente pesado não será necessário colocar mais nenhuma pólvora.

— O amigo Maston é brincalhão até com as coisas sérias, replicou o major, mas que fique tranquilo, pois logo proporei uma quantidade de pólvora que satisfará seu amor próprio de artilheiro. Só devo dizer que durante a guerra, depois da experiência, o peso da pólvora foi reduzido para um décimo do peso do projétil, para os maiores canhões.

— Nada é mais exato, disse Morgan. Mas antes de decidir a quantidade de pólvora necessária para a impulsão, creio que é bom que se compreenda sua natureza.

— Empregaremos a pólvora de grãos grandes, respondeu o major. Sua deflagração é mais rápida que a da pólvora em pó.

— Sem dúvida, replicou Morgan, porém ela é muito quebradiça e acaba alterando a alma das peças.

— Certo! Mas o que é inconveniente para um canhão destinado a prestar longo serviço não afeta nossa Columbiada. Não corremos nenhum perigo de explosão, pois é preciso que a pólvora se inflame instantaneamente para que seu efeito mecânico seja completo.

— Poderíamos fazer várias perfurações para atear fogo em diversos pontos ao mesmo tempo, disse J. T. Maston.

— Sem dúvida, respondeu Elphiston, mas isso tornaria a manobra mais difícil. Então volto à pólvora em grãos, que suprime essas dificuldades.

— Que seja, respondeu o general.

— Para carregar sua Columbiada, continuou o major, Rodman empregava uma pólvora com grãos grandes como castanhas, feitos com carvão de salgueiro simplesmente torrado em caldeiras de ferro fundido. Esse pó era duro e luzidio e não deixava qualquer traço nas mãos. Continha grande proporção de hidrogênio e de oxigênio, deflagrava instantaneamente e apesar de muito quebradiço não deteriorava sensivelmente as bocas de fogo.

— Muito bem! Parece-me que não devemos hesitar e que nossa escolha já está feita, respondeu J. T. Maston.

— A menos que vocês prefiram pó de ouro! replicou o major, rindo, o que lhe valeu um gesto ameaçador do gancho de seu suscetível amigo.

Jusqu'alors Barbicane s'était tenu en dehors de la discussion. Il laissait parler, il écoutait. Il avait évidemment une idée. Aussi se contenta-t-il simplement de dire:

— Maintenant, mes amis, quelle quantité de poudre proposez-vous?

Les trois membres du Gun-Club entre-regardèrent un instant.

— Deux cent mille livres, dit enfin Morgan.

— Cinq cent mille, répliqua le major.

— Huit cent mille livres! s'écria J. T. Maston.

Cette fois, Elphiston n'osa pas taxer son collègue d'exagération. En effet, il s'agissait d'envoyer jusqu'à la Lune un projectile pesant vingt mille livres et de lui donner une force initiale de douze mille yards par seconde. Un moment de silence suivit donc la triple proposition faite par les trois collègues.

Il fut enfin rompu par le président Barbicane.

— Mes braves camarades, dit-il d'une voix tranquille, je pars de ce principe, que la résistance de notre canon construit dans des conditions voulues est illimitée. Je vais donc surprendre l'honorable J. T. Maston en lui disant qu'il a été timide dans ses calculs, et je proposerai de doubler ses huit cent mille livres de poudre.

— Seize cent mille livres? fit J. T. Maston en sautant sur sa chaise.

— Tout autant.

— Mais alors il faudra en revenir à mon canon d'un demi-mille de longueur.

— C'est évident, dit le major.

— Seize cent mille livres de poudre, reprit le secrétaire du Comité, occuperont un espace de vingt-deux mille pieds cubes[44] environ; or, comme votre canon n'a qu'une contenance de cinquante-quatre mille pieds cubes[45], il sera à moitié rempli, et l'âme ne sera plus assez longue pour que la détente des gaz imprime au projectile une suffisante impulsion.

Il n'y avait rien à répondre. J. T. Maston disait vrai. On regarda Barbicane.

— Cependant, reprit le président, je tiens à cette quantité de poudre. Songez-y, seize cent mille livres de poudre donneront naissance à six milliards de litres de gaz. Six milliards! Vous entendez bien?

— Mais alors comment faire? demanda le général.

— C'est très simple; il faut réduire cette énorme quantité de poudre, tout en lui conservant cette puissance mécanique.

— Bon! mais par quel moyen?

— Je vais vous le dire, répondit simplement Barbicane.

Ses interlocuteurs le dévorèrent des yeux.

— Rien n'est plus facile, en effet, reprit-il, que de ramener cette masse de poudre à un volume quatre fois moins considérable. Vous connaissez tous cette

---

[44] Un peu moins de 800 mètres cubes.
[45] Deux mille mètres cubes.

Até aquele momento Barbicane se mantivera fora da discussão. Ele os deixara falar e só escutava. Era evidente que tinha uma ideia. Também se contentou em dizer simplesmente:

— Agora, meus amigos, que quantidade de pólvora vocês propõem?

Os três membros do Clube do Canhão se entreolharam por um instante.

— Duzentas mil libras, enfim disse Morgan.

— Quinhentas mil, replicou o major.

— Oitocentas mil libras! exclamou J. T. Maston.

Dessa vez Elphiston não ousou taxar seu colega de exagerado. Na verdade, tratava-se de enviar à Lua um projétil pesando 20 mil libras e lhe dar uma velocidade inicial de 12 mil jardas por segundo. Um momento de silêncio seguiu a tripla proposta feita pelos três colegas.

Por fim, este foi rompido pelo presidente Barbicane.

Bravos camaradas, disse ele com voz tranquila, parto do princípio que se nosso canhão for construído nas condições desejadas sua resistência será ilimitada. Portanto, vou surpreender o honorável J. T. Maston dizendo que ele foi tímido em seus cálculos, e que proponho dobrar suas 800 mil libras de pólvora.

— Mil e seiscentas libras? perguntou J. T. Maston dando um pulo na cadeira.

— Exatamente.

— Mas então será preciso voltar ao meu canhão de meia milha de comprimento.

— É evidente, disse o major.

— Mil e seiscentas libras de pólvora vão preencher um espaço aproximado de 22 mil pés cúbicos[55], continuou o secretário da Comissão, e como seu canhão possui capacidade de 54 mil pés cúbicos[56], ficará cheio até a metade e a alma não será suficientemente longa para que a liberação de gás imprima impulsão suficiente ao projétil.

Não havia nada para responder. J. T. Maston tinha razão. Todos olharam para Barbicane.

— No entanto, disse o presidente, insisto nessa quantidade de pólvora. Pensem que 1.600 libras de pólvora darão origem a 6 bilhões de litros de gás. Seis bilhões! Compreenderam bem?

— Mas então, que fazer? Perguntou o general.

— Muito simples, é preciso reduzir essa enorme quantidade de pólvora conservando a mesma potência mecânica.

— Muito bem! Mas de que forma?

— Vou lhes dizer, respondeu simplesmente Barbicane.

Seus interlocutores o devoraram com os olhos.

— Na verdade, não existe nada mais fácil do que reduzir essa massa de pólvora a um volume quatro vezes menor, disse ele. Vocês todos conhecem essa

---

[55] Quase 800 metros cúbicos.
[56] Dois mil metros cúbicos.

matière curieuse qui constitue les tissus élémentaires des végétaux, et qu'on nomme cellulose.

— Ah! fit le major, je vous comprends, mon cher Barbicane.

— Cette matière, dit le président, s'obtient à l'état de pureté parfaite dans divers corps, et surtout dans le coton, qui n'est autre chose que le poil des graines du cotonnier. Or, le coton, combiné avec l'acide azotique à froid, se transforme en une substance éminemment insoluble, éminemment combustible, éminemment explosive. Il y a quelques années, en 1832, un chimiste français, Braconnot, découvrit cette substance, qu'il appela xyloïdine. En 1838, un autre Français, Pelouze, en étudia les diverses propriétés, et enfin, en 1846, Shonbein, professeur de chimie à Bâle, la proposa comme poudre de guerre. Cette poudre, c'est le coton azotique...

— Ou pyroxyle, répondit Elphiston.

— Ou fulmi-coton, répliqua Morgan.

— Il n'y a donc pas un nom d'Américain à mettre au bas de cette découverte? s'écria J. T. Maston, poussé par un vif sentiment d'amour-propre national.

— Pas un, malheureusement, répondit le major.

— Cependant, pour satisfaire Maston, reprit le président, je lui dirai que les travaux d'un de nos concitoyens peuvent être rattachés à l'étude de la cellulose, car le collodion, qui est un des principaux agents de la photographie, est tout simplement du pyroxyle dissous dans l'éther additionné d'alcool, et il a été découvert par Maynard, alors étudiant en médecine à Boston.

— Eh bien! hurrah pour Maynard et pour le fulmi-coton! s'écria le bruyant secrétaire du Gun-Club.

— Je reviens au pyroxyle, reprit Barbicane. Vous connaissez ses propriétés, qui vont nous le rendre si précieux; il se prépare avec la plus grande facilité; du coton plongé dans de l'acide azotique fumant[46], pendant quinze minutes, puis lavé à grande eau, puis séché, et voilà tout.

— Rien de plus simple, en effet, dit Morgan.

— De plus, le pyroxyle est inaltérable à l'humidité, qualité précieuse à nos yeux, puisqu'il faudra plusieurs jours pour charger le canon; son inflammabilité a lieu à cent soixante-dix degrés au lieu de deux cent quarante, et sa déflagration est si subite, qu'on peut l'enflammer sur de la poudre ordinaire, sans que celle-ci ait le temps de prendre feu.

— Parfait, répondit le major.

— Seulement il est plus coûteux.

— Qu'importe? fit J. T. Maston.

— Enfin il communique aux projectiles une vitesse quatre fois supérieure à celle de la poudre. J'ajouterai même que, si l'on y mêle les huit dixièmes de son poids de nitrate de potasse, sa puissance expansive est encore augmentée dans une grande proportion.

---

[46] Ainsi nommé, parce que, au contact de l'air humide, l'acide azotique répand d'épaisses fumées blanchâtres.

matéria curiosa que constitui os tecidos elementares dos vegetais e que denominamos de celulose.

— Ah! Compreendo meu caro Barbicane, falou o major.

— Essa matéria, disse o presidente, pode ser obtida em estado de pureza em diversos corpos, sobretudo no algodão, que não é nada além da penugem dos grãos do algodoeiro. Ora, combinado a frio com ácido do azoto, o algodão se transforma em uma substância eminentemente insolúvel, eminentemente combustível, eminentemente explosiva. Há alguns anos, em 1832, um químico francês, Braconnot, descobriu essa substância que ele chamou xiloidina. Em 1838, outro francês, Pelouze, estudou suas diversas propriedades e enfim, em 1846, Shonbein, professor de química em Bâle, a propôs como pólvora de guerra. Essa pólvora é o algodão azoico...

— Ou piróxilo, respondeu Elphiston.

— Ou algodão-pólvora, replicou Morgan.

— E não há nome de nenhum americano a ser inscrito sob essa descoberta? perguntou J. T. Maston, tomado por um vivo sentimento de amor próprio nacional.

— Nenhum, infelizmente, respondeu o major.

— No entanto, continuou o presidente, para satisfazer Maston eu direi que os trabalhos de um de nossos concidadãos podem estar ligados ao estudo da celulose, pois o colódio, um dos principais agentes da fotografia, não passa de piróxilo dissolvido em éter ao qual foi adicionado álcool, e foi descoberto por Maynard, então estudante de medicina em Boston.

— Ótimo! Um viva para Maynard e para o algodão-pólvora! Exclamou o estrepitoso secretário do Clube do Canhão.

— Voltemos ao piróxilo, continuou Barbicane. Todos conhecem as propriedades que o tornam tão precioso para nós. É preparado com a maior facilidade. É só mergulhar o algodão no ácido azoico fumegante[57] durante 15 minutos, lavá-lo em grande quantidade de água e depois secá-lo. Só isso.

— Nada mais simples, é verdade, disse Morgan.

— Além de tudo, o piróxilo não se altera com a umidade, qualidade preciosa para nós, pois serão necessários vários dias para carregar o canhão. Inflama-se a 170 graus, em vez de 240, e sua deflagração é tão súbita que podemos queimá-lo sobre a pólvora comum sem que esta tenha tempo de se inflamar.

— Perfeito, respondeu o major.

— Mas é mais caro.

— E o que importa isso? disse J. T. Maston.

— Enfim, ele proporciona aos projéteis uma velocidade quatro vezes superior à gerada pela pólvora. Eu até acrescentaria que misturando a ele oito décimos de seu peso de nitrato de potássio, sua potência expansiva se amplia em grande proporção.

---

[57] Assim denominado porque, ao contato com o ar úmido o ácido azoico, desprende espessa fumaça esbranquiçada.

— Sera-ce nécessaire? demanda le major.

— Je ne le pense pas, répondit Barbicane. Ainsi donc, au lieu de seize cent mille livres de poudre, nous n'aurons que quatre cent mille livres de fulmi-coton, et comme on peut sans danger comprimer cinq cents livres de coton dans vingt--sept pieds cubes, cette matière n'occupera qu'une hauteur de trente toises dans la Columbiad. De cette façon, le boulet aura plus de sept cents pieds d'âme à parcourir sous l'effort de six milliards de litres de gaz, avant de prendre son vol vers l'astre des nuits!

À cette période, J. T. Maston ne put contenir son émotion; il se jeta dans les bras de son ami avec la violence d'un projectile, et il l'aurait défoncé, si Barbicane n'eût été bâti à l'épreuve de la bombe.

Cet incident termina la troisième séance du Comité. Barbicane et ses audacieux collègues, auxquels rien ne semblait impossible, venaient de résoudre la question si complexe du projectile, du canon et des poudres. Leur plan étant fait, il n'y avait qu'à l'exécuter.

— Un simple détail, une bagatelle, disait J. T. Maston[47].

---

[47] Dans cette discussion le président Barbicane revendique pour l'un de ses compatriotes l'invention du collodion. C'est une erreur, n'en déplaise au brave J. T. Maston, et elle vient de la similitude de deux noms. En 1847, Maynard, étudiant en médecine à Boston, a bien eu l'idée d'employer le collodion au traitement des plaies, mais le collodion était connu en 1846. C'est à un Français, un esprit très distingué, un savant tout à la fois peintre, poète, philosophe, helléniste et chimiste, M. Louis Ménard, que revient l'honneur de cette grande découverte.

— E isso será necessário? Perguntou o major.

— Creio que não, respondeu Barbicane. Mas em lugar de 1.600 libras de pólvora, precisaremos apenas 400 mil libras de algodão-pólvora e como, sem qualquer perigo, podemos comprimir 500 libras de algodão em 27 pés cúbicos, esse material não ocupará mais que uma altura de 30 toesas na Columbiada. Desse modo o projétil percorrerá mais de 700 pés da alma do canhão sob o efeito de seis bilhões de litros de gás antes de alçar voo em direção ao astro das noites!

Nesse momento J. T. Maston não conseguiu conter a emoção; atirou-se nos braços do amigo com a violência de um projétil, e o teria derrubado se Barbicane não fosse construído a prova de bombas.

Esse incidente pôs fim à terceira reunião da Comissão. Barbicane e seus audaciosos colegas, aos quais nada parecia impossível, haviam terminado de resolver a complexa questão do projétil, do canhão e da pólvora. Com o plano completo, só restava executá-lo.

— Um simples detalhe, uma verdadeira bagatela, dizia J. T. Maston[58].

---

[58] Nessa discussão o presidente Barbicane reivindica a invenção do colódio para um de seus compatriotas. Sem ofensa para o bravo J. T. Maston, isso é um engano decorrente da semelhança entre os dois nomes. Em 1847, Maynard, estudante de medicina em Boston, teve a ideia de empregar o colódio no tratamento de feridas, mas o colódio já era conhecido desde 1846. Foi um francês de espírito muito distinto, sábio que também era pintor, poeta, filósofo, helenista e químico, o senhor Louis Ménard, quem teve a honra dessa grande descoberta.

CHAPITRE X
UN ENNEMI SUR VINGT-CINQ MILLIONS D'AMIS

Le public américain trouvait un puissant intérêt dans les moindres détails de l'entreprise du Gun-Club. Il suivait jour par jour les discussions du Comité. Les plus simples préparatifs de cette grande expérience, les questions de chiffres qu'elle soulevait, les difficultés mécaniques à résoudre, en un mot, "sa mise en train", voilà ce qui le passionnait au plus haut degré.

Plus d'un an allait s'écouler entre le commencement des travaux et leur achèvement; mais ce laps de temps ne devait pas être vide d'émotions; l'emplacement à choisir pour le forage, la construction du moule, la fonte de la Columbiad, son chargement très périlleux, c'était là plus qu'il ne fallait pour exciter la curiosité publique. Le projectile, une fois lancé, échapperait aux regards en quelques dixièmes de seconde; puis, ce qu'il deviendrait, comme il se comporterait dans l'espace, de quelle façon il atteindrait la Lune, c'est ce qu'un petit nombre de privilégiés verraient seuls de leurs propres yeux. Ainsi donc, les préparatifs de l'expérience, les détails précis de l'exécution en constituaient alors le véritable intérêt.

Cependant, l'attrait purement scientifique de l'entreprise fut tout d'un coup surexcité par un incident.

On sait quelles nombreuses légions d'admirateurs et d'amis le projet Barbicane avait ralliées à son auteur. Pourtant, si honorable, si extraordinaire qu'elle fût, cette majorité ne devait pas être l'unanimité. Un seul homme, un seul dans tous les États de l'Union, protesta contre la tentative du Gun-Club; il l'attaqua avec violence, à chaque occasion; et la nature est ainsi faite, que Barbicane fut plus sensible à cette opposition d'un seul qu'aux applaudissements de tous les autres.

Cependant, il savait bien le motif de cette antipathie, d'où venait cette inimitié solitaire, pourquoi elle était personnelle et d'ancienne date, enfin dans quelle rivalité d'amour-propre elle avait pris naissance.

CAPÍTULO X
UM INIMIGO ENTRE VINTE CINCO MILHÕES DE AMIGOS

O público americano tinha grande interesse pelos menores detalhes do empreendimento do Clube do Canhão. Seguia diariamente as discussões da Comissão. Os mais simples preparativos dessa grande experiência, a questão da verba a ser levantada, as dificuldades mecânicas a serem resolvidas, em suma, "sua execução" apaixonava a todos no mais alto grau.

Mais de um ano ainda se passaria entre o início dos trabalhos e sua realização, mas esse lapso de tempo não devia ser árido em emoções: a escolha do local da perfuração, a construção do molde, a fundição da Columbiada, seu carregamento extremamente perigoso, tudo isso excitava a curiosidade pública. Uma vez lançado, em alguns décimos de segundo o projétil escaparia da vista. Somente um pequeno número de privilegiados veria com seus próprios olhos o que aconteceria depois, o modo como ele se comportaria no espaço e de que maneira atingiria a Lua. Por isso, os preparativos para a experiência e os detalhes precisos da execução se constituíam no verdadeiro interesse.

No entanto, de repente o atrativo puramente científico do empreendimento foi extremamente incitado por um incidente.

Sabia-se que numerosas legiões de admiradores e amigos do projeto Barbicane haviam apoiado seu autor. Mas por mais honrada e extraordinária que fosse essa maioria, não haveria de ser unânime. Um único homem, um único em todos os Estados da União, protestou contra a tentativa do Clube do Canhão. Atacava com violência sempre que tinha ocasião. E como a natureza humana é assim, Barbicane foi mais sensível a essa única oposição do que aos aplausos de todos outros.

Contudo, sabia muito bem o motivo dessa antipatia e de onde vinha essa inimizade solitária, pois era pessoal e de longa data. Compreendia de que rivalidade de amor próprio ela surgira.

Cet ennemi persévérant, le président du Gun-Club ne l'avait jamais vu. Heureusement, car la rencontre de ces deux hommes eût certainement entraîné de fâcheuses conséquences. Ce rival était un savant comme Barbicane, une nature fière, audacieuse, convaincue, violente, un pur Yankee. On le nommait le capitaine Nicholl. Il habitait Philadelphie.

Le capitaine Nicholl.

Personne n'ignore la lutte curieuse qui s'établit pendant la guerre fédérale entre le projectile et la cuirasse des navires blindés; celui-là destiné à percer celle-ci; celle-ci décidée à ne point se laisser percer. De là une transformation radicale de la marine dans les États des deux continents. Le boulet et la plaque luttèrent avec un acharnement sans exemple, l'un grossissant, l'autre s'épaississant dans une proportion constante. Les navires, armés de pièces formidables, marchaient au feu sous l'abri de leur invulnérable carapace. Les

O presidente do Clube do Canhão jamais vira esse inimigo perseverante. Felizmente, pois o encontro entre esses dois homens certamente teria infelizes consequências. Esse rival era um cientista como Barbicane, de natureza orgulhosa, audaz, convencida e violenta, um verdadeiro ianque. Chamava-se capitão Nicholl e morava na Filadélfia.

O capitão Nicholl.

Ninguém ignorava a curiosa luta que se estabelecera durante a Guerra de Secessão entre o projétil e a couraça dos navios blindados; o primeiro devendo perfurar o segundo, o segundo não se deixando perfurar pelo primeiro. Por isso houve uma transformação radical na marinha dos Estados dos dois continentes. O projétil e a couraça lutaram com ferocidade sem par, um aumentando de tamanho, a outra se tornando mais espessa, em proporção constante. Armados com peças formidáveis, os navios caminhavam pelo fogo ao abrigo de sua invulnerável carapaça.

Merrimac, les *Monitor*, les *Ram-Tenesse*, les *Weckausen*[48] lançaient des projectiles énormes, après s'être cuirassés contre les projectiles des autres. Ils faisaient à autrui ce qu'ils ne voulaient pas qu'on leur fît, principe immoral sur lequel repose tout l'art de la guerre.

Or, si Barbicane fut un grand fondeur de projectiles, Nicholl fut un grand forgeur de plaques. L'un fondait nuit et jour à Baltimore, et l'autre forgeait jour et nuit à Philadelphie. Chacun suivait un courant d'idées essentiellement opposé.

Nicholl publia nombre de lettres.

Aussitôt que Barbicane inventait un nouveau boulet, Nicholl inventait une nouvelle plaque. Le président du Gun-Club passait sa vie à percer des trous, le capitaine à l'en empêcher. De là une rivalité de tous les instants qui allait jusqu'aux

---

[48] Navires de la marine américaine.

Os *Merrimac*, os *Monitor*, os *Ram-Tenesse*, os *Weckausen*[59] lançavam projéteis enormes depois de terem se encouraçado contra os projéteis alheios. Faziam aos outros o que não queriam que lhes fizessem, princípio imoral sobre o qual repousa toda a arte da guerra.

Ora, se Barbicane foi grande fundidor de projéteis, Nicholl foi grande fundidor de chapas para couraças. Um fundia noite e dia em Baltimore, outro fundia dia e noite em Filadélfia. Cada qual seguia uma corrente de ideias essencialmente oposta.

Nicholl publicou numerosas cartas.

Assim que Barbicane inventava um novo projétil, Nicholl inventava uma nova chapa. O presidente do Clube do Canhão passou sua vida a fazer furos e o capitão a evitá-los. Daí uma rivalidade sempre constante que se transferiu para

---
[59] Navios da Marinha americana.

personnes. Nicholl apparaissait dans les rêves de Barbicane sous la forme d'une cuirasse impénétrable contre laquelle il venait se briser, et Barbicane, dans les songes de Nicholl, comme un projectile qui le perçait de part en part.

Cependant, bien qu'ils suivissent deux lignes divergentes, ces savants auraient fini par se rencontrer, en dépit de tous les axiomes de géométrie; mais alors c'eût été sur le terrain du duel. Fort heureusement pour ces citoyens si utiles à leur pays, une distance de cinquante à soixante milles les séparait l'un de l'autre, et leurs amis hérissèrent la route de tels obstacles qu'ils ne se rencontrèrent jamais.

Maintenant, lequel des deux inventeurs l'avait emporté sur l'autre, on ne savait trop; les résultats obtenus rendaient difficile une juste appréciation. Il semblait cependant, en fin de compte, que la cuirasse devait finir par céder au boulet. Néanmoins, il y avait doute pour les hommes compétents. Aux dernières expériences, les projectiles cylindro-coniques de Barbicane vinrent se ficher comme des épingles sur les plaques de Nicholl; ce jour-là, le forgeur de Philadelphie se crut victorieux et n'eut plus assez de mépris pour son rival; mais quand celui-ci substitua plus tard aux boulets coniques de simples obus de six cents livres, le capitaine dut en rabattre. En effet ces projectiles, quoique animés d'une vitesse médiocre[49], brisèrent, trouèrent, firent voler en morceaux les plaques du meilleur métal.

Or, les choses en étaient à ce point, la victoire semblait devoir rester au boulet, quand la guerre finit le jour même où Nicholl terminait une nouvelle cuirasse d'acier forgé! C'était un chef-d'œuvre dans son genre; elle défiait tous les projectiles du monde. Le capitaine la fit transporter au polygone de Washington, en provoquant le président du Gun-Club à la briser. Barbicane, la paix étant faite, ne voulut pas tenter l'expérience.

Alors Nicholl, furieux, offrit d'exposer sa plaque au choc des boulets les plus invraisemblables, pleins, creux, ronds ou coniques. Refus du président qui, décidément, ne voulait pas compromettre son dernier succès.

Nicholl, surexcité par cet entêtement inqualifiable, voulut tenter Barbicane en lui laissant toutes les chances. Il proposa de mettre sa plaque à deux cents yards du canon. Barbicane de s'obstiner dans son refus. À cent yards? Pas même à soixante-quinze.

— À cinquante alors, s'écria le capitaine par la voix des journaux, à vingt-cinq yards ma plaque, et je me mettrai derrière!

Barbicane fit répondre que, quand même le capitaine Nicholl se mettrait devant, il ne tirerait pas davantage.

Nicholl, à cette réplique, ne se contint plus; il en vint aux personnalités; il insinua que la poltronnerie était indivisible; que l'homme qui refuse de tirer un coup de canon est bien près d'en avoir peur; qu'en somme, ces artilleurs qui se battent maintenant à six milles de distance ont prudemment remplacé le courage individuel par les formules mathématiques, et qu'au surplus il y a autant de bravoure à attendre tranquillement un boulet derrière une plaque, qu'à l'envoyer dans toutes les règles de l'art.

---

[49] Le poids de la poudre employée n'était que 1/12e du poids de l'obus.

o campo pessoal. Nicholl surgia nos sonhos de Barbicane sob a forma de couraça impenetrável contra a qual ele se partia, e Barbicane nos sonhos de Nicholl como projétil que o varava de lado a lado.

Contudo, apesar de seguirem linhas divergentes e a despeito de todos os axiomas da geometria, esses cientistas acabariam por se encontrar. Mas agora no terreno do duelo. Felizmente para esses cidadãos tão úteis a seu país, uma distância de 50 ou 60 milhas separava um do outro e seus amigos crivavam o caminho de obstáculos tais que eles jamais se encontraram.

No momento, ninguém sabia qual dos dois inventores levava vantagem sobre o outro, pois os resultados obtidos dificultavam a justa apreciação. Contudo, no final das contas, parecia que a couraça devia terminar por ceder ao projétil. No entanto, os homens competentes ainda ficavam em dúvida. Nas últimas experiências, os projéteis cônico-cilíndricos de Barbicane haviam se espetado como alfinetes nas chapas das couraças de Nicholl. Nesse dia, o forjador de Filadélfia se sentiu vitorioso e se encheu de desprezo por seu rival. Porém mais tarde, quanto este substituiu os projéteis cônicos por simples obuses de 600 libras, o capitão foi obrigado a se encolher. Com efeito, apesar de possuírem velocidade medíocre[60], esses projéteis partiram, esburacaram e fizeram em pedaços chapas do melhor metal.

Ora, as coisas se encontravam nesse ponto e a vitória parecia ficar com o projétil quando a guerra findou exatamente no dia em que Nicholl terminou uma nova couraça de aço forjado! Era uma obra prima em seu gênero, que desafiava todos os projéteis do mundo. O capitão fez com que a transportassem ao polígono de Washington, desafiando o presidente do Clube do Canhão a vará-la. Como a paz já fora selada Barbicane não quis tentar a experiência.

Furioso, Nicholl se ofereceu para expor sua chapa ao choque dos projéteis mais inverossímeis: maciços, ocos, redondos ou cônicos. Recusa do presidente que decididamente não desejava comprometer seu último sucesso.

Ainda mais excitado por essa teimosia inqualificável, Nicholl resolveu tentar Barbicane dando-lhe todas as oportunidades. Propôs colocar sua chapa a 200 jardas do canhão. Barbicane se obstinou em sua recusa. A 100 jardas? Nem mesmo a 75.

— Então a 50, exclamou o capitão através da voz dos jornais. Colocarei minha chapa a 25 jardas e ficarei atrás dela!

Barbicane respondeu que mesmo que o capitão Nicholl se postasse diante da chapa ele não atiraria.

Diante dessa réplica, Nicholl não se conteve e levou a discussão para o campo pessoal. Insinuou que a covardia era indivisível, que o homem que se recusa a disparar um tiro de canhão está bem perto ter medo dele, em suma, que esses artilheiros que se batem a seis milhas de distância prudentemente substituíram a coragem individual pelas fórmulas matemáticas, e que, afinal das contas, havia tanta coragem em esperar tranquilamente um projétil atrás de uma chapa de couraça quanto em disparâ-la segundo todas as regras dessa arte.

---

[60] O peso da pólvora empregada correspondia a um doze avos do peso do obus.

À ces insinuations Barbicane ne répondit rien; peut-être même ne les connut-il pas, car alors les calculs de sa grande entreprise l'absorbaient entièrement.

Lorsqu'il fit sa fameuse communication au Gun-Club, la colère du capitaine Nicholl fut portée à son paroxysme. Il s'y mêlait une suprême jalousie et un sentiment absolu d'impuissance! Comment inventer quelque chose de mieux que cette Columbiad de neuf cents pieds! Quelle cuirasse résisterait jamais à un projectile de vingt mille livres! Nicholl demeura d'abord atterré, anéanti, brisé sous ce "coup de canon", puis il se releva, et résolut d'écraser la proposition du poids de ses arguments.

Il attaqua donc très violemment les travaux du Gun-Club; il publia nombre de lettres que les journaux ne se refusèrent pas à reproduire. Il essaya de démolir scientifiquement l'œuvre de Barbicane. Une fois la guerre entamée, il appela à son aide des raisons de tout ordre, et, à vrai dire, trop souvent spécieuses et de mauvais aloi.

D'abord, Barbicane fut très violemment attaqué dans ses chiffres; Nicholl chercha à prouver par $A + B$ la fausseté de ses formules, et il l'accusa d'ignorer les principes rudimentaires de la balistique. Entre autres erreurs, et suivant ses calculs à lui, Nicholl, il était absolument impossible d'imprimer à un corps quelconque une vitesse de douze mille yards par seconde; il soutint, l'algèbre à la main, que, même avec cette vitesse, jamais un projectile aussi pesant ne franchirait les limites de l'atmosphère terrestre! Il n'irait seulement pas à huit lieues! Mieux encore. En regardant la vitesse comme acquise, en la tenant pour suffisante, l'obus ne résisterait pas à la pression des gaz développés par l'inflammation de seize cents mille livres de poudre, et résistât-il à cette pression, du moins il ne supporterait pas une pareille température, il fondrait à sa sortie de la Columbiad et retomberait en pluie bouillante sur le crâne des imprudents spectateurs.

Barbicane, à ces attaques, ne sourcilla pas et continua son œuvre.

Alors Nicholl prit la question sous d'autres faces; sans parler de son inutilité à tous les points de vue, il regarda l'expérience comme fort dangereuse, et pour les citoyens qui autoriseraient de leur présence un aussi condamnable spectacle, et pour les villes voisines de ce déplorable canon; il fit également remarquer que si le projectile n'atteignait pas son but, résultat absolument impossible, il retomberait évidemment sur la Terre, et que la chute d'une pareille masse, multipliée par le carré de sa vitesse, compromettrait singulièrement quelque point du globe. Donc, en pareille circonstance, et sans porter atteinte aux droits de citoyens libres, il était des cas où l'intervention du gouvernement devenait nécessaire, et il ne fallait pas engager la sûreté de tous pour le bon plaisir d'un seul.

On voit à quelle exagération se laissait entraîner le capitaine Nicholl. Il était seul de son opinion. Aussi personne ne tint compte de ses malencontreuses prophéties. On le laissa donc crier à son aise, et jusqu'à s'époumoner, puisque cela lui convenait. Il se faisait le défenseur d'une cause perdue d'avance; on l'entendait, mais on ne l'écoutait pas, et il n'enleva pas un seul admirateur au président du Gun-Club. Celui-ci, d'ailleurs, ne prit même pas la peine de rétorquer les arguments de son rival.

Barbicane não respondeu a essas insinuações e talvez nem mesmo tivesse conhecimento delas, pois agora os cálculos de sua grande empreitada o absorviam inteiramente.

Assim que fez sua famosa comunicação no Clube do Canhão, a cólera do capitão chegou ao paroxismo. Nela se mesclavam uma inveja suprema e um sentimento de absoluta impotência! Como seria possível inventar algo melhor que aquela Columbiada de 900 pés! Que couraça resistiria a um projétil de 20 mil libras? No início, Nicholl ficou horrorizado, devastado, vencido por esse "tiro de canhão", depois se levantou e resolveu aniquilar a proposição com o peso de seus argumentos.

Então, atacou muito violentamente os trabalhos do Clube do Canhão, publicando várias cartas que os jornais não se recusaram a reproduzir. Tentou destruir cientificamente a obra de Barbicane. Iniciada a guerra, usou razões de toda espécie e, para dizer a verdade, na maior parte das vezes enganosas e de má fé.

No início, Barbicane foi ferozmente atacado em seus algarismos e Nicholl tentou provar por $A + B$ o erro de suas fórmulas, acusando-o de ignorar os princípios rudimentares da balística. Entre outros erros, e segundo seus cálculos, Nicholl afirmava ser absolutamente impossível imprimir a qualquer corpo uma velocidade de 12 mil jardas por segundo; com a álgebra nas mãos, sustentava que mesmo a essa velocidade jamais um projétil com aquele peso ultrapassaria os limites da atmosfera terrestre! Não subiria mais que oito léguas! E ainda melhor. Na hipótese de que atingisse a velocidade, e que esta fosse suficiente, o obus não resistiria à pressão dos gases liberados pela queima de 600 mil libras de pólvora, e se resistisse, não suportaria tal temperatura e fundir-se-ia quando saísse da Columbiada, voltando a cair como uma chuva incandescente sobre a cabeça dos imprudentes espectadores.

Barbicane não se importou com esses ataques e continuou sua obra.

Então Nicholl abordou a questão por outro prisma. Sem falar de sua inutilidade sob todos os pontos de vista, ele encarava a experiência como muito perigosa para os cidadãos que com sua presença autorizavam um espetáculo tão condenável desse deplorável canhão e para as cidades vizinhas. Também chamou a atenção sobre o fato de que se o projétil não atingisse o alvo, resultado absolutamente impossível, voltaria a cair sobre a Terra, e o impacto de tal massa multiplicado pelo quadrado de sua velocidade comprometeria singularmente qualquer ponto do globo. Portanto, em tal circunstância fazia-se necessária a intervenção do governo, pois não era possível sacrificar a segurança de todos pelo capricho de uma única pessoa.

Vemos a que grau de exagero se deixava levar o capitão Nicholl. Era o único a externar essa opinião e ninguém se importou com suas nefastas profecias. Deixaram-no gritar à vontade, até espumar, já que isso lhe convinha. Ele se arvorava em defensor de uma causa já perdida. Era ouvido, mas ninguém lhe prestava atenção, e ele não conseguiu afastar um único admirador do presidente do Clube do Canhão. Além disso, estes nem se deram ao trabalho de refutar os argumentos de seu rival.

Nicholl, acculé dans ses derniers retranchements, et ne pouvant même pas payer de sa personne dans sa cause, résolut de payer de son argent. Il proposa donc publiquement dans l'*Enquirer* de Richmond une série de paris conçus en ces termes et suivant une proportion croissante.

Il paria:

1º Que les fonds nécessaires à l'entreprise du Gun-Club ne seraient pas faits, ci 1000 dollars

2º Que l'opération de la fonte d'un canon de neuf cents pieds était impraticable et ne réussirait pas, ci 2000 XX_XX

3º Qu'il serait impossible de charger la Columbiad, et que le pyroxyle prendrait feu de lui-même sous la pression du projectile, ci 3000 XX_XX

4º Que la Columbiad éclaterait au premier coup, ci 4000 XX_XX

5º Que le boulet n'irait pas seulement à six milles et retomberait quelques secondes après avoir été lancé, ci 5000 XX_XX

On le voit c'était une somme importante que risquait le capitaine dans son invincible entêtement. Il ne s'agissait pas moins de quinze mille dollars[50].

Malgré l'importance du pari, le 19 mai, il reçut un pli cacheté, d'un laconisme superbe et conçu en ces termes:

Baltimore, 18 octobre. XXXX

Tenu.

BARBICANE. *XXXXXX*

---

[50] Quatre-vingt-un mille trois cents francs.

Acuado em suas últimas trincheiras, sem poder arriscar o próprio corpo na defesa dessa causa, Nicholl resolveu arriscar seu dinheiro. Propôs publicamente no *Enquirer* de Richmond uma série de apostas em proporção crescente, nos seguintes termos.

Ele apostava que:

1º Os fundos necessários ao projeto do Clube do Canhão não seriam suficientes: 1.000 dólares

2º A operação de fundição de um canhão de 109 pés era impraticável e não seria levada a bom termo: 2.000 dólares

3º Seria impossível carregar a Columbiada e que o piróxilo se inflamaria por si mesmo sob a pressão do projétil: 3.000 dólares

4º A Columbiada explodiria ao primeiro golpe: 4.000 dólares

5º O projétil não passaria de seis milhas de altura e voltaria a cair depois de alguns segundos após seu lançamento: 5.000 dólares

Via-se que o capitão arriscava uma soma bastante alta em sua invencível teimosia. Afinal, eram nada menos de 15 mil dólares[61].

Apesar da importância da aposta, no dia 19 de maio ele recebeu um bilhete lacrado, de laconismo soberbo, concebido nos seguintes termos:

Baltimore, 18 de outubro. XXXX

Aceito.

Barbicane. XXXXXX

---

[61] 81.300 francos.

CHAPITRE XI

FLORIDE ET TEXAS.

Cependant, une question restait encore à décider: il fallait choisir un endroit favorable à l'expérience. Suivant la recommandation de l'Observatoire de Cambridge, le tir devait être dirigé perpendiculairement au plan de l'horizon, c'est-à-dire vers le zénith; or, la Lune ne monte au zénith que dans les lieux situés entre 0° et 28° de latitude, en d'autres termes, sa déclinaison n'est que de 28°[51]. Il s'agissait donc de déterminer exactement le point du globe où serait fondue l'immense Columbiad.

Le 20 octobre, le Gun-Club étant réuni en séance générale, Barbicane apporta une magnifique carte des États-Unis de Z. Belltropp. Mais, sans lui laisser le temps de la déployer, J. T. Maston avait demandé la parole avec sa véhémence habituelle, et parlé en ces termes:

— Honorables collègues, la question qui va se traiter aujourd'hui a une véritable importance nationale, et elle va nous fournir l'occasion de faire un grand acte de patriotisme.

Les membres du Gun-Club se regardèrent sans comprendre où l'orateur voulait en venir.

— Aucun de vous, reprit-il, n'a la pensée de transiger avec la gloire de son pays, et s'il est un droit que l'Union puisse revendiquer, c'est celui de receler dans ses flancs le formidable canon du Gun-Club. Or, dans les circonstances actuelles…

— Brave Maston… dit le président.

— Permettez-moi de développer ma pensée, reprit l'orateur. Dans les circonstances actuelles, nous sommes forcés de choisir un lieu assez rapproché de l'équateur, pour que l'expérience se fasse dans de bonnes conditions…

---

[51] La déclinaison d'un astre est sa latitude dans la sphère céleste; l'ascension droite en est la longitude.

CAPÍTULO XI
FLÓRIDA E TEXAS

Contudo, ainda restava uma questão a ser decidida: era preciso escolher um local favorável à experiência. Segundo recomendação do Observatório de Cambridge, o tiro devia ser perpendicular ao plano do horizonte, isto é, apontado para o zênite. Ora, a Lua não sobe ao zênite a não ser em locais situados entre 0° e 28°[62] de latitude. Em outras palavras, sua declinação máxima não passa de 28°. Assim, era preciso determinar com exatidão o ponto do globo onde seria fundida a imensa Columbiada.

No dia 20 de outubro, na assembleia geral do Clube do Canhão, Barbicane apresentou um magnífico mapa dos Estados Unidos, elaborado por Z. Belltropp. Porém, sem lhe dar tempo de abri-lo, J. T. Maston pediu a palavra com sua habitual veemência e se pronunciou nos seguintes termos:

— Honrados colegas, a questão que vamos tratar hoje tem verdadeira importância nacional e vai nos proporcionar a ocasião de realizar um grande ato de patriotismo.

Os membros do Clube do Canhão se entreolharam sem compreender onde o orador desejava chegar.

— Nenhum dos senhores, continuou ele, pensou em transigir com a glória de seu país, e se existe um direito que a União possa reivindicar é o de abrigar em seus flancos o formidável canhão do Clube do Canhão. Ora, nas atuais circunstâncias...

— Bravo Maston... falou o presidente.

— Permita-me desenvolver meu pensamento, continuou o orador. Nas atuais circunstâncias somos forçados a escolher um local próximo do equador para que a experiência se realize em boas condições...

---
[62] A declinação de um astro é sua latitude na esfera celeste. A ascensão corresponde à sua longitude.

— Si vous voulez bien... dit Barbicane.

— Je demande la libre discussion des idées, répliqua le bouillant J. T. Maston, et je soutiens que le territoire duquel s'élancera notre glorieux projectile doit appartenir à l'Union.

— Sans doute! répondirent quelques membres.

— Eh bien! puisque nos frontières ne sont pas assez étendues, puisque au sud l'Océan nous oppose une barrière infranchissable, puisqu'il nous faut chercher au-delà des États-Unis et dans un pays limitrophe ce vingt-huitième parallèle, c'est là un casus belli légitime, et je demande que l'on déclare la guerre au Mexique!

— Mais non! mais non! s'écria-t-on de toutes parts.

— Non! répliqua J. T. Maston. Voilà un mot que je m'étonne d'entendre dans cette enceinte!

— Mais écoutez donc!...

— Jamais! jamais! s'écria le fougueux orateur. Tôt ou tard cette guerre se fera, et je demande qu'elle éclate aujourd'hui même.

— Maston, dit Barbicane en faisant détonner son timbre avec fracas, je vous retire la parole!

Maston voulut répliquer, mais quelques-uns de ses collègues parvinrent à le contenir.

— Je conviens, dit Barbicane, que l'expérience ne peut et ne doit être tentée que sur le sol de l'Union, mais si mon impatient ami m'eût laissé parler, s'il eût jeté les yeux sur une carte, il saurait qu'il est parfaitement inutile de déclarer la guerre à nos voisins, car certaines frontières des États-Unis s'étendent au-delà du vingt-huitième parallèle. Voyez, nous avons à notre disposition toute la partie méridionale du Texas et des Florides.

L'incident n'eut pas de suite; cependant, ce ne fut pas sans regret que J. T. Maston se laissa convaincre. Il fut donc décidé que la Columbiad serait coulée, soit dans le sol du Texas, soit dans celui de la Floride. Mais cette décision devait créer une rivalité sans exemple entre les villes de ces deux États.

Le vingt-huitième parallèle, à sa rencontre avec la côte américaine, traverse la péninsule de la Floride et la divise en deux parties à peu près égales. Puis, se jetant dans le golfe du Mexique, il sous-tend l'arc formé par les côtes de l'Alabama, du Mississippi et de la Louisiane. Alors, abordant le Texas, dont il coupe un angle, il se prolonge à travers le Mexique, franchit la Sonora, enjambe la vieille Californie et va se perdre dans les mers du Pacifique. Il n'y avait donc que les portions du Texas et de la Floride, situées au-dessous de ce parallèle, qui fussent dans les conditions de latitude recommandées par l'Observatoire de Cambridge.

La Floride, dans sa partie méridionale, ne compte pas de cités importantes. Elle est seulement hérissée de forts élevés contre les Indiens errants. Une seule ville, Tampa-Town, pouvait réclamer en faveur de sa situation et se présenter avec ses droits.

Au Texas, au contraire, les villes sont plus nombreuses et plus importantes, Corpus-Christi, dans le countie de Nueces, et toutes les cités situées sur le

— Se você me permitir... disse Barbicane.

— Solicito a livre discussão das ideias, replicou o ruidoso J. T. Maston, e afirmo que o território em que será lançado nosso glorioso projétil deve pertencer à União.

— Sem dúvida! Responderam alguns membros.

— Pois bem! Como nossas fronteiras não são suficientemente extensas, pois ao sul o Oceano nos opõe uma barreira intransponível, e como somos obrigados a buscar além dos Estados Unidos, em um país limítrofe esse 28º paralelo, esse é um *casus belli* legítimo, e proponho que seja declarada guerra ao México!

— Não! Isso não! bradaram de todas as partes.

— Não! replicou J. T. Maston. Eis uma palavra que me espanta ouvir neste recinto!

— Mas ouçam!...

— Jamais! Jamais! exclamou o fogoso orador. Cedo ou tarde essa guerra acontecerá e peço que ela tenha início hoje mesmo.

— Maston, disse Barbicane fazendo soar sua sineta com estrondo, retiro-lhe a palavra!

Maston quis responder, mas alguns de seus colegas conseguiram contê-lo.

— Concordo, disse Barbicane, que a experiência não pode deixar de se realizar no solo da União, mas se meu impaciente amigo tivesse me permitido falar, se tivesse posto os olhos em um mapa, saberia que é perfeitamente inútil declarar guerra aos nossos vizinhos, pois certas fronteiras dos Estados Unidos se estendem para além do paralelo 28. Vejam, temos à nossa disposição toda a parte meridional do Texas e da Flórida.

Com isso terminou o incidente. Contudo, não foi sem pesar que J. T. Maston se deixou convencer. Portanto, foi decidido que a Columbiada seria forjada no solo do Texas ou da Flórida. Mas essa decisão devia criar uma rivalidade sem exemplo entre as cidades desses dois Estados.

Ao encontrar a costa americana, o paralelo 28 atravessa a península da Flórida e a divide em duas partes mais ou menos iguais. Depois, ao atingir o Golfo de México sustenta o arco formado pelas costas do Alabama, do Mississippi e da Luisiana. Mas abordando o Texas, do qual corta uma porção, prolonga-se pelo México, atravessa Sonora, salta por sobre a velha Califórnia e vai se perder nos mares do Pacífico. Assim, situadas sob esse paralelo, só havia essas porções do Texas e da Flórida nas condições de latitude recomendadas pelo Observatório de Cambridge.

Em sua parte meridional, a Flórida não possui cidades importantes. Está somente pontilhada de fortes construídos como defesa contra os índios nômades. Uma única cidade, Tampa, poderia se pronunciar em favor de sua situação e se apresentar com direito de ser atendida.

Ao contrário, no Texas as cidades são mais numerosas e mais importantes: Corpus-Christi, no distrito de Nueces, e todas as cidades situadas nas proximidades

Rio-Bravo, Laredo, Comalites, San-Ignacio, dans le Web, Roma, Rio-Grande-City, dans le Starr, Edinburg, dans l'Hidalgo, Santa-Rita, el Panda, Brownsville, dans le Caméron, formèrent une ligue imposante contre les prétentions de la Floride.

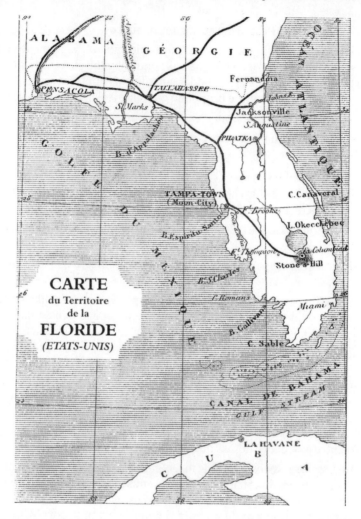

Aussi, la décision à peine connue, les députés texiens et floridiens arrivèrent à Baltimore par le plus court; à partir de ce moment, le président Barbicane et les membres influents du Gun-Club furent assiégés jour et nuit de réclamations formidables. Si sept villes de la Grèce se disputèrent l'honneur d'avoir vu naître Homère, deux États tout entiers menaçaient d'en venir aux mains à propos d'un canon.

On vit alors ces "frères féroces" se promener en armes dans les rues de la ville. À chaque rencontre, quelque conflit était à craindre, qui aurait eu des conséquences désastreuses. Heureusement la prudence et l'adresse du président Barbicane conjurèrent ce danger. Les démonstrations personnelles trouvèrent un dérivatif dans les journaux des divers États. Ce fut ainsi que le *New York Herald*

do Rio-Bravo, Laredo, Comalites, San-Ignacio; em Web, Roma, Rio-Grande; em Starr, Edinburgo; em Hidalgo, Santa-Rita, Panda e Brownsville; e as de Cameron formavam um imponente grupo contra as pretensões da Flórida.

Assim, apenas conhecida a decisão, deputados do Texas e da Flórida chegaram a Baltimore pela via mais rápida, e a partir desse momento o presidente Barbicane e os membros influentes do Clube do Canhão foram cercados dia e noite por reclamações formidáveis. Se sete cidades da Grécia disputaram a honra de ter presenciado o nascimento de Homero, dois Estados inteiros ameaçavam chegar às vias de fato por causa de um canhão.

Esses "ferozes irmãos" eram vistos armados passeando pelas ruas da cidade. A cada encontro temia-se um conflito que teria consequências desastrosas. Felizmente a prudência e a habilidade do presidente Barbicane evitaram esse perigo. Essas demonstrações pessoais encontraram um derivativo nos jornais de diversos Estados. Foi assim que o *New-York Herrald* e o *Tribune*

et la *Tribune* soutinrent le Texas, tandis que le *Times* et l'*American Review* prirent fait et cause pour les députés floridiens. Les membres du Gun-Club ne savaient plus auquel entendre.

Le Texas arrivait fièrement avec ses vingt-six comtés, qu'il semblait mettre en batterie; mais la Floride répondait que douze comtés pouvaient plus que vingt-six, dans un pays six fois plus petit.

Le Texas se targuait fort de ses trois cent trente mille indigènes, mais la Floride, moins vaste, se vantait d'être plus peuplée avec cinquante-six mille. D'ailleurs elle accusait le Texas d'avoir une spécialité de fièvres paludéennes qui lui coûtaient, bon an mal an, plusieurs milliers d'habitants. Et elle n'avait pas tort.

À son tour, le Texas répliquait qu'en fait de fièvres la Floride n'avait rien à lui envier, et qu'il était au moins imprudent de traiter les autres de pays malsains, quand on avait l'honneur de posséder le "vómito negro" à l'état chronique. Et il avait raison.

"D'ailleurs", ajoutaient les Texiens par l'organe du *New York Herald*, "on doit des égards à un État où pousse le plus beau coton de toute l'Amérique, un État qui produit le meilleur chêne vert pour la construction des navires, un État qui renferme de la houille superbe et des mines de fer dont le rendement est de cinquante pour cent de minerai pur".

À cela l'*American Review* répondait que le sol de la Floride, sans être aussi riche, offrait de meilleures conditions pour le moulage et la fonte de la Columbiad, car il était composé de sable et de terre argileuse.

"Mais", reprenaient les Texiens, "avant de fondre quoi que ce soit dans un pays, il faut arriver dans ce pays; or, les communications avec la Floride sont difficiles, tandis que la côte du Texas offre la baie de Galveston, qui a quatorze lieues de tour et qui peut contenir les flottes du monde entier".

"Bon!" répétaient les journaux dévoués aux Floridiens, "vous nous la donnez belle avec votre baie de Galveston située au-dessus du vingt-neuvième parallèle. N'avons-nous pas la baie d'Espiritu-Santo, ouverte précisément sur le vingt-huitième degré de latitude, et par laquelle les navires arrivent directement à Tampa-Town."

"Jolie baie!", répondait le Texas, "elle est à demi ensablée!"

"Ensablés vous-mêmes!", s'écriait la Floride. "Ne dirait-on pas que je suis un pays de sauvages?"

"Ma foi, les Séminoles courent encore vos prairies!"

"Eh bien! et vos Apaches et vos Comanches sont-ils donc civilisés!"

La guerre se soutenait ainsi depuis quelques jours, quand la Floride essaya d'entraîner son adversaire sur un autre terrain, et un matin le *Times* insinua que, l'entreprise étant "essentiellement américaine", elle ne pouvait être tentée que sur un territoire "essentiellement américain!"

À ces mots le Texas bondit: "Américains!", s'écria-t-il, "ne le sommes-nous pas autant que vous? Le Texas et la Floride n'ont-ils pas été incorporés tous les deux à l'Union en 1845?"

apoiaram o Texas, enquanto o *Times* e o *American Review* se colocaram ao lado dos deputados da Flórida. Os membros do Clube do Canhão não mais sabiam a quem ouvir.

O Texas chegava orgulhoso com seus 26 condados, que parecia dispor em bateria. Mas a Flórida respondia que seus 12 condados valiam mais que 26 em uma região seis vezes menor.

O Texas se vangloriava de seus 300 mil indígenas, mas a Flórida, menos vastas, se orgulhava de ser populada por 50 mil. Além disso, acusava o Texas de ser especialista nas febres paludianas[63] que, ano sim ano não, lhe custavam vários milhares de habitantes. E tinha razão.

Por sua vez, o Texas respondia que, com relação às febres, a Flórida não ficava nada a dever ao Texas, e que era pelo menos imprudente quem acusava outras regiões de insalubridade quando tinham a honra de possuir o "vômito preto[64]" em estado crônico. E tinha razão.

"Além de tudo, acrescentavam os Texanos através do *New York Herald*, deve-se consideração a um Estado que cultiva o melhor algodão de toda a América, um Estado que produz o melhor carvalho para a construção de navios, um Estado que contém uma hulha soberba e minas de ferro cujo rendimento é 50 por cento de mineral puro".

A isso o *American Review* respondia que o solo da Flórida, sem ser tão rico, oferecia as melhores condições para a moldagem e fundição da Columbiada, pois era composto de areia e de terra argilosa.

"Porém", respondiam os texanos, "antes de fundir alguma coisa em uma região, era preciso chegar a ela. Ora, as comunicações com a Flórida são difíceis, enquanto que as costas do Texas oferecem a baía de Galveston, que tem 14 léguas e pode conter as frotas do mundo inteiro".

"Muito bem!", repetiam os jornais que apoiavam a Flórida, "vocês nos oferecem sua bela baía de Galveston, que está localizada acima do Paralelo 28. Nós possuímos a baía do Espírito Santo, que se abre precisamente no 28° grau de latitude e pela qual os navios chegam diretamente à cidade de Tampa.

"Bela baía!", respondia o Texas, "meio entupida pela areia!"

"Entupidos estão vocês!", exclamava a Flórida. "Pensam que somos uma região de selvagens?"

"Mas a verdade é que os Semínolas ainda correm por suas praias!"

"Pois bem! E seus Apaches e Comanches são civilizados?"

A guerra continuou desse modo por alguns dias, quando a Flórida tentou arrastar seu adversário para outro terreno, e certa manhã o *Times* insinuou que, sendo o projeto "essencialmente americano", só poderia ser realizado em um território "essencialmente americano"!

Diante dessas palavras, o Texas explodiu: "Americanos!", exclamaram. "Não somos tão americanos quanto vocês? O Texas e a Flórida não foram igualmente incorporados à União em 1845?

---

[63] Malária. (N.T.)
[64] Um dos sintomas da febre amarela, produzida por hemorragias gastro-instestinais. (N.T.)

"Sans doute", répondit le *Times*, "mais nous appartenons aux Américains depuis 1820".

"Je le crois bien", répliqua la *Tribune*; "après avoir été Espagnols ou Anglais pendant deux cents ans, on vous a vendus aux États-Unis pour cinq millions de dollars!"

"Et qu'importe!", répliquèrent les Floridiens, "devons-nous en rougir? En 1803, n'a-t-on pas acheté la Louisiane à Napoléon au prix de seize millions de dollars[52]?"

"C'est une honte!", s'écrièrent alors les députés du Texas. "Un misérable morceau de terre comme la Floride, oser se comparer au Texas, qui, au lieu de se vendre, s'est fait indépendant lui-même, qui a chassé les Mexicains le 2 mars 1836, qui s'est déclaré république fédérative après la victoire remportée par Samuel Houston aux bords du San Jacinto sur les troupes de Santa-Anna! Un pays enfin qui s'est adjoint volontairement aux États-Unis d'Amérique!"

"Parce qu'il avait peur des Mexicains!", répondit la Floride.

Peur! Du jour où ce mot, vraiment trop vif, fut prononcé, la position devint intolérable. On s'attendit à un égorgement des deux partis dans les rues de Baltimore. On fut obligé de garder les députés à vue.

Le président Barbicane ne savait où donner de la tête. Les notes, les documents, les lettres grosses de menaces pleuvaient dans sa maison. Quel parti devait-il prendre? Au point de vue de l'appropriation du sol, de la facilité des communications, de la rapidité des transports, les droits des deux États étaient véritablement égaux. Quant aux personnalités politiques, elles n'avaient que faire dans la question.

Or, cette hésitation, cet embarras durait déjà depuis longtemps, quand Barbicane résolut d'en sortir; il réunit ses collègues, et la solution qu'il leur proposa fut profondément sage, comme on va le voir.

— En considérant bien, dit-il, ce qui vient de se passer entre la Floride et le Texas, il est évident que les mêmes difficultés se reproduiront entre les villes de l'État favorisé. La rivalité descendra du genre à l'espèce, de l'État à la Cité, et voilà tout. Or, le Texas possède onze villes dans les conditions voulues, qui se disputeront l'honneur de l'entreprise et nous créeront de nouveaux ennuis, tandis que la Floride n'en a qu'une. Va donc pour la Floride et pour Tampa-Town!

Cette décision, rendue publique, atterra les députés du Texas. Ils entrèrent dans une indescriptible fureur et adressèrent des provocations nominales aux divers membres du Gun-Club. Les magistrats de Baltimore n'eurent plus qu'un parti à prendre, et ils le prirent. On fit chauffer un train spécial, on y embarqua les Texiens bon gré mal gré, et ils quittèrent la ville avec une rapidité de trente milles à l'heure.

Mais, si vite qu'ils fussent emportés, ils eurent le temps de jeter un dernier et menaçant sarcasme à leurs adversaires.

Faisant allusion au peu de largeur de la Floride, simple presqu'île resserrée entre deux mers, ils prétendirent qu'elle ne résisterait pas à la secousse du tir et qu'elle sauterait au premier coup de canon.

---

[52] Quatre-vingt-deux millions de francs.

"Sem dúvida", respondeu o *Times*, "mas pertencemos aos americanos desde 1820".

"Sabemos perfeitamente", replicou o *Tribune*. "Depois de serem espanhóis ou ingleses durante 200 anos, vocês foram vendidos aos Estados Unidos por 5 milhões de dólares!"

"E que importa isso?!", responderam os habitantes da Flórida. "Isso é motivo para nos envergonharmos? Em 1803, a Luisiana não foi comprada de Napoleão por 16 milhões de dólares[65]?"

"É uma vergonha!", bradaram os deputados do Texas. "Um miserável pedaço de terra como a Flórida ousar se comparar ao Texas que, em vez de se vender se tornou independente e derrotou os mexicanos no dia 2 de março de 1836, que se declarou república federativa após a vitória conquistada por Samuel Houston sobre as tropas de Santa-Anna, às margens do São Jacinto! Enfim, uma região que voluntariamente se ligou aos Estados Unidos da América!"

"Por ter medo dos mexicanos!", respondeu a Flórida.

Medo! No dia em que foi pronunciada essa palavra verdadeiramente forte demais, a posição se tornou intolerável. Esperou-se um confronto sangrento entre os dois partidos nas ruas de Baltimore. Foram obrigados a abrigar os deputados à vista.

O presidente Barbicane não sabia para onde se virar. As notas, os documentos, as cartas repletas de ameaças choviam em sua casa. Que partido devia tomar? Sob o ponto de vista da propriedade do solo, da facilidade de comunicação, da rapidez de transporte, os direitos dos dois Estados eram rigorosamente iguais. Quanto às personalidades políticas, não havia porque incluí-las nessa questão.

Ora, essa hesitação, essa dificuldade já durava bastante tempo quando Barbicane resolveu solucioná-la. Ele reuniu os colegas e a saída que lhes propôs foi profundamente sábia, como veremos.

— Depois de muito refletir sobre o que se passa entre a Flórida e o Texas, disse ele, é evidente que as mesmas dificuldades vão se reproduzir entre as cidades do Estado favorecido. A rivalidade descerá do gênero à espécie, do Estado às cidades e depois atingirá a todos; Ora, o Texas possui onze cidades em condiçoes que disputarão a honra do projeto e nos criarão novos dissabores, enquanto que a Flórida não possui mais que uma. Então, escolhamos a Flórida e a cidade de Tampa!

Quando foi divulgada, essa decisão encolerizou os deputados do Texas. Eles entraram em um furor indescritível e lançaram provocações nominais aos diversos membros do Clube do Canhão. Os magistrados de Baltimore não tiveram mais que uma atitude a tomar, e não hesitaram. Aprontaram um trem especial onde embarcaram os texanos, por bem ou por mal, e eles deixaram a cidade com uma rapidez de 30 milhas por hora.

Mas apesar da rapidez com que foram levados ainda tiveram tempo para lançar um último e ameaçador sarcasmo aos seus adversários.

Aludindo à pequena largura da Flórida, espremida entre dois mares, afirmaram que ela não resistiria ao abalo do tiro e se partiria ao primeiro golpe do canhão.

---

[65] Oitenta e dois milhões de francos.

On fut obligé de garder les députés à vue.

"Eh bien! qu'elle saute!", répondirent les Floridiens avec un laconisme digne des temps antiques.

Foram obrigados a abrigar os deputados à vista.

"Pois bem! Que se parta!", responderam os habitantes da Flórida com um laconismo digno dos tempos antigos.

CHAPITRE XII
URBI ET ORBI

Les difficultés astronomiques, mécaniques, topographiques une fois résolues, vint la question d'argent. Il s'agissait de se procurer une somme énorme pour l'exécution du projet. Nul particulier, nul État même n'aurait pu disposer des millions nécessaires.

Le président Barbicane prit donc le parti, bien que l'entreprise fût américaine, d'en faire une affaire d'un intérêt universel et de demander à chaque peuple sa coopération financière. C'était à la fois le droit et le devoir de toute la Terre d'intervenir dans les affaires de son satellite. La souscription ouverte dans ce but s'étendit de Baltimore au monde entier, *urbi et orbi*.

Cette souscription devait réussir au-delà de toute espérance. Il s'agissait cependant de sommes à donner, non à prêter. L'opération était purement désintéressée dans le sens littéral du mot, et n'offrait aucune chance de bénéfice.

Mais l'effet de la communication Barbicane ne s'était pas arrêté aux frontières des États-Unis; il avait franchi l'Atlantique et le Pacifique, envahissant à la fois l'Asie et l'Europe, l'Afrique et l'Océanie. Les observatoires de l'Union se mirent en rapport immédiat avec les observatoires des pays étrangers; les uns, ceux de Paris, de Pétersbourg, du Cap, de Berlin, d'Altona, de Stockholm, de Varsovie, de Hambourg, de Bude, de Bologne, de Malte, de Lisbonne, de Bénarès, de Madras, de Péking, firent parvenir leurs compliments au Gun-Club; les autres gardèrent une prudente expectative.

Quant à l'observatoire de Greenwich, approuvé par les vingt-deux autres établissements astronomiques de la Grande-Bretagne, il fut net; il nia hardiment

CAPÍTULO XII
URBI ET ORBI

Depois de resolvidas as dificuldades astronômicas, mecânicas e topográficas, vinha a questão da verba. Tratava-se de arrecadar uma soma enorme para a execução do projeto. Nenhum particular, nenhum Estado poderia dispor dos milhões necessários.

Apesar de ser americano, o presidente Barbicane resolveu tornar o projeto um empreendimento universal e pedir a cooperação financeira de todos os povos. Era ao mesmo tempo o direito e o dever da Terra intervir nos negócios de seu satélite. A subscrição aberta com essa finalidade se estendeu de Baltimore para o mundo inteiro, *urbi et orbi*[66].

Essa subscrição estava destinada a ter um resultado além de toda esperança. Tratava-se de somas doadas, não emprestadas, uma operação puramente desinteressada, no sentido literal da palavra, que não oferecia qualquer oportunidade de lucro.

Porém o efeito da comunicação Barbicane não parou nas fronteiras dos Estados Unidos. Atravessou o Atlântico e o Pacífico e invadiu a Ásia, a Europa, a África e a Oceania. Os observatórios da União se colocaram em comunicação imediata com os observatórios dos países estrangeiros. Alguns, como os de Paris, de São Petersburgo, do Cabo, de Berlin, de Altona, de Estocolmo, de Varsóvia, de Hamburgo, de Buda, de Bolonha, de Malta, de Lisboa, de Benares, de Madras, de Pequim, enviaram seus cumprimentos ao Clube do Canhão. Os outros mantiveram uma prudente expectativa.

Quanto ao observatório de Greenwich, com a aprovação de 22 outros estabelecimentos astronômicos da Grã Bretanha, foi claro: negou vigorosamente

---

[66] Refere-se à bênção papal "Urbi et Orbi", dada pelo Papa aos cristãos católicos no domingo de Páscoa e no Dia de Natal, costumeiramente realizada em diversos idiomas. Sua origem remonta à abertura de pronunciamentos do imperador aos cidadãos romanos e seu significado original é "à cidade de Roma e ao mundo". (N.T.)

la possibilité du succès, et se rangea aux théories du capitaine Nicholl. Aussi, tandis que diverses sociétés savantes promettaient d'envoyer des délégués à Tampa-Town, le bureau de Greenwich, réuni en séance, passa brutalement à l'ordre du jour sur la proposition Barbicane. C'était là de la belle et bonne jalousie anglaise. Pas autre chose.

Les souscriptions furent ouvertes.

En somme, l'effet fut excellent dans le monde scientifique, et de là il passa parmi les masses, qui, en général, se passionnèrent pour la question. Fait d'une haute importance, puisque ces masses allaient être appelées à souscrire un capital considérable.

Le président Barbicane, le 8 octobre, avait lancé un manifeste empreint d'enthousiasme, et dans lequel il faisait appel "à tous les hommes de bonne volonté sur la Terre". Ce document, traduit en toutes langues, réussit beaucoup.

a possibilidade de sucesso e aprovou as teorias do capitão Nicholl. Também, enquanto diversas sociedades científicas prometiam enviar delegados à cidade de Tampa, os dirigentes de Greenwich, reunidos em sessão, passaram brutalmente uma ordem do dia sobre a proposição Barbicane. Um exemplo da bela e boa inveja inglesa. Nada mais.

Abriram-se as subscrições.

Em suma, o efeito foi excelente sobre o mundo científico e dali passou às massas que em geral se apaixonaram pela questão. Fato da mais alta importância, pois essas massas seriam chamadas a subscrever um capital considerável.

No dia 8 de outubro o presidente Barbicane divulgara um manifesto cheio de entusiasmo, no qual fazia um apelo a "todos os homens de boa vontade sobre a Terra". Traduzido em todas as línguas, esse documento teve um efeito muito positivo.

Les souscriptions furent ouvertes dans les principales villes de l'Union pour se centraliser à la banque de Baltimore, 9, Baltimore Street; puis on souscrivit dans les différents États des deux continents :

À Vienne, chez S. M. de Rothschild;
À Pétersbourg, chez Stieglitz et Ce;
À Paris, au Crédit Mobilier;
À Stockholm, chez Tottie et Arfuredson;
À Londres, chez N. M. de Rothschild et fils;
À Turin, chez Ardouin et Ce;
À Berlin, chez Mendelssohn;
À Genève, chez Lombard, Odier et Ce;
À Constantinople, à la Banque Ottomane;
À Bruxelles, chez S. Lambert;
À Madrid, chez Daniel Weisweller;
À Amsterdam, au Crédit Néerlandais;
À Rome, chez Torlonia et Ce;
À Lisbonne, chez Lecesne;
À Copenhague, à la Banque privée;
À Buenos Aires, à la Banque Maua;
À Rio de Janeiro, même maison;
À Montevideo, même maison;
À Valparaiso, chez Thomas La Chambre et Ce;
À Mexico, chez Martin Daran et Ce;
À Lima, chez Thomas La Chambre et Ce.

Trois jours après le manifeste du président Barbicane, quatre millions de dollars[53] étaient versés dans les différentes villes de l'Union. Avec un pareil acompte, le Gun-Club pouvait déjà marcher.

Mais, quelques jours plus tard, les dépêches apprenaient à l'Amérique que les souscriptions étrangères se couvraient avec un véritable empressement. Certains pays se distinguaient par leur générosité; d'autres se desserraient moins facilement. Affaire de tempérament.

Du reste, les chiffres sont plus éloquents que les paroles, et voici l'état officiel des sommes qui furent portées à l'actif du Gun-Club, après souscription close.

La Russie versa pour son contingent l'énorme somme de trois cent soixante-huit mille sept cent trente-trois roubles[54]. Pour s'en étonner, il faudrait méconnaître le goût scientifique des Russes et le progrès qu'ils impriment aux études astronomiques, grâce à leurs nombreux observatoires, dont le principal a coûté deux millions de roubles.

---

[53] Vingt et un millions de francs.
[54] Un million quatre cent soixante-quinze mille francs.

As subscrições foram abertas nas principais cidades da União para se centralizar no Banco de Baltimore, na Rua Baltimore, 9. Depois, em diferentes cidades dos países dos dois continentes:

Em Viena, na casa S. M. de Rothschild;
Em Petersburgo, na casa Stieglitz e Co.;
Em Paris, no Crédito Mobiliário;
Em Estocolmo, na casa Tottie e Arfuredson;
Em Londres, na casa N. M. de Rothschild e filhos;
Em Turim, na casa Ardouin e Co.;
Em Berlim, na casa Mendelssohn;
Em Genebra, na casa Lombard, Odier e Co.;
Em Constantinopla, no Banco Otomano;
Em Bruxelas, na casa S. Lambert;
Em Madri, na casa Daniel Weisweller;
Em Amsterdam, no Crédito Holandês;
Em Roma, na casa Torlonia e Co.;
Em Lisboa, na casa Lecesne;
Em Copenhague, no Banco privado;
Em Buenos Aires, no Banco Mauá;
No Rio de Janeiro, na mesma instituição;
Em Montevidéu, na mesma instituição;
Em Valparaíso, na casa Thomas La Chambre e Co.;
No México, na casa Martin Daran e Co.;
Em Lima, na casa Thomas La Chambre e Co.

Três dias após o manifesto do presidente Barbicane, 4 milhões de dólares[67] haviam sido depositados nas diferentes cidades da União. Com essa soma, o Clube do Canhão já podia começar.

Porém, alguns dias mais tarde as manchetes noticiavam à América que as subscrições estrangeiras se cobriam de genuíno entusiasmo. Certos países se distinguiam por sua generosidade, outros abriam a bolsa com menos facilidade. Questão de temperamento.

De resto, as cifras são mais eloquentes que as palavras, e eis aqui o estado oficial das quantias levadas ao ativo do Clube do Canhão, depois de encerrada a subscrição.

A Rússia depositou para seu contingente a enorme soma de 368.733 rublos[68]. Para se espantar, seria preciso não conhecer o gosto científico dos russos e o progresso de seus estudos astronômicos graças a seus numerosos observatórios, o principal dos quais custou 22 milhões de rublos.

---

[67] Vinte e um milhões de francos.
[68] Um milhão, quatrocentos e setenta e cinco mil francos.

La France commença par rire de la prétention des Américains. La Lune servit de prétexte à mille calembours usés et à une vingtaine de vaudevilles, dans lesquels le mauvais goût le disputait à l'ignorance. Mais, de même que les Français payèrent jadis après avoir chanté, ils payèrent, cette fois, après avoir ri, et ils souscrivirent pour une somme de douze cent cinquante-trois mille neuf cent trente francs. À ce prix-là, ils avaient bien le droit de s'égayer un peu.

L'Autriche se montra suffisamment généreuse au milieu de ses tracas financiers. Sa part s'éleva dans la contribution publique à la somme de deux cent seize mille florins[55], qui furent les bienvenus.

Cinquante-deux mille rixdales[56], tel fut l'appoint de la Suède et de la Norvège. Le chiffre était considérable relativement au pays; mais il eût été certainement plus élevé, si la souscription avait eu lieu à Christiania en même temps qu'à Stockholm. Pour une raison ou pour une autre, les Norvégiens n'aiment pas à envoyer leur argent en Suède.

La Prusse, par un envoi de deux cent cinquante mille thalers[57], témoigna de sa haute approbation pour l'entreprise. Ses différents observatoires contribuèrent avec empressement pour une somme importante et furent les plus ardents à encourager le président Barbicane.

La Turquie se conduisit généreusement; mais elle était personnellement intéressée dans l'affaire; la Lune, en effet, règle le cours de ses années et son jeûne du Ramadan. Elle ne pouvait faire moins que de donner un million trois cent soixante-douze mille six cent quarante piastres[58], et elle les donna avec une ardeur qui dénonçait, cependant, une certaine pression du gouvernement de la Porte.

La Belgique se distingua entre tous les États de second ordre par un don de cinq cent treize mille francs, environ douze centimes par habitant.

La Hollande et ses colonies s'intéressèrent dans l'opération pour cent dix mille florins[59], demandant seulement qu'il leur fût fait une bonification de cinq pour cent d'escompte, puisqu'elles payaient comptant.

Le Danemark, un peu restreint dans son territoire, donna cependant neuf mille ducats fins[60], ce qui prouve l'amour des Danois pour les expéditions scientifiques.

La Confédération germanique s'engagea pour trente-quatre mille deux cent quatre-vingt-cinq florins[61]; on ne pouvait rien lui demander de plus; d'ailleurs, elle n'eût pas donné davantage.

Quoique très gênée, l'Italie trouva deux cent mille lires dans les poches de ses enfants, mais en les retournant bien. Si elle avait eu la Vénétie, elle aurait fait mieux; mais enfin elle n'avait pas la Vénétie.

Les États de l'Église ne crurent pas devoir envoyer moins de sept mille

---

[55] Cinq cent vingt mille francs.
[56] Deux cent quatre-vingt-quatorze mille trois cent vingt francs.
[57] Neuf cent trente-sept mille cinq cents francs.
[58] Trois cent quarante-trois mille cent soixante francs.
[59] Deux cent trente-cinq mille quatre cents francs.
[60] Cent dix-sept mille quatre cent quatorze francs.
[61] Soixante-douze mille francs.

A França começou rindo da pretensão dos americanos. A Lua serviu como pretexto de mil anedotas contadas e usadas e a uma vintena de comédias de vaudeville nos quais o mau gosto e a ignorância lutavam pela primazia. Mas apesar de os franceses pagarem depois de cantar, dessa vez, depois de rir eles subscreveram uma soma de 1.253.930 francos. A esse preço, eles tinham o direito de se divertir um pouco.

A Áustria se mostrou suficientemente generosa em meio aos seus problemas financeiros. Sua parte na contribuição pública se elevou a 216 mil florins[69], que foram muito bem-vindos.

A contribuição da Suécia e da Noruega foi de 52 mil rixdales[70]. A soma era considerável com relação ao país, mas certamente teria sido mais elevada se a subscrição tivesse acontecido em Cristiania e ao mesmo tempo em Estocolmo. Por uma razão ou por outra, os noruegueses não gostam de enviar seu dinheiro para a Suécia.

Enviando 250 mil taleres[71], a Prússia deu testemunho de sua alta aprovação do projeto. Seus diferentes observatórios rapidamente contribuíram com uma soma importante e foram os mais ardentes ao encorajar o presidente Barbicane.

A Turquia se conduziu com generosidade, mas estava pessoalmente interessada no negócio. Na verdade, a Lua rege o curso dos seus anos e seu jejum durante o Ramadã. Ela não podia fazer nada menos que doar 1.312.640 piastras[72], e as doou com um ardor que denunciava, no entanto, certa pressão do governo da Porta.

A Bélgica se distinguiu entre todos os países de segunda ordem por uma doação de 513 mil francos, aproximadamente 12 centavos por habitante.

A Holanda e suas colônias tomaram parte na operação com 10 mil florins[73], pedindo apenas que lhe fosse feita uma bonificação de cinco por cento de desconto, pois estavam pagando em dinheiro vivo.

A Dinamarca, um pouco restrita em seu território, doou 9 milhões de ducados de ouro[74], o que prova o amor dos dinamarqueses pelas expedições científicas.

A Confederação Germânica tomou parte se engajando com 34.285 florins[75]. Não se poderia lhe pedir mais. Aliás, mesmo que fosse pedido, ela não daria.

Um pouco envergonhada, a Itália encontrou 200 mil liras nos bolsos de seus filhos, mas foi preciso procurar muito bem. Se Veneza já lhe pertencesse teria feito melhor; contudo Veneza ainda não lhe pertencia.

Os Estados da Igreja acharam que não deviam mandar menos de 7.040

---

[69] Quinhentos e vinte mil francos.
[70] Duzentos e noventa e quatro mil e trezentos e vinte francos.
[71] Novecentos e trinta e sete mil e quinhentos francos.
[72] Trezentos e quarenta e três mil e cento e sessenta francos.
[73] Duzentos e trinta e cinco mil e quatrocentos francos.
[74] Cento e dezesseis mil e quatrocentos e quatorze francos.
[75] Setenta e dois mil francos.

quarante écus romains[62], et le Portugal poussa son dévouement à la science jusqu'à trente mille cruzades[63].

Quant au Mexique, ce fut le denier de la veuve, quatre-vingt-six piastres fortes[64]; mais les empires qui se fondent sont toujours un peu gênés.

Deux cent cinquante-sept francs, tel fut l'apport modeste de la Suisse dans l'œuvre américaine. Il faut le dire franchement, la Suisse ne voyait point le côté pratique de l'opération; il ne lui semblait pas que l'action d'envoyer un boulet dans la Lune fût de nature à établir des relations d'affaires avec l'astre des nuits, et il lui paraissait peu prudent d'engager ses capitaux dans une entreprise aussi aléatoire. Après tout, la Suisse avait peut-être raison.

Quant à l'Espagne, il lui fut impossible de réunir plus de cent dix réaux[65]. Elle donna pour prétexte qu'elle avait ses chemins de fer à terminer. La vérité est que la science n'est pas très bien vue dans ce pays-là. Il est encore un peu arriéré. Et puis certains Espagnols, non des moins instruits, ne se rendaient pas un compte exact de la masse du projectile comparée à celle de la Lune; ils craignaient qu'il ne vînt à déranger son orbite, à la troubler dans son rôle de satellite et à provoquer sa chute à la surface du globe terrestre. Dans ce cas-là, il valait mieux s'abstenir. Ce qu'ils firent, à quelques réaux près.

Restait l'Angleterre. On connaît la méprisante antipathie avec laquelle elle accueillit la proposition Barbicane. Les Anglais n'ont qu'une seule et même âme pour les vingt-cinq millions d'habitants que renferme la Grande-Bretagne. Ils donnèrent à entendre que l'entreprise du Gun-Club était contraire "au principe de non-intervention", et ils ne souscrivirent même pas pour un farthing.

À cette nouvelle, le Gun-Club se contenta de hausser les épaules et revint à sa grande affaire. Quand l'Amérique du Sud, c'est-à-dire le Pérou, le Chili, le Brésil, les provinces de la Plata, la Colombie, eurent pour leur quote-part versé entre ses mains la somme de trois cent mille dollars[66], il se trouva à la tête d'un capital considérable, dont voici le décompte:

Souscription des États-Unis...	*4.000.000 dollars*
Souscriptions étrangères..	*1.446.675 dollars*
Total..	*5.446.675 dollars*

C'était donc cinq millions quatre cent quarante-six mille six cent soixante--quinze dollars[67] que le public versait dans la caisse du Gun-Club.

Que personne ne soit surpris de l'importance de la somme. Les travaux de la fonte, du forage, de la maçonnerie, le transport des ouvriers, leur installation dans un pays presque inhabité, les constructions de fours et de bâtiments, l'outillage des usines, la poudre, le projectile, les faux frais, devaient, suivant les devis, l'absorber à peu près tout entière. Certains coups de canon de la guerre

---

[62] Trente-huit mille seize francs.
[63] Cent treize mille deux cents francs.
[64] Mille sept cent vingt-sept francs.
[65] Cinquante-neuf francs quarante-huit centimes.
[66] Un million six cent vingt-six mille francs.
[67] Vingt-neuf millions cinq cent vingt mille neuf cent quatre-vingt-trois francs quarante centimes.

escudos romanos[76] e Portugal levou sua devoção à ciência até a quantia de 30 mil cruzados[77].

Quanto ao México deu a esmola da viúva, 86 piastras fortes[78]. Mas os impérios que se fundem sempre ficam com poucos meios.

A Suíça deu a modesta contribuição de 257 francos para a obra americana. Pode-se dizer francamente que a Suíça não viu um ponte de vista rático na operação; e não lhe pareceu que o fato de enviar um projétil à Lua fosse de natureza a estabelecer relações de negócios com o astro das noites e que seria pouco prudente empregar seu capital em um projeto tão aleatório. Na verdade, talvez a Suíça tivesse razão.

Quanto à Espanha, foi-lhe impossível reunir mais de 110 reais[79]. Ela argumentou com o pretexto que tinha suas estradas de ferro para terminar. A verdade é que a ciência não é muito bem vista naquele país; na verdade, ainda está um pouco atrasada. Além disso, certos espanhóis não se deram conta da exata massa do projétil, comparada àquela da Lua, e temiam que este alterasse sua órbita, perturbando o seu papel de satélite e provocasse sua queda sobre a superfície do globo terrestre. Nesse caso, seria melhor se abster. O que fizeram, com a diferença de alguns reais.

Restava a Inglaterra. É bem conhecida a desprezível antipatia com a qual acolheu a proposição de Barbicane. Os ingleses só têm uma única alma para os 25 milhões de habitantes que povoam a Grã-Bretanha. Deram a entender que o projeto do Clube do Canhão era contrário ao "princípio de não intervenção" e, sendo assim, não subscreveram um único centavo.

Diante disso, o Clube do Canhão se contentou em levantar os ombros e voltar aos seus grandes negócios. Quanto à América do Sul, isto é, o Peru, o Chile, o Brasil, as províncias do Prata, a Colômbia, em conjunto, enviaram a soma de 300 mil dólares[80], capital considerável. Desse modo, o Clube do Canhão ficou à testa de um capital vultoso, detalhado abaixo:

Subscrição dos Estados Unidos..*4 milhões de dólares*
Subscrições estrangeiras..*1.446.675 dólares*
Total..*5.446.675 dólares*

Portanto, foram 5.446.675 dólares[81] versados pelo público nos caixas do Clube do Canhão.

Que ninguém se surpreenda com a importância da soma. De acordo com o orçamento, os trabalhos de fundição, exploração e construção, o transporte dos operários, sua instalação em uma região quase inabitada, a construção de fornos e de edifícios, a aparelhagem das usinas, a pólvora, o projétil e as despesas inesperadas deviam absorver quase toda a verba. Certos tiros de canhão da Guerra

---

76 Trinta e oito mil e dezesseis francos.
77 Cento e treze mil e duzentos francos.
78 Um mil e setecentos e vinte e sete francos.
79 Cinquenta e nove francos e quarenta e oito cêntimos.
80 Um milhão e seiscentos e vinte e seis mil francos.
81 Vinte e nove milhões, quinhentos e vinte mil, novecentos e oitenta e três francos e quarenta cêntimos.

fédérale sont revenus à mille dollars; celui du président Barbicane, unique dans les fastes de l'artillerie, pouvait bien coûter cinq mille fois plus.

Le 20 octobre, un traité fut conclu avec l'usine de Goldspring, près New York, qui, pendant la guerre, avait fourni à Parrott ses meilleurs canons de fonte.

L'usine de Goldsprings, près de New York.

Il fut stipulé, entre les parties contractantes, que l'usine de Goldspring s'engageait à transporter à Tampa-Town, dans la Floride méridionale, le matériel nécessaire pour la fonte de la Columbiad.

Cette opération devait être terminée, au plus tard, le 15 octobre prochain, et le canon livré en bon état, sous peine d'une indemnité de cent dollars[68] par jour

---
[68] Cinq cent quarante-deux francs.

de Secessão custaram mil dólares. O do presidente Barbicane, único nos esplendores da artilharia, poderia custar cinco mil vezes mais.

Em 20 de outubro foi concluído um acordo com a usina de Goldspring, perto de Nova York, que durante a guerra fornecera à Parrot seus melhores canhões de ferro fundido.

A usina de Goldsprings, próximo a Nova York.

Foi estipulado entre as partes contratantes que a usina de Goldspring se comprometia a transportar à cidade de Tampa, na Flórida meridional, o material necessário para a fundição da Columbiada.

Essa operação devia terminar no máximo até o dia 15 de outubro seguinte, com o canhão entregue em bom estado, sob pena de indenização de 100 dólares[82]

---

[82] Quinhentos e quarenta e dois francos.

jusqu'au moment où la Lune se présenterait dans les mêmes conditions, c'est-à--dire dans dix-huit ans et onze jours.

L'engagement des ouvriers, leur paie, les aménagements nécessaires incombaient à la compagnie du Goldspring.

Ce traité, fait double et de bonne foi, fut signé par I. Barbicane, président du Gun-Club, et J. Murchison, directeur de l'usine de Goldspring, qui approuvèrent l'écriture de part et d'autre.

por dia até o momento em que a Lua se apresentasse nas mesmas condições, isto é, em 18 anos e 11 dias.

A contratação dos operários, seu pagamento e as acomodações necessárias ficariam por conta da Goldspring.

Esse acordo, em duas vias e de boa fé, foi assinado por Barbicane, presidente do Clube do Canhão, e por J. Murchison, diretor da usina de Goldspring, que aprovaram todos os seus termos.

CHAPITRE XIII
STONE'S HILL

Depuis le choix fait par les membres du Gun-Club au détriment du Texas, chacun en Amérique, où tout le monde sait lire, se fit un devoir d'étudier la géographie de la Floride. Jamais les libraires ne vendirent tant de *Bartram's Travel in Florida*, de *Roman's Natural History of East and West Florida*, de *William's Territory of Florida*, de *Cleland's On the Culture of the Sugar-Cane in East Florida*. Il fallut imprimer de nouvelles éditions. C'était une fureur.

Barbicane avait mieux à faire qu'à lire ; il voulait voir de ses propres yeux et marquer l'emplacement de la Columbiad. Aussi, sans perdre un instant, il mit à la disposition de l'Observatoire de Cambridge les fonds nécessaires à la construction d'un télescope, et traita avec la maison Breadwill et Ce, d'Albany, pour la confection du projectile en aluminium ; puis il quitta Baltimore, accompagné de J. T. Maston, du major Elphiston et du directeur de l'usine de Goldspring.

Le lendemain, les quatre compagnons de route arrivèrent à La Nouvelle-Orléans. Là ils s'embarquèrent immédiatement sur le *Tampico*, aviso de la marine fédérale, que le gouvernement mettait à leur disposition, et, les feux étant poussés, les rivages de la Louisiane disparurent bientôt à leurs yeux.

La traversée ne fut pas longue ; deux jours après son départ, le *Tampico*, ayant franchi quatre cent quatre-vingts milles[69], eut connaissance de la côte floridienne. En approchant, Barbicane se vit en présence d'une terre basse, plate, d'un aspect assez infertile. Après avoir rangé une suite d'anses riches en huîtres et en homards, le *Tampico* donna dans la baie d'Espiritu-Santo.

Cette baie se divise en deux rades allongées, la rade de Tampa et la rade d'Hillisboro, dont le steamer franchit bientôt le goulet. Peu de temps après, le fort Brooke dessina ses batteries rasantes au-dessus des flots, et la ville de

---

[69] Environ deux cents lieues.

CAPÍTULO XIII
STONE'S HILL

Depois que a escolha dos membros do Clube do Canhão foi feita em detrimento do Texas, cada pessoa da América, onde todos sabem ler, se sentiu obrigada a estudar a geografia da Flórida. Jamais as livrarias venderam tantas cópias do livro de Bartram, *Viagem pela Flórida*, da *História natural do Leste e do Oeste da Flórida*, de Roman, do *Território da Flórida*, de William, e da *Cultura da cana de açúcar no leste da Flórida*, de Cleland. Foi preciso imprimir novas edições. Tornou-se um verdadeiro furor.

Barbicane tinha coisas melhores a fazer que ler. Queria ver com seus próprios olhos e escolher pessoalmente a colocação da Columbiada. Sem perder um instante, colocou à disposição do Observatório de Cambridge os fundos necessários à construção de um telescópio e tratou com a casa Breadwill e Co., de Albany, a fabricação do projétil, em alumínio. Depois saiu de Baltimore acompanhado por J. T. Maston, do major Elphiston e do diretor da usina de Goldspring.

No dia seguinte, os quatro companheiros de viagem chegaram a Nova Orleans. Lá, embarcaram imediatamente no *Tampico*, fragata da marinha federal, que o governo colocara à sua disposição, e depois de acesas as fornalhas, as praias da Luisiânia logo desapareceram de seus olhos.

A travessia não foi longa. Dois dias depois da partida o *Tampico* já percorrera 480 milhas[83], chegando às costas da Flórida. Ao se aproximar, Barbicane se viu diante de uma terra baixa, plana, de aspecto bastante árido. Após costear uma série de enseadas ricas em ostras e lagostas, o *Tampico* entrou na baía do Espírito Santo.

Essa baía se divide em duas barras, a de Tampa e a de Hillisboro, cuja garganta o vapor logo atravessou. Pouco tempo depois, o forte Brooke exibiu suas baterias rasantes acima das ondas e surgiu a cidade de Tampa, negligentemente

---

[83] Cerca de 200 léguas.

Tampa apparut, négligemment couchée au fond du petit port naturel formé par l'embouchure de la rivière Hillisboro.

Tampa-Town, avant l'opération.

Ce fut là que le *Tampico* mouilla, le 22 octobre, à sept heures du soir; les quatre passagers débarquèrent immédiatement.

Barbicane sentit son cœur battre avec violence lorsqu'il foula le sol floridien; il semblait le tâter du pied, comme fait un architecte d'une maison dont il éprouve la solidité. J. T. Maston grattait la terre du bout de son crochet.

— Messieurs, dit alors Barbicane, nous n'avons pas de temps à perdre, et dès demain nous monterons à cheval pour reconnaître le pays.

Au moment où Barbicane avait atterri, les trois mille habitants de Tampa-

deitada ao fundo do pequeno porto natural formado pela embocadura do rio Hillisboro.

A cidade de Tampa, antes da operação.

Foi ali que o *Tampico* ancorou no dia 22 de outubro, às sete horas da noite. Os quatro passageiros desembarcaram imediatamente.

Barbicane sentiu seu coração bater com violência assim que pisou o solo da Flórida, Parecia tateá-lo com os pés, como um arquiteto faz com uma casa para experimentar sua solidez. J. T. Maston arranhava a terra com a ponta de seu gancho.

— Senhores, disse então Barbicane, não temos tempo a perder. Amanhã reconheceremos a região, a cavalo.

No momento do desembarque de Barbicane, os 3 mil habitantes da cidade

Town s'étaient portés à sa rencontre, honneur bien dû au président du Gun-Club qui les avait favorisés de son choix. Ils le reçurent au milieu d'acclamations formidables; mais Barbicane se déroba à toute ovation, gagna une chambre de l'hôtel Franklin et ne voulut recevoir personne. Le métier d'homme célèbre ne lui allait décidément pas.

Le lendemain, 23 octobre, de petits chevaux de race espagnole, pleins de vigueur et de feu, piaffaient sous ses fenêtres. Mais, au lieu de quatre, il y en avait cinquante, avec leurs cavaliers. Barbicane descendit, accompagné de ses trois compagnons, et s'étonna tout d'abord de se trouver au milieu d'une pareille cavalcade. Il remarqua en outre que chaque cavalier portait une carabine en bandoulière et des pistolets dans ses fontes. La raison d'un tel déploiement de forces lui fut aussitôt donnée par un jeune Floridien, qui lui dit:

— Monsieur, il y a les Séminoles.

— Quels Séminoles?

— Des sauvages qui courent les prairies, et il nous a paru prudent de vous faire escorte.

— Peuh! fit J. T. Maston en escaladant sa monture.

— Enfin, reprit le Floridien, c'est plus sûr.

— Messieurs, répondit Barbicane, je vous remercie de votre attention, et maintenant, en route!

La petite troupe s'ébranla aussitôt et disparut dans un nuage de poussière. Il était cinq heures du matin; le soleil resplendissait déjà et le thermomètre marquait 84°[70]; mais de fraîches brises de mer modéraient cette excessive température.

Barbicane, en quittant Tampa-Town, descendit vers le sud et suivit la côte, de manière à gagner le *creek*[71] d'Alifia. Cette petite rivière se jette dans la baie Hillisboro, à douze milles au-dessous de Tampa-Town. Barbicane et son escorte côtoyèrent sa rive droite en remontant vers l'est. Bientôt les flots de la baie disparurent derrière un pli de terrain, et la campagne floridienne s'offrit seule aux regards.

La Floride se divise en deux parties: l'une au nord, plus populeuse, moins abandonnée, a Tallahassee pour capitale et Pensacola, l'un des principaux arsenaux maritimes des États-Unis; l'autre, pressée entre l'Atlantique et le golfe du Mexique, qui l'étreignent de leurs eaux, n'est qu'une mince presqu'île rongée par le courant du Gulf-Stream, pointe de terre perdue au milieu d'un petit archipel, et que doublent incessamment les nombreux navires du canal de Bahama. C'est la sentinelle avancée du golfe des grandes tempêtes. La superficie de cet État est de trente-huit millions trente-trois mille deux cent soixante-sept acres[72], parmi lesquels il fallait en choisir un situé en deçà du vingt-huitième parallèle et convenable à l'entreprise; aussi Barbicane, en chevauchant, examinait attentivement la configuration du sol et sa distribution particulière.

La Floride, découverte par Juan Ponce de León, en 1512, le jour des Rameaux, fut d'abord nommée Pâques-Fleuries. Elle méritait peu cette appellation

---

[70] Du thermomètre Fahrenheit. Cela fait 28 degrés centigrades.
[71] Petit cours d'eau.
[72] Quinze millions trois cent soixante-cinq mille quatre cent quarante hectares.

de Tampa foram ao seu encontro, honra prestada ao presidente do Clube do Canhão que os favorecera em sua escolha. Foi recebido em meio a aclamações formidáveis, mas Barbicane se desvencilhou de todas essas ovações e, entrando em um quarto do hotel Franklin, não quis receber ninguém. O papel de homem célebre decididamente não lhe caía bem.

No dia seguinte, 23 de outubro, pequenos cavalos da raça espanhola, plenos de vigor, trotavam sob suas janelas. Porém, em vez de quatro, havia 50, com seus cavaleiros. Barbicane desceu acompanhado por seus três companheiros e no início se espantou por se encontrar em meio a tal cavalgada. Também notou que cada cavaleiro levava uma carabina a tiracolo, e pistolas nos coldres. A razão dessa demonstração de força logo lhe foi explicada por um jovem natural da Flórida que lhe disse:

— Senhor, há seminoles.

— Que seminoles?

— São selvagens que correm pelas planícies e achamos prudente escoltá-los.

— Bah! fez J. T. Maston subindo em sua montaria.

— Enfim, continuou o jovem, é mais seguro.

— Senhores, respondeu Barbicane, eu lhes agradeço a atenção. Agora, a caminho!

A pequena tropa logo partiu e desapareceu em uma nuvem de poeira. Eram cinco horas da manhã, o sol já brilhava e o termômetro marcava 84°F[84], mas as frescas brisas do mar abrandavam essa temperatura excessiva.

Deixando a cidade de Tampa, Barbicane foi para o sul seguindo a costa, de modo a chegar ao *creek*[85] de Alifia, que deságua na baía Hillisboro, 12 milhas abaixo de Tampa. Barbicane e sua escolta seguiram sua margem direita dirigindo-se para o leste. Logo as ondas da baía desapareceram atrás de um acidente do terreno e apenas as campinas da Flórida se ofereceram aos seus olhos.

A Flórida se divide em duas partes: uma ao norte, mais populosa, menos abandonada, tendo como capital Tallahassee. Também há a cidade de Pensacola, um dos principais arsenais marítimos dos Estados Unidos. A outra, apertada entre o Atlântico e o Golfo do México que a estreita com suas águas, não é mais que uma pequena península consumida pela corrente do Golfo, uma ponta de terra perdida no meio de um pequeno arquipélago incessantemente dobrado pelos numerosos navios do canal das Bahamas. É a sentinela avançada do golfo das grandes tempestades. A superfície desse Estado é de 38.033.267 acres[86], entre os quais era preciso escolher um local situado aquém do paralelo 28, conveniente ao projeto. Cavalgando, Barbicane examinava com atenção a configuração do solo e sua distribuição particular.

A Flórida, descoberta por Juan Ponce de León, em 1512, no dia de Ramos, inicialmente foi denominada Páscoa Florida. Com suas costas áridas e torradas,

---

[84] Do termômetro Fahrenheit. Vinte e oito graus centígrados.
[85] Pequeno curso d'água.
[86] Quinze milhões, trezentos e sessenta e cinco mil, quatrocento e quarenta hectares.

charmante sur ses côtes arides et brûlées. Mais, à quelques milles du rivage, la nature du terrain changea peu à peu, et le pays se montra digne de son nom; le sol était entrecoupé d'un réseau de creeks, de rios, de cours d'eau, d'étangs, de petits lacs; on se serait cru dans la Hollande ou la Guyane; mais la campagne s'éleva sensiblement et montra bientôt ses plaines cultivées, où réussissaient toutes les productions végétales du Nord et du Midi, ses champs immenses dont le soleil des tropiques et les eaux conservées dans l'argile du sol faisaient tous les frais de culture, puis enfin ses prairies d'ananas, d'ignames, de tabac, de riz, de coton et de canne à sucre, qui s'étendaient à perte de vue, en étalant leurs richesses avec une insouciante prodigalité.

Barbicane parut très satisfait de constater l'élévation progressive du terrain, et, lorsque J. T. Maston l'interrogea à ce sujet:

— Mon digne ami, lui répondit-il, nous avons un intérêt de premier ordre à couler notre Columbiad dans les hautes terres.

— Pour être plus près de la Lune? s'écria le secrétaire du Gun-Club.

— Non! répondit Barbicane en souriant. Qu'importent quelques toises de plus ou de moins? Non, mais au milieu de terrains élevés, nos travaux marcheront plus facilement; nous n'aurons pas à lutter avec les eaux, ce qui nous évitera des tubages longs et coûteux, et c'est á considérer, lorsqu'il s'agit de forer un puits de neuf cents pieds de profondeur.

— Vous avez raison, dit alors l'ingénieur Murchison; il faut, autant que possible, éviter les cours d'eau pendant le forage; mais si nous rencontrons des sources, qu'à cela ne tienne, nous les épuiserons avec nos machines, ou nous les détournerons. Il ne s'agit pas ici d'un puits artésien[73], étroit et obscur, où le taraud, la douille, la sonde, en un mot tous les outils du foreur, travaillent en aveugles. Non. Nous opérerons à ciel ouvert, au grand jour, la pioche ou le pic à la main, et, la mine aidant, nous irons rapidement en besogne.

— Cependant, reprit Barbicane, si par l'élévation du sol ou sa nature nous pouvons éviter une lutte avec les eaux souterraines, le travail en sera plus rapide et plus parfait; cherchons donc à ouvrir notre tranchée dans un terrain situé à quelques centaines de toises au-dessus du niveau de la mer.

— Vous avez raison, monsieur Barbicane, et, si je ne me trompe, nous trouverons avant peu un emplacement convenable.

— Ah! Je voudrais être au premier coup de pioche, dit le président.

— Et moi au dernier! s'écria J. T. Maston.

— Nous y arriverons, messieurs, répondit l'ingénieur, et, croyez-moi, la compagnie du Goldspring n'aura pas à vous payer d'indemnité de retard.

— Par sainte Barbe! vous aurez raison! répliqua J. T. Maston; cent dollars par jour jusqu'à ce que la Lune se représente dans les mêmes conditions, c'est-à-dire pendant dix-huit ans et onze jours, savez-vous bien que cela ferait six cent cinquante-huit mille cent dollars[74]?

— Non, monsieur, nous ne le savons pas, répondit l'ingénieur, et nous n'aurons pas besoin de l'apprendre.

---

[73] On a mis neuf ans à forer le puits de Grenelle; il a cinq cent quarante-sept mètres de profondeur.
[74] Trois millions cinq cent soixante-six mille neuf cent deux francs.

não merecia muito esse nome encantador. Mas a algumas milhas da praia a natureza do terreno mudava pouco a pouco e a região se mostrava digna de sua denominação primitiva. O solo era entrecortado por uma rede de riachos, cursos de água, rios, lagoas e pequenos lagos. Acreditava-se estar na Holanda ou na Guiana, mas o campo se elevava e logo exibia suas planícies cultivadas onde verdejavam todas as produções vegetais do Norte e do Midi, campos imensos favorecidos pelo sol dos trópicos e pelas águas retidas pelo subsolo de argila, que produziam todo tipo de cultura. Enfim, havia campinas cobertas de abacaxis, inhames, tabaco, arroz, algodão e cana de açúcar, estendendo-se a perder de vista, exibindo suas riquezas com despreocupada prodigalidade.

Barbicane pareceu muito satisfeito ao constatar a elevação progressiva do terreno e quando J. T. Maston o interrogou sobre esse assunto, respondeu:

— Meu digno amigo, temos um interesse de primeira ordem em fundir nossa Columbiada em terras altas.

— Para ficarmos mais perto da Lua? perguntou o secretário do Clube do Canhão.

— Não! respondeu Barbicane sorrindo. Que importam algumas toesas a mais ou a menos? Não, mas em terrenos elevados, nossos trabalhos serão mais fáceis, pois não lutaremos contra as aguas e evitaremos canalizações longas e caras, algo que devemos considerar, pois se trata de perfurar um fosso de 900 pés de profundidade.

— Tem razão, disse então o engenheiro Murchison; é preciso evitar o quanto possível os cursos de água durante a perfuração, mas não será tão ruim se encontrarmos nascentes, pois poderemos esgotá-las com nossas máquinas ou desviá-las. Aqui não se trata de cavar um poço artesiano[87] escuro e obscuro, onde todos os utensílios do perfurador serão utilizados às cegas. Não, nós trabalharemos a céu aberto, à luz do dia, com a pá e a enxada na mão. Com a ajuda de algumas minas a tarefa será feita rapidamente.

— No entanto, continuou Barbicane, o trabalho será mais rápido e mais perfeito se pudermos evitar uma luta contra os lençóis de água, pela elevação ou pela natureza do terreno. Portanto, procuremos abrir nossas trincheiras em um terreno situado algumas centenas de toesas acima do nível do mar.

— Tem razão, senhor Barbicane, e se não me engano, em pouco tempo encontraremos um local conveniente.

— Ah! Gostaria de já dar o primeiro golpe de enxada, disse o presidente.

— E eu, o último! exclamou J. T. Maston.

— Chegaremos a isso, senhores, respondeu o engenheiro, e podem crer, a companhia Goldspring não irá pagar a indenização por atraso da obra

— Por santa Bárbara! Mas você tem razão! replicou J. T. Maston. São 100 dólares por dia até que a Lua se apresente nas mesmas condições, isto é, daqui a 18 anos e 11 dias. Vocês sabem que isso dará uma quantia de 658.100 dólares[88]?

— Não senhor, não sabemos, respondeu o engenheiro, e não temos nenhuma necessidade de saber.

---

87   Foram necessários nove anos para perfurar o poço de Grenelle, que tem 547 metros de profundidade.
88   Três milhões, quinhentos e sessenta e seis mil e novecentos e dez francos.

Vers dix heures du matin, la petite troupe avait franchi une douzaine de milles; aux campagnes fertiles succédait alors la région des forêts. Là, croissaient les essences les plus variées avec une profusion tropicale. Ces forêts presque impénétrables étaient faites de grenadiers, d'orangers, de citronniers, de figuiers, d'oliviers, d'abricotiers, de bananiers, de grands ceps de vigne, dont les fruits et les fleurs rivalisaient de couleurs et de parfums. À l'ombre odorante de ces arbres magnifiques chantait et volait tout un monde d'oiseaux aux brillantes couleurs, au milieu desquels on distinguait plus particulièrement des crabiers, dont le nid devait être un écrin, pour être digne de ces bijoux emplumés.

Il fallut passer à gué plusieurs rivières.

J. T. Maston et le major ne pouvaient se trouver en présence de cette opulente nature sans en admirer les splendides beautés.

Aproximadamente às dez horas da manhã o pequeno grupo já atravessara uma dúzia de milhas. Depois dos campos férteis havia uma região de florestas onde cresciam inúmeras espécies, com profusão tropical. Essas florestas quase impenetráveis eram feitas de romãzeiras, figueiras, oliveiras, pessegueiros, bananeiras e grandes vinhedos cujos frutos e flores rivalizavam em cores e perfumes. À sombra perfumada dessas árvores magníficas cantavam e voavam inúmeros pássaros de cores brilhantes, no meio dos quais se distinguiam, sobretudo, as garças americanas, cujo ninho devia ser um verdadeiro escrínio para ser digno dessas jóias emplumadas.

Era necessário passar pela vau de inúmeros rios.

J. T. Maston e o major não poderiam se encontrar na presença dessa opulenta natureza sem admirar suas esplêndidas belezas.

Mais le président Barbicane, peu sensible à ces merveilles, avait hâte d'aller en avant; ce pays si fertile lui déplaisait par sa fertilité même; sans être autrement hydroscope, il sentait l'eau sous ses pas et cherchait, mais en vain, les signes d'une incontestable aridité.

Cependant on avançait; il fallut passer à gué plusieurs rivières, et non sans quelque danger, car elles étaient infestées de caïmans longs de quinze à dix-huit pieds. J. T. Maston les menaça hardiment de son redoutable crochet, mais il ne parvint à effrayer que les pélicans, les sarcelles, les phaétons, sauvages habitants de ces rives, tandis que de grands flamants rouges le regardaient d'un air stupide.

Enfin ces hôtes des pays humides disparurent à leur tour; les arbres moins gros s'éparpillèrent dans les bois moins épais; quelques groupes isolés se détachèrent au milieu de plaines infinies où passaient des troupeaux de daims effarouchés.

— Enfin! s'écria Barbicane en se dressant sur ses étriers, voici la région des pins!

— Et celle des sauvages, répondit le major.

En effet, quelques Séminoles apparaissaient à l'horizon; ils s'agitaient, ils couraient de l'un à l'autre sur leurs chevaux rapides, brandissant de longues lances ou déchargeant leurs fusils à détonation sourde; d'ailleurs ils se bornèrent à ces démonstrations hostiles, sans inquiéter Barbicane et ses compagnons.

Ceux-ci occupaient alors le milieu d'une plaine rocailleuse, vaste espace découvert d'une étendue de plusieurs acres, que le soleil inondait de rayons brûlants. Elle était formée par une large extumescence du terrain, qui semblait offrir aux membres du Gun-Club toutes les conditions requises pour l'établissement de leur Columbiad.

— Halte! dit Barbicane en s'arrêtant. Cet endroit a-t-il un nom dans le pays?

— Il s'appelle Stone's-Hill[75], répondit un des Floridiens.

Barbicane, sans mot dire, mit pied à terre, prit ses instruments et commença à relever sa position avec une extrême précision; la petite troupe, rangée autour de lui, l'examinait en gardant un profond silence.

En ce moment le soleil passait au méridien. Barbicane, après quelques instants, chiffra rapidement le résultat de ses observations et dit:

— Cet emplacement est situé à trois cents toises au-dessus du niveau de la mer par 27°7′ de latitude et 5°7′ de longitude ouest[76]; il me paraît offrir par sa nature aride et rocailleuse toutes les conditions favorables à l'expérience; c'est donc dans cette plaine que s'élèveront nos magasins, nos ateliers, nos fourneaux, les huttes de nos ouvriers, et c'est d'ici, d'ici même, répéta-t-il en frappant du pied le sommet de Stone's-Hill, que notre projectile s'envolera vers les espaces du monde solaire!

---

[75] Colline de pierres.
[76] Au méridien de Washington. La différence avec le méridien de Paris est de 79°22′. Cette longitude est donc en mesure française 83°25′.

Mas pouco sensível a essas maravilhas, o presidente Barbicane tinha pressa em ir adiante. Essa região tão fecunda o incomodava com sua fertilidade. Sem ser hidróscopo, sentia a água sob seus pés e em vão buscava sinais de uma aridez incontestável.

Contudo, avançavam. Era preciso atravessar vários rios a vau, não destituídos de perigos, pois estavam infestados de jacarés com 15 a 18 pés de comprimento. J. T. Maston os ameaçava com seu gancho assustador, mas só conseguia amedrontar os pelicanos, as narcejas e os faisões, selvagens habitantes desses rios, enquanto flamejantes flamingos vermelhos os olhavam com ar estúpido.

Enfim, esses anfitriões dos países úmidos também desapareceram e árvores menores se espalharam pelos bosques menos espessos. Alguns grupos isolados se destacavam nas planícies infinitas por onde passavam manadas de antílopes assustados.

— Enfim! exclamou Barbicane levantando-se nos estribos. Eis aqui a região dos pinheiros!

— E dos selvagens, respondeu o major.

Com efeito, alguns semínolas surgiram no horizonte. Agitavam-se, corriam de um lado para outro em seus rápidos cavalos, brandindo longas lanças ou descarregando seus fuzis com tiros surdos. Continuaram essas demonstrações hostis sem perturbar Barbicane e seus companheiros.

Estes ocupavam o meio de uma planície rochosa, vasto espaço descoberto com extensão de vários acres que o sol inundava com seus raios incandescentes. Era formada por uma grande extumescência do terreno, que pareceu aos membros de Clube do Canhão apresentar todas as condições requeridas para a colocação da Columbiada.

— Alto! disse Barbicane, detendo-se. Este lugar tem um nome, nesta região?

— Chama-se Stone's Hill[89], respondeu um dos naturais de Flórida.

Barbicane apeou sem dizer palavra, pegou seus instrumentos e começou a determinar sua posição com extrema precisão. O pequeno grupo reunido em torno dele o observava, mantendo profundo silêncio.

Nesse momento o sol passava pelo meridiano. Depois de alguns instantes, registrou rapidamente o resultado de suas observações e disse:

—Este lugar está situado a 300 toesas acima do nível do mar, a 27°7' de latitude e 5°7' de longitude oeste[90]. Por sua natureza árida e rochosa, parece-me que oferece todas as condições favoráveis para a experiência. Portanto, é nesta planície que se levantarão nossos armazéns, nossas oficinas, nossos fornos e os alojamentos de nossos operários. E é daqui, repetiu ele batendo o pé no topo de Stone's Hill, que nosso projétil voará para os espaços do mundo solar!

---

[89] Colina de pedras.
[90] Pelo meridiano de Washington. A diferença para o meridiano de Paris é de 79°22'. Portanto, em medida francesa essa longitude é 83°25'.

CHAPITRE XIV
PIOCHE ET TRUELLE.

Le soir même, Barbicane et ses compagnons rentraient à Tampa-Town, et l'ingénieur Murchison se réembarquait sur le Tampico pour La Nouvelle-Orléans. Il devait embaucher une armée d'ouvriers et ramener la plus grande partie du matériel. Les membres du Gun-Club demeurèrent à Tampa-Town, afin d'organiser les premiers travaux en s'aidant des gens du pays.

Huit jours après son départ, le *Tampico* revenait dans la baie d'Espiritu-Santo avec une flottille de bateaux à vapeur. Murchison avait réuni quinze cents travailleurs. Aux mauvais jours de l'esclavage, il eût perdu son temps et ses peines. Mais depuis que l'Amérique, la terre de la liberté, ne comptait plus que des hommes libres dans son sein, ceux-ci accouraient partout où les appelait une main-d'œuvre largement rétribuée. Or, l'argent ne manquait pas au Gun-Club; il offrait à ses hommes une haute paie, avec gratifications considérables et proportionnelles. L'ouvrier embauché pour la Floride pouvait compter, après l'achèvement des travaux, sur un capital déposé en son nom à la banque de Baltimore. Murchison n'eut donc que l'embarras du choix, et il put se montrer sévère sur l'intelligence et l'habileté de ses travailleurs. On est autorisé à croire qu'il enrôla dans sa laborieuse légion l'élite des mécaniciens, des chauffeurs, des fondeurs, des chaufourniers, des mineurs, des briquetiers et des manœuvres de tout genre, noirs ou blancs, sans distinction de couleur. Beaucoup d'entre eux emmenaient leur famille. C'était une véritable émigration.

Le 31 octobre, à dix heures du matin, cette troupe débarqua sur les quais de Tampa-Town; on comprend le mouvement et l'activité qui régnèrent dans cette petite ville dont on doublait en un jour la population. En effet, Tampa-Town devait gagner énormément à cette initiative du Gun-Club, non par le nombre des ouvriers, qui furent dirigés immédiatement sur Stone's-Hill, mais grâce à cette affluence de curieux qui convergèrent peu à peu de tous les points du globe vers la presqu'île floridienne.

CAPÍTULO XIV
PICARETA E COLHER DE PEDREIRO

Naquela mesma noite, Barbicane e seus companheiros voltaram à cidade de Tampa, e o engenheiro Murchison voltou a embarcar no *Tampico*, para Nova Orleans. Ele devia contratar um exército de operários e levar a maior parte do material. Os membros do Clube do Canhão permaneceram na cidade para organizar os primeiros trabalhos com ajuda das pessoas da região.

Oito horas após a partida, o *Tampico* voltou à baía do Espírito Santo com uma flotilha de barcos a vapor. Murchison reunira 1.500 operários. Nos dias ruins da escravatura ele teria perdido tempo e trabalho. Mas desde que a América, terra da liberdade, passou a contar somente com homens livres em seu seio, estes se reuniam em todos os lugares onde era costumeira a procura de mão de obra bem remunerada. Ora, ao Clube do Canhão não faltava dinheiro. Ele oferecia salários elevados aos seus homens, com gratificações consideráveis e proporcionais. Após a realização do trabalho, os contratados teriam um capital depositado em seu nome no Banco de Baltimore. Portanto, Murchison só precisou ter o trabalho de escolher, podendo se mostrar severo quanto à inteligência e habilidade de seus trabalhadores. Podemos acreditar que à sua laboriosa legião ele acrescentou mecânicos, motoristas, fundidores, escavadores, pedreiros, mão de obra de todo gênero, negros ou brancos, sem distinção de cor. Muitos deles levaram suas famílias. Era uma verdadeira emigração.

No dia 31 de outubro, às dez horas da manhã, essa tropa desembarcou no cais da cidade de Tampa. Podemos imaginar o movimento e a atividade que reinaram nessa pequena cidade que em um dia viu dobrar sua população. Com efeito, Tampa ganhou muito com a iniciativa do Clube do Canhão, não pelo número de operários que foram imediatamente encaminhados a Stone's Hill, mas graças à afluência de curiosos que pouco a pouco convergiram para a península da Flórida, vindos de todas as partes do globo.

Pendant les premiers jours, on s'occupa de décharger l'outillage apporté par la flottille, les machines, les vivres, ainsi qu'un assez grand nombre de maisons de tôles faites de pièces démontées et numérotées. En même temps, Barbicane plantait les premiers jalons d'un railway long de quinze milles et destiné à relier Stone's-Hill à Tampa-Town.

On sait dans quelles conditions se fait le chemin de fer américain; capricieux dans ses détours, hardi dans ses pentes, méprisant les garde-fous et les ouvrages d'art, escaladant les collines, dégringolant les vallées, le rail-road court en aveugle et sans souci de la ligne droite; il n'est pas coûteux, il n'est point gênant; seulement, on y déraille et l'on y saute en toute liberté. Le chemin de Tampa-Town à Stone's-Hill ne fut qu'une simple bagatelle, et ne demanda ni grand temps ni grand argent pour s'établir.

Du reste, Barbicane était l'âme de ce monde accouru à sa voix; il l'animait, il lui communiquait son souffle, son enthousiasme, sa conviction; il se trouvait en tous lieux, comme s'il eût été doué du don d'ubiquité et toujours suivi de J. T. Maston, sa mouche bourdonnante. Son esprit pratique s'ingéniait à mille inventions. Avec lui point d'obstacles, nulle difficulté, jamais d'embarras; il était mineur, maçon, mécanicien autant qu'artilleur, ayant des réponses pour toutes les demandes et des solutions pour tous les problèmes. Il correspondait activement avec le Gun-Club ou l'usine de Goldspring, et jour et nuit, les feux allumés, la vapeur maintenue en pression, le *Tampico* attendait ses ordres dans la rade d'Hillisboro.

Barbicane, le 1er novembre, quitta Tampa-Town avec un détachement de travailleurs, et dès le lendemain une ville de maisons mécaniques s'éleva autour de Stone's-Hill; on l'entoura de palissades, et à son mouvement, à son ardeur, on l'eût bientôt prise pour une des grandes cités de l'Union. La vie y fut réglée disciplinairement, et les travaux commencèrent dans un ordre parfait.

Des sondages soigneusement pratiqués avaient permis de reconnaître la nature du terrain, et le creusement put être entrepris dès le 4 novembre. Ce jour-là, Barbicane réunit ses chefs d'atelier et leur dit:

— Vous savez tous, mes amis, pourquoi je vous ai réunis dans cette partie sauvage de la Floride. Il s'agit de couler un canon mesurant neuf pieds de diamètre intérieur, six pieds d'épaisseur à ses parois et dix-neuf pieds et demi à son revêtement de pierre; c'est donc au total un puits large de soixante pieds qu'il faut creuser à une profondeur de neuf cents. Cet ouvrage considérable doit être terminé en huit mois; or, vous avez deux millions cinq cent quarante-trois mille quatre cents pieds cubes de terrain à extraire en deux cent cinquante-cinq jours, soit, en chiffres ronds, dix mille pieds cubes par jour. Ce qui n'offrirait aucune difficulté pour mille ouvriers travaillant à coudées franches sera plus pénible dans un espace relativement restreint. Néanmoins, puisque ce travail doit se faire, il se fera, et je compte sur votre courage autant que sur votre habileté.

À huit heures du matin, le premier coup de pioche fut donné dans le sol floridien, et depuis ce moment ce vaillant outil ne resta plus oisif un seul instant dans la main des mineurs. Les ouvriers se relayaient par quart de journée.

D'ailleurs, quelque colossale que fût l'opération, elle ne dépassait point la

Os primeiros dias foram empregados para descarregar todo o equipamento trazido pela flotilha: máquinas, víveres, assim como grande número de casas de folhas de metal, em peças desmontadas e numeradas. Ao mesmo tempo, Barbicane iniciou a colocação dos primeiros dormentes de uma estrada de ferro que teria 15 milhas de comprimento, destinada a ligar Stone's Hill à cidade de Tampa.

Sabe-se bem em que condições são construídas as estradas de ferro americanas. Caprichosas em suas curvas, ousadas nos seus declives, sem falar nos parapeitos e nas obras de arte. Escalando colinas, mergulhando nos vales, a ferrovia corre às cegas, sem preocupar com linhas retas. Não é cara nem desconfortável. Existe apenas uma inconveniência: descarrila e salta com toda liberdade. A estrada de ferro de Tampa até Stone's Hill não foi mais que uma simples bagatela: sua construção não exigiu muito tempo nem muito dinheiro.

De resto, Barbicane era a alma daquele mundo que surgira à sua voz; ele lhe dava vida, comunicava-lhe seu sopro, seu entusiasmo, sua convicção. Estava em todos os lugares, como se fosse dotado do dom da ubiquidade, sempre acompanhado por J. T. Maston, sua mosca zumbideira. Seu espírito prático criava mil invenções. Para ele não existia nenhum obstáculo, nenhuma dificuldade, nenhum inconveniente. Ele era tão escavador, pedreiro e mecânico quanto artilheiro, tendo respostas para todas as perguntas e soluções para todos os problemas. Correspondia-se ativamente com o Clube do Canhão ou com a usina de Goldspring. O vapor mantinha a pressão e o *Tampico* esperava suas ordens no porto de Hillisboro, dia e noite com as caldeiras acesas.

No dia 1º de novembro Barbicane deixou a cidade de Tampa com um destacamento de operários e já no dia seguinte uma cidade de casas mecânicas se elevava em torno de Stone's Hill. Ela foi cercada de paliçadas e, por seu movimento e ardor, em poucos dias parecia uma das grandes cidades da União. A vida foi pautada pela disciplina e os trabalhos começaram em perfeita ordem.

Sondagens cuidadosamente realizadas permitiram reconhecer a natureza do terreno e as escavações puderam se iniciar no dia 4 de novembro. Nesse dia Barbicane reuniu seus capatazes e lhes disse:

— Meus amigos, vocês sabem a razão pela qual eu os reuni neste local selvagem da Flórida. Trata-se de forjar um canhão com nove pés de diâmetro interior, paredes com espessura de seis pés e revestimento de pedra de dezenove pés e meio. Portanto, no total é preciso cavar um poço com 60 pés de largo e que atingirá uma profundidade de 900 pés. Essa obra considerável deve ser terminada em oito meses. Ora, em números redondos, vocês têm 2.543.400 pés cúbicos de terra para extrair em 255 dias, 10 mil pés cúbicos de terra por dia. Algo que não ofereceria nenhuma dificuldade para mil operários trabalhando à vontade torna-se mais penoso em um espaço relativamente restrito. Apesar disso, esse trabalho terá que ser feito, e será realizado, e conto com a coragem e a habilidade de todos.

Às oito horas da manhã, o primeiro golpe de picareta foi dado no solo da Flórida e a partir desse momento essa valente ferramenta não parou um único instante durante a manhã dos mineiros. Os operários se revezavam em turnos de seis horas.

Apesar de colossal, a operação não forçava os limites humanos. Longe

limite des forces humaines. Loin de là. Que de travaux d'une difficulté plus réelle et dans lesquels les éléments durent être directement combattus, qui furent menés à bonne fin! Et, pour ne parler que d'ouvrages semblables, il suffira de citer ce *Puits du Père Joseph*, construit auprès du Caire par le sultan Saladin, à une époque où les machines n'étaient pas encore venues centupler la force de l'homme, et qui descend au niveau même du Nil, à une profondeur de trois cents pieds! Et cet autre puits creusé à Coblentz par le margrave Jean de Bade jusqu'à six cents pieds dans le sol! Eh bien! de quoi s'agissait-il, en somme? De tripler cette profondeur et sur une largeur décuple, ce qui rendrait le forage plus facile! Aussi il n'était pas un contremaître, pas un ouvrier qui doutât du succès de l'opération.

Une décision importante, prise par l'ingénieur Murchison, d'accord avec le président Barbicane, vint encore permettre d'accélérer la marche des travaux. Un article du traité portait que la Columbiad serait frettée avec des cercles de fer forgé placés à chaud. Luxe de précautions inutiles, car l'engin pouvait évidemment se passer de ces anneaux compresseurs. On renonça donc à cette clause. De là une grande économie de temps, car on put alors employer ce nouveau système de creusement adopté maintenant dans la construction des puits, par lequel la maçonnerie se fait en même temps que le forage. Grâce à ce procédé très simple, il n'est plus nécessaire d'étayer les terres au moyen d'étrésillons; la muraille les contient avec une inébranlable puissance et descend d'elle-même par son propre poids.

Cette manœuvre ne devait commencer qu'au moment où la pioche aurait atteint la partie solide du sol.

Le 4 novembre, cinquante ouvriers creusèrent au centre même de l'enceinte palissadée, c'est-à-dire à la partie supérieure de Stone's-Hill, un trou circulaire large de soixante pieds.

La pioche rencontra d'abord une sorte de terreau noir, épais de six pouces, dont elle eut facilement raison. À ce terreau succédèrent deux pieds d'un sable fin qui fut soigneusement retiré, car il devait servir à la confection du moule intérieur.

Après ce sable apparut une argile blanche assez compacte, semblable à la marne d'Angleterre, et qui s'étageait sur une épaisseur de quatre pieds.

Puis le fer des pics étincela sur la couche dure du sol, sur une espèce de roche formée de coquillages pétrifiés, très sèche, très solide, et que les outils ne devaient plus quitter. À ce point, le trou présentait une profondeur de six pieds et demi, et les travaux de maçonnerie furent commencés.

Au fond de cette excavation, on construisit un "rouet" en bois de chêne, sorte de disque fortement boulonné et d'une solidité à toute épreuve; il était percé à son centre d'un trou offrant un diamètre égal au diamètre extérieur da la Columbiad. Ce fut sur ce rouet que reposèrent les premières assises de la maçonnerie, dont le ciment hydraulique enchaînait les pierres avec une inflexible ténacité. Les ouvriers, après avoir maçonné de la circonférence au centre, se trouvaient renfermés dans un puits large de vingt et un pieds.

Lorsque cet ouvrage fut achevé, les mineurs reprirent le pic et la pioche, et ils entamèrent la roche sous le rouet même, en ayant soin de le supporter au fur et à

disso. Quantos trabalhos existem de dificuldade mais real, nos quais os elementos devem ser combatidos diretamente e que foram levados a bom termo! E sem falar em obras semelhantes, é suficiente citar os *Poços do Padre José*, construídos no Cairo pelo sultão Saladino em uma época em que as máquinas ainda não centuplicavam a força do homem e que, descendo a partir do nível do Nilo, chegava a uma profundidade de 100 pés! E de outro poço cavado em Colblenz pelo marquês Jean de Bade, com 600 pés de profundidade! Pois bem! Em suma, de que se tratava? De triplicar essa profundidade decuplicando sua largura, o que tornava mais fácil a escavação! Mas não havia um único contramestre ou operário que duvidasse do sucesso da operação.

Uma decisão importante, tomada pelo engenheiro Murchison e de comum acordo com o presidente Barbicane, também permitiu acelerar a marcha dos trabalhos. Um artigo do acordo previa que a Columbiada deveria ser cingida por aros de ferro forjado, aplicados quentes. Luxo de precaução inútil, pois era evidente que o engenho podia passar sem esses anéis compressores. Portanto, renunciaram a essa cláusula. Isso permitiu grande economia de tempo, pois foi possível empregar um novo sistema escavação, agora adotado na construção do poço, no qual a construção é feita juntamente com o revestimento. Graças a esse procedimento muito simples não era mais necessário escorar a terra com estacas, pois a parede a contém com inabalável resistência e desce por seu próprio peso.

Essa manobra só devia começar no momento em que o poço atingisse a parte sólida do terreno.

No dia 4 de novembro, 50 operários cavavam o centro do local, cercado pela paliçada, isto é, na parte superior de Stone's Hill, um buraco circular com a largura de 60 pés.

No início, a picareta encontrou uma camada de uma espécie de terra negra com espessura de seis polegadas, vencida com grande facilidade. Em seguida havia dois pés de areia fina que foi cuidadosamente retirada, pois serviria para a confecção do molde interior.

Depois da areia surgiu uma camada de argila branca, bastante compacta, semelhante à marna da Inglaterra, e que se estendia pela espessura de quatro pés.

Em seguida, o ferro das picaretas feriu a camada dura do terreno: conchas petrificadas que formavam uma espécie de rocha muito seca, muito sólida, que as ferramentas não deviam mais deixar. Nesse ponto a escavação apresentava uma profundidade de seis pés e meio e os trabalhos de construção foram iniciados.

No fundo dessa escavação foi construída uma "roda" de carvalho, espécie de disco fortemente ancorado e de solidez a toda prova. Em seu centro havia uma perfuração com diâmetro igual ao diâmetro externo da Columbiada. Foi sobre essa roda que repousaram os primeiros assentamentos da construção, cujo cimento hidráulico continha as pedras com uma inflexível tenacidade. Depois de construir a circunferência central, os operários se encontraram encerrados em um poço com a largura de 21 pés.

Assim que essa obra terminou, os escavadores voltaram a empunhar as picaretas e as pás de pedreiro e atacaram a rocha sob a roda, tendo o cuidado

mesure sur des "tins"[77] d'une extrême solidité; toutes les fois que le trou avait gagné deux pieds en profondeur, on retirait successivement ces tins; le rouet s'abaissait peu à peu, et avec lui le massif annulaire de maçonnerie, à la couche supérieure duquel les maçons travaillaient incessamment, tout en réservant des "évents", qui devaient permettre aux gaz de s'échapper pendant l'opération de la fonte.

Les travaux avançaient régulièrement.

Ce genre de travail exigeait de la part des ouvriers une habileté extrême et une attention de tous les instants; plus d'un, en creusant sous le rouet, fut blessé dangereusement par les éclats de pierre, et même mortellement; mais l'ardeur ne se ralentit pas une seule minute, et jour et nuit: le jour, aux rayons d'un soleil

---

[77] Sorte de chevalets.

de apoiá-la sobre "tins[91]", suportes de extrema solidez. Todas as vezes que a escavação ganhava mais dois pés de profundidade, eram retirados esses suportes e a roda descia pouco a pouco, e com ela o maciço anular de alvenaria em cuja camada superior os operários trabalhavam incessantemente, deixando "respiradouros" que permitiriam a saída do gás durante a operação de fundição.

Os trabalhos avançavam regularmente.

Em todos os momentos, esse tipo de trabalho exigia extrema habilidade e atenção por parte dos operários. Cavando sob a roda, mais de um sofreu ferimentos perigosos e até mortais causados pelos estilhaços de pedra. Mas o ardor não enfraqueceu nem um instante, dia e noite. Durante o dia, sob os

---
[91] Uma espécie de cavaletes.

qui versait, quelques mois plus tard, quatre-vingt-dix-neuf degrés[78] de chaleur à ces plaines calcinées; la nuit, sous les blanches nappes de la lumière électrique, le bruit des pics sur la roche, la détonation des mines, le grincement des machines, le tourbillon des fumées éparses dans les airs tracèrent autour de Stone's Hill un cercle d'épouvante que les troupeaux de bisons ou les détachements de Séminoles n'osaient plus franchir.

Cependant les travaux avançaient régulièrement; des grues à vapeur activaient l'enlèvement des matériaux; d'obstacles inattendus il fut peu question, mais seulement de difficultés prévues, et l'on s'en tirait avec habileté.

Le premier mois écoulé, le puits avait atteint la profondeur assignée pour ce laps de temps, soit cent douze pieds. En décembre, cette profondeur fut doublée, et triplée en janvier. Pendant le mois de février, les travailleurs eurent à lutter contre une nappe d'eau qui se fit jour à travers l'écorce terrestre. Il fallut employer des pompes puissantes et des appareils à air comprimé pour l'épuiser afin de bétonner l'orifice des sources, comme on aveugle une voie d'eau à bord d'un navire. Enfin on eut raison de ces courants malencontreux. Seulement, par suite de la mobilité du terrain, le rouet céda en partie, et il y eut un débordement partiel. Que l'on juge de l'épouvantable poussée de ce disque de maçonnerie haut de soixante-quinze toises! Cet accident coûta la vie à plusieurs ouvriers.

Trois semaines durent être employées à étayer le revêtement de pierre, à le reprendre en sous-œuvre et à rétablir le rouet dans ses conditions premières de solidité. Mais, grâce à l'habileté de l'ingénieur, à la puissance des machines employées, l'édifice, un instant compromis, retrouva son aplomb, et le forage continua.

Aucun incident nouveau n'arrêta désormais la marche de l'opération, et le 10 juin, vingt jours avant l'expiration des délais fixés par Barbicane, le puits, entièrement revêtu de son parement de pierres, avait atteint la profondeur de neuf cents pieds. Au fond, la maçonnerie reposait sur un cube massif mesurant trente pieds d'épaisseur, tandis qu'à sa partie supérieure elle venait affleurer le sol.

Le président Barbicane et les membres du Gun-Club félicitèrent chaudement l'ingénieur Murchison; son travail cyclopéen s'était accompli dans des conditions extraordinaires de rapidité.

Pendant ces huit mois, Barbicane ne quitta pas un instant Stone's Hill; tout en suivant de près les opérations du forage, il s'inquiétait incessamment du bien-être et de la santé de ses travailleurs, et il fut assez heureux pour éviter ces épidémies communes aux grandes agglomérations d'hommes et si désastreuses dans ces régions du globe exposées à toutes les influences tropicales.

Plusieurs ouvriers, il est vrai, payèrent de leur vie les imprudences inhérentes à ces dangereux travaux; mais ces déplorables malheurs sont impossibles à éviter, et ce sont des détails dont les Américains se préoccupent assez peu. Ils ont plus souci de l'humanité en général que de l'individu en particulier. Cependant Barbicane professait les principes contraires, et il les appliquait en toute occasion. Aussi, grâce à ses soins, à son intelligence, à son utile intervention dans les cas difficiles, à sa prodigieuse et humaine sagacité, la moyenne des catastrophes ne dépassa pas celle des pays d'outre-mer cités pour leur luxe de précautions, entre autres la France, où l'on compte environ un accident sur deux cent mille francs de travaux.

---

[78] Quarante degrés centigrades.

raios do sol que alguns meses mais tarde irradiavam 99°F[92] de calor naquelas planícies calcinadas, e à noite sob os brancos lençóis da luz elétrica, o ruído das picaretas ferindo a rocha, a detonação das minas, o ranger das máquinas, o turbilhão dos vapores dispersos nos ares traçavam em torno de Stone's Hill um círculo de temor que as manadas de bisões ou os grupos de seminoles não mais ousavam transpor.

No entanto, os trabalhos avançavam regularmente; as gruas a vapor apressavam a retirada dos materiais; não tomavam conhecimento dos obstáculos imprevistos, somente das dificuldades previstas, e superavam tudo com habilidade.

Depois de decorrido o primeiro mês, o poço atingira a profundidade esperada para esse lapso de tempo, ou seja, 112 pés. Em dezembro essa profundidade foi duplicada, e em janeiro, triplicada. No mês de fevereiro, os trabalhadores precisaram lutar contra um lençol de água que surgiu através da crosta terrestre. Foi necessário empregar bombas poderosas e aparelhos de ar comprimido para esgotá-lo a fim de tampar o orifício da nascente com betume, como se veda a água a bordo de um navio. Enfim conseguiram vencer essas execráveis correntes. Devido à mobilidade do terreno, a roda cedeu em parte e teve um deslizamento parcial. Pode-se imaginar a tremenda pressão desse disco de alvenaria com altura de 75 toesas! Esse acidente custou a vida de vários operários.

Foram necessárias três semanas para escorar o revestimento de pedra, retomar a sustentação e recolocar a roda nas primitivas condições de solidez. Mas graças à habilidade do engenheiro e à potência das máquinas empregadas, o edifício comprometido recuperou sua altivez e o trabalho continuou.

Nenhum novo incidente interrompeu o andamento da operação e no dia 10 de junho, vinte dias antes de expirar o prazo fixado por Barbicane, o poço, inteiramente revestido de sua cobertura de pedra, atingira a profundidade de 900 pés. No fundo, o revestimento repousava sobre um cubo maciço medindo 30 pés de espessura, enquanto que sua parte superior aflorava ao solo.

O presidente Barbicane e os membros do Clube do Canhão felicitaram calorosamente o engenheiro Murchison; seu trabalho ciclópico fora realizado em extraordinárias condições de rapidez.

Durante esses oito meses, Barbicane não deixou Stone's Hill por um instante; acompanhando de perto as operações de escavação, preocupava-se incessantemente com o bem-estar e a saúde dos seus trabalhadores e ficou feliz por ter conseguido evitar epidemias comuns nas grandes aglomerações de homens e tão desastrosas nas regiões do globo expostas às influências tropicais.

É verdade que vários operários pagaram com a vida as imprudências inerentes a esses trabalhos perigosos. Mas essas deploráveis infelicidades são impossíveis de se evitar e isso são detalhes com os quais os americanos pouco se preocupam. Eles estão mais preocupados com a humanidade em geral do que com o indivíduo em particular. No entanto, Barbicane professava doutrinas contrárias e as aplicava em todas as ocasiões. Assim, graças aos seus cuidados, à sua inteligência, à útil intervenção nos casos de dificuldade, à sua sagacidade prodigiosa e humana, a média das catástrofes não ultrapassou a dos países de além-mar notórios pelo luxo de precauções, entre outros a França, onde há cerca de um acidente a cada 200 mil francos de obra.

---

[92] Quarenta graus centígrados.

CHAPITRE XV
LA FÊTE DE LA FONTE

Pendant les huit mois qui furent employés à l'opération du forage, les travaux préparatoires de la fonte avaient été conduits simultanément avec une extrême rapidité; un étranger, arrivant à Stone's Hill, eût été fort surpris du spectacle offert à ses regards.

À six cents yards du puits, et circulairement disposés autour de ce point central, s'élevaient douze cents fours à réverbère, larges de six pieds chacun et séparés l'un de l'autre par un intervalle d'une demi-toise. La ligne développée par ces douze cents fours offrait une longueur de deux milles[79]. Tous étaient construits sur le même modèle avec leur haute cheminée quadrangulaire, et ils produisaient le plus singulier effet. J. T. Maston trouvait superbe cette disposition architecturale. Cela lui rappelait les monuments de Washington. Pour lui, il n'existait rien de plus beau, même en Grèce, "où d'ailleurs, disait-il, il n'avait jamais été".

On se rappelle que, dans sa troisième séance, le Comité se décida à employer la fonte de fer pour la Columbiad, et spécialement la fonte grise. Ce métal est, en effet, plus tenace, plus ductile, plus doux, facilement alésable, propre à toutes les opérations de moulage, et, traité au charbon de terre, il est d'une qualité supérieure pour les pièces de grande résistance, telles que canons, cylindres de machines à vapeur, presses hydrauliques, etc.

Mais la fonte, si elle n'a subi qu'une seule fusion, est rarement assez homogène, et c'est au moyen d'une deuxième fusion qu'on l'épure, qu'on la raffine, en la débarrassant de ses derniers dépôts terreux.

Aussi, avant d'être expédié à Tampa-Town, le minerai de fer, traité dans les hauts fourneaux de Goldspring et mis en contact avec du charbon et du silicium

---

[79] Trois mille six cents mètres environ.

CAPÍTULO XV
A FESTA DA FUNDIÇÃO

Nos oito meses empregados na escavação, os trabalhos preparatórios para a fundição foram conduzidos simultaneamente e com extrema rapidez. Um estrangeiro que chegou a Stone's Hill ficou muito surpreso com o espetáculo que se ofereceu aos seus olhos.

A 600 jardas do poço, dispostos em torno desse ponto central, elevavam-se 1200 fornos de reverberação, cada qual com seis pés, separados uns dos outros por um intervalo de meia toesa. A linha que contornava esses 1200 fornos tinha duas milhas[93] de comprimento. Eram todos construídos obedecendo-se o mesmo modelo, com chaminé alta, quadrangular, e produziam um efeito dos mais singulares. J. T. Maston considerava soberba essa disposição arquitetônica. Ela o lembrava dos monumentos de Washington. Para ele não existia nada mais belo, nem mesmo na Grécia, "onde, além de tudo, ele jamais estivera".

Lembremo-nos que em sua terceira reunião a Comissão decidira empregar ferro fundido na Columbiada, especialmente ferro fundido cinzento. Com efeito, esse material é mais firme, mais maleável e mais macio; é fácil de polir, próprio para todas as operações de moldagem, e tratado com carvão mineral possui qualidade superior para todas as peças nas quais se deseja obter grande resistência, como canhões, cilindros de máquinas a vapor, prensas hidráulicas, etc.

Mas quando o ferro fundido passa por uma única fusão raramente fica suficientemente homogêneo, e é através de uma segunda fusão que ele é depurado e refinado, ficando livre de seus últimos depósitos terrrosos.

Antes de ser enviado à cidade de Tampa, o mineral de ferro era tratado nos altos fornos de Goldspring, posto em contato com carvão e silício e aquecido a altas temperaturas, sofrendo carburação e se transformando em ferro

---

[93] Aproximadamente 3.600 metros.

chauffé à une forte température, s'était carburé et transformé en fonte[80]. Après cette première opération, le métal fut dirigé vers Stone's-Hill. Mais il s'agissait de cent trente-six millions de livres de fonte, masse trop coûteuse à expédier par les railways; le prix du transport eût doublé le prix de la matière. Il parut préférable d'affréter des navires à New York et de les charger de la fonte en barres; il ne fallut pas moins de soixante-huit bâtiments de mille tonneaux, une véritable flotte, qui, le 3 mai, sortit des passes de New York, prit la route de l'Océan, prolongea les côtes américaines, embouqua le canal de Bahama, doubla la pointe floridienne, et, le 10 du même mois, remontant la baie d'Espiritu-Santo, vint mouiller sans avaries dans le port de Tampa-Town. Là les navires furent déchargés dans les wagons du rail-road de Stone's-Hill, et, vers le milieu de janvier, l'énorme masse de métal se trouvait rendue à destination.

On comprend aisément que ce n'était pas trop de douze cents fours pour liquéfier en même temps ces soixante mille tonnes de fonte. Chacun de ces fours pouvait contenir près de cent quatorze mille livres de métal; on les avait établis sur le modèle de ceux qui servirent à la fonte du canon Rodman; ils affectaient la forme trapézoïdale, et étaient très surbaissés. L'appareil de chauffe et la cheminée se trouvaient aux deux extrémités du fourneau, de telle sorte que celui-ci était également chauffé dans toute son étendue. Ces fours, construits en briques réfractaires, se composaient uniquement d'une grille pour brûler le charbon de terre, et d'une "sole" sur laquelle devaient être déposées les barres de fonte; cette sole, inclinée sous un angle de vingt-cinq degrés, permettait au métal de s'écouler dans les bassins de réception; de là douze cents rigoles convergentes le dirigeaient vers le puits central.

Le lendemain du jour où les travaux de maçonnerie et de forage furent terminés, Barbicane fit procéder à la confection du moule intérieur; il s'agissait d'élever au centre du puits, et suivant son axe, un cylindre haut de neuf cents pieds et large de neuf, qui remplissait exactement l'espace réservé à l'âme de la Columbiad. Ce cylindre fut composé d'un mélange de terre argileuse et de sable, additionné de foin et de paille. L'intervalle laissé entre le moule et la maçonnerie devait être comblé par le métal en fusion, qui formerait ainsi des parois de six pieds d'épaisseur.

Ce cylindre, pour se maintenir en équilibre, dut être consolidé par des armatures de fer et assujetti de distance en distance au moyen de traverses scellées dans le revêtement de pierre; après la fonte, ces traverses devaient se trouver perdues dans le bloc de métal, ce qui n'offrait aucun inconvénient.

Cette opération se termina le 8 juillet, et le coulage fut fixé au lendemain.

— Ce sera une belle cérémonie que cette fête de la fonte, dit J. T. Maston à son ami Barbicane.

— Sans doute, répondit Barbicane, mais ce ne sera pas une fête publique!

— Comment! vous n'ouvrirez pas les portes de l'enceinte à tout venant?

— Je m'en garderai bien, Maston; la fonte de la Columbiad est une

---

[80] C'est en enlevant ce carbone et ce silicium par l'opération de l'affinage dans les fours à puddler que l'on transforme la fonte en fer ductile.

fundido[94]. Depois dessa primeira operação o metal era enviado para Stone's Hill. Porém, tratava-se de 136 milhões de libras de ferro fundido e a massa ficava cara demais para expedir por ferrovia, pois o preço do transporte era o dobro do preço da matéria prima. Decidiram que seria preferível fretar navios em Nova York e carregá-los com o ferro fundido em barras. Seriam necessárias no mínimo 68 embarcações de mil toneladas, uma verdadeira frota que no dia 4 de maio saiu das paragens de Nova York, tomou o caminho do oceano, seguiu pelas costas da América, embocou no canal de Bahama, dobrou a ponta da Flórida, e no dia 10 do mesmo mês, subindo a baía do Espírito Santo, chegou sem avarias ao porto da cidade de Tampa. Ali, os navios foram descarregados nos vagões da ferrovia de Stone's Hill, e na metade do mês de janeiro a enorme massa de metal chegava ao seu destino.

Compreende-se facilmente que não é um exagero construir 1200 fornos para liquefazer ao mesmo tempo 60 mil toneladas de ferro fundido. Cada um desses fornos tinha capacidade para quase 14 mil libras de metal. Haviam sido construídos de acordo com o modelo usado para preparar o ferro fundido do canhão Rodman. Possuíam formato trapezoidal, com teto baixo. A aparelhagem de aquecimento e a chaminé se encontravam nas duas extremidades do forno, de tal forma que este era aquecido por igual em toda sua extensão. Construídos com tijolos refratários, esses fornos compunham-se unicamente de uma grelha para queimar o carvão mineral e uma "soleira" sobre a qual deviam ser dispostas as barras de ferro fundido. Essa soleira, inclinada em ângulo de 25 graus, permitia que o metal escorresse para dentro das bacias de recepção. De lá, 1200 canaletas convergentes o dirigiam para o poço central.

No dia que se seguiu ao término dos trabalhos de alvenaria e revestimento em pedra, Barbicane deu ordem para que se iniciasse a confecção do molde interior. Tratava-se de, no centro do poço e seguindo seu eixo, elevar um cilindro com 900 pés de altura e nove pés de largura, que preencheria exatamente o espaço reservado para a alma da Columbiada. Esse cilindro seria composto de uma mescla de terra argilosa e areia, com adição de feno e de palha. O intervalo entre o molde e as paredes de pedra seria preenchido pelo metal em fusão que formaria as paredes de seis pés de espessura.

Para se manter em equilíbrio, esse cilindro seria consolidado por armações de ferro presas a distâncias regulares por traves fixadas no revestimento de pedra. Depois da fundição, essas traves ficariam inseridas dentro do bloco de metal, o que não representava nenhum inconveniente.

A operação terminou em 8 de julho e a fundição foi marcada para o dia seguinte.

— A festa de fundição será uma bela cerimônia, disse J. T. Maston a seu amigo Barbicane.

— Sem dúvida, respondeu Barbicane, mas não será uma festa pública!

— Como! Não vai abrir as portas do recinto a todos os que comparecerem?

— Vou me abster disso, Maston; a fundição da Columbiada é uma operação

---

[94] É ao remover o carbono e o silício pela operação de refino em fornos pudladores que se transforma o ferro em ferro dúctil.

opération délicate, pour ne pas dire périlleuse, et je préfère qu'elle s'effectue à huis clos. Au départ du projectile, fête si l'on veut, mais jusque-là, non.

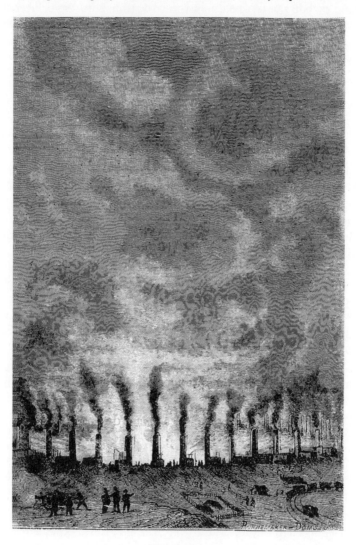

La fonte.

Le président avait raison; l'opération pouvait offrir des dangers imprévus, auxquels une grande affluence de spectateurs eût empêché de parer. Il fallait conserver la liberté de ses mouvements. Personne ne fut donc admis dans l'enceinte, à l'exception d'une délégation des membres du Gun-Club, qui fit le voyage de Tampa-Town. On vit là le fringant Bilsby, Tom Hunter, le colonel Blomsberry, le major Elphiston, le général Morgan, et *tutti quanti*, pour lesquels la fonte de la Columbiad devenait une affaire personnelle. J. T. Maston s'était constitué leur cicérone; il ne leur fit grâce d'aucun détail; il les conduisit partout, aux magasins, aux ateliers, au milieu des machines, et il les força de visiter

muito delicada, para não dizer perigosa, e prefiro que seja efetuada a portas fechadas. No lançamento do projétil haverá festa, mas até lá, absolutamente não.

A fundição.

O presidente tinha razão. A operação poderia oferecer perigos imprevistos, mas uma grande afluência de espectadores poderia impedir que fossem percebidos. Era preciso conservar a liberdade de movimentos. Assim, ninguém foi admitido no recinto, com exceção de uma delegação de membros do Clube do Canhão que havia feito a viagem até a cidade de Tampa. Ali podiam ser vistos o impetuoso Bilsby, Tom Hunter, o coronel Blomsberry, o major Elphiston, o general Morgan, e *tutti quanti*, para os quais a fundição da Columbiada era assunto pessoal. J. T. Maston assumiu o posto de cicerone e não deixou de fora detalhe algum. Através de máquinas, ele os conduziu a todos os lugares, armazéns e oficinas, e fez

les douze cents fourneaux les uns après les autres. À la douze-centième visite, ils étaient un peu écœurés.

La fonte devait avoir lieu à midi précis; la veille, chaque four avait été chargé de cent quatorze mille livres de métal en barres, disposées par piles croisées, afin que l'air chaud pût circuler librement entre elles. Depuis le matin, les douze cents cheminées vomissaient dans l'atmosphère leurs torrents de flammes, et le sol était agité de sourdes trépidations. Autant de livres de métal à fondre, autant de livres de houille à brûler. C'étaient donc soixante-huit mille tonnes de charbon, qui projetaient devant le disque du soleil un épais rideau de fumée noire.

La chaleur devint bientôt insoutenable dans ce cercle de fours dont les ronflements ressemblaient au roulement du tonnerre; de puissants ventilateurs y joignaient leurs souffles continus et saturaient d'oxygène tous ces foyers incandescents.

L'opération, pour réussir, demandait à être rapidement conduite. Au signal donné par un coup de canon, chaque four devait livrer passage à la fonte liquide et se vider entièrement.

Ces dispositions prises, chefs et ouvriers attendirent le moment déterminé avec une impatience mêlée d'une certaine quantité d'émotion. Il n'y avait plus personne dans l'enceinte, et chaque contremaître fondeur se tenait à son poste près des trous de coulée.

Barbicane et ses collègues, installés sur une éminence voisine, assistaient à l'opération. Devant eux, une pièce de canon était là, prête à faire feu sur un signe de l'ingénieur.

Quelques minutes avant midi, les premières gouttelettes du métal commencèrent à s'épancher; les bassins de réception s'emplirent peu à peu, et lorsque la fonte fut entièrement liquide, on la tint en repos pendant quelques instants, afin de faciliter la séparation des substances étrangères.

Midi sonna. Un coup de canon éclata soudain et jeta son éclair fauve dans les airs. Douze cents trous de coulée s'ouvrirent à la fois, et douze cents serpents de feu rampèrent vers le puits central, en déroulant leurs anneaux incandescents. Là ils se précipitèrent, avec un fracas épouvantable, à une profondeur de neuf cents pieds. C'était un émouvant et magnifique spectacle. Le sol tremblait, pendant que ces flots de fonte, lançant vers le ciel des tourbillons de fumée, volatilisaient en même temps l'humidité du moule et la rejetaient par les évents du revêtement de pierre sous la forme d'impénétrables vapeurs. Ces nuages factices déroulaient leurs spirales épaisses en montant vers le zénith jusqu'à une hauteur de cinq cents toises. Quelque sauvage, errant au-delà des limites de l'horizon, eût pu croire à la formation d'un nouveau cratère au sein de la Floride, et cependant ce n'était là ni une éruption, ni une trombe, ni un orage, ni une lutte d'éléments, ni un de ces phénomènes terribles que la nature est capable de produire! Non! l'homme seul avait créé ces vapeurs rougeâtres, ces flammes gigantesques dignes d'un volcan, ces trépidations bruyantes semblables aux secousses d'un tremblement de terre, ces mugissements rivaux des ouragans et des tempêtes, et c'était sa main qui précipitait, dans un abîme creusé par elle, tout un Niagara de métal en fusion.

com que visitassem os 1200 fornos, uns após os outros. Na milésima ducentésima visita, todos estavam um pouco desanimados.

A fundição deveria se realizar precisamente ao meio dia. Na véspera, cada forno fora carregado com 14 mil libras de metal em barras dispostas em pilhas cruzadas para que o ar quente pudesse circular livremente entre elas. Desde a manhã as 23 chaminés vomitavam na atmosfera suas torrentes de chamas e o solo era agitado por surdas trepidações. Seriam queimadas tantas libras de hulha quantas de metal a ser derretido. Portanto, havia 68 mil toneladas de carvão que lançavam diante do sol uma espessa cortina de fumaça negra.

O calor logo se tornou insuportável naquele círculo de fornos, cujo rugido se assemelhava ao estrondo dos trovões. Poderosos ventiladores juntavam seu sopro contínuo e saturavam de oxigênio todos aqueles salões incandescentes.

Para ter sucesso, a operação deveria ser realizada rapidamente. Ao sinal de um tiro de canhão os fornos permitiriam a passagem do metal líquido e se esvaziariam inteiramente.

Tomadas essas disposições, chefes e operários esperaram o momento determinado com impaciência mesclada a certa quantidade de emoção. Não havia mais ninguém no recinto e cada contramestre fundidor mantinha seu posto nas proximidades dos orifícios por onde escoaria o metal.

Instalados em uma colina vizinha, Barbicane e seus colegas assistiam a operação. Diante deles havia um canhão, pronto para ser disparado a um sinal do engenheiro.

Alguns minutos antes do meio-dia, as primeiras gotículas de metal começaram a se derramar. As bacias de recepção se encheram pouco a pouco, e assim que o ferro fundido se liquidificou inteiramente foram mantidas em repouso durante alguns instantes para facilitar a separação de substâncias estranhas.

Soou o meio-dia. Um tiro de canhão explodiu de repente, lançando aos ares seu brilho fulvo. Mil e duzentos orifícios se abriram simultaneamente e 1200 serpentes de fogo rastejaram na direção do poço central, desenrolando seus anéis incandescentes. Precipitaram-se a uma profundidade de 900 pés com um ruído assustador. Era um espetáculo emocionante e magnífico. O solo tremia enquanto aquelas ondas de metal derretido lançavam turbilhões de fumaça para o céu e ao mesmo tempo volatilizavam a umidade do molde, expelindo-a pelos respiradouros do revestimento de pedra sob a forma de impenetráveis vapores. Essas nuvens artificiais desenrolaram suas espirais espessas que subiam em direção ao zênite até uma altura de 500 toesas. Um selvagem que estivesse vagueando além dos limites do horizonte acreditaria na formação de uma nova cratera no seio da Flórida, mas não se tratava de uma erupção, de uma tromba d'água, de uma tempestade, nem de uma luta entre os elementos. Não era nenhum desses fenômenos terríveis que a natureza é capaz de produzir! Não! Fora o homem que criara esses vapores avermelhados, essas chamas gigantescas dignas de um vulcão, essas trepidações ruidosas semelhantes aos solavancos de um tremor de terra, esses mugidos rivais dos ciclones e das tempestades, e era sua mão que precipitava um Niágara de metal em fusão no abismo que criara.

CHAPITRE XVI

LA COLUMBIAD.

L'opération de la fonte avait-elle réussi? On en était réduit à de simples conjectures. Cependant tout portait à croire au succès, puisque le moule avait absorbé la masse entière du métal liquéfié dans les fours. Quoi qu'il en soit, il devait être longtemps impossible de s'en assurer directement.

En effet, quand le major Rodman fondit son canon de cent soixante mille livres, il ne fallut pas moins de quinze jours pour en opérer le refroidissement. Combien de temps, dès lors, la monstrueuse Columbiad, couronnée de ses tourbillons de vapeurs, et défendue par sa chaleur intense, allait-elle se dérober aux regards de ses admirateurs? Il était difficile de le calculer.

L'impatience des membres du Gun-Club fut mise pendant ce laps de temps à une rude épreuve. Mais on n'y pouvait rien. J. T. Maston faillit se rôtir par dévouement. Quinze jours après la fonte, un immense panache de fumée se dressait encore en plein ciel, et le sol brûlait les pieds dans un rayon de deux cents pas autour du sommet de Stone's Hill.

Les jours s'écoulèrent, les semaines s'ajoutèrent l'une à l'autre. Nul moyen de refroidir l'immense cylindre. Impossible de s'en approcher. Il fallait attendre, et les membres du Gun-Club rongeaient leur frein.

— Nous voilà au 10 août, dit un matin J. T. Maston. Quatre mois à peine nous séparent du premier décembre! Enlever le moule intérieur, calibrer l'âme de la pièce, charger la Columbiad, tout cela est à faire! Nous ne serons pas prêts! On ne peut seulement pas approcher du canon! Est-ce qu'il ne se refroidira jamais! Voilà qui serait une mystification cruelle!

On essayait de calmer l'impatient secrétaire sans y parvenir, Barbicane ne disait rien, mais son silence cachait une sourde irritation. Se voir absolument arrêté par un obstacle dont le temps seul pouvait avoir raison — le temps, un

CAPÍTULO XVI
A COLUMBIADA

A operação de fundição tivera sucesso? Só se podia fazer simples conjecturas. No entanto, tudo levava a crer que sim, pois o molde absorvera toda a massa liquefeita nos fornos. Seja como for, durante muito tempo seria impossível verificar diretamente.

Com efeito, quando o major Rodman fundira seu canhão de 160 mil libras, foram necessários menos de quinze dias para se operar o resfriamento. Quanto tempo levaria a monstruosa Columbiada, coroada pelos seus turbilhões de vapores, defendida por seu intenso calor, para se exibir aos olhares de seus admiradores? Era difícil prever.

Durante esse lapso de tempo a impaciência dos membros do Clube do Canhão foi submetida a uma rude prova. Mas não se podia fazer nada. J. T. Maston quase acabou assado devido à sua dedicação. Quinze dias depois da fundição, um imenso penacho de fumaça ainda se erguia em pleno céu e o solo queimava os pés em um raio de 200 passos em torno do pico de Stone's Hill.

Os dias passaram, as semanas foram se acumulando umas sobre as outras. Nenhum meio de esfriar o imenso cilindro. Impossível aproximar-se dele. Era preciso esperar. Os membros do Clube do Canhão se mordiam, impacientes.

— Já estamos no dia 10 de agosto, disse J. T. Maston em uma manhã. Somente quatro meses nos separam do dia 1° de dezembro! Retirar o molde interior, calibrar a alma da peça, carregar a Columbiada; ainda há tudo isso para ser feito! Não teremos tempo para aprontar tudo! Não podemos nem nos aproximar do canhão! Será que ele não esfriará nunca? Isso seria uma cruel brincadeira!

Tentaram acalmar o impaciente secretário, sem conseguir. Barbicane não dizia nada, mas seu silêncio escondia uma surda irritação. Se ver absolutamente impedidos por um obstáculo que apenas o tempo poderia resolver — o temo,

ennemi redoutable dans les circonstances — et être à la discrétion d'un ennemi, c'était dur pour des gens de guerre.

Cependant des observations quotidiennes permirent de constater un certain changement dans l'état du sol. Vers le 15 août, les vapeurs projetées avaient diminué notablement d'intensité et d'épaisseur. Quelques jours après, le terrain n'exhalait plus qu'une légère buée, dernier souffle du monstre enfermé dans son cercueil de pierre. Peu à peu les tressaillements du sol vinrent à s'apaiser, et le cercle de calorique se restreignit; les plus impatients des spectateurs se rapprochèrent; un jour on gagna deux toises; le lendemain, quatre; et, le 22 août, Barbicane, ses collègues, l'ingénieur, purent prendre place sur la nappe de fonte qui effleurait le sommet de Stone's Hill, un endroit fort hygiénique, à coup sûr, où il n'était pas encore permis d'avoir froid aux pieds.

— Enfin! s'écria le président du Gun-Club avec un immense soupir de satisfaction.

Les travaux furent repris le même jour. On procéda immédiatement à l'extraction du moule intérieur, afin de dégager l'âme de la pièce; le pic, la pioche, les outils à tarauder fonctionnèrent sans relâche; la terre argileuse et le sable avaient acquis une extrême dureté sous l'action de la chaleur; mais, les machines aidant, on eut raison de ce mélange encore brûlant au contact des parois de fonte; les matériaux extraits furent rapidement enlevés sur des chariots mus à la vapeur, et l'on fit si bien, l'ardeur au travail fut telle, l'intervention de Barbicane si pressante, et ses arguments présentés avec une si grande force sous la forme de dollars, que, le 3 septembre, toute trace du moule avait disparu.

Immédiatement l'opération de l'alésage commença; les machines furent installées sans retard et manœuvrèrent rapidement de puissants alésoirs dont le tranchant vint mordre les rugosités de la fonte. Quelques semaines plus tard, la surface intérieure de l'immense tube était parfaitement cylindrique, et l'âme de la pièce avait acquis un poli parfait.

Enfin, le 22 septembre, moins d'un an après la communication Barbicane, l'énorme engin, rigoureusement calibré et d'une verticalité absolue, relevée au moyen d'instruments délicats, fut prêt à fonctionner. Il n'y avait plus que la Lune à attendre, mais on était sûr qu'elle ne manquerait pas au rendez-vous. La joie de J. T. Maston ne connut plus de bornes, et il faillit faire une chute effrayante, en plongeant ses regards dans le tube de neuf cents pieds. Sans le bras droit de Blomsberry, que le digne colonel avait heureusement conservé, le secrétaire du Gun-Club, comme un nouvel Érostrate, eût trouvé la mort dans les profondeurs de la Columbiad.

Le canon était donc terminé; il n'y avait plus de doute possible sur sa parfaite exécution; aussi, le 6 octobre, le capitaine Nicholl, quoi qu'il en eût, s'exécuta vis-à-vis du président Barbicane, et celui-ci inscrivit sur ses livres, à la colonne des recettes, une somme de deux mille dollars. On est autorisé à croire que la

um inimigo temível naquelas circunstâncias — e estar ao critério desse inimigo, era duro demais para aqueles guerreiros.

No entanto, observações diárias permitiram constatar certa alteração no estado do solo. Em torno de 15 de agosto, os vapores exalados haviam diminuído de intensidade e espessura, de modo notável. Alguns dias depois o terreno não propagava mais que uma leve névoa, último sopro do monstro encerrado em seu esquife de pedra. Pouco a pouco os tremores do solo se acalmaram e o círculo de calor diminuiu. Os espectadores mais impacientes se aproximaram. Em um dia ganharam duas toesas, no dia seguinte, quatro. E no dia 22 de agosto, Barbicane, seus colegas e o engenheiro puderam se posicionar sobre o lençol de ferro fundido que aflorava no pico de Stone's Hill, certamente um local bastante higiênico onde não era permitido ter pés frios.

— Enfim! exclamou o presidente do Clube do Canhão, com imenso suspiro de satisfação.

Os trabalhos foram retomados no mesmo dia. Procedeu-se imediatamente à extração do molde interior a fim de liberar a alma da peça. A picareta, a pá de pedreiro, todos os utensílios funcionaram sem descanso. A terra argilosa e a areia tinham adquirido dureza extrema sob a ação do calor, mas com a ajuda das máquinas conseguiram vencer essa mescla ainda inflamada pelo contato com as paredes de ferro fundido. Os materiais extraídos foram rapidamente levados para carros movidos a vapor. Isso foi feito tão bem e com tamanho entusiasmo, a intervenção de Barbicane foi tão exigente e seus argumentos apresentados com tamanha força sob a forma de dólares que, em 3 de setembro, todos os vestígios do molde haviam desaparecido.

A operação de calibragem começou imediatamente, as máquinas foram instaladas sem demora e rapidamente acionaram os poderosos polidores afiados destinados a corroer as rugosidades do ferro fundido. Algumas semanas mais tarde a superfície interior do imenso tubo estava perfeitamente cilíndrica e a alma da peça adquirira polimento perfeito.

Enfim, em 22 de setembro, menos de um mês após a comunicação Barbicane, rigorosamente calibrado e com verticalidade absoluta, erguido através de instrumentos delicados, o enorme engenho foi considerado pronto para funcionar. Só precisavam esperar pela Lua, mas tinham certeza de que ela não faltaria ao encontro. A alegria de J. T. Maston não tinha limite e ele se arriscava a sofrer uma queda terrível quando mergulhava seus olhares no tubo de 900 pés. Se não tivesse sido acudido pelo braço direito de Blomsberry, que o digno coronel alegremente conservara, como um novo Heróstrato[95], o secretário do Clube do Canhão teria encontrado a morte nas profundezas da Columbiada.

O canhão estava pronto e não havia qualquer dúvida quanto à sua perfeita fabricação. No dia 6 de outubro, o capitão Nicholl, querendo ou não, pagou sua dívida e o presidente Barbicane inscreveu em seus livros, na coluna das receitas, a soma de 2 mil dólares. Estamos autorizados a crer que a cólera do

---

[95] Heróstrato, pastor de Éfeso que se tornou incendiário, pois desejava obter fama a qualquer preço. Em 356 a.C. foi o responsável pela destruição do templo de Artemis, uma das sete maravilhas do mundo antigo. (N.T.)

colère du capitaine fut poussée aux dernières limites et qu'il en fit une maladie. Cependant il avait encore trois paris de trois mille, quatre mille et cinq mille dollars, et pourvu qu'il en gagnât deux, son affaire n'était pas mauvaise, sans être excellente. Mais l'argent n'entrait point dans ses calculs, et le succès obtenu par son rival, dans la fonte d'un canon auquel des plaques de dix toises n'eussent pas résisté, lui portait un coup terrible.

Tampa-Town, après l'opération.

Depuis le 23 septembre, l'enceinte de Stone's Hill avait été largement ouverte au public, et ce que fut l'affluence des visiteurs se comprendra sans peine.

En effet, d'innombrables curieux, accourus de tous les points des États--Unis, convergeaient vers la Floride. La ville de Tampa s'était prodigieusement accrue pendant cette année, consacrée tout entière aux travaux du Gun-Club,

capitão foi levada ao limite extremo e que ele até adoeceu. No entanto, ainda haviam sobrado três apostas de 3, 4 e 5 mil dólares, e se ele ganhasse duas delas o negócio ainda não lhe seria tão ruim, mesmo sem ser excelente. Mas o dinheiro não entrava em seus cálculos e o sucesso obtido por seu rival na fundição de um canhão ao qual não resistiriam nem mesmo placas de dez toesas caiu sobre ele como um golpe terrível.

A cidade de Tampa, depois da operação.

Desde o dia 23 de setembro o recinto de Stone's Hill se encontrava largamente aberto ao público e a tremenda afluência de visitantes era bem compreensível.

Com efeito, inúmeros curiosos vindos de todas as partes dos Estados Unidos convergiam para a Flórida. A cidade de Tampa crescera prodigiosamente durante aquele ano, totalmente consagrada aos trabalhos do Clube do Canhão, e

et elle comptait alors une population de cent cinquante mille âmes. Après avoir englobé le fort Brooke dans un réseau de rues, elle s'allongeait maintenant sur cette langue de terre qui sépare les deux rades de la baie d'Espiritu-Santo; des quartiers neufs, des places nouvelles, toute une forêt de maisons, avaient poussé sur ces grèves naguère désertes, à la chaleur du soleil américain. Des compagnies s'étaient fondées pour l'érection d'églises, d'écoles, d'habitations particulières, et en moins d'un an l'étendue de la ville fut décuplée.

On sait que les Yankees sont nés commerçants; partout où le sort les jette, de la zone glacée à la zone torride, il faut que leur instinct des affaires s'exerce utilement. C'est pourquoi de simples curieux, des gens venus en Floride dans l'unique but de suivre les opérations du Gun-Club, se laissèrent entraîner aux opérations commerciales dès qu'ils furent installés à Tampa. Les navires frétés pour le transportement du matériel et des ouvriers avaient donné au port une activité sans pareille. Bientôt d'autres bâtiments, de toute forme et de tout tonnage, chargés de vivres, d'approvisionnements, de marchandises, sillonnèrent la baie et les deux rades; de vastes comptoirs d'armateurs, des offices de courtiers s'établirent dans la ville, et la *Shipping Gazette*[81] enregistra chaque jour des arrivages nouveaux au port de Tampa.

Tandis que les routes se multipliaient autour de la ville, celle-ci, en considération du prodigieux accroissement de sa population et de son commerce, fut enfin reliée par un chemin de fer aux États méridionaux de l'Union. Un railway rattacha la Mobile à Pensacola, le grand arsenal maritime du Sud; puis, de ce point important, il se dirigea sur Tallahassee. Là existait déjà un petit tronçon de voie ferrée, long de vingt et un milles, par lequel Tallahassee se mettait en communication avec Saint--Marks, sur les bords de la mer. Ce fut ce bout de road-way qui fut prolongé jusqu'à Tampa-Town, en vivifiant sur son passage et en réveillant les portions mortes ou endormies de la Floride centrale. Aussi Tampa, grâce à ces merveilles de l'industrie dues à l'idée éclose un beau jour dans le cerveau d'un homme, put prendre à bon droit les airs d'une grande ville. On l'avait surnommée "Moon-City"[82], et la capitale des Florides subissait une éclipse totale, visible de tous les points du monde.

Chacun comprendra maintenant pourquoi la rivalité fut si grande entre le Texas et la Floride, et l'irritation des Texiens quand ils se virent déboutés de leurs prétentions par le choix du Gun-Club. Dans leur sagacité prévoyante, ils avaient compris ce qu'un pays devait gagner à l'expérience tentée par Barbicane et le bien dont un semblable coup de canon serait accompagné. Le Texas y perdait un vaste centre de commerce, des chemins de fer et un accroissement considérable de population. Tous ces avantages retournaient à cette misérable presqu'île floridienne, jetée comme une estacade entre les flots du golfe et les vagues de l'océan Atlantique. Aussi, Barbicane partageait-il avec le général Santa-Anna toutes les antipathies texiennes.

Cependant, quoique livrée à sa furie commerciale et à sa fougue industrielle, la nouvelle population de Tampa-Town n'eut garde d'oublier les intéressantes opérations du Gun-Club. Au contraire. Les plus minces détails de l'entreprise, le moindre coup de pioche, la passionnèrent. Ce fut un va-et-vient incessant entre la

---

[81] Gazette maritime.
[82] Cité de la Lune.

agora contava com uma população de 50 mil almas. Após ter englobado o Forte Brooke em sua rede de ruas, a cidade se alongara por sobre a língua de terra que separa os dois portos da baía do Espírito Santo. Quarteirões novos, uma verdadeira floresta de casas e novas praças haviam surgido nessas paragens antes desertas, expostas ao calor do sol americano. Companhias foram fundadas para construir igrejas, escolas e habitações particulares, e em menos de um ano a extensão da cidade fora decuplicada.

Sabe-se muito bem que os ianques já nascem comerciantes. Não importa para onde a sorte os envie, da zona gelada à zona tórrida seus instintos para negócios são exercidos de modo útil. Por isso, as pessoas vindas para a Flórida com a única finalidade de seguir as operações do Clube do Canhão, de simples curiosas se deixaram levar para as operações comerciais assim que se instalaram em Tampa. Os navios fretados para transportar materiais e operários tinham dado ao porto uma atividade sem par. Logo, outras embarcações de todas as formas e tonelagens, repletas de víveres, de provisões e de mercadorias singraram a baía e os dois portos. Vastos estabelecimentos de armadores e escritórios de corretores se estabeleceram na cidade e a *Shipping Gazette*[96] registrava todos os dias as novas chegadas ao porto de Tampa.

Com as estradas se multiplicando em torno da cidade e considerando o prodigioso crescimento da população e do comércio, a cidade enfim foi ligada por uma ferrovia aos Estados meridionais da União. Uma estrada de ferro ligou Mobile a Pensacola, o grande arsenal marítimo do sul; depois, desse importante ponto ela se dirigiu para Tallahassee. Nessa cidade já existia um pequeno ramal de via férrea, com 21 milhas, pelo qual Tallahassee se comunicava com Saint-Marks, à beira mar. Foi esse ramal que se prolongou até a cidade de Tampa, vivificando e despertando em sua passagem pequenas porções mortas ou adormecidas da Flórida central. Graças a essas maravilhas da indústria, nascidas um belo dia no cérebro de um homem, com todo direito Tampa pôde assumir a aparência de uma grande cidade. Ela recebeu o apelido de "Moon-City"[97] e a capital da Flórida sofreu um eclipse total, visível em todos os pontos do mundo.

Agora todos compreenderão o porquê da rivalidade entre o Texas e a Flórida, e a irritação dos texanos quando se viram frustrados em suas pretensões pela escolha do Clube do Canhão. Em sua capacidade de prever, haviam compreendido o que uma região ganharia com a experiência tentada por Barbicane e os benefícios que resultariam desse tiro de canhão. O Texas perdera um vasto centro de comércio, estradas de ferro e um considerável crescimento populacional. Todas essas vantagens seriam daquela miserável península da Flórida, atirada como um braço de terra entre as ondas do golfo e as vagas do oceano Atlântico. Por isso Barbicane compartilhava com o general Santa-Anna a antipatia que este sentia pelos texanos.

No entanto, apesar de entregue à fúria comercial e ao furor industrial, a nova população da cidade de Tampa não se esqueceu das interessantes operações do Clube do Canhão. Ao contrário. Os menores detalhes do empreendimento, o menor golpe de picareta a apaixonava. Era um vaivém incessante entre a

---

[96] Gazeta Marítima.
[97] Cidade da Lua.

ville et Stone's-Hill, une procession, mieux encore, un pèlerinage.

On pouvait déjà prévoir que, le jour de l'expérience, l'agglomération des spectateurs se chiffrerait par millions, car ils venaient déjà de tous les points de la terre s'accumuler sur l'étroite presqu'île. L'Europe émigrait en Amérique.

Mais jusque-là, il faut le dire, la curiosité de ces nombreux arrivants n'avait été que médiocrement satisfaite. Beaucoup comptaient sur le spectacle de la fonte, qui n'en eurent que les fumées. C'était peu pour des yeux avides; mais Barbicane ne voulut admettre personne à cette opération. De là maugréement, mécontentement, murmures; on blâma le président; on le taxa d'absolutisme; son procédé fut déclaré "peu américain". Il y eut presque une émeute autour des palissades de Stone's-Hill. Barbicane, on le sait, resta inébranlable dans sa décision.

Mais, lorsque la Columbiad fut entièrement terminée, le huis clos ne put être maintenu; il y aurait eu mauvaise grâce, d'ailleurs, à fermer ses portes, pis même, imprudence à mécontenter les sentiments publics. Barbicane ouvrit donc son enceinte à tout venant; cependant, poussé par son esprit pratique, il résolut de battre monnaie sur la curiosité publique.

C'était beaucoup de contempler l'immense Columbiad, mais descendre dans ses profondeurs, voilà ce qui semblait aux Américains être le ne plus ultra du bonheur en ce monde. Aussi pas un curieux qui ne voulût se donner la jouissance de visiter intérieurement cet abîme de métal. Des appareils, suspendus à un treuil à vapeur, permirent aux spectateurs de satisfaire leur curiosité. Ce fut une fureur. Femmes, enfants, vieillards, tous se firent un devoir de pénétrer jusqu'au fond de l'âme les mystères du canon colossal. Le prix de la descente fut fixé à cinq dollars par personne, et, malgré son élévation, pendant les deux mois qui précédèrent l'expérience, l'affluence les visiteurs permit au Gun-Club d'encaisser près de cinq cent mille dollars[83].

Inutile de dire que les premiers visiteurs de la Columbiad furent les membres du Gun-Club, avantage justement réservé à l'illustre assemblée. Cette solennité eut lieu le 25 septembre. Une caisse d'honneur descendit le président Barbicane, J. T. Maston, le major Elphiston, le général Morgan, le colonel Blomsberry, l'ingénieur Murchison et d'autres membres distingués du célèbre club. En tout, une dizaine. Il faisait encore bien chaud au fond de ce long tube de métal. On y étouffait un peu! Mais quelle joie! quel ravissement! Une table de dix couverts avait été dressée sur le massif de pierre qui supportait la Columbiad éclairée à giorno par un jet de lumière électrique. Des plats exquis et nombreux, qui semblaient descendre du ciel, vinrent se placer successivement devant les convives, et les meilleurs vins de France coulèrent à profusion pendant ce repas splendide servi à neuf cents pieds sous terre.

Le festin fut très animé et même très bruyant; des toasts nombreux s'entrecroisèrent; on but au globe terrestre, on but à son satellite, on but au Gun-Club, on but à l'Union, à la Lune, à Phoebé, à Diane, à Séléné, à l'astre des nuits, à la "paisible courrière du firmament"! Tous ces hurrahs, portés sur les ondes sonores de l'immense tube acoustique, arrivaient comme un tonnerre à

---

[83] Deux millions sept cent dix mille francs.

cidade e Stone's Hill, uma procissão, ou melhor, uma peregrinação.

Já se podia prever que no dia da experiência a aglomeração de espectadores seria contada aos milhões, pois estes já ali chegavam vindos de todos os pontos da Terra, acumulando-se na estreita península. A Europa emigrava para a América.

Mas é preciso dizer que até aquele momento a curiosidade das inúmeras pessoas que chegavam fora satisfeita de forma medíocre. Muitos que contavam em assistir o espetáculo da fundição só viram a fumaça. Era pouco para aqueles olhos ávidos, mas Barbicane não queria permitir a presença de ninguém nessa operação. Por isso houve descontentamento, resmungos, murmúrios. Culpavam o presidente, taxavam-no de absolutismo. Seu procedimento foi declarado "pouco americano". Quase houve tumulto em torno das paliçadas de Stone's Hill, mas Barbicane permaneceu inflexível em sua decisão.

Assim que a Columbiada ficou inteiramente terminada foi impossível manter as portas cerradas. Além disso, teria sido maldade mantê-las fechadas. Até pior, seria imprudência descontentar os sentimentos do público. Então Barbicane abriu seu recinto a todos. Porém, levado por seu espírito prático, resolveu ganhar dinheiro com a curiosidade pública.

Já era muito contemplar a imensa Columbiada, mas descer às suas profundezas parecia aos americanos o máximo da felicidade neste mundo. Assim, não havia um único curioso que não desejasse ter a suprema felicidade de visitar o interior desse abismo de metal. Aparelhos suspensos em um guincho a vapor permitiram que os espectadores satisfizessem sua curiosidade. Foi um furor. Mulheres, crianças e velhos, todos consideravam um dever penetrar os mistérios do canhão colossal, até o fundo da alma. O preço dessa descida foi fixado em cinco dólares por pessoa, e apesar do alto preço, durante os dois meses que precederam a experiência, a afluência de visitantes permitiu que o Clube do Canhão embolsasse quase 500 mil dólares[98].

Inútil dizer que os primeiros visitantes da Columbiada foram os membros do Clube do Canhão, uma vantagem reservada à ilustre assembleia. Essa solenidade se realizou no dia 25 de setembro. Um caixote de honra desceu o presidente Barbicane, J. T. Maston, o major Elphiston, o general Morgan, o coronel Blomsberry, o engenheiro Murchison e outros membros importantes do célebre Clube. Ao todo, uma dezena. Ainda estava bastante quente no fundo daquele longo tubo de metal. Sufocava-se um pouco lá dentro! Mas que alegria! Que arrebatamento! Uma mesa de dez talheres fora posta sobre o maciço de pedra que suportava a Columbiada, iluminada como se fosse dia por um jato de luz elétrica. Pratos requintados e numerosos, que pareciam descer do céu, foram colocados sucessivamente diante dos convivas, e os melhores vinhos franceses correram profusamente durante essa refeição esplêndida servida a 900 pés abaixo do solo.

O festim foi muito animado, até ruidoso. Brindes numerosos se entrecruzaram; beberam em honra do globo terrestre, em honra de seu satélite, beberam em honra do Clube do Canhão, em honra da União, da Lua, de Febe, de Diana, de Selene, do astro das noites, da "pacífica mensageira do firmamento"! Todos esses brindes, levados pelas ondas sonoras através do imenso tubo acústico, chegavam como tro-

---

[98] Dois milhões, setecentos e dez mil francos.

son extrémité, et la foule, rangée autour de Stone's Hill, s'unissait de cœur et de cris aux dix convives enfouis au fond de la gigantesque Columbiad.

Le festin dans la Columbiad.

J. T. Maston ne se possédait plus; s'il cria plus qu'il ne gesticula, s'il but plus qu'il ne mangea, c'est un point difficile à établir. En tout cas, il n'eût pas donné sa place pour un empire, "non, quand même le canon chargé amorcé, et faisant feu à l'instant, aurait dû l'envoyer par morceaux dans les espaces planétaires".

voadas à sua extremidade, e a multidão reunida em torno de Stone's Hill se unia, de coração e gritos, aos dez convivas soterrados no fundo da gigantesca Columbiada.

O festim na Columbiada.

J. T. Maston não mais se continha. Difícil dizer se ele gritava mais do que gesticulava, se bebia mais do que comia. De qualquer modo, não daria seu lugar por um império, "nem se o canhão estivesse carregado e preparado para fazer fogo em instantes, podendo enviá-lo aos pedaços aos espaços planetários".

CHAPITRE XVII
UNE DÉPÊCHE TÉLÉGRAPHIQUE

Les grands travaux entrepris par le Gun-Club étaient, pour ainsi dire, terminés, et cependant, deux mois allaient encore s'écouler avant le jour où le projectile s'élancerait vers la Lune. Deux mois qui devaient paraître longs comme des années à l'impatience universelle! Jusqu'alors les moindres détails de l'opération avaient été chaque jour reproduits par les journaux, que l'on dévorait d'un œil avide et passionné; mais il était à craindre que désormais, ce "dividende d'intérêt" distribué au public ne fût fort diminué, et chacun s'effrayait de n'avoir plus à toucher sa part d'émotions quotidiennes.

Il n'en fut rien; l'incident le plus inattendu, le plus extraordinaire, le plus incroyable, le plus invraisemblable vint fanatiser à nouveau les esprits haletants et rejeter le monde entier sous le coup d'une poignante surexcitation.

Un jour, le 30 septembre, à trois heures quarante-sept minutes du soir, un télégramme, transmis par le câble immergé entre Valentia (Irlande), Terre-Neuve et la côte américaine, arriva à l'adresse du président Barbicane.

Le président Barbicane rompit l'enveloppe, lut la dépêche, et, quel que fût son pouvoir sur lui-même, ses lèvres pâlirent, ses yeux se troublèrent à la lecture des vingt mots de ce télégramme.

Voici le texte de cette dépêche, qui figure maintenant aux archives du Gun-Club:

FRANCE, PARIS.
30 septembre, 4 h matin. XXXXXXX

Barbicane, Tampa, Floride, États-Unis.
Remplacez obus sphérique par projectile cylindro-conique. Partirai dedans. Arriverai par steamer Atlanta.
MICHEL ARDAN. XXXXXXXX

CAPÍTULO XVII
UMA COMUNICAÇÃO TELEGRÁFICA

Podia-se dizer que os grandes trabalhos realizados pelo Clube do Canhão já estavam terminados, contudo, ainda se passariam dois meses até que o projétil fosse lançado para a Lua. Dois meses que pareceriam anos para a impaciência universal! Até aquele momento, os menores detalhes da operação tinham sido reproduzidos pelos jornais que eram devorados com olhos ávidos e apaixonados. Mas temia-se que dali por diante aquele "dividendo de notícias interessantes" distribuído ao público começasse a diminuir, e todos se assustavam com a ideia de não mais receberem sua parte de emoção diária.

Mas nada disso aconteceu. Um incidente inesperado, extraordinário, espantoso e inverossímil veio novamente fanatizar os espíritos ofegantes e mergulhar o mundo inteiro em uma pungente superexcitação.

Um dia, 30 de setembro às 3h46min da tarde, um telegrama transmitido pelo cabo submerso entre Valência (Irlanda), Terra Nova e a costa americana chegou à casa do presidente Barbicane.

O presidente abriu o envelope, leu a comunicação e apesar de seu autocontrole seus lábios empalideceram e seus olhos se perturbaram ao ler as vinte palavras do telegrama.

Eis aqui o texto dessa comunicação que agora figura nos arquivos do Clube do Canhão:

FRANÇA, PARIS.
30 de setembro, 4 horas da manhã.XXXXXXX

Barbicane, Tampa, Flórida, Estados Unidos.
Substituir obus esférico por projétil cilindro-cônico. Partirei dentro dele. Chegarei pelo vapor Atlanta.
MICHEL ARDAN. XXXXXXX

CHAPITRE XVIII
LE PASSAGER DE L'ATLANTA

Si cette foudroyante nouvelle, au lieu de voler sur les fils électriques, fût arrivée simplement par la poste et sous enveloppe cachetée, si les employés français, irlandais, terre-neuviens, américains n'eussent pas été nécessairement dans la confidence du télégraphe, Barbicane n'aurait pas hésité un seul instant. Il se serait tu par mesure de prudence et pour ne pas déconsidérer son œuvre. Ce télégramme pouvait cacher une mystification, venant d'un Français surtout. Quelle apparence qu'un homme quelconque fût assez audacieux pour concevoir seulement l'idée d'un pareil voyage? Et si cet homme existait, n'était-ce pas un fou qu'il fallait enfermer dans un cabanon et non dans un boulet?

Mais la dépêche était connue, car les appareils de transmission sont peu discrets de leur nature, et la proposition de Michel Ardan courait déjà les divers États de l'Union. Ainsi Barbicane n'avait plus aucune raison de se taire. Il réunit donc ses collègues présents à Tampa-Town, et sans laisser voir sa pensée, sans discuter le plus ou moins de créance que méritait le télégramme, il en lut froidement le texte laconique.

— Pas possible! — C'est invraisemblable! — Pure plaisanterie! — On s'est moqué de nous! — Ridicule! — Absurde! Toute la série des expressions qui servent à exprimer le doute, l'incrédulité, la sottise, la folie, se déroula pendant quelques minutes, avec accompagnement des gestes usités en pareille circonstance. Chacun souriait, riait, haussait les épaules ou éclatait de rire, suivant sa disposition d'humeur. Seul, J. T. Maston eut un mot superbe.

— C'est une idée, cela! s'écria-t-il.

— Oui, lui répondit le major, mais s'il est quelquefois permis d'avoir des idées comme celle-là, c'est à la condition de ne pas même songer à les mettre à exécution.

CAPÍTULO XVIII
O PASSAGEIRO DO ATLANTA

Se em vez de voar através de fios elétricos essa terrível novidade tivesse simplesmente chegado pelo correio, dentro de um envelope lacrado, se funcionários franceses, irlandeses, de Terra Nova e americanos não tivessem necessariamente sabido da notícia pelo telégrafo, Barbicane não teria hesitado um único instante. Teria se calado por medida de prudência e para não desacreditar sua obra. Esse telegrama poderia esconder uma mistificação, sobretudo tendo sido enviado por um francês. Que aparência teria esse homem suficientemente audacioso para conceber a ideia de uma viagem como essa? E se esse homem existisse, não seria ele um louco que deveria ser preso em uma instituição, não em um projétil?

Porém, a comunicação fora conhecida, pois aparelhos de transmissão são pouco discretos por natureza, e a proposta de Michel Ardan já percorria vários Estados da União. Assim sendo, Barbicane não tinha nenhuma razão para se calar. Ele reuniu seus colegas presentes na cidade da Tampa, e sem deixar que percebessem o que ele pensava a respeito do assunto e sem discutir o maior ou menor crédito que o telegrama merecia, leu friamente o texto lacônico.

— Não é possível! — É inverossímel! — Pura palhaçada! — Ele está caçoando de nós! — Ridículo! — Absurdo! Toda a série de expressões que expressam dúvida, incredulidade, tolice, loucura, foram ouvidas durante alguns minutos, com acompanhamento dos gestos utilizados nessa circunstância. Sorriam, riam, levantavam os ombros ou estouravam de rir, de acordo com a disposição de cada um. Apenas J. T. Maston disse uma frase soberba.

— Essa é uma boa ideia! exclamou ele.

— Sim, respondeu o major, mas se algumas vezes é permitido ter ideias como essa, é com a condição de nem em sonhos se pensar em colocá-las em execução.

— Et pourquoi pas? répliqua vivement le secrétaire du Gun-Club, prêt à discuter. Mais on ne voulut pas le pousser davantage.

Le président Barbicane à sa fenêtre.

Cependant le nom de Michel Ardan circulait déjà dans la ville de Tampa. Les étrangers et les indigènes se regardaient, s'interrogeaient et plaisantaient, non pas cet Européen — un mythe, un individu chimérique — mais J. T. Maston, qui avait pu croire à l'existence de ce personnage légendaire. Quand Barbicane proposa d'envoyer un projectile à la Lune, chacun trouva l'entreprise naturelle, praticable, une pure affaire de balistique! Mais qu'un être raisonnable offrît de prendre passage dans le projectile, de tenter ce voyage invraisemblable, c'était une proposition fantaisiste, une plaisanterie, une farce, et, pour employer un mot dont les Français

— E por que não? replicou vivamente o secretário do Clube do Canhão, pronto a discutir. Mas ninguém queria provocá-lo ainda mais.

O presidente Barbicane em sua janela.

Porém, o nome de Michel Ardan já circulava na cidade de Tampa. Os estrangeiros e os indígenas olhavam um para o outro, se interrogavam e caçoavam, não desse europeu — um indivíduo mitológico — mas de J. T. Maston, que acreditara na existência desse personagem lendário. Quando Barbicane propôs enviar um projétil à Lua, todos acharam esse projeto natural, praticável, um problema de pura balística! Mas o fato de uma pessoa razoável se oferecer para embarcar no projétil, de tentar essa viagem pouco plausível era uma proposta fantasiosa, uma caçoada, uma farsa, e para empregar uma palavra da qual só os franceses

ont précisément la traduction exacte dans leur langage familier, un *humbug*[84]!

Les moqueries durèrent jusqu'au soir sans discontinuer, et l'on peut affirmer que toute l'Union fut prise d'un fou rire, ce qui n'est guère habituel à un pays où les entreprises impossibles trouvent volontiers des prôneurs, des adeptes, des partisans.

Cependant la proposition de Michel Ardan, comme toutes les idées nouvelles, ne laissait pas de tracasser certains esprits. Cela dérangeait le cours des émotions accoutumées. On n'avait pas songé à cela! Cet incident devint bientôt une obsession par son étrangeté même. On y pensait. Que de choses niées la veille dont le lendemain a fait des réalités! Pourquoi ce voyage ne s'accomplirait-il pas un jour ou l'autre? Mais, en tout cas, l'homme qui voulait se risquer ainsi devait être fou, et décidément, puisque son projet ne pouvait être pris au sérieux, il eût mieux fait de se taire, au lieu de troubler toute une population par ses billevesées ridicules.

Mais, d'abord, ce personnage existait-il réellement? Grande question! Ce nom, "Michel Ardan", n'était pas inconnu à l'Amérique! Il appartenait à un Européen fort cité pour ses entreprises audacieuses. Puis, ce télégramme lancé à travers les profondeurs de l'Atlantique, cette désignation du navire sur lequel le Français disait avoir pris passage, la date assignée à sa prochaine arrivée, toutes ces circonstances donnaient à la proposition un certain caractère de vraisemblance. Il fallait en avoir le cœur net. Bientôt les individus isolés se formèrent en groupes, les groupes se condensèrent sous l'action de la curiosité comme des atomes en vertu de l'attraction moléculaire, et, finalement, il en résulta une foule compacte, qui se dirigea vers la demeure du président Barbicane.

Celui-ci, depuis l'arrivée de la dépêche, ne s'était pas prononcé; il avait laissé l'opinion de J. T. Maston se produire, sans manifester ni approbation ni blâme; il se tenait coi, et se proposait d'attendre les événements; mais il comptait sans l'impatience publique, et vit d'un œil peu satisfait la population de Tampa s'amasser sous ses fenêtres. Bientôt des murmures, des vociférations, l'obligèrent à paraître. On voit qu'il avait tous les devoirs et, par conséquent, tous les ennuis de la célébrité.

Il parut donc; le silence se fit, et un citoyen, prenant la parole, lui posa carrément la question suivante: "Le personnage désigné dans la dépêche sous le nom de Michel Ardan est-il en route pour l'Amérique, oui ou non?"

— Messieurs, répondit Barbicane, je ne le sais pas plus que vous.

— Il faut le savoir, s'écrièrent des voix impatientes.

— Le temps nous l'apprendra, répondit froidement le président.

— Le temps n'a pas le droit de tenir en suspens un pays tout entier, reprit l'orateur. Avez-vous modifié les plans du projectile, ainsi que le demande le télégramme?

— Pas encore, messieurs; mais, vous avez raison, il faut savoir à quoi s'en tenir; le télégraphe, qui a causé toute cette émotion, voudra bien compléter ses renseignements.

— Au télégraphe! au télégraphe! s'écria la foule.

---

[84] Mystification.

têm a tradução precisa em sua linguagem familiar, um *humbug*[99]!

As caçoadas duraram até a noite, sem parar, e pode-se afirmar que toda a União foi presa de um riso doido, algo que não é habitual em um país em que os empreendimentos impossíveis logo encontram patrocinadores de boa vontade, adeptos, partidários.

No entanto, como todas as ideias novas, a proposta de Michel Ardan, não deixava de importunar certos espíritos. Aquilo alterava o curso das emoções costumeiras. Ninguém sonhara com aquilo! Aquele incidente logo se tornou uma obsessão por sua estranheza. Só pensavam naquilo. Quantas coisas negadas na véspera no dia seguinte se transformavam em realidades! Por que essa viagem não se realizaria um dia ou outro? Em todo o caso, decididamente, o homem que desejava se arriscar desse modo devia ser louco, pois seu projeto não podia ser levado a sério. Ele teria feito melhor mantendo-se calado, em vez de perturbar toda uma população com suas tolices ridículas.

Mas, antes de tudo, esse personagem existiria realmente? Grande questão! Esse nome, "Michel Ardan", não era desconhecido na América! Pertencia a um europeu famoso por suas empreitadas audaciosas. Depois, esse telegrama enviado através das profundezas do Atlântico e a designação do navio no qual o francês afirmava já ter passagem e data marcada para a chegada eram fatos que davam à proposição um caráter de probabilidade. Era preciso acreditar. Indivíduos isolados logo formaram grupos que sob a ação da curiosidade se reuniram como átomos em virtude da atração molecular, e finalmente se transformaram em uma multidão compacta que se dirigiu para a residência do presidente Barbicane.

Ele não se pronunciara depois da chegada do comunicado. Sem manifestar aprovação ou desaprovação, deixara que a opinião de J. T. Maston corresse. Mantinha-se recluso e se propunha a esperar os acontecimentos, mas não contava com a impaciência do público e não viu com bons olhos o fato de a população de Tampa se reunir sob suas janelas. Logo os murmúrios e as vociferações o obrigaram a aparecer. Pode-se ver que a ele cabiam todos os deveres e, como consequência, todos os aborrecimentos da celebridade.

Portanto, ele apareceu. Fez-se silêncio e, tomando a palavra, um cidadão lhe fez a seguinte pergunta: "O personagem citado no comunicado, que atende pelo nome de Michel Ardan, está a caminho da América, sim ou não?"

— Senhores, respondeu Barbicane, sei tanto quanto os senhores.

— Mas é preciso saber, exclamaram várias vozes impacientes.

— O tempo nos dirá, respondeu friamente o presidente.

— O tempo não tem o direito de manter na expectativa um país inteiro, replicou o orador. O senhor modificou os planos do projétil, como pedia o telegrama?

— Ainda não, cavalheiros; mas os senhores têm razão. É preciso saber o que esperar; o telégrafo, que causou toda essa agitação deve completar suas notícias.

— Ao telégrafo! Ao telégrafo! exclamou a multidão.

---
[99] Uma pilhéria.

Barbicane descendit, et, précédant l'immense rassemblement, il se dirigea vers les bureaux de l'administration.

Quelques minutes plus tard, une dépêche était lancée au syndic des courtiers de navires à Liverpool. On demandait une réponse aux questions suivantes:

— Qu'est-ce que le navire l'*Atlanta*? Quand a-t-il quitté l'Europe? Avait-il à son bord un Français nommé Michel Ardan?

Deux heures après, Barbicane recevait des renseignements d'une précision qui ne laissait plus place au moindre doute.

— Le steamer l'*Atlanta*, de Liverpool, a pris la mer le 2 octobre, faisant voile pour Tampa-Town, ayant à son bord un Français, porté au livre des passagers sous le nom de Michel Ardan.

À cette confirmation de la première dépêche, les yeux du président brillèrent d'une flamme subite, ses poings se fermèrent violemment, et on l'entendit murmurer:

— C'est donc vrai! c'est donc possible! Ce Français existe! et dans quinze jours il sera ici! Mais c'est un fou! un cerveau brûlé!... Jamais je ne consentirai...

Et cependant, le soir même, il écrivit à la maison Breadwill et Ce, en la priant de suspendre jusqu'à nouvel ordre la fonte du projectile.

Maintenant, raconter l'émotion dont fut prise l'Amérique tout entière; comment l'effet de la communication Barbicane fut dix fois dépassé; ce que dirent les journaux de l'Union, la façon dont ils acceptèrent la nouvelle et sur quel mode ils chantèrent l'arrivée de ce héros du vieux continent; peindre l'agitation fébrile dans laquelle chacun vécut, comptant les heures, comptant les minutes, comptant les secondes; donner une idée, même affaiblie, de cette obsession fatigante de tous les cerveaux maîtrisés par une pensée unique; montrer les occupations cédant à une seule préoccupation, les travaux arrêtés, le commerce suspendu, les navires prêts à partir restant affourchés dans le port pour ne pas manquer l'arrivée de l'*Atlanta*, les convois arrivant pleins et retournant vides, la baie d'Espiritu-Santo incessamment sillonnée par les steamers, les packets-boats, les yachts de plaisance, les fly-boats de toutes dimensions; dénombrer ces milliers de curieux qui quadruplèrent en quinze jours la population de Tampa-Town et durent camper sous des tentes comme une armée en campagne, c'est une tâche au-dessus des forces humaines et qu'on ne saurait entreprendre sans témérité.

Le 20 octobre, à neuf heures du matin, les sémaphores du canal de Bahama signalèrent une épaisse fumée à l'horizon. Deux heures plus tard, un grand steamer échangeait avec eux des signaux de reconnaissance. Aussitôt le nom de l'*Atlanta* fut expédié à Tampa-Town. À quatre heures, le navire anglais donnait dans la rade d'Espiritu-Santo. À cinq, il franchissait les passes de la rade Hillisboro à toute vapeur. À six, il mouillait dans le port de Tampa.

L'ancre n'avait pas encore mordu le fond de sable, que cinq cents embarcations entouraient l'Atlanta, et le steamer était pris d'assaut. Barbicane, le premier, franchit les bastingages, et d'une voix dont il voulait en vain contenir l'émotion:

— Michel Ardan! s'écria-t-il.

— Présent! répondit un individu monté sur la dunette.

Barbicane desceu, e precedendo a enorme aglomeração, dirigiu-se aos escritórios da administração.

Alguns minutos mais tarde foi enviado um telegrama ao sindicato dos corretores de navios, em Liverpool. Pedia-se uma resposta às seguintes questões:

— Que tipo de navio é o *Atlanta*? Quando ele saiu da Europa? Estaria a bordo um francês chamado Michel Ardan?

Duas horas depois, Barbicane recebia esclarecimentos precisos que não deixavam margem a qualquer dúvida.

— O vapor *Atlanta*, de Liverpool, se fez ao mar no dia dois de outubro, com destino à cidade de Tampa, tendo a bordo um francês registrado no livro dos passageiros sob o nome de Michel Ardan.

Diante da confirmação do primeiro telegrama, os olhos do presidente cintilaram com um brilho súbito, seus punhos se fecharam com violência e ouviram-no murmurar:

— Então é verdade! Então é possível! Esse francês existe! E em quinze dias chegará aqui! Mas é um louco! Um cérebro carbonizado!... Jamais consentirei...

No mesmo dia escreveu para a casa Breadwill e Co., pedindo-lhe para suspender a fundição do projétil até nova ordem.

Descrever a emoção que tomou conta da América inteira, de que modo o efeito da comunicação Barbicane foi decuplicado, o que disseram os jornais da União, o modo como foi aceita a novidade e de que maneira cantaram a chegada desse herói do velho continente; descrever a agitação febril na qual viviam todos contando as horas, contando os minutos, contando os segundos, dar uma ideia, mesmo que pálida, dessa obsessão fatigante de todos os cérebros dominados por um único pensamento; mostrar como as ocupações deram lugar a uma única preocupação, os trabalhos parados, o comércio suspenso, os navios prontos para partir permanecendo ancorados no porto para não perder a chegada do *Atlanta*, os conveses repletos voltando vazios, a baía do Espírito Santo incessantemente sulcada pelos vapores, pelos paquetes, pelos iates de recreio, pelas lanchas de todos os tamanhos; contar os milhares de curiosos que em quinze dias aumentaram quatro vezes a população da cidade de Tampa e foram obrigados a acampar em tendas como um exército em campanha, é uma tarefa acima das forças humanas e que ninguém poderia empreender sem temeridade.

No dia 20 de outubro, às nove horas da manhã, os semáforos do canal de Bahama notificaram o surgimento de uma espessa fumaça no horizonte. Duas horas mais tarde um grande vapor trocava sinais de reconhecimento com eles. Assim, o nome do *Atlanta* foi enviado à cidade de Tampa. Às quatro horas o navio inglês entrou no porto de Espírito Santo. Às cinco, passou pela barra do porto de Hillisboro a todo vapor e às seis ancorou no porto de Tampa.

A âncora ainda não atingira o fundo de areia quando 500 embarcações rodearam o *Atlanta* e o vapor foi preso de assalto. Barbicane foi o primeiro a saltar para o convés e, tentando conter a emoção que transparecia em sua voz:

— Michel Ardan!, exclamou ele.

— Presente! respondeu um indivíduo, do castelo de popa.

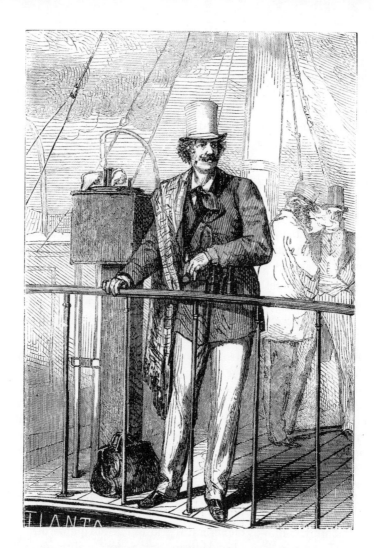

Michel Ardan.

Barbicane, les bras croisés, l'œil interrogateur, la bouche muette, regarda fixement le passager de l'*Atlanta*.

C'était un homme de quarante-deux ans, grand, mais un peu voûté déjà, comme ces cariatides qui portent des balcons sur leurs épaules. Sa tête forte, véritable hure de lion, secouait par instants une chevelure ardente qui lui faisait une véritable crinière. Une face courte, large aux tempes, agrémentée d'une moustache hérissée comme les barbes d'un chat et de petits bouquets de poils jaunâtres poussés en pleines joues, des yeux ronds un peu égarés, un regard de myope, complétaient cette physionomie éminemment féline. Mais le nez était d'un dessin hardi, la bouche particulièrement humaine, le front haut, intelligent et sillonné comme un champ qui ne reste jamais en friche. Enfin un torse fortement développé et posé d'aplomb sur de longues jambes, des bras musculeux,

Michel Ardan.

Com os braços cruzados, mudo e com uma interrogação no olhar, Barbicane olhou fixamente o passageiro do *Atlanta*.

Ele era um homem de 42 anos, grande, mas um pouco arqueado, como essas cariátides que carregam as sacadas sobre os ombros. Sua cabeça forte, verdadeira cabeça de leão, sacudia a cada instante uma ardente cabeleira que parecia uma verdadeira juba. Possuía um rosto curto, largo nas têmporas, enfeitado com um bigode eriçado como os bigodes de um gato. Os pequenos tufos de pelos amarelados que lhe cresciam nas bochechas e os olhos redondos e um pouco perdidos, um olhar de míope, complementavam esta aparência eminentemente felina. Mas o nariz era de formato arrojado, a boca particularmente humana, a fronte alta, inteligente e sulcada como um campo cultivado. Enfim, um torso bastante desenvolvido e colocado com altivez sobre pernas longas, braços musculosos

leviers puissants et bien attachés, une allure décidée, faisaient de cet Européen un gaillard solidement bâti, "plutôt forgé que fondu", pour emprunter une de ses expressions à l'art métallurgique.

Les disciples de Lavater ou de Gratiolet eussent déchiffré sans peine sur le crâne et la physionomie de ce personnage les signes indiscutables de la combativité, c'est-à-dire du courage dans le danger et de la tendance à briser les obstacles; ceux de la bienveillance et ceux de la merveillosité, instinct qui porte certains tempéraments à se passionner pour les choses surhumaines; mais, en revanche, les bosses de l'acquisivité, ce besoin de posséder et d'acquérir, manquaient absolument.

Pour achever le type physique du passager de l'Atlanta, il convient de signaler ses vêtements larges de forme, faciles d'entournures, son pantalon et son paletot d'une ampleur d'étoffe telle que Michel Ardan se surnommait lui-même "la mort au drap", sa cravate lâche, son col de chemise libéralement ouvert, d'où sortait un cou robuste, et ses manchettes invariablement déboutonnées, à travers lesquelles s'échappaient des mains fébriles. On sentait que, même au plus fort des hivers et des dangers, cet homme-là n'avait jamais froid — pas même aux yeux.

D'ailleurs, sur le pont du steamer, au milieu de la foule, il allait, venait, ne restant jamais en place, "chassant sur ses ancres", comme disaient les matelots, gesticulant, tutoyant tout le monde et rongeant ses ongles avec une avidité nerveuse. C'était un de ces originaux que le Créateur invente dans un moment de fantaisie et dont il brise aussitôt le moule.

En effet, la personnalité morale de Michel Ardan offrait un large champ aux observations de l'analyste. Cet homme étonnant vivait dans une perpétuelle disposition à l'hyperbole et n'avait pas encore dépassé l'âge des superlatifs; les objets se peignaient sur la rétine de son œil avec des dimensions démesurées; de là une association d'idées gigantesques; il voyait tout en grand, sauf les difficultés et les hommes.

C'était d'ailleurs une luxuriante nature, un artiste d'instinct, un garçon spirituel, qui ne faisait pas un feu roulant de bons mots, mais s'escrimait plutôt en tirailleur. Dans les discussions, peu soucieux de la logique, rebelle au syllogisme, qu'il n'eût jamais inventé, il avait des coups à lui. Véritable casseur de vitres, il lançait en pleine poitrine des arguments *ad hominem* d'un effet sûr, et il aimait à défendre du bec et des pattes les causes désespérées.

Entre autres manies, il se proclamait "un ignorant sublime", comme Shakespeare, et faisait profession de mépriser les savants: "des gens, disait-il, qui ne font que marquer les points quand nous jouons la partie". C'était, en somme, un bohémien du pays des monts et merveilles, aventureux, mais non pas aventurier, un casse-cou, un Phaéton menant à fond de train le char du Soleil, un Icare avec

como poderosas e bem articuladas alavancas e uma atitude decidida faziam desse europeu um rapagão solidamente constituído, mais "forjado que fundido", para empregar uma das expressões da arte metalúrgica.

Os discípulos de Lavater ou de Gratiolet não teriam encontrado dificuldade para ver no crânio e na fisionomia desse personagem sinais indiscutíveis de combatividade, isto é, coragem diante do perigo e a tendência de suplantar obstáculos, mas também de afabilidade e de encantamento, instinto que faz com que certos temperamentos se apaixonem pelas coisas sobre-humanas. Mas em compensação faltavam-lhe totalmente as protuberâncias que indicam possessividade, essa necessidade de possuir e de adquirir.

Para terminar de descrever o tipo físico do passageiro do *Atlanta* é conveniente descrever suas roupas de formas largas, grandes nas cavas, suas calças e paletó de tal abundância de tecido que Michel Ardan denominava a si mesmo "a morte de tecidos", a gravata frouxa, o colarinho da camisa aberto mostrando um pescoço robusto, e os punhos invariavelmente desabotoados através dos quais escapavam mãos febris. Sentia-se que mesmo durante o inverno mais rigoroso esse homem jamais sentia frio — de jeito algum.

Além disso, ele andava de lá para cá no tombadilho do navio sem se deter em lugar nenhum, "navegando sobre suas amarras", como diziam os marinheiros, gesticulando, tratando a todos com intimidade, roendo as unhas com ávido nervosismo. Era um desses originais que o Criador inventa em um de seus momentos de fantasia e depois destrói o molde.

Na verdade, a personalidade moral de Michel Ardan proporcionava largo campo para as observações de um analista. Esse homem espantoso vivia em perpétua disposição para o exagero e ainda não ultrapassara a idade dos superlativos. Os objetos apareciam em sua retina com dimensões desmesuradas, provocando uma associação de ideias gigantescas. Via tudo em tamanho grande, com exceção das dificuldades dos homens.

Porém, era de natureza luxuriante, um artista nato, um moço de espírito que não costumava dizer palavras engraçadas, mas que ao conversar esgrimia em vez de atirar. Em suas discussões, pouco se importava com a lógica, rebelava-se contra os silogismos, que com certeza jamais teria inventado, mas suas tiradas eram absolutamente pessoais. Em verdade, passava por cima de tudo e lançava na cara do adversário alguns argumentos *ad hominem*[100] de efeito seguro. Adorava defender com unhas e dentes as causas desesperadas.

Entre outras manias, proclamava-se um ignorante sublime, como Shakespeare, e afirmava desprezar os sábios — gente que não faz mais que marcar os pontos enquanto jogamos a partida, dizia ele. Em suma, era um boêmio do país dos montes e das maravilhas, amava aventuras sem ser um aventureiro, era um imprudente, um Faetonte guiando a toda velocidade o carro do Sol[101], um Ícaro

---

[100] Um argumento *ad hominem* é uma falácia que usa o estratagema de desviar o assunto do foco principal para um assunto externo a ele; uma forte arma de retórica, apesar de não contar com bases lógicas. Traduzida literalmente, a expressão *ad hominem* significa "contra o homem". (N.T.)

[101] Segundo a mitologia grega, Faetonte era filho de Hélio e da ninfa Climene. Como seu pai prometera-lhe dar o que ele desejasse, pediu as rédeas do carro do Sol. Contudo, Faetonte não conseguiu manter a rota e ora subia, ora descia demais, correndo o risco de destruir a Terra. Zeus foi obrigado a interferir, fulminando-o com um raio. (N.T.)

des ailes de rechange. Du reste, il payait de sa personne et payait bien, il se jetait tête levée dans les entreprises folles, il brûlait ses vaisseaux avec plus d'entrain qu'Agathoclès, et, prêt à se faire casser les reins à toute heure, il finissait invariablement par retomber sur ses pieds, comme ces petits cabotins en moelle de sureau dont les enfants s'amusent.

En deux mots, sa devise était: *Quand même!* et l'amour de l'impossible sa "ruling passion[85]", suivant la belle expression de Pope.

Mais aussi, comme ce gaillard entreprenant avait bien les défauts de ses qualités! Qui ne risque rien n'a rien, dit-on. Ardan risqua souvent et n'avait pas davantage! C'était un bourreau d'argent, un tonneau des Danaïdes. Homme parfaitement désintéressé, d'ailleurs, il faisait autant de coups de cœur que de coups de tête; secourable, chevaleresque, il n'eût pas signé le "bon à pendre" de son plus cruel ennemi, et se serait vendu comme esclave pour racheter un Nègre.

En France, en Europe, tout le monde le connaissait, ce personnage brillant et bruyant. Ne faisait-il pas sans cesse parler de lui par les cent voix de la Renommée enrouées à son service? Ne vivait-il pas dans une maison de verre, prenant l'univers entier pour confident de ses plus intimes secrets? Mais aussi possédait-il une admirable collection d'ennemis, parmi ceux qu'il avait plus ou moins froissés, blessés, culbutés sans merci, en jouant des coudes pour faire sa trouée dans la foule.

Cependant on l'aimait généralement, on le traitait en enfant gâté. C'était, suivant l'expression populaire, "un homme à prendre ou à laisser", et on le prenait. Chacun s'intéressait à ses hardies entreprises et le suivait d'un regard inquiet. On le savait si imprudemment audacieux! Lorsque quelque ami voulait l'arrêter en lui prédisant une catastrophe prochaine: "La forêt n'est brûlée que par ses propres arbres", répondait-il avec un aimable sourire, et sans se douter qu'il citait le plus joli de tous les proverbes arabes.

Tel était ce passager de l'*Atlanta*, toujours agité, toujours bouillant sous l'action d'un feu intérieur, toujours ému, non de ce qu'il venait faire en Amérique — il n'y pensait même pas — mais par l'effet de son organisation fiévreuse. Si jamais individus offrirent un contraste frappant, ce furent bien le Français Michel Ardan et le Yankee Barbicane, tous les deux, cependant, entreprenants, hardis, audacieux à leur manière.

La contemplation à laquelle s'abandonnait le président du Gun-Club en présence de ce rival qui venait le reléguer au second plan fut vite interrompue

---

[85] Sa maîtresse passion.

com asas artificiais. De resto, arriscava até mesmo sua própria pessoa e se atirava de cabeça às empreitadas mais loucas, cortando sua própria retirada com mais entusiasmo que Agátocles[102], e pronto a arriscar a pele a todo o momento, invariavelmente acabava por se safar, caindo em pé como esses bonequinhos com que as crianças se divertem.

Em poucas palavras, seu lema era: *Que se dane!* E o amor pelo impossível era sua "paixão controladora", segundo a expressão de Pope[103].

Mas aquele rapagão empreendedor tinha tanto defeitos quanto qualidades! Como se diz por aí, quem não arrisca não petisca. E Ardam arriscava com frequência e nem por isso costumava ganhar! Para gastar dinheiro, era um tonel das Danaídes[104]. Homem totalmente desinteressado, fazia muitas asneiras, tanto sugeridas por seu coração quanto sugeridas por sua cabeça. Confiável e cavalheiresco, jamais condenaria ninguém, nem mesmo seu mais cruel inimigo, e seria capaz de vender a si mesmo como escravo para resgatar um negro.

Na França, em toda Europa, todos conheciam esse personagem brilhante e ruidoso. Não falavam nele sem cessar através das cem vozes da Fama, já roucos de tanto servi-lo? Não vivia ele em uma casa de vidro, tomando o universo inteiro como confidente de seus mais íntimos segredos? Mas ele também possuía uma admirável coleção de inimigos, pessoas que ele havia magoado, ferido ou derrubado sem dó nem piedade ao usar os cotovelos para abrir caminho pela multidão.

Contudo, em geral era amado, tratado como um garoto mimado. Segundo uma expressão popular, era um homem do tipo "ame-o ou deixe-o" e era amado. Todos se interessavam por seus projetos temerários e o seguiam inquietos. Sabiam que era imprudentemente audacioso! Quando algum amigo queria impedi-lo, predizendo uma catástrofe próxima, dizia: "A floresta só se queima com a lenha de suas próprias árvores". E sorria amavelmente, sem suspeitar que citava o mais belo de todos os provérbios árabes.

Era esse o passageiro do *Atlanta*, sempre agitado, sempre fervendo sob a ação de um fogo interior, sempre emocionado, não por causa do que fora fazer na América — nisso, nem mesmo pensava — mas devido ao seu organismo ardente. Jamais existiram dois indivíduos que oferecessem contraste mais impressionante que o francês Michel Ardan e o ianque Barbicane, ambos empreendedores, ousados e audaciosos, cada qual à sua maneira.

A contemplação à qual se abandonava o presidente do Clube do Canhão, e que na presença desse rival que o relegava ao segundo plano, logo foi interrompida

---

[102] Agátocles, nascido em Termas, filho de um humilde oleiro, acabou se tornando rei da Sicília e ficou conhecido como o tirano de Siracusa. (N.T.)
[103] Alexander Pope, grande poeta britânico nascido em 1688. (N.T.)
[104] Certo rei do Egito teve dois filhos: Egito e Dânao. Egito teve 50 filhos e Dânao, 50 filhas. Os primos não conseguiam conviver em paz e, por isso, estourou uma guerra civil. Egito exilou Dânao e suas filhas, que se refugiaram em Argos, onde Dânao acabou por assumir o poder. Ao receber essa notícia, temeroso de que o irmão lhe causasse problemas, Egito decidiu que seus filhos se casariam imediatamente com as filhas de seu irmão. Instruídas pelo pai, as moças se casaram e assassinaram seus maridos, com exceção de Hipermnestra, que se recusou a obedecer o pai e, por isso, foi aprisionada. Seu marido, Linceu, conseguiu fugir para um país vizinho, onde se tornou rei, invadiu o reino de Dânao, que foi morto, e libertou sua virtuosa esposa. As outras 49 irmãs, as Danaides, foram condenadas ao Tártaro a encher um imenso tonel até a borda, tarefa interminável, pois o tonel não possuía fundo. (N.T.)

par les hurrahs et les vivats de la foule. Ces cris devinrent même si frénétiques, et l'enthousiasme prit des formes tellement personnelles, que Michel Ardan, après avoir serré un millier de mains dans lesquelles il faillit laisser ses dix doigts, dut se réfugier dans sa cabine.

Barbicane le suivit sans avoir prononcé une parole.

— Vous êtes Barbicane? lui demanda Michel Ardan, dès qu'ils furent seuls et du ton dont il eût parlé à un ami de vingt ans.

— Oui, répondit le président du Gun-Club.

— Eh bien! Bonjour, Barbicane. Comment cela va-t-il? Très bien? Allons tant mieux! tant mieux!

— Ainsi, dit Barbicane, sans autre entrée en matière, vous êtes décidé à partir?

— Absolument décidé.

— Rien ne vous arrêtera?

— Rien. Avez-vous modifié votre projectile ainsi que l'indiquait ma dépêche?

— J'attendais votre arrivée. Mais, demanda Barbicane en insistant de nouveau, vous avez bien réfléchi?

— Réfléchi! est-ce que j'ai du temps à perdre? Je trouve l'occasion d'aller faire un tour dans la Lune, j'en profite, et voilà tout. Il me semble que cela ne mérite pas tant de réflexions.

Barbicane dévorait du regard cet homme qui parlait de son projet de voyage avec une légèreté, une insouciance si complète et une si parfaite absence d'inquiétudes.

— Mais au moins, lui dit-il, vous avez un plan, des moyens d'exécution?

— Excellents, mon cher Barbicane. Mais permettez-moi de vous faire une observation: j'aime autant raconter mon histoire une bonne fois, à tout le monde, et qu'il n'en soit plus question. Cela évitera des redites. Donc, sauf meilleur avis, convoquez vos amis, vos collègues, toute la ville, toute la Floride, toute l'Amérique, si vous voulez, et demain je serai prêt à développer mes moyens comme à répondre aux objections quelles qu'elles soient. Soyez tranquille, je les attendrai de pied ferme. Cela vous va-t-il?

— Cela me va, répondit Barbicane.

Sur ce, le président sortit de la cabine et fit part à la foule de la proposition de Michel Ardan. Ses paroles furent accueillies avec des trépignements et des grognements de joie. Cela coupait court à toute difficulté. Le lendemain chacun pourrait contempler à son aise le héros européen. Cependant certains spectateurs des plus entêtés ne voulurent pas quitter le pont de l'*Atlanta*; ils passèrent la nuit à bord. Entre autres, J. T. Maston avait vissé son crochet dans la lisse de la dunette, et il aurait fallu un cabestan pour l'en arracher.

— C'est un héros! un héros! s'écriait-il sur tous les tons, et nous ne sommes que des femmelettes auprès de cet Européen-là!

pelos hurras e vivas da multidão. Esses gritos se tornaram frenéticos e o entusiasmo tomou formas tão pessoais que Michel Ardan, depois de apertar um milhão de mãos nas quais que deixou seus dez dedos, precisou se refugiar em seus aposentos.

Barbicane o seguiu sem ter pronunciado uma única palavra.

— Você é Barbicane? perguntou Michel Ardan assim que ficaram sozinhos, no tom de quem falava com um amigo de vinte anos.

— Sim, respondeu o presidente do Clube do Canhão.

— Muito bem! Bom dia, Barbicane. Como vai? Tudo bem? Ainda bem! Ainda bem!

— Pois bem, disse Barbicane, sem procurar um meio melhor para abordar o assunto. Então você decidiu viajar?

— Estou absolutamente decidido.

— Não há nada que o impeça?

— Nada. Você modificou seu projétil como eu lhe indiquei em meu telegrama?

— Preferi esperar pela sua chegada. Mas você refletiu bastante?, perguntou Barbicane, insistindo mais uma vez.

— Refletir! Eis que eu tenho tempo a perder? Quando tenho a oportunidade de dar um passeio pela Lua eu aproveito e isso é tudo. Parece-me que isso não merece tanta reflexão.

Barbicane devorava com os olhos esse homem que falava de seu projeto de viagem com uma leveza, uma completa despreocupação e perfeita falta de inquietação.

— Mas ao menos você tem um plano, os meios de execução? Perguntou ele

— Excelentes, meu caro Barbicane. Porém, permita-me fazer uma observação: eu gostaria de contar minha história uma única vez, a todo o mundo, e não mais falar no assunto. Isso evitará repetições. Então, salvo melhor conselho, pode convocar seus amigos, seus colegas, a cidade inteira, toda a Flórida, toda a América se desejar, e amanhã estarei pronto para descrever meus meios e responder às objeções, sejam elas quais forem. Fique tranquilo, vou esperar a todos com pé firme. Está bem assim?

— Está bem, respondeu Barbicane.

Dito isso, o presidente saiu da cabina e participou à multidão a proposta de Michel Ardan. Suas palavras foram acolhidas com batidas de pés e grunhidos de alegria. Isso resolvia todas as dificuldades. No dia seguinte todos poderiam contemplar à vontade o herói europeu. No entanto, alguns espectadores mais teimosos não quiseram sair do tombadilho do *Atlanta* e passaram a noite a bordo. Entre outros, J. T. Maston, que prendera seu gancho no parapeito do castelo de popa e seria preciso um cabrestante para arrancá-lo da lá.

— É um herói! Um herói! Comparados com esse europeu, não passamos de mulherzinhas! exclamava ele em todos os tons.

Quant au président, après avoir convié les visiteurs à se retirer, il rentra dans la cabine du passager, et il ne la quitta qu'au moment où la cloche du steamer sonna le quart de minuit.

Mais alors les deux rivaux en popularité se serraient chaleureusement la main, et Michel Ardan tutoyait le président Barbicane.

Quanto ao presidente, depois de convidar os visitantes a se retirarem voltou aos aposentos do passageiro e não o deixou até o relógio do vapor tocar meia-noite e um quarto.

Mas então os dois rivais em popularidade já apertavam calorosamente as mãos um do outro e Michel Ardan tratava o presidente Barbicane com toda intimidade.

CHAPITRE XIX

UN MEETING

Le lendemain, l'astre du jour se leva bien tard au gré de l'impatience publique. On le trouva paresseux, pour un Soleil qui devait éclairer une semblable fête. Barbicane, craignant les questions indiscrètes pour Michel Ardan, aurait voulu réduire ses auditeurs à un petit nombre d'adeptes, à ses collègues, par exemple. Mais autant essayer d'endiguer le Niagara. Il dut donc renoncer à ses projets et laisser son nouvel ami courir les chances d'une conférence publique. La nouvelle salle de la Bourse de Tampa-Town, malgré ses dimensions colossales, fut jugée insuffisante pour la cérémonie, car la réunion projetée prenait les proportions d'un véritable meeting.

Le lieu choisit fut une vaste plaine située en dehors de la ville; en quelques heures on parvint à l'abriter contre les rayons du soleil; les navires du port riches en voiles, en agrès, en mâts de rechange, en vergues, fournirent les accessoires nécessaires à la construction d'une tente colossale. Bientôt un immense ciel de toile s'étendit sur la prairie calcinée et la défendit des ardeurs du jour. Là trois cent mille personnes trouvèrent place et bravèrent pendant plusieurs heures une température étouffante, en attendant l'arrivée du Français. De cette foule de spectateurs, un premier tiers pouvait voir et entendre; un second tiers voyait mal et n'entendait pas; quant au troisième, il ne voyait rien et n'entendait pas davantage. Ce ne fut cependant pas le moins empressé à prodiguer ses applaudissements.

À trois heures, Michel Ardan fit son apparition, accompagné des principaux membres du Gun-Club. Il donnait le bras droit au président Barbicane, et le bras gauche à J. T. Maston, plus radieux que le Soleil en plein midi, et presque aussi rutilant.

Ardan monta sur une estrade, du haut de laquelle ses regards s'étendaient sur un océan de chapeaux noirs. Il ne paraissait aucunement embarrassé; il ne posait pas; il était là comme chez lui, gai, familier, aimable. Aux

CAPÍTULO XIX
A ASSEMBLEIA

Devido à impaciência pública, no dia seguinte o astro do dia pareceu surgir bem tarde. Foi considerado um tanto preguiçoso para um Sol que devia iluminar uma festa como aquela. Temendo que fizessem perguntas indiscretas a Michel Ardan, Barbicane gostaria de ter reduzido o número de seus ouvintes a um pequeno grupo de adeptos, por exemplo, a seus colegas, mas teria sido mais fácil conter o Niágara. Portanto, teve que renunciar aos seus projetos e deixar seu novo amigo enfrentar os riscos de uma conferência pública. Apesar das dimensões colossais, a nova sala da Bolsa da cidade de Tampa foi considerada insuficiente para a cerimônia, pois a reunião projetada tomara as proporções de uma verdadeira assembleia.

O lugar escolhido foi uma vasta planície situada nos arredores da cidade. Em algumas horas, conseguiram abrigá-la dos raios do sol. Os navios do porto, ricos em velas, em equipamentos, em mastros sobressalentes e em vergas, forneceram todo o material necessário à construção de uma tenda colossal. Logo um imenso céu de lona se estendia sobre a planície calcinada e a defendia dos ardores do dia. Naquele local, esperando a chegada do francês, 3 mil pessoas encontraram lugar e aguentaram durante várias horas uma temperatura sufocante. Dessa multidão de espectadores, o primeiro terço podia ver e ouvir; o segundo terço via mal e não ouvia nada, quanto ao terceiro, não via nem ouvia absolutamente nada. Contudo, nem por isso estava menos disposto a prodigalizar seus aplausos.

Às três horas, Michel Ardan fez sua aparição, acompanhado pelos principais membros do Clube do Canhão. Ele dava o braço direito ao presidente Barbicane e o esquerdo a J. T. Maston, mais radioso que o Sol em pleno meio-dia, e quase tão cintilante.

Ardan subiu em um estrado e lá de cima seu olhar se estendeu sobre um oceano de chapéus negros. Ele não pareceu nem um pouco encabulado. Não era um impostor. Sentia-se ali como se estivesse em sua própria casa: alegre, familiar,

hurrahs qui l'accueillirent il répondit par un salut gracieux; puis, de la main, réclama le silence, il prit la parole en anglais, et s'exprima fort correctement en ces termes:

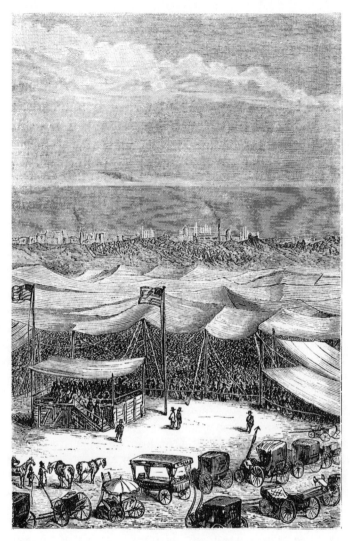

Le Meeting.

— Messieurs, dit-il, bien qu'il fasse très chaud, je vais abuser de vos moments pour vous donner quelques explications sur des projets qui ont paru vous intéresser. Je ne suis ni un orateur ni un savant, et je ne comptais point parler publiquement; mais mon ami Barbicane m'a dit que cela vous ferait plaisir, et je me suis dévoué. Donc, écoutez-moi avec vos six cent mille oreilles, et veuillez excuser les fautes de l'auteur.

Ce début sans façon fut fort goûté des assistants, qui exprimèrent leur contentement par un immense murmure de satisfaction.

amável. Aos hurras que o acolheram respondeu com uma saudação graciosa. Depois, pediu silêncio com um gesto. Falou em inglês e se exprimiu corretamente nos seguintes termos:

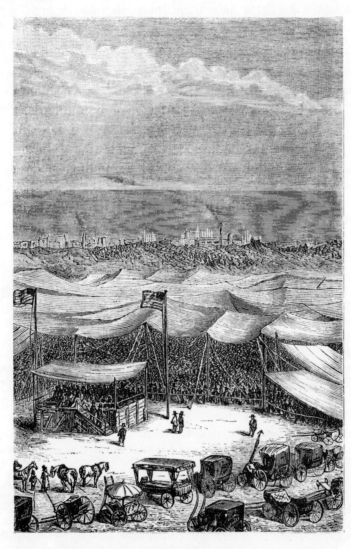

A Assembleia.

— Senhores, disse ele, apesar do calor excessivo, vou abusar de seus momentos para dar algumas explicações sobre os projetos que lhes pareceram interessantes. Não sou nem orador nem sábio e não esperava falar em público, mas meu amigo Barbicane afirmou que isso lhes daria prazer, então concordei. Portanto, peço-lhes me escutar com seus seiscentos ouvidos e desculpar os erros do autor.

Esse início sem cerimônia agradou muito a plateia, que exprimiu seu contentamento com um imenso murmúrio de satisfação.

— Messieurs, dit-il, aucune marque d'approbation ou d'improbation n'est interdite. Ceci convenu, je commence. Et d'abord, ne l'oubliez pas, vous avez affaire à un ignorant, mais son ignorance va si loin qu'il ignore même les difficultés. Il lui a donc paru que c'était chose simple, naturelle, facile, de prendre passage dans un projectile et de partir pour la Lune. Ce voyage-là devait se faire tôt ou tard, et quant au mode de locomotion adopté, il suit tout simplement la loi du progrès. L'homme a commencé par voyager à quatre pattes, puis, un beau jour, sur deux pieds, puis en charrette, puis en coche, puis en patache, puis en diligence, puis en chemin de fer; eh bien! le projectile est la voiture de l'avenir, et, à vrai dire, les planètes ne sont que des projectiles, de simples boulets de canon lancés par la main du Créateur. Mais revenons à notre véhicule. Quelques-uns de vous, messieurs, ont pu croire que la vitesse qui lui sera imprimée est excessive; il n'en est rien; tous les astres l'emportent en rapidité, et la Terre elle-même, dans son mouvement de translation autour du Soleil, nous entraîne trois fois plus rapidement. Voici quelques exemples. Seulement, je vous demande la permission de m'exprimer en lieues, car les mesures américaines ne me sont pas très familières, et je craindrais de m'embrouiller dans mes calculs.

La demande parut toute simple et ne souffrit aucune difficulté. L'orateur reprit son discours:

— Voici, messieurs, la vitesse des différentes planètes. Je suis obligé d'avouer que, malgré mon ignorance, je connais fort exactement ce petit détail astronomique; mais avant deux minutes vous serez aussi savants que moi. Apprenez donc que Neptune fait cinq mille lieues à l'heure; Uranus, sept mille; Saturne, huit mille huit cent cinquante-huit; Jupiter, onze mille six cent soixante-quinze; Mars, vingt-deux mille onze; la Terre, vingt-sept mille cinq cents; Vénus, trente-deux mille cent quatre-vingt-dix; Mercure, cinquante-deux mille cinq cent vingt; certaines comètes, quatorze cent mille lieues dans leur périhélie! Quant à nous, véritables flâneurs, gens peu pressés, notre vitesse ne dépassera pas neuf mille neuf cents lieues, et elle ira toujours en décroissant! Je vous demande s'il y a là de quoi s'extasier, et n'est-il pas évident que tout cela sera dépassé quelque jour par des vitesses plus grandes encore, dont la lumière ou l'électricité seront probablement les agents mécaniques?

Personne ne parut mettre en doute cette affirmation de Michel Ardan.

— Mes chers auditeurs, reprit-il, à en croire certains esprits bornés — c'est le qualificatif qui leur convient — l'humanité serait renfermée dans un cercle de Popilius qu'elle ne saurait franchir, et condamnée à végéter sur ce globe sans jamais pouvoir s'élancer dans les espaces planétaires! Il n'en est rien! On va aller à la Lune, on ira aux planètes, on ira aux étoiles, comme on va aujourd'hui de Liverpool à New York, facilement, rapidement, sûrement, et l'océan atmosphérique

— Senhores, disse ele, são permitidas todas as manifestações de aprovação ou desaprovação. Isso posto, vou começar. Antes de tudo, não se esqueçam de que estão tratando com um ignorante, e que essa ignorância é tão grande que até ignora as dificuldades. Portanto, pareceu-me algo simples, natural e fácil tomar lugar em um projétil e partir para a Lua. Essa viagem seria feita mais cedo ou mais tarde, e quanto ao modo de locomoção adotado, simplesmente segue a lei do progresso. O homem começou a viajar em quatro patas, depois, um belo dia sobre dois pés, a seguir em uma carroça, logo em uma carruagem, em seguida em um barco, após em uma diligência, e posteriormente por estrada de ferro. Pois bem! O projétil é o veículo do futuro. Para dizer a verdade, os planetas não passam de projéteis, simples balas de canhão lançadas pelas mãos do Criador. Mas voltemos ao nosso veículo. Alguns de vocês acreditam que a velocidade que lhe será impressa é excessiva, mas ela não é. Todos os astros têm grande velocidade e a própria Terra, em seu movimento de translação em torno do Sol, nos leva três vezes mais depressa. Eis aqui alguns exemplos. Somente, peço-lhes permissão para me exprimir em léguas, pois não estou muito familiarizado com as medidas americanas e temo me atrapalhar em meus cálculos.

O pedido pareceu muito simples e não colocaram nenhum obstáculo. O orador retomou seu discurso:

— Vejam, senhores, eis aqui a velocidade dos diferentes planetas. Sou obrigado a admitir que apesar de minha ignorância conheço perfeitamente esse pequeno detalhe astronômico. Mas antes que dois minutos se passem, vocês saberão tanto quanto eu. Saibam então que Netuno desloca-se a cinco mil léguas por hora; Urano a sete mil; Saturno a 8.858; Júpiter a 11.675; Marte a 22.011; a Terra a 27.500; Vênus a 32.190; Mercúrio a 52.500 léguas e certos cometas a 1.400.000 léguas, em seu periélio! Quanto a nós, verdadeiros transeuntes, gente pouco apressada, nossa velocidade não ultrapassará 9.900 léguas e ela irá prosseguir, decrescendo sempre! Eu lhes pergunto se realmente há motivo de espanto e, se não é evidente, que tudo isso algum dia será ultrapassado por velocidades ainda maiores, das quais a luz ou a eletricidade provavelmente serão os agentes mecânicos.

Ninguém pareceu colocar em dúvida essa afirmação de Michel Ardan.

— Meus caros ouvintes, continuou ele, se acreditarmos em certos espíritos limitados — é esse o adjetivo que lhes convém — a humanidade estaria encerrada em um círculo de Popílio que não saberia como atravessar, condenada a vegetar neste globo sem jamais poder se lançar aos espaços planetários[105]! Mas não é nada assim! Vamos à Lua, aos outros planetas e às estrelas do modo como hoje vamos de Liverpool a Nova York: de modo fácil, rapidamente e com toda a segurança, e o oceano atmosférico logo será

---

[105] Referência a Caio Popílio Lenate, cônsul romano na época em que o rei Antíoco IV invadiu o Egito. O faraó Ptolomeu pediu auxílio a Roma, que enviou o cônsul Popílio para se encontrar com Antíoco. Nesse encontro, Popílio lhe ordenou que acabasse com a guerra e voltasse para a Síria. Antíoco riu e disse: "Como vai me obrigar a voltar? Onde está seu exército?" Popílio então afirmou que não havia necessidade de nenhum exército, pois ele próprio representava tudo o que Roma já fora, era no momento e seria no futuro. Em seguida pegou um graveto, traçou um círculo em torno do rei e disse: "Antes de cruzar esse círculo, eu o aconselho a pensar novamente. E ao cruzá-lo, melhor seria tomar o caminho da Síria". O conselho foi aceito por Antíoco. (N.T.)

sera bientôt traversé comme les océans de la Lune! La distance n'est qu'un mot relatif, et finira par être ramenée à zéro.

L'assemblée, quoique très montée en faveur du héros français, resta un peu interdite devant cette audacieuse théorie. Michel Ardan parut le comprendre.

— Vous ne semblez pas convaincus, mes braves hôtes, reprit-il avec un aimable sourire. Eh bien! raisonnons un peu. Savez-vous quel temps il faudrait à un train express pour atteindre la Lune? Trois cents jours. Pas davantage. Un trajet de quatre-vingt-six mille quatre cent dix lieues, mais qu'est-ce que cela? Pas même neuf fois le tour de la Terre, et il n'est point de marins ni de voyageurs un peu dégourdis qui n'aient fait plus de chemin pendant leur existence. Songez donc que je ne serai que quatre-vingt-dix-sept heures en route! Ah! vous vous figurez que la Lune est éloignée de la Terre et qu'il faut y regarder à deux fois avant de tenter l'aventure! Mais que diriez-vous donc s'il s'agissait d'aller à Neptune, qui gravite à onze cent quarante-sept millions de lieues du Soleil? Voilà un voyage que peu de gens pourraient faire, s'il coûtait seulement cinq sols par kilomètre! Le baron de Rothschild lui-même, avec son milliard, n'aurait pas de quoi payer sa place, et faute de cent quarante-sept millions, il resterait en route!

Cette façon d'argumenter parut beaucoup plaire à l'assemblée; d'ailleurs Michel Ardan, plein de son sujet, s'y lançait à corps perdu avec un entrain superbe; il se sentait avidement écouté, et reprit avec une admirable assurance:

— Eh bien! mes amis, cette distance de Neptune au Soleil n'est rien encore, si on la compare à celle des étoiles; en effet, pour évaluer l'éloignement de ces astres, il faut entrer dans cette numération éblouissante où le plus petit nombre a neuf chiffres, et prendre le milliard pour unité. Je vous demande pardon d'être si ferré sur cette question, mais elle est d'un intérêt palpitant. Écoutez et jugez! Alpha du Centaure est à huit mille milliards de lieues, Wega à cinquante mille milliards, Sirius à cinquante mille milliards, Arcturus à cinquante-deux mille milliards, la Polaire à cent dix-sept mille milliards, la Chèvre à cent soixante-dix mille milliards, les autres étoiles à des mille et des millions et des milliards de milliards de lieues! Et l'on viendrait parler de la distance qui sépare les planètes du Soleil! Et l'on soutiendrait que cette distance existe! Erreur! fausseté! aberration des sens! Savez-vous ce que je pense de ce monde qui commence à l'astre radieux et finit à Neptune? Voulez-vous connaître ma théorie? Elle est bien simple! Pour moi, le monde solaire est un corps solide, homogène; les planètes qui le composent se pressent, se touchent, adhèrent, et l'espace existant entre elles n'est que l'espace qui sépare les molécules du métal le plus compacte, argent ou fer, or ou platine! J'ai donc le droit d'affirmer, et je répète avec une conviction qui vous pénétrera tous: La distance est un vain mot, la distance n'existe pas!

— Bien dit! Bravo! Hurrah! s'écria d'une seule voix l'assemblée électrisée par le geste, par l'accent de l'orateur, par la hardiesse de ses conceptions.

— Non! s'écria J. T. Maston plus énergiquement que les autres, la distance n'existe pas!

Et, emporté par la violence de ses mouvements, par l'élan de son corps qu'il eut peine à maîtriser, il faillit tomber du haut de l'estrade sur le sol. Mais

atravessado como os oceanos da Lua! A distância não é mais que uma palavra relativa e acabará por ser reduzida a zero.

Apesar de se mostrar favorável ao herói francês, a assembleia ficou um pouco atônita diante dessa teoria audaciosa. Michel Ardan pareceu notar.

— Vocês não me parecem convencidos, meus bravos anfitriões, continuou ele com um sorriso amável. Pois bem! Tracemos algumas considerações. Sabem quanto tempo levaria um trem expresso para chegar à Lua? Trezentos dias. Nada mais. Um trajeto de 86.410 léguas. Mas o que é isso? Menos de nove vezes a circunferência da Terra, e não existe um marinheiro ou um viajante que não tenham viajado mais que isso durante sua existência. Pois pensem que me serão necessárias apenas 24 horas de viagem! Ah! Vocês acham que a Lua está muito longe da Terra e que é melhor pensar duas vezes antes de tentar a aventura! Mas o que diriam se estivéssemos pensando em ir a Netuno, que gravita a 1.147.000 léguas do Sol? Essa é que é uma viagem que pouca gente poderia fazer, ainda que não custasse mais que cinco soldos por quilômetro! O próprio barão Rothschild, com seus milhões, não teria como pagar sua passagem, pois lhe faltariam 147 milhões!

Esse modo de argumentar pareceu agradar muito a plateia. Além disso, dominado como estava pelo assunto, Michel Ardan se lançava à argumentação de corpo de alma, com soberbo entusiasmo. Sentia-se ouvido com avidez e continuou com admirável segurança:

— Muito bem! Meus amigos, essa distância de Netuno ao Sol ainda não é nada, comparada a das estrelas. Na verdade, para avaliar a distância desses astros é preciso entrar nessa numeração impressionante onde o número menor tem nove algarismos, e tomar o bilhão como unidade. Peço-lhes que me perdoem por me mostrar tão íntimo desse assunto, mas ele tem interesse palpitante. Ouçam e julguem! Alfa, da constelação do Centauro está a 8 trilhões de léguas, Vega a 50 trilhões, Sirius a 50 trilhões, Arturus a 52 trilhões, a estrela Polar a 117 trilhões, a Cabra a 70 trilhões, as outras estrelas a mil bilhões e bilhões de bilhões de léguas! E falamos da distância que separa os planetas do Sol! E sustentamos que essa distância existe! Erro! Falsidade! Aberração dos sentidos! Sabem o que eu acho deste mundo que começa com o astro radioso e termina com Netuno? Desejam saber minha teoria? Pois ela é bem simples! Para mim, o mundo solar é um corpo sólido, homogêneo. Os planetas que o compõem se apertam, se tocam, aderem, e o espaço existente entre eles não é maior que o espaço que o espaço que separa as moléculas do metal mais compacto — prata ou ferro, ouro ou platina! Então, tenho o direito de afirmar e repito com uma convicção que se comunicará a todos vocês: A distância é uma palavra vã. A distância não existe!

— Muito bem! Bravo! Hurra! exclamou a uma só voz a assembleia eletrizada pelo gesto, pelo sotaque do orador e pela ousadia de suas concepções.

— Não! exclamou J. T Maston com mais energia que os outros. A distância não existe!

E levado pela violência de seus movimentos e pelo entusiasmo de seu corpo que mal conseguia conter, quase caiu do alto do estrado. Mas conseguiu

il parvint à retrouver son équilibre, et il évita une chute qui lui eût brutalement prouvé que la distance n'était pas un vain mot. Puis le discours de l'entraînant orateur reprit son cours.

Les trains de projectiles pour la Lune.

— Mes amis, dit Michel Ardan, je pense que cette question est maintenant résolue. Si je ne vous ai pas convaincus tous, c'est que j'ai été timide dans mes démonstrations, faible dans mes arguments, et il faut en accuser l'insuffisance de mes études théoriques. Quoi qu'il en soit, je vous le répète, la distance de la Terre à son satellite est réellement peu importante et indigne de préoccuper un esprit sérieux. Je ne crois donc pas trop m'avancer en disant qu'on établira prochainement des trains de projectiles, dans lesquels se fera commodément le voyage de la Terre à la Lune. Il n'y aura ni choc, ni secousse, ni déraillement à craindre, et

recuperar o equilíbrio e evitou uma queda que, de modo brutal, teria provado que a distância não era uma palavra vã. Depois disso, o atraente orador continuou seu discurso.

Os trens de projéteis para a Lua.

— Meus amigos, disse Michel Ardan, creio que essa questão já foi resolvida. Se não os convenci foi por ter sido tímido em minhas demonstrações e fraco em minha argumentação, e devo ser acusado de insuficiência em meus estudos teóricos. Seja como for, repito: a distância da Terra ao seu satélite realmente é pouco importante e indigna de preocupar um espírito sério. Acredito não exagerar ao dizer que em pouco tempo estabeleceremos trens de projéteis nos quais comodamente viajaremos da Terra à Lua. Não haverá choques, abalos nem descarrilamentos a temer, e chegaremos rapidamente

l'on atteindra le but rapidement, sans fatigue, en ligne droite, "à vol d'abeille", pour parler le langage de vos trappeurs. Avant vingt ans, la moitié de la Terre aura visité la Lune!

— Hurrah! hurrah pour Michel Ardan! s'écrièrent les assistants, même les moins convaincus.

— Hurrah pour Barbicane! répondit modestement l'orateur.

Cet acte de reconnaissance envers le promoteur de l'entreprise fut accueilli par d'unanimes applaudissements.

— Maintenant, mes amis, reprit Michel Ardan, si vous avez quelque question à m'adresser, vous embarrasserez évidemment un pauvre homme comme moi, mais je tâcherai cependant de vous répondre.

Jusqu'ici, le président du Gun-Club avait lieu d'être très-satisfait de la tournure que prenait la discussion. Elle portait sur ces théories spéculatives dans lesquelles Michel Ardan, entraîné par sa vive imagination, se montrait fort brillant. Il fallait donc l'empêcher de dévier vers les questions pratiques, dont il se fût moins bien tiré, sans doute. Barbicane se hâta de prendre la parole, et il demanda à son nouvel ami s'il pensait que la Lune ou les planètes fussent habitées.

— C'est un grand problème que tu me poses là, mon digne président, répondit l'orateur en souriant; cependant, si je ne me trompe, des hommes de grande intelligence, Plutarque, Swedenborg, Bernardin de Saint-Pierre et beaucoup d'autres se sont prononcés pour l'affirmative. En me plaçant au point de vue de la philosophie naturelle, je serais porté à penser comme eux; je me dirais que rien d'inutile n'existe en ce monde, et, répondant à ta question par une autre question, ami Barbicane, j'affirmerais que si les mondes sont habitables, ou ils sont habités, ou ils l'ont été, ou ils le seront.

— Très-bien! s'écrièrent les premiers rangs des spectateurs, dont l'opinion avait force de loi pour les derniers.

— On ne peut répondre avec plus de logique et de justesse, dit le président du Gun-Club. La question revient donc à celle-ci: Les mondes sont-ils habitables? Je le crois, pour ma part.

— Et moi, j'en suis certain, répondit Michel Ardan.

— Cependant, répliqua l'un des assistants, il y a des arguments contre l'habitabilité des mondes. Il faudrait évidemment dans la plupart que les principes de la vie fussent modifiés. Ainsi, pour ne parler que des planètes, on doit être brûlé dans les unes et gelé dans les autres, suivant qu'elles sont plus ou moins éloignées du Soleil.

— Je regrette, répondit Michel Ardan, de ne pas connaître personnellement mon honorable contradicteur, car j'essaierais de lui répondre. Son objection a sa valeur, mais je crois qu'on peut la combattre avec quelque succès, ainsi que toutes celles dont l'habitabilité des mondes a été l'objet. Si j'étais physicien, je dirais que, s'il y a moins de calorique mis en mouvement dans les planètes voisines du Soleil, et plus, au contraire, dans les planètes éloignées, ce simple phénomène suffit pour équilibrer la chaleur et rendre la température de ces

ao final da viagem sem cansaço — em linha reta, "a voo de abelha", para falar a linguagem dos caçadores americanos. Antes de vinte anos, metade da Terra terá visitado a Lua!

— Hurra! Hurra para Michel Ardan! exclamaram os presentes, até os menos convencidos.

— Hurra para Barbicane! respondeu modestamente o orador.

Esse ato de reconhecimento para com o promotor da empresa foi acolhido por aplausos unânimes.

— Agora, meus amigos, continuou Michel Ardan, se vocês desejarem fazer perguntas, evidentemente vão embaraçar um pobre homem como eu, mas apesar disso tentarei responder.

Até aquele momento, o presidente do Clube do Canhão só tivera motivos para se sentir muito satisfeito com o rumo que a discussão tomava. Só haviam sido abordadas teorias especulativas em que, levado por sua viva imaginação, Michel Ardan se mostrava absolutamente brilhante. Diante disso, era preciso impedi-lo de se desviar para as questões práticas nas quais ele certamente não se sairia tão bem. Barbicane se apressou a tomar a palavra e perguntou ao seu novo amigo se ele acreditava que a Lua ou os planetas eram habitados.

— Este é um grande problema que me coloca à frente, meu digno presidente, respondeu sorrindo o orador. Contudo, se não me engano, homens de grande inteligência, como Plutarco, Swedenborg, Bernardin de Saint-Pierre e vários outros se pronunciaram pela afirmativa. Encarando a questão sob o ponto de vista da filosofia natural, eu seria levado a pensar como eles e diria que não existe nada que seja inútil neste mundo, e respondendo à sua pergunta, amigo Barbicane, eu afirmaria que se os mundos forem habitáveis, ou eles o são, ou foram ou serão.

— Muito bem! Exclamaram as primeiras filas de espectadores, cuja opinião tinha força de lei para os últimos.

— Impossível responder com mais lógica e justeza, disse o presidente do Clube do Canhão. Então a pergunta deve ser a seguinte: Os mundos são habitáveis? De minha parte, acredito que sim.

— Quanto a mim, tenho certeza, respondeu Michel Ardan.

— Mas há argumentos contra a habitabilidade dos mundos, replicou um dos assistentes. E é evidente que, em sua maior parte, os princípios da vida precisariam ser modificados. Isso sem falar que em alguns planetas seríamos queimados, em outros gelados, dependendo de quanto estão mais próximos ou mais afastados do Sol.

— Sinto não conhecer pessoalmente o honrado cidadão que me contradiz, respondeu Michel Ardan, mas tentarei responder. Sua objeção tem valor, mas creio que podemos combatê-la com algum sucesso, assim como todas as que tratam da habitabilidade dos mundos. Se eu fosse físico diria que há menos valor calórico em movimento nos planetas vizinhos do Sol e, ao contrário, mais nos planetas mais afastados. Esse simples fenômeno é suficiente para equilibrar o calor e tornar a temperatura desses mundos mais suportáveis para

mondes supportable à des êtres organisés comme nous le sommes. Si j'étais naturaliste, je lui dirais, après beaucoup de savants illustres, que la nature nous fournit sur la terre des exemples d'animaux vivant dans des conditions bien diverses d'habitabilité; que les poissons respirent dans un milieu mortel aux autres animaux; que les amphibies ont une double existence assez difficile à expliquer; que certains habitants des mers se maintiennent dans les couches d'une grande profondeur et y supportent sans être écrasés des pressions de cinquante ou soixante atmosphères; que divers insectes aquatiques, insensibles à la température, se rencontrent à la fois dans les sources d'eau bouillante et dans les plaines glacées de l'océan Polaire; enfin, qu'il faut reconnaître à la nature une diversité dans ses moyens d'action souvent incompréhensible, mais non moins réelle, et qui va jusqu'à la toute-puissance. Si j'étais chimiste, je lui dirais que les aérolithes, ces corps évidemment formés en dehors du monde terrestre, ont révélé à l'analyse des traces indiscutables de carbone; que cette substance ne doit son origine qu'à des êtres organisés, et que, d'après les expériences de Reichenbach, elle a dû être nécessairement "animalisée". Enfin, si j'étais théologien, je lui dirais que la Rédemption divine semble, suivant saint Paul, s'être appliquée non-seulement à la Terre, mais à tous les mondes célestes. Mais je ne suis ni théologien, ni chimiste, ni naturaliste, ni physicien. Aussi, dans ma parfaite ignorance des grandes lois qui régissent l'univers, je me borne à répondre: Je ne sais pas si les mondes sont habités, et, comme je ne le sais pas, je vais y voir!

L'adversaire des théories de Michel Ardan hasarda-t-il d'autres arguments? Il est impossible de le dire, car les cris frénétiques de la foule eussent empêché toute opinion de se faire jour. Lorsque le silence se fut rétabli jusque dans les groupes les plus éloignés, le triomphant orateur se contenta d'ajouter les considérations suivantes:

— Vous pensez bien, mes braves Yankees, qu'une si grande question est à peine effleurée par moi; je ne viens point vous faire ici un cours public et soutenir une thèse sur ce vaste sujet. Il y a toute une autre série d'arguments en faveur de l'habitabilité des mondes. Je la laisse de côté. Permettez-moi seulement d'insister sur un point. Aux gens qui soutiennent que les planètes ne sont pas habitées, il faut répondre: Vous pouvez avoir raison, s'il est démontré que la Terre est le meilleur des mondes possible, mais cela n'est pas, quoi qu'en ait dit Voltaire. Elle n'a qu'un satellite, quand Jupiter, Uranus, Saturne, Neptune, en ont plusieurs à leur service, avantage qui n'est point à dédaigner. Mais ce qui rend surtout notre globe peu confortable, c'est l'inclinaison de son axe sur son orbite. De là l'inégalité des jours et des nuits; de là cette diversité fâcheuse des saisons. Sur notre malheureux sphéroïde, il fait toujours trop chaud ou trop froid; on y gèle en hiver, on y brûle en été; c'est la planète aux rhumes, aux coryzas et aux fluxions de poitrine, tandis qu'à la surface de Jupiter, par exemple, où l'axe est très peu incliné[86], les habitants pourraient jouir de températures invariables; il y a la zone des printemps, la zone des étés, la zone des automnes et la zone des hivers perpétuels; chaque Jovien peut choisir le climat qui lui plaît et se mettre pour toute sa vie à l'abri des variations de la température. Vous conviendrez sans peine de cette supériorité de Jupiter sur notre planète, sans parler de ses

---

[86] L'inclinaison de l'axe de Jupiter sur son orbite n'est que de 3° 5'.

seres organizados como nós somos. Se eu fosse naturalista, diria que de acordo com sábios ilustres, aqui na Terra a natureza nos dá exemplos de animais que vivem em condições muito diversas de habitabilidade, que os peixes respiram em um meio mortal aos outros animais, que os anfíbios possuem uma dupla existência bastante difícil de explicar, que certos habitantes do mar se mantêm em certas camadas de grande profundidade e ali aguentam pressões de 50 ou 60 atmosferas sem serem esmagados, que diversos insetos aquáticos, insensíveis à temperatura, são encontrados ao mesmo tempo nas fontes de água fervente e nas planícies geladas do oceano polar. Enfim, deve-se reconhecer que frequentemente a natureza tem uma diversidade de meios de agir que é incompreensível, porém não menos real, e que chega ao seu poder total. Se eu fosse químico, diria que os aerólitos, corpos evidentemente formados fora do mundo terrestre, depois de analisados revelaram traços indiscutíveis de carbono, e que essa substância só deve sua origem aos seres organizados, e que, segundo experiências de Reichenbach, deve necessariamente ser "animalizada". Enfim, se eu fosse teólogo, diria que de acordo com são Paulo, a Redenção divina parece se aplicar não somente à Terra, mas a todos os mundos celestes. Mas não sou nem teólogo, nem químico, nem naturalista, nem físico. Então, em minha perfeita ignorância das grandes leis que regem o universo, limito-me a responder: euu não sei se os mundos são habitados, e como não sei vou verificar!

    O adversário das teorias de Michel Ardan apresentou outros argumentos? Impossível dizer, pois os gritos frenéticos da multidão impediram que fosse ouvida qualquer opinião. Assim que o silêncio foi restabelecido até nos grupos mais afastados, o triunfante orador se contentou em acrescentar as seguintes considerações:

    — Meus bravos ianques, vocês devem julgar que eu abordei essa questão tão importante de modo muito superficial. Mas não vim para cá para dar um curso público, nem para defender uma tese sobre esse assunto tão vasto. Deixei de lado a outra série de argumentos em favor da habitabilidade dos mundos. Permitam-me apenas insistir em um ponto. É preciso responder o seguinte para as pessoas que sustentem que os planetas não são habitados: Talvez vocês tenham razão, mas apesar do que Voltaire falou, na verdade não é assim. A Terra só tem um satélite, enquanto Júpiter, Urano, Saturno e Netuno têm vários aos seus serviços, uma vantagem de não se deve desdenhar. Porém, o que realmente torna nosso globo mais desconfortável é a inclinação do eixo sobre sua órbita. Vem daí a desigualdade dos dias e das noites, daí a incômoda diversidade das estações. Em nosso desafortunado esferóide, faz calor demais ou frio demais. Gela-se no inverno e queima-se no verão. Este é o planeta das gripes, das corizas e das afecções pulmonares, enquanto que na superfície de Júpiter, por exemplo, onde o eixo é muito pouco inclinado[106], os habitantes poderiam gozar de temperaturas invariáveis. Há a zona das primaveras, a zona dos verões, a zona dos outonos e a zona dos invernos perpétuos. Cada habitante de Júpiter pode escolher o clima que mais lhe agrade e se colocar durante toda vida ao abrigo das variações de temperatura. Você hão de convir que essa é uma superioridade de Júpiter sobre

---

[106]   A inclinação do eixo de Júpiter sobre sua órbita é apenas de 3° 5'.

années, qui durent douze ans chacune! De plus, il est évident pour moi que, sous ces auspices et dans ces conditions merveilleuses d'existence, les habitants de ce monde fortuné sont des êtres supérieurs, que les savants y sont plus savants, que les artistes y sont plus artistes, que les méchants y sont moins méchants, et que les bons y sont meilleurs. Hélas! que manque-t-il à notre sphéroïde pour atteindre cette perfection? Peu de chose! Un axe de rotation moins incliné sur le plan de son orbite.

— Eh bien! s'écria une voix impétueuse, unissons nos efforts, inventons des machines et redressons l'axe de la Terre!

Un tonnerre d'applaudissements éclata à cette proposition, dont l'auteur était et ne pouvait être que J. T. Maston. Il est probable que le fougueux secrétaire avait été emporté par ses instincts d'ingénieur à hasarder cette hardie proposition. Mais, il faut le dire, car c'est la vérité, beaucoup l'appuyèrent de leurs cris, et sans doute, s'ils avaient eu le point d'appui réclamé par Archimède, les Américains auraient construit un levier capable de soulever le monde et de redresser son axe. Mais le point d'appui, voilà ce qui manquait à ces téméraires mécaniciens.

Néanmoins, cette idée "éminemment pratique" eut un succès énorme; la discussion fut suspendue pendant un bon quart d'heure, et longtemps, bien longtemps encore, on parla dans les États-Unis d'Amérique de la proposition formulée si énergiquement par le secrétaire perpétuel du Gun-Club.

nosso planeta, sem falar dos seus anos, que duram 12 dos nossos! Além disso, para mim está evidente que, com esses auspícios e nessas maravilhosas condições de existência, nesse mundo afortunado os habitantes são seres superiores, os sábios são mais sábios, os artistas são mais artistas, os maus são menos maus e os bons são ainda melhores. Ai de mim! O que falta para que nosso esferóide atinja a perfeição? Pouca coisa. Um eixo de rotação menos inclinado sobre o plano de sua órbita.

— Pois bem! Exclamou uma voz impetuosa, unamos nossos esforços, inventemos algumas máquinas e alteremos o eixo da Terra!

Uma torrente de aplausos estourou diante dessa proposta cujo autor só poderia ser J. T. Maston. É provável que o fogoso secretário tenha sido levado por seus instintos de engenheiro para sugerir esse plano audacioso. Mas é preciso dizer, porque é a verdade, que muitos o apoiaram com seus gritos e não há dúvida de que se tivessem o ponto de apoio demonstrado por Arquimedes os americanos teriam construído uma alavanca com capacidade para levantar o mundo e alterar seu eixo. Mas faltava esse ponto de apoio para aqueles temerários americanos.

No entanto, essa ideia "eminentemente prática" teve um sucesso enorme. A discussão foi suspensa durante pelo menos um quarto de hora e durante muito, muito tempo se falou nos Estados Unidos a respeito da proposta formulada de modo tão enérgico pelo secretário perpétuo do Clube do Canhão.

CHAPITRE XX
ATTAQUE ET RIPOSTE.

Cet incident semblait devoir terminer la discussion. C'était le "mot de la fin", et l'on n'eût pas trouvé mieux. Cependant, quand l'agitation se fut calmée, on entendit ces paroles prononcées d'une voix forte et sévère:

— Maintenant que l'orateur a donné une large part à la fantaisie, voudra--t-il bien rentrer dans son sujet, faire moins de théories et discuter la partie pratique de son expédition?

Tous les regards se dirigèrent vers le personnage qui parlait ainsi. C'était un homme maigre, sec, d'une figure énergique, avec une barbe taillée à l'américaine qui foisonnait sous son menton. À la faveur des diverses agitations produites dans l'assemblée, il avait peu à peu gagné le premier rang des spectateurs. Là, les bras croisés, l'œil brillant et hardi, il fixait imperturbablement le héros du meeting. Après avoir formulé sa demande, il se tut et ne parut pas s'émouvoir des milliers de regards qui convergeaient vers lui, ni du murmure désapprobateur excité par ses paroles. La réponse se faisant attendre, il posa de nouveau sa question avec le même accent net et précis, puis il ajouta:

— Nous sommes ici pour nous occuper de la Lune et non de la Terre.

— Vous avez raison, monsieur, répondit Michel Ardan, la discussion s'est égarée. Revenons à la Lune.

— Monsieur, reprit l'inconnu, vous prétendez que notre satellite est habité. Bien. Mais s'il existe des Sélénites, ces gens-là, à coup sûr, vivent sans respirer, car — je vous en préviens dans votre intérêt — il n'y a pas la moindre molécule d'air à la surface de la Lune.

À cette affirmation, Ardan redressa sa fauve crinière; il comprit que la lutte allait s'engager avec cet homme sur le vif de la question. Il le regarda fixement à son tour, et dit:

CAPÍTULO XX
ATAQUE E RESPOSTA

Parecia que esse incidente devia terminar a discussão. Aquela era a "palavra final" e não poderíamos encontrar outra melhor. Mas quando a agitação se acalmou, foram ouvidas as seguintes palavras, pronunciadas com voz forte e severa:

— Agora que o orador já deu largas à sua fantasia, seria interessante se ele entrasse no assunto sem se ater a teorias e discutisse a parte prática de sua expedição.

Todos os olhares se dirigiram para o personagem que acabara de falar. Era um homem magro, seco, de aparência enérgica, com a barba cortada ao estilo americano, farta sob o queixo. Favorecido pelas diversas agitações surgidas na assembleia, pouco a pouco chegara até a primeira fila de espectadores. Ali, com os braços cruzados, olhar brilhante e audaz, fixava de modo imperturbável o herói do espetáculo. Calou-se depois de formular sua pergunta e pareceu não se incomodar com os olhares que convergiram para ele, nem com o murmúrio de desaprovação provocado por suas palavras. A resposta demorava. Ele repetiu a pergunta com a mesma entonação nítida e precisa, e depois acrescentou:

— Estamos aqui para nos ocupar da Lua, não da Terra.

— Tem razão, meu senhor, respondeu Michel Ardan. A discussão se desviou. Voltemos à Lua.

— O senhor afirma que nosso satélite é habitado, continuou o desconhecido. Mas se existem selenitas, eles certamente vivem sem respirar, pois — aviso-lhe em seu próprio interesse — não existe a menor molécula de ar na superfície da Lua.

Diante dessa afirmação, Ardan sacudiu a juba avermelhada. Compreendera a luta que teria com aquele homem sobre a parte nevrálgica da questão. Ele também o olhou fixamente e disse:

— Ah! il n'y a pas d'air dans la Lune! Et qui prétend cela, s'il vous plaît?

— Les savants.

— Vraiment?

— Vraiment.

— Monsieur, reprit Michel, toute plaisanterie à part, j'ai une profonde estime pour les savants qui savent, mais un profond dédain pour les savants qui ne savent pas.

— Vous en connaissez qui appartiennent à cette dernière catégorie?

— Particulièrement. En France, il y en a un qui soutient que "mathématiquement" l'oiseau ne peut pas voler, et un autre dont les théories démontrent que le poisson n'est pas fait pour vivre dans l'eau.

— Il ne s'agit pas de ceux-là, monsieur, et je pourrais citer à l'appui de ma proposition des noms que vous ne récuseriez pas.

— Alors, monsieur, vous embarrasseriez fort un pauvre ignorant qui, d'ailleurs, ne demande pas mieux que de s'instruire!

— Pourquoi donc abordez-vous les questions scientifiques si vous ne les avez pas étudiées? demanda l'inconnu assez brutalement.

— Pourquoi! répondit Ardan. Par la raison que celui-là est toujours brave qui ne soupçonne pas le danger! Je ne sais rien, c'est vrai, mais c'est précisément ma faiblesse qui fait ma force.

— Votre faiblesse va jusqu'à la folie, s'écria l'inconnu d'un ton de mauvaise humeur.

— Eh! tant mieux, riposta le Français, si ma folie me mène jusqu'à la Lune!

Barbicane et ses collègues dévoraient des yeux cet intrus qui venait si hardiment se jeter au travers de l'entreprise. Aucun ne le connaissait, et le président, peu rassuré sur les suites d'une discussion si franchement posée, regardait son nouvel ami avec une certaine appréhension. L'assemblée était attentive et sérieusement inquiète, car cette lutte avait pour résultat d'appeler son attention sur les dangers ou même les véritables impossibilités de l'expédition.

— Monsieur, reprit l'adversaire de Michel Ardan, les raisons sont nombreuses et indiscutables qui prouvent l'absence de toute atmosphère autour de la Lune. Je dirai même a priori que, si cette atmosphère a jamais existé, elle a dû être soutirée par la Terre. Mais j'aime mieux vous opposer des faits irrécusables.

— Opposez, monsieur, répondit Michel Ardan avec une galanterie parfaite, opposez tant qu'il vous plaira!

— Vous savez, dit l'inconnu, que lorsque des rayons lumineux traversent un milieu tel que l'air, ils sont déviés de la ligne droite, ou, en d'autres termes, qu'ils subissent une réfraction. Eh bien! lorsque des étoiles sont occultées par la Lune, jamais leurs rayons, en rasant les bords du disque, n'ont éprouvé la moindre déviation ni donné le plus léger indice de réfraction. De là cette conséquence évidente que la Lune n'est pas enveloppée d'une atmosphère.

On regarda le Français, car, l'observation une fois admise, les conséquences en étaient rigoureuses.

— Ah! Na Lua não existe ar! E quem diz tal coisa, por favor?

— Os cientistas.

— Verdadeiramente?

— Verdadeiramente.

— Senhor, replicou Michel, sem brincadeira, tenho profunda estima pelos cientistas que sabem, mas um profundo desdém pelos cientistas que não sabem nada.

— E o senhor conhece algum que pertença à última categoria?

— De modo muito particular. Na França há um que afirma que, "matematicamente falando", um pássaro não pode voar, e outro cujas teorias demonstram que o peixe não é feito para viver na água.

— Não se trata disso, senhor, e para apoiar minha afirmação eu poderia citar nomes que o senhor não recusaria.

— Nesse caso o senhor envergonharia muito um pobre ignorante que, além de tudo, nada deseja além de se instruir!

— Então por que o senhor aborda questões científicas, se não as estudou? perguntou o desconhecido de modo bastante brutal.

— Por quê? disse Ardan. Porque quem não suspeita do perigo sempre tem coragem! Eu não sei nada, é verdade, mas é precisamente minha fraqueza que se constitui na minha força.

— Sua fraqueza chega à loucura, exclamou o desconhecido em tom de mau humor.

— Ora! Tanto melhor, se minha loucura me levar à Lua! respondeu o francês.

Barbicane e seus colegas devoraram com os olhos o intruso que tão audaciosamente se opusera à empreitada. Ninguém o conhecia e o presidente olhava seu novo amigo com certa apreensão, pouco seguro quanto ao resultado de uma discussão realizada tão francamente. Os presentes estavam atentos e seriamente inquietos, pois essa luta tivera como resultado chamar a atenção para os perigos ou até para as verdadeiras impossibilidades da expedição.

— Senhor, continuou o adversário de Michel Ardan, são inúmeras e indiscutíveis as razões que provam a ausência de atmosfera em torno da Lua. *A priori*, poder-se-ia dizer que se essa atmosfera existiu um dia deve ter sido subtraída pela Terra. Mas prefiro objetar apresentando fatos irrecusáveis.

— Pode objetar senhor, respondeu Michel Ardan com perfeita galantaria, objete o quanto desejar!

— O senhor sabe, disse o desconhecido, que quando os raios luminosos atravessam um meio como o ar são desviados da linha reta, ou, em outras palavras, sofrem uma refração. Pois bem! quando a Lua oculta as estrelas, seus raios não sofrem o mínimo desvio ao passar pelas bordas do disco, nem experimentou o menor desvio ou o mais leve índice de refração. Evidentemente, isso prova que não existe atmosfera envolvendo a Lua.

Todos olharam para o francês, pois assim que a observação fosse admitida, as consequências seriam rigorosas.

Attaque et riposte.

— En effet, répondit Michel Ardan, voilà votre meilleur argument, pour ne pas dire le seul, et un savant serait peut-être embarrassé d'y répondre; moi, je vous dirai seulement que cet argument n'a pas une valeur absolue, parce qu'il suppose le diamètre angulaire de la Lune parfaitement déterminé, ce qui n'est pas. Mais passons, et dites-moi, mon cher monsieur, si vous admettez l'existence de volcans à la surface de la Lune.

— Des volcans éteints, oui; enflammés, non.

— Laissez-moi croire pourtant, et sans dépasser les bornes de la logique, que ces volcans ont été en activité pendant une certaine période!

— Cela est certain, mais comme ils pouvaient fournir eux-mêmes l'oxygène nécessaire à la combustion, le fait de leur éruption ne prouve aucunement la présence d'une atmosphère lunaire.

Ataque e resposta.

— Com efeito, replicou Michel Ardan, esse é seu melhor argumento, para não dizer o único, e um cientista ficaria um pouco atrapalhado para responder. Eu direi apenas que esse argumento não tem valor absoluto, pois supõe que o diâmetro angular da Lua está perfeitamente determinado, o que não acontece. Mas vamos adiante. Diga-me, meu caro, o senhor admite a existência de vulcões na superfície da Lua.

— Vulcões extintos, sim. Em atividade, não.

— Então, sem ultrapassar os limites da lógica, devo crer que esses vulcões estiveram em atividade durante certo período!

— Isso é certo, mas como podiam eles mesmos fornecer o oxigênio necessário para a combustão, o fato de estarem ativos não prova a presença da atmosfera na Lua.

— Passons alors, répondit Michel Ardan, et laissons de côté ce genre d'arguments pour arriver aux observations directes. Mais je vous préviens que je vais mettre des noms en avant.

— Mettez.

— Je mets. En 1715, les astronomes Louville et Halley, observant l'éclipse du 3 mai, remarquèrent certaines fulminations d'une nature bizarre. Ces éclats de lumière, rapides et souvent renouvelés, furent attribués par eux à des orages qui se déchaînaient dans l'atmosphère de la Lune.

— En 1715, répliqua l'inconnu, les astronomes Louville et Halley ont pris pour des phénomènes lunaires des phénomènes purement terrestres, tels que bolides ou autres, qui se produisaient dans notre atmosphère. Voilà ce qu'ont répondu les savants à l'énoncé de ces faits, et ce que je réponds avec eux.

— Passons encore, répondit Ardan, sans être troublé de la riposte. Herschell, en 1787, n'a-t-il pas observé un grand nombre de points lumineux à la surface de la Lune?

— Sans doute; mais sans s'expliquer sur l'origine de ces points lumineux, Herschell lui-même n'a pas conclu de leur apparition à la nécessité d'une atmosphère lunaire.

— Bien répondu, dit Michel Ardan en complimentant son adversaire; je vois que vous êtes très-fort en sélénographie.

— Très-fort, monsieur, et j'ajouterai que les plus habiles observateurs, ceux qui ont le mieux étudié l'astre des nuits, MM. Beer et Moelder, sont d'accord sur le défaut absolu d'air à sa surface.

Un mouvement se fit dans l'assistance, qui parut s'émouvoir des arguments de ce singulier personnage.

— Passons toujours, répondit Michel Ardan avec le plus grand calme, et arrivons maintenant à un fait important. Un habile astronome français, M. Laussedat, en observant l'éclipse du 18 juillet 1860, constata que les cornes du croissant solaire étaient arrondies et tronquées. Or, ce phénomène n'a pu être produit que par une déviation des rayons du soleil à travers l'atmosphère de la Lune, et il n'a pas d'autre explication possible.

— Mais le fait est-il certain? demanda vivement l'inconnu.

— Absolument certain!

Un mouvement inverse ramena l'assemblée vers son héros favori, dont l'adversaire resta silencieux. Ardan reprit la parole, et sans tirer vanité de son dernier avantage, il dit simplement: Vous voyez donc bien, mon cher monsieur, qu'il ne faut pas se prononcer d'une façon absolue contre l'existence d'une atmosphère à la surface de la Lune; cette atmosphère est probablement peu dense, assez subtile, mais aujourd'hui la science admet généralement qu'elle existe.

— Pas sur les montagnes, ne vous en déplaise, riposta l'inconnu, qui n'en voulait pas démordre.

— Non, mais au fond des vallées, et ne dépassant pas en hauteur quelques centaines de pieds.

— Então vamos adiante e deixemos de lado esse tipo de argumento para chegar às observações diretas, replicou Michel Ardan. Mas eu o previno de que vou citar nomes.

— Pois cite.

— Perfeitamente. Em 1715, os astrônomos Louville e Halley, observando o eclipse do dia 3 de maio, notaram certas fulminações de natureza bizarra. Essas cintilações, rápidas e sempre renovadas, foram por eles atribuídas a tempestades desencadeadas na atmosfera da Lua.

— Em 1715, respondeu o desconhecido, os astrônomos Louville e Halley consideraram os fenômenos lunares como fenômenos puramente terrestres, tais como bólidos, ou outros, que se produziam em nossa atmosfera. Eis o que responderam os cientistas à enunciação desses fatos, e que eu apóio.

— Vamos adiante, respondeu Ardan, sem se perturbar com a resposta. Em 1787, Herschell não observou um grande número de pontos luminosos na superfície da Lua?

— Sem dúvida, mas sem explicar a origem desses pontos luminosos, o próprio Herschell não concluiu que a aparição provava a existência de uma atmosfera lunar.

— Bem respondido, disse Michel Ardan cumprimentando seu adversário. Vejo que o senhor é muito versado em selenografia.

— Muito, senhor, e acrescentarei que os mais hábeis observadores, os que melhor estudaram o astro das noites, Beer e Moelder concordam comigo quanto à absoluta falta de ar em sua superfície.

Houve uma movimentação na assistência, que pareceu sentir os argumentos desse personagem singular.

— Vamos adiante, respondeu Michel Ardan com a maior calma, e vejamos agora um fato importante. Um hábil astrônomo francês, M. Laussedat, observando o eclipse do dia 18 de julho de 1860, constatou que as pontas do crescente solar estavam arredondadas e truncadas. Ora, esse fenômeno só poderia ser produzido por um desvio dos raios do Sol ao atravessarem a atmosfera da Lua, e não havia outra explicação possível.

— Mas esse fato é certo? Perguntou vivamente o desconhecido.

— Absolutamente certo!

Um movimento inverso tomou conta da assembleia, levando-a de volta para seu herói favorito, cujo adversário permaneceu silencioso. Ardan retomou a palavra e sem se vangloriar de sua última vantagem disse simplesmente: Veja bem, meu caro, não se pode dizer nada de modo absoluto contra a existência de uma atmosfera lunar. Essa atmosfera provavelmente é pouco densa, bastante sutil, mas atualmente a ciência em geral admite que ela exista.

— Não sobre as montanhas, com o devido respeito, replicou o desconhecido, que não queria dar o braço a torcer.

— Não, mas no fundo dos vales, e não ultrapassando a altura de algumas centenas de pés.

— En tout cas, vous feriez bien de prendre vos précautions, car cet air sera terriblement raréfié.

— Oh! mon brave monsieur, il y en aura toujours assez pour un homme seul; d'ailleurs, une fois rendu là-haut, je tâcherai de l'économiser de mon mieux et de ne respirer que dans les grandes occasions!

Un formidable éclat de rire vint tonner aux oreilles du mystérieux interlocuteur, qui promena ses regards sur l'assemblée, en la bravant avec fierté.

— Donc, reprit Michel Ardan d'un air dégagé, puisque nous sommes d'accord sur la présence d'une certaine atmosphère, nous voilà forcés d'admettre la présence d'une certaine quantité d'eau. C'est une conséquence dont je me réjouis fort pour mon compte. D'ailleurs, mon aimable contradicteur, permettez-moi de vous soumettre encore une observation. Nous ne connaissons qu'un côté du disque de la Lune, et s'il y a peu d'air sur la face qui nous regarde, il est possible qu'il y en ait beaucoup sur la face opposée.

— Et pour quelle raison?

— Parce que la Lune, sous l'action de l'attraction terrestre, a pris la forme d'un œuf que nous apercevons par le petit bout. De là cette conséquence due aux calculs de Hansen, que son centre de gravité est situé dans l'autre hémisphère. De là cette conclusion que toutes les masses d'air et d'eau ont dû être entraînées sur l'autre face de notre satellite aux premiers jours de sa création.

— Pures fantaisies! s'écria l'inconnu.

— Non! pures théories, qui sont appuyées sur les lois de la mécanique, et il me paraît difficile de les réfuter. J'en appelle donc à cette assemblée, et je mets aux voix la question de savoir si la vie, telle qu'elle existe sur la Terre, est possible à la surface de la Lune?

Trois cent mille auditeurs à la fois applaudirent à la proposition. L'adversaire de Michel Ardan voulait encore parler, mais il ne pouvait plus se faire entendre. Les cris, les menaces fondaient sur lui comme la grêle.

— Assez! assez! disaient les uns.

— Chassez cet intrus! répétaient les autres.

— À la porte! à la porte! s'écriait la foule irritée.

Mais lui, ferme, cramponné à l'estrade, ne bougeait pas et laissait passer l'orage, qui eût pris des proportions formidables, si Michel Ardan ne l'eût apaisé d'un geste. Il était trop chevaleresque pour abandonner son contradicteur dans une semblable extrémité.

— Vous désirez ajouter quelques mots? lui demanda-t-il du ton le plus gracieux.

— Oui! cent, mille, répondit l'inconnu avec emportement. Ou plutôt, non, un seul! Pour persévérer dans votre entreprise, il faut que vous soyez...

— Imprudent! Comment pouvez-vous me traiter ainsi, moi qui ai demandé un boulet cylindro-conique à mon ami Barbicane, afin de ne pas tourner en route à la façon des écureuils?

— Mais, malheureux, l'épouvantable contrecoup vous mettra en pièces au départ!

— Em todo caso, o senhor faria bem em se precaver, pois o ar seria terrivelmente rarefeito.

— Oh! Meu caro senhor, será suficiente para um único homem. Além de tudo, uma vez lá em cima tratarei de economizar o melhor possível e de só respirar nas grandes ocasiões!

Uma formidável gargalhada explodiu nos ouvidos do misterioso interlocutor, que passou a vista pela assembleia, desafiando-a orgulhosamente.

— Então, prosseguiu Michel Ardan com ar natural, já que estamos de acordo quanto à presença de certa atmosfera, somos forçados a admitir a presença de certa quantidade de água. Esta é uma consequência que me deixa por demais satisfeito. Além disso, meu amável oponente, permita-me ainda submeter-lhe uma observação. Nós só conhecemos uma face do disco da Lua, e se há pouco ar na face que nos observa, é possível que haja muito na face oposta.

— E qual a razão?

— Porque sob a ação da atração terrestre, a Lua tomou a forma de um ovo, do qual só vemos uma pequena parte. Por isso o resultado dos cálculos de Hansen, de que seu centro de gravidade está situado no outro hemisfério. Por isso a conclusão de que todas as massas de ar e de água devem ter sido arrastadas para a outra face de nosso satélite nos primeiros dias de sua criação.

— Pura fantasias! exclamou o desconhecido.

— Não! Pura teorias e que são fundamentadas nas leis da mecânica, e me parece difícil refutá-las. Apelo, portanto, para a decisão desta assembleia, e coloco em votação a questão se a vida, como a que existe sobre a Terra, é possível na superfície da Lua?

Trezentos mil ouvintes aplaudiram unanimemente a proposta. O adversário de Michel Ardan ainda queria falar, mas não conseguiu se fazer ouvir. Os gritos e as ameaças caíam sobre ele como granizo.

— Basta! Basta! diziam uns.

— Expulsem esse intruso! repetiam outros.

— Fora! Fora! gritava a multidão irritada.

Mas ele, agarrado ao estrado, não se mexia e esperava passar a tempestade que tomaria proporções formidáveis se Michel Ardan não a tivesse apaziguado com um gesto. Ele era cavalheiresco demais para abandonar seu oponente em tal dificuldade extrema.

— Deseja acrescentar algumas outras palavras? perguntou ele com o a maior gentileza.

— Sim! Cem, mil, respondeu o desconhecido com exaltação. Ou melhor, não, apenas uma! Para perseverar nessa empreitada é preciso que o senhor seja...

— Imprudente! Como pode me tratar desse modo, quando pedi um projétil cilindro-cônico ao meu amigo Barbicane, para não ficar dando voltas pelo caminho, como um esquilo?

— Mas infeliz, o tremendo contragolpe o fará em pedaços já no momento da partida!

— Mon cher contradicteur, vous venez de poser le doigt sur la véritable et la seule difficulté; cependant, j'ai trop bonne opinion du génie industriel des Américains pour croire qu'ils ne parviendront pas à la résoudre!

— Mais la chaleur développée par la vitesse du projectile en traversant les couches d'air?

— Oh! ses parois sont épaisses, et j'aurai si rapidement franchi l'atmosphère!

— Mais des vivres? de l'eau?

— J'ai calculé que je pouvais en emporter pour un an, et ma traversée durera quatre jours!

— Mais de l'air pour respirer en route?

— J'en ferai par des procédés chimiques.

— Mais votre chute sur la Lune, si vous y arrivez jamais?

— Elle sera six fois moins rapide qu'une chute sur la Terre, puisque la pesanteur est six fois moindre à la surface de la Lune.

— Mais elle sera encore suffisante pour vous briser comme du verre!

— Et qui m'empêchera de retarder ma chute au moyen de fusées convenablement disposées et enflammées en temps utile?

— Mais enfin, en supposant que toutes les difficultés soient résolues, tous les obstacles aplanis, en réunissant toutes les chances en votre faveur, en admettant que vous arriviez sain et sauf dans la Lune, comment reviendrez-vous?

— Je ne reviendrai pas!

À cette réponse, qui touchait au sublime par sa simplicité, l'assemblée demeura muette Mais son silence fut plus éloquent que n'eussent été ses cris d'enthousiasme. L'inconnu en profita pour protester une dernière fois.

— Vous vous tuerez infailliblement, s'écria-t-il, et votre mort, qui n'aura été que la mort d'un insensé, n'aura pas même servi la science!

— Continuez, mon généreux inconnu, car véritablement vous pronostiquez d'une façon fort agréable.

— Ah! c'en est trop! s'écria l'adversaire de Michel Ardan, et je ne sais pas pourquoi je continue une discussion aussi peu sérieuse! Poursuivez à votre aise cette folle entreprise! Ce n'est pas à vous qu'il faut s'en prendre!

— Oh! ne vous gênez pas!

— Non! c'est un autre qui portera la responsabilité de vos actes!

— Et qui donc, s'il vous plaît? demanda Michel Ardan d'une voix impérieuse.

— L'ignorant qui a organisé cette tentative aussi impossible que ridicule!

L'attaque était directe. Barbicane, depuis l'intervention de l'inconnu, faisait de violents efforts pour se contenir, et "brûler sa fumée" comme certains foyers de chaudières; mais, en se voyant si outrageusement désigné, il se leva précipitamment et allait marcher à l'adversaire qui le bravait en face, quand il se vit subitement séparé de lui.

— Meu caro oponente, o senhor acaba de colocar o dedo sobre a verdadeira e única dificuldade. Contudo, tenho em alta conta o gênio industrial dos americanos e creio que eles vão conseguir resolvê-la!

— Mas, e o calor gerado pela velocidade do projétil ao atravessar as camadas da atmosfera?

— Oh! Suas paredes são espessas e eu atravessarei a atmosfera muito rapidamente!

— Mas os víveres? A água?

— Calculei que seria possível carregar o suficiente para um ano, mas minha viagem durará quatro dias!

— Mas, e o ar para respirar durante a viagem?

— Farei alguns procedimentos químicos.

— E o impacto sobre a Lua, no caso de realmente chegar até lá?

— Será seis vezes menor que o impacto sobre a Terra, pois o projétil pesa seis vezes menos na superfície da Lua.

— Mas será suficiente para parti-lo como se o senhor fosse feito de vidro!

— E o que me impede de reduzir o impacto através de foguetes convenientemente dispostos, inflamados no momento apropriado?

— Mas enfim, supondo que todas as dificuldades sejam resolvidas, que todos os obstáculos sejam solucionados e que tudo esteja a seu favor; admitindo que o senhor chegue são e salvo à Lua, como fará para voltar?

— Não voltarei!

A assembleia ficou muda diante dessa resposta que tocava o sublime por sua simplicidade. Mas esse silêncio foi mais eloquente do que se tivessem dado gritos de entusiasmo. O desconhecido se aproveitou disso para protestar uma última vez.

— O senhor vai se matar, isso é inevitável, exclamou ele, e sua morte não passará da morte de um insensato, nem mesmo terá proveito para a ciência!

— Continue, meu generoso desconhecido, pois verdadeiramente o senhor faz prognósticos de modo muito agradável.

— Ah! Isso já é demais! bradou o adversário de Michel Ardan. Nem sei por que continuo uma discussão tão pouco séria! Prossiga à vontade com essa empreitada louca! A culpa não é sua!

— Oh! Não se preocupe!

— Não! A responsabilidade por seus atos é de outra pessoa!

— E pode me fazer a gentileza de dizer de quem? perguntou Michel Ardan com voz imperiosa.

— Do ignorante que organizou essa tentativa tão impossível quanto ridícula!

O ataque fora direto. Depois da intervenção do desconhecido, Barbicane fizera um grande esforço para se conter e "queimar sua própria fumaça", como as fornalhas de certas caldeiras. Mas ao ser designado de modo tão ultrajante, levantou-se precipitadamente e se dirigiu para cima do adversário que o desafiava cara a cara, quando foi subitamente separado dele.

L'estrade fut enlevée tout d'un coup.

L'estrade fut enlevée tout d'un coup par cent bras vigoureux, et le président du Gun-Club dut partager avec Michel Ardan les honneurs du triomphe. Le pavois était lourd, mais les porteurs se relayaient sans cesse, et chacun se disputait, luttait, combattait pour prêter à cette manifestation l'appui de ses épaules.

Cependant l'inconnu n'avait point profité du tumulte pour quitter la place. L'aurait-il pu, d'ailleurs, au milieu de cette foule compacte? Non, sans doute. En tout cas, il se tenait au premier rang, les bras croisés, et dévorait des yeux le président Barbicane.

Celui-ci ne le perdait pas de vue, et les regards de ces deux hommes demeuraient engagés comme deux épées frémissantes.

O estrado fora levantado de repente.

De repente, o estrado fora levantado de repente por cem braços vigorosos e o presidente do Clube do Canhão foi obrigado a dividir com Michel Ardan as honras do triunfo. O estrado estava pesado, mas os carregadores se revezavam sem cessar e todos brigavam, lutavam para demonstrar seu apoio a essa manifestação, usando os próprios ombros para isso.

Contudo, o desconhecido não se aproveitara do tumulto para fugir. Mas será que teria conseguido, no meio daquela multidão compacta? Certamente que não. Em todo caso, continuava na primeira fila, braços cruzados, devorando o presidente Barbicane com os olhos.

Este não o perdia de vista e os olhares dos dois permaneciam cruzados como duas espadas frementes.

Les cris de l'immense foule se maintinrent à leur maximum d'intensité pendant cette marche triomphale. Michel Ardan se laissait faire avec un plaisir évident. Sa face rayonnait. Quelquefois l'estrade semblait prise de tangage et de roulis comme un navire battu des flots. Mais les deux héros du meeting avaient le pied marin; ils ne bronchaient pas, et leur vaisseau arriva sans avaries au port de Tampa-Town.

Michel Ardan parvint heureusement à se dérober aux dernières étreintes de ses vigoureux admirateurs; il s'enfuit à l'hôtel *Franklin*, gagna prestement sa chambre et se glissa rapidement dans son lit, tandis qu'une armée de cent mille hommes veillait sous ses fenêtres.

Pendant ce temps, une scène courte, grave, décisive, avait lieu entre le personnage mystérieux et le président du Gun-Club.

Barbicane, libre enfin, était allé droit à son adversaire.

— Venez! dit-il d'une voix brève.

Celui-ci le suivit sur le quai, et bientôt tous les deux se trouvèrent seuls à l'entrée d'un wharf ouvert sur le Jone's Fall.

Là, ces ennemis, encore inconnus l'un à l'autre, se regardèrent.

— Qui êtes-vous? demanda Barbicane.

— Le capitaine Nicholl.

— Je m'en doutais. Jusqu'ici le hasard ne vous avait jamais jeté sur mon chemin...

— Je suis venu m'y mettre!

— Vous m'avez insulté!

— Publiquement.

— Et vous me rendrez raison de cette insulte.

— À l'instant.

— Non. Je désire que tout se passe secrètement entre nous. Il y a un bois situé à trois milles de Tampa, le bois de Skersnaw. Vous le connaissez?

— Je le connais.

— Vous plaira-t-il d'y entrer demain matin à cinq heures par un côté?...

— Oui, si à la même heure vous entrez par l'autre côté.

— Et vous n'oublierez pas votre rifle? dit Barbicane.

— Pas plus que vous n'oublierez le vôtre, répondit Nicholl.

Sur ces paroles froidement prononcées, le président du Gun-Club et le capitaine se séparèrent. Barbicane revint à sa demeure, mais au lieu de prendre quelques heures de repos, il passa la nuit à chercher les moyens d'éviter le contrecoup du projectile et de résoudre ce difficile problème posé par Michel Ardan dans la discussion du meeting.

Os gritos da imensa multidão se mantiveram em intensidade máxima durante essa marcha triunfal. Com prazer evidente, Michel Ardan deixava-se levar. Seu rosto estava radioso. Algumas vezes o estrado parecia balançar e rolar como um navio batido pelas ondas, mas os dois heróis da assembleia eram marinheiros experimentados e não vacilavam. Assim, o barco chegou sem avarias ao porto da cidade de Tampa.

Felizmente, Michel Ardan conseguiu escapar dos últimos abraços de seus vigorosos admiradores, fugiu para o hotel *Franklin*, meteu-se depressa em seu quarto e se enfiou na cama, enquanto um exército de 100 mil homens velava sob suas janelas.

Nesse ínterim, uma cena curta, grave e decisiva se passou entre o personagem misterioso e o presidente do Clube do Canhão.

Enfim livre, Barbicane, dirigira-se diretamente para seu adversário.

— Venha! Disse ele com voz breve.

Este o seguiu pelo cais e logo os dois se encontraram sozinhos diante da entrada de um embarcadouro que se estendia por Jone's Fall.

Ali, os inimigos que ainda não se conheciam se entreolharam.

— Quem é o senhor? perguntou Barbicane.

— Sou o capitão Nicholl.

— Eu já o suspeitava. Até agora o acaso jamais o colocou em meu caminho...

— Eu próprio me coloquei!

— O senhor me insultou!

— Publicamente.

— E vai me dizer a razão desse insulto.

— Agora mesmo.

— Não. Desejo que tudo se passe secretamente entre nós. Há um bosque situado a três milhas de Tampa, o bosque de Skersnaw. O senhor o conhece?

— Eu o conheço.

— Poderia ter a gentileza de se apresentar ali amanhã, às cinco horas da manhã, entrando por um dos lados?...

— Sim, se à mesma hora o senhor entrar pelo outro lado.

— E não se esquecerá de seu rifle? disse Barbicane.

— Do mesmo modo que o senhor não se esquecerá do seu, respondeu Nicholl.

Depois de friamente pronunciarem essas palavras, o presidente do Clube do Canhão e o capitão se separaram. Barbicane voltou à sua residência, mas em vez de repousar durante algumas horas, passou a noite procurando evitar o contragolpe do projétil e resolvendo o difícil problema proposto por Michel Ardan na discussão da assembleia.

CHAPITRE XXI

COMMENT UN FRANÇAIS ARRANGE UNE AFFAIRE

Pendant que les conventions de ce duel étaient discutées entre le président et le capitaine, duel terrible et sauvage, dans lequel chaque adversaire devient chasseur d'homme, Michel Ardan se reposait des fatigues du triomphe. Se reposer n'est évidemment pas une expression juste, car les lits américains peuvent rivaliser pour la dureté avec des tables de marbre ou de granit.

Ardan dormait donc assez mal, se tournant, se retournant entre les serviettes qui lui servaient de draps, et il songeait à installer une couchette plus confortable dans son projectile, quand un bruit violent vint l'arracher à ses rêves. Des coups désordonnés ébranlaient sa porte. Ils semblaient être portés avec un instrument de fer. De formidables éclats de voix se mêlaient à ce tapage un peu trop matinal.

— Ouvre! criait-on. Mais, au nom du Ciel, ouvre donc!

Ardan n'avait aucune raison d'acquiescer à une demande si bruyamment posée. Cependant il se leva et ouvrit sa porte, au moment où elle allait céder aux efforts du visiteur obstiné. Le secrétaire du Gun-Club fit irruption dans la chambre. Une bombe ne serait pas entrée avec moins de cérémonie.

— Hier soir, s'écria J. T. Maston ex abrupto, notre président a été insulté publiquement pendant le meeting! Il a provoqué son adversaire, qui n'est autre que le capitaine Nicholl! Ils se battent ce matin au bois de Skersnaw! J'ai tout appris de la bouche de Barbicane! S'il est tué, c'est l'anéantissement de nos projets! Il faut donc empêcher ce duel! Or, un seul homme au monde peut avoir assez d'empire sur Barbicane pour l'arrêter, et cet homme c'est Michel Ardan!

Pendant que J. T. Maston parlait ainsi, Michel Ardan, renonçant à l'interrompre, s'était précipité dans son vaste pantalon, et, moins de deux minutes après, les deux amis gagnaient à toutes jambes les faubourgs de Tampa-Town.

CAPÍTULO XXI
COMO UM FRANCÊS RESOLVE UM PROBLEMA

Enquanto as convenções desse duelo estavam sendo discutidas entre o presidente e o capitão, duelo terrível e selvagem no qual cada adversário se tornava caçador do outro homem, Michel Ardan descansava das fadigas do triunfo. Descansar não expressava com exatidão o que ele fazia, pois, pela sua dureza, os leitos americanos rivalizavam com as mesas de mármore ou granito.

Ardan dormia bastante mal, virando-se e revirando-se entre os guardanapos que lhe serviam de lençóis, sonhando que estava instalando uma pequena cama mais confortável em seu projétil, quando um violento ruído o arrancou de seus sonhos. Batidas desordenadas sacudiam sua porta. Pareciam dadas com um instrumento de ferro. Gritos formidáveis mesclavam-se a esse alarido matinal.

— Abra! gritavam. Em nome de Deus, abra!

Ardan não tinha razão alguma para atender um pedido feito de modo tão ruidoso. No entanto, levantou-se e abriu a porta antes que ela desabasse diante dos esforços daquele visitante obstinado. O secretário do Clube do Canhão irrompeu dentro do quarto. Nem uma bomba teria entrado com menos cerimônia.

— Ontem à noite nosso presidente foi insultado publicamente durante a reunião! bradou J. T. Maston de repente. Ele provocou seu adversário, que é simplesmente o capitão Nicholl! Os dois vão duelar esta manhã no bosque de Skersnaw! Soube de tudo pelo próprio Barbicane! Se ele for morto, é o fim de nosso projeto! É absolutamente imperiosos impedir esse duelo! Ora, um único homem no mundo pode ter suficiente influência sobre Barbicane, e esse homem é Michel Ardan!

Michel Ardan, que desistira de interromper J. T. Maston durante esse discurso, vestira precipitadamente suas vastas calças e menos de dois minutos depois os dois amigos corriam pelos subúrbios da cidade de Tampa.

Maston fit irruption dans la chambre.

Ce fut pendant cette course rapide que Maston mit Ardan au courant de la situation. Il lui apprit les véritables causes de l'inimitié de Barbicane et de Nicholl, comment cette inimitié était de vieille date, pourquoi jusque-là, grâce à des amis communs, le président et le capitaine ne s'étaient jamais rencontrés face à face; il ajouta qu'il s'agissait uniquement d'une rivalité de plaque et de boulet, et qu'enfin la scène du meeting n'avait été qu'une occasion longtemps cherchée par Nicholl de satisfaire de vieilles rancunes.

Rien de plus terrible que ces duels particuliers à l'Amérique, pendant lesquels les deux adversaires se cherchent à travers les taillis, se guettent au coin des halliers et se tirent au milieu des fourrés comme des bêtes fauves. C'est alors que chacun d'eux doit envier ces qualités merveilleuses si naturelles aux Indiens des Prairies, leur intelligence rapide, leur ruse ingénieuse, leur

Maston irrompeu quarto a dentro.

Foi durante essa corrida que Maston colocou Ardan ao corrente da situação. Contou-lhe a verdadeira causa da inimizade de Barbicane e Nicholl, como essa inimizade vinha de velha data e a razão pela qual, graças a amigos comuns, o presidente e o capitão jamais haviam se encontrado cara a cara. Acrescentou que se tratava apenas de uma rivalidade entre as placas de um e as balas de outro e, finalmente, que a cena durante a reunião não fora mais que uma ocasião há tempos buscada por Nicholl para satisfazer velhos rancores.

Nada de mais terrível que esses duelos peculiares à América, durante os quais os dois adversários procuram um ao outro pela mata, espreitam-se nos cantos dos emaranhados de vegetação e atiram um no outro em meio aos arbustos, como animais selvagens. Nesse momento, cada qual deve invejar as qualidades maravilhosas e naturais aos índios das pradarias, sua inteligência

sentiment des traces, leur flair de l'ennemi. Une erreur, une hésitation, un faux pas peuvent amener la mort. Dans ces rencontres, les Yankees se font souvent accompagner de leurs chiens et, à la fois chasseurs et gibier, ils se relancent pendant des heures entières.

— Quels diables de gens vous êtes! s'écria Michel Ardan, quand son compagnon lui eut dépeint avec beaucoup d'énergie toute cette mise en scène.

— Nous sommes ainsi, répondit modestement J. T. Maston; mais hâtons-nous.

Cependant Michel Ardan et lui eurent beau courir à travers la plaine encore tout humide de rosée, franchir les rizières et les creeks, couper au plus court, ils ne purent atteindre avant cinq heures et demie le bois de Skersnaw. Barbicane devait avoir passé sa lisière depuis une demi-heure.

Là travaillait un vieux bushman occupé à débiter en fagots des arbres abattus sous sa hache. Maston courut à lui en criant:

— Avez-vous vu entrer dans le bois un homme armé d'un rifle, Barbicane, le président... mon meilleur ami?...

Le digne secrétaire du Gun-Club pensait naïvement que son président devait être connu du monde entier. Mais le bushman n'eut pas l'air de le comprendre.

— Un chasseur, dit alors Ardan.

— Un chasseur? oui, répondit le bushman.

— Il y a longtemps?

— Une heure à peu près.

— Trop tard! s'écria Maston.

— Et avez-vous entendu des coups de fusil? demanda Michel Ardan.

— Non.

— Pas un seul?

— Pas un seul. Ce chasseur-là n'a pas l'air de faire bonne chasse!

— Que faire? dit Maston.

— Entrer dans le bois, au risque d'attraper une balle qui ne nous est pas destinée.

— Ah! s'écria Maston avec un accent auquel on ne pouvait se méprendre, j'aimerais mieux dix balles dans ma tête qu'une seule dans la tête de Barbicane.

— En avant donc! reprit Ardan en serrant la main de son compagnon.

Quelques secondes plus tard, les deux amis disparaissaient dans le taillis. C'était un fourré fort épais, fait de cyprès géants, de sycomores, de tulipiers, d'oliviers, de tamarins, de chênes vifs et de magnolias. Ces divers arbres enchevêtraient leurs branches dans un inextricable pêle-mêle, sans permettre à la vue de s'étendre au loin. Michel Ardan et Maston marchaient l'un près de l'autre, passant silencieusement à travers les hautes herbes, se frayant un chemin au milieu des lianes vigoureuses, interrogeant du regard les buissons ou les branches perdues dans la sombre épaisseur du feuillage et attendant à chaque pas la

rápida, suas artimanhas engenhosas, sua capacidade para identificar pistas, seu discernimento do inimigo. Um erro, uma hesitação ou um passo em falso podem causar a morte. Nesses encontros, os ianques frequentemente levam seus cães e, sendo ao mesmo tempo caça e caçadores, perseguem um ao outro durante horas.

— Que diabo, como podem fazer isso?! exclamou Michel Ardan depois de seu companheiro descrever com muita energia todo o cenário.

— Somos assim, respondeu modestamente J. T. Maston. Mas apressemo-nos.

No entanto, por mais que ele e Michel Ardan corressem através da planície ainda úmida de orvalho, atravessando arrozais e riachos para cortar caminho, não conseguiram chegar antes das 5h30 ao bosque de Skersnaw. Barbicane já devia ter ultrapassado a orla há meia hora.

Encontraram um velho lenhador que cortava o lenho das árvores que abatera com seu machado. Maston correu até ele, gritando:

— Viu um homem armado com um rifle entrar no bosque, Barbicane, o presidente... meu melhor amigo?...

O digno secretário do Clube do Canhão acreditava que todo mundo devia conhecer seu presidente. Mas o lenhador não pareceu compreendê-lo.

— Um caçador, disse então Ardan.

— Um caçador? Sim, respondeu o lenhador.

— Faz muito tempo?

— Mais ou menos uma hora.

— Tarde demais! bradou Maston.

— E ouviu tiros de fuzil? perguntou Michel Ardan.

— Não.

— Nenhum?

— Nenhum. Parece que aquele caçador não conseguiu caçar nada!

— Que fazer? perguntou Maston.

— Entrar no bosque arriscando-nos a levar uma bala que não se destinava a nós.

— Ah! exclamou Maston em um tom de voz que não deixava dúvidas sobre sua franqueza, eu preferiria levar dez balas na cabeça que ver uma na cabeça de Barbicane.

— Então, avante! replicou Ardan apertando a mão de seu companheiro.

Alguns segundos mais tarde, os dois amigos desapareciam mata a dentro. Era bastante espessa, feita de ciprestes gigantes, sicômoros, tulipeiras, oliveiras, tamarindos, carvalhos e magnólias. Essas diversas árvores entrelaçavam seus galhos em uma inextricável confusão, não permitindo ver ao longe. Michel Ardan e Maston caminhavam lado a lado, atravessando silenciosamente o mato alto, abrindo caminho entre trepadeiras viçosas, interrogando com os olhos os arbustos ou galhos perdidos na folhagem sombria e espessa, esperando a cada passo a temível detonação dos rifles. Quanto aos traços que

redoutable détonation des rifles. Quant aux traces que Barbicane avait dû laisser de son passage à travers le bois, il leur était impossible de les reconnaître, et ils marchaient en aveugles dans ces sentiers à peine frayés, sur lesquels un Indien eût suivi pas à pas la marche de son adversaire.

Après une heure de vaines recherches, les deux compagnons s'arrêtèrent. Leur inquiétude redoublait.

— Il faut que tout soit fini, dit Maston découragé. Un homme comme Barbicane n'a pas rusé avec son ennemi, ni tendu de piège, ni pratiqué de manœuvre! Il est trop franc, trop courageux. Il est allé en avant, droit au danger, et sans doute assez loin du bushman pour que le vent ait emporté la détonation d'une arme à feu!

— Mais nous! nous! répondit Michel Ardan, depuis notre entrée sous bois, nous aurions entendu!...

— Et si nous sommes arrivés trop tard! s'écria Maston avec un accent de désespoir.

Michel Ardan ne trouva pas un mot à répondre; Maston et lui reprirent leur marche interrompue. De temps en temps ils poussaient de grands cris; ils appelaient soit Barbicane, soit Nicholl; mais ni l'un ni l'autre des deux adversaires ne répondait à leur voix. De joyeuses volées d'oiseaux, éveillés au bruit, disparaissaient entre les branches, et quelques daims effarouchés s'enfuyaient précipitamment à travers les taillis.

Pendant une heure encore, la recherche se prolongea. La plus grande partie du bois avait été explorée. Rien ne décelait la présence des combattants. C'était à douter de l'affirmation du bushman, et Ardan allait renoncer à poursuivre plus longtemps une reconnaissance inutile, quand, tout d'un coup, Maston s'arrêta.

— Chut! fit-il. Quelqu'un là-bas!

— Quelqu'un? répondit Michel Ardan.

— Oui! un homme! Il semble immobile. Son rifle n'est plus entre ses mains. Que fait-il donc?

— Mais le reconnais-tu? demanda Michel Ardan, que sa vue basse servait fort mal en pareille circonstance.

— Oui! oui! Il se retourne, répondit Maston.

— Et c'est?...

— Le capitaine Nicholl!

— Nicholl! s'écria Michel Ardan, qui ressentit un violent serrement de cœur.

Nicholl désarmé! Il n'avait donc plus rien à craindre de son adversaire?

— Marchons à lui, dit Michel Ardan, nous saurons à quoi nous en tenir.

Mais son compagnon et lui n'eurent pas fait cinquante pas, qu'ils s'arrêtèrent pour examiner plus attentivement le capitaine. Ils s'imaginaient trouver un homme altéré de sang et tout entier à sa vengeance! En le voyant, ils demeurèrent stupéfaits.

Un filet à maille serrée était tendu entre deux tulipiers gigantesques, et, au milieu du réseau, un petit oiseau, les ailes enchevêtrées, se débattait en poussant

Barbicane devia ter deixado à sua passagem pelo bosque, para eles era impossível reconhecê-los. Caminhavam como cegos naquelas trilhas pisadas há pouco, nas quais um índio não teria tido dificuldade para seguir passo a passo a caminhada de seu adversário.

Depois de uma hora de procura estéril, os dois companheiros desistiram. Sua inquietação redobrou.

— Deve estar tudo terminado, disse Maston desencorajado. Um homem como ele não pode ter emboscado seu inimigo, preparado alguma armadilha ou usado algum subterfúgio! Ele é franco demais, corajoso demais. Foi para diante, direto para o perigo e, sem dúvida, para bem longe do lenhador para que o vento levasse o ruído da detonação da arma de fogo!

— Mas nós! Nós! Depois de entrarmos nos bosque, teríamos ouvido, respondeu Michel Ardan.

— Mas e se chegamos tarde demais!? exclamou Maston com um tom de desespero.

Michel Ardan não soube como responder a isso. Ele e Maston retomaram a caminhada interrompida. De tempos em tempos davam grandes gritos. Ora chamavam Barbicane, ora Nicholl, mas nem um, nem outro dos dois adversários respondiam aos apelos. Despertados pelo ruído, alegres bandos de pássaros desapareciam entre os galhos e antílopes assustados fugiam precipitadamente através do bosque.

A busca ainda se prolongou por mais uma hora. A maior pare do bosque fora explorado. Nada revelava a presença dos combatentes. Dava até para duvidar da afirmação do lenhador e Ardan estava pronto para renunciar à essa busca reconhecendo-a como completamente inútil quando Maston parou de repente.

— Quieto! Disse ele. Há alguém ali adiante!

— Alguém? respondeu Michel Ardan.

— Sim! Um homem! Parece que está imóvel. O rifle não está entre suas mãos. Então, o que ele está fazendo?

— Mas você o reconhece? perguntou Michel Ardan, pois sua miopia o atrapalhava bastante naquela circunstância.

— Sim! Sim! Está se virando, respondeu Maston.

— E é?...

— O capitão Nicholl!

— Nicholl! bradou Michel Ardan, sentindo um violento baque no coração. Nicholl desarmado! Então ele nada mais teme por parte de seu adversário?

— Vamos até ele, disse Michel Ardan, assim saberemos o que houve.

Porém, ele e seu companheiro ainda não haviam dado cinquenta passos quando pararam para examinar o capitão com mais cuidado. Imaginavam encontrar um homem alterado, com sede de sangue, entregue à sua vingança. Ao vê-lo, ficaram estupefatos.

Uma rede de malhas apertadas se estendia entre duas magnólias gigantescas, e no meio dela, um pequeno pássaro preso pelas asas se debatia soltando

des cris plaintifs. L'oiseleur qui avait disposé cette toile inextricable n'était pas un être humain, mais bien une venimeuse araignée, particulière au pays, grosse comme un œuf de pigeon, et munie de pattes énormes. Le hideux animal, au moment de se précipiter sur sa proie, avait dû rebrousser chemin et chercher asile sur les hautes branches du tulipier, car un ennemi redoutable venait le menacer à son tour.

Au milieu du réseau, un petit oiseau se débattait.

En effet, le capitaine Nicholl, son fusil à terre, oubliant les dangers de sa situation, s'occupait à délivrer le plus délicatement possible la victime prise dans les filets de la monstrueuse araignée. Quand il eut fini, il donna la volée au petit oiseau, qui battit joyeusement de l'aile et disparut.

Nicholl, attendri, le regardait fuir à travers les branches? quand il entendit ces paroles prononcées d'une voix émue:

pios sofridos. O passarinheiro que colocara aquele tecido inextricável não era um ser humano, mas uma aranha venenosa, típica do país, o corpo do tamanho de um ovo de pomba, munida de pernas enormes. O repugnante animal, no momento de se precipitar sobre sua presa emboscada, teve que voltar e buscar asilo nos ramos altos do tulipeiro, pois um inimigo terrível a ameaçara.

No meio da teia, um pequeno pássaro se debatia.

De fato, o capitão Nicholl colocara o fuzil no chão, e esquecendo os perigos de sua situação, procurava libertar do modo mais delicado possível a vítima presa na teia da monstruosa aranha. Quando terminou, libertou o passarinho, que alegremente bateu as assas e desapareceu.

Enternecido, Nicholl o observava fugir através dos ramos quando ouviu as seguintes palavras, ditas com voz emocionada:

— Vous êtes un brave homme, vous!

Il se retourna. Michel Ardan était devant lui, répétant sur tous les tons:

— Et un aimable homme!

— Michel Ardan! s'écria le capitaine. Que venez-vous faire ici, monsieur?

— Vous serrer la main, Nicholl, et vous empêcher de tuer Barbicane ou d'être tué par lui.

— Barbicane! s'écria le capitaine, que je cherche depuis deux heures sans le trouver! Où se cache-t-il?...

— Nicholl, dit Michel Ardan, ceci n'est pas poli! il faut toujours respecter son adversaire; soyez tranquille, si Barbicane est vivant, nous le trouverons, et d'autant plus facilement que, s'il ne s'est pas amusé comme vous à secourir des oiseaux opprimés, il doit vous chercher aussi. Mais quand nous l'aurons trouvé, c'est Michel Ardan qui vous le dit, il ne sera plus question de duel entre vous.

— Entre le président Barbicane et moi, répondit gravement Nicholl, il y a une rivalité telle, que la mort de l'un de nous...

— Allons donc! allons donc! reprit Michel Ardan, de braves gens comme vous, cela a pu se détester, mais cela s'estime. Vous ne vous battrez pas.

— Je me battrai, monsieur!

— Point.

— Capitaine, dit alors J. T. Maston avec beaucoup de cœur, je suis l'ami du président, son *alter ego*, un autre lui-même; si vous voulez absolument tuer quelqu'un, tirez sur moi, ce sera exactement la même chose.

— Monsieur, dit Nicholl en serrant son rifle d'une main convulsive, ces plaisanteries...

— L'ami Maston ne plaisante pas, répondit Michel Ardan, et je comprends son idée de se faire tuer pour l'homme qu'il aime! Mais ni lui ni Barbicane ne tomberont sous les balles du capitaine Nicholl, car j'ai à faire aux deux rivaux une proposition si séduisante qu'ils s'empresseront de l'accepter.

— Et laquelle? demanda Nicholl avec une visible incrédulité.

— Patience, répondit Ardan, je ne puis la communiquer qu'en présence de Barbicane.

— Cherchons-le donc, s'écria le capitaine.

Aussitôt ces trois hommes se mirent en chemin; le capitaine, après avoir désarmé son rifle, le jeta sur son épaule et s'avança d'un pas saccadé, sans mot dire.

Pendant une demi-heure encore, les recherches furent inutiles. Maston se sentait pris d'un sinistre pressentiment. Il observait sévèrement Nicholl, se demandant si, la vengeance du capitaine satisfaite, le malheureux Barbicane, déjà frappé d'une balle, ne gisait pas sans vie au fond de quelque taillis ensanglanté. Michel Ardan semblait avoir la même pensée, et tous deux interrogeaient déjà du regard le capitaine Nicholl, quand Maston s'arrêta soudain.

Le buste immobile d'un homme adossé au pied d'un gigantesque catalpa apparaissait à vingt pas, à moitié perdu dans les herbes.

— O senhor é um homem valente!

Ele se voltou. Michel Ardan estava diante dele, repetindo em todos os tons:

— E também um homem amável!

— Michel Ardan! Exclamou o capitão. O que faz aqui, senhor?

— Vim apertar-lhe a mão, Nicholl, e impedi-lo de matar Barbicane ou ser morto por ele.

— Barbicane! disse o capitão. Eu o procuro há duas horas sem conseguir encontrá-lo! Onde terá se escondido?

— Nicholl, falou Michel Ardan, isso não é delicado! É preciso sempre respeitar o adversário. Fique tranquilo. Se Barbicane estiver vivo, nós o encontraremos. Será fácil. Se ele não estiver seguindo seu exemplo e se divertindo a socorrer pássaros oprimidos, também deve estar à sua procura. Mas quando o encontrarmos não haverá nenhum duelo entre vocês. Eu, Michel Ardan, lhe garanto,

— Entre mim e o presidente Barbicane, respondeu gravemente Nicholl, há uma rivalidade tão grande que somente a morte de um...

— Vamos! Vamos! disse Michel Ardan. Pessoas corajosas como vocês podem até se detestar, mas também se estimam. Vocês não hão de se bater.

— Eu me baterei senhor!

— Absolutamente, não.

— Capitão, falou então J. T. Maston de todo coração, sou amigo do presidente, seu *alter ego*, uma parte de si mesmo; se deseja absolutamente matar alguém atire em mim. Será exatamente a mesma coisa.

— Senhor, respondeu Nicholl apertando seu rifle com mão convulsa, essas brincadeiras...

— O amigo Maston não está brincando, respondeu Michel Ardan, e compreendo a decisão de se sacrificar por um homem que é seu amigo! Mas nem ele nem Barbicane serão mortos pelas balas do capitão Nicholl, pois tenho uma proposta tão sedutora que os dois rivais se apressarão a aceitar.

— E qual é? perguntou Nicholl com visível incredulidade.

— Paciência, respondeu Ardan, eu só posso expô-la na presença de Barbicane.

— Então vamos procurá-lo, exclamou o capitão.

Os três homens imediatamente se puseram a caminho. Depois de desarmar seu rifle, o capitão o colocou no ombro e caminhou com passos agitados, sem dizer palavra.

A busca foi inútil durante cerca de meia hora. Maston tinha pressentimentos sinistros. Observava Nicholl com severidade, perguntando-se a vingança do capitão já não fora satisfeita e o infeliz Barbicane, já atingido por uma bala, não estaria morto embaixo de alguma moita ensanguentada. Michel Ardan parecia pensar a mesma coisa e os dois já interrogavam o capitão Nicholl com os olhos quando Maston parou de repente.

O busto imóvel de um homem encostado ao pé de uma gigantesca árvore aparecia a vinte passos, meio escondido pelo emaranhado da vegetação.

— C'est lui! fit Maston.

Barbicane ne bougeait pas. Ardan plongea ses regards dans les yeux du capitaine, mais celui-ci ne broncha pas. Ardan fit quelques pas en criant:

— Barbicane! Barbicane!

Nulle réponse. Ardan se précipita vers son ami; mais, au moment où il allait lui saisir le bras, il s'arrêta court en poussant un cri de surprise.

Barbicane, le crayon à la main, traçait des formules et des figures géométriques sur un carnet, tandis que son fusil désarmé gisait à terre.

Absorbé dans son travail, le savant, oubliant à son tour son duel et sa vengeance, n'avait rien vu, rien entendu.

Mais quand Michel Ardan posa sa main sur la sienne, il se leva et le considéra d'un œil étonné.

— Ah! s'écria-t-il enfin, toi! ici! J'ai trouvé, mon ami! J'ai trouvé!

— Quoi?

— Mon moyen!

— Quel moyen?

— Le moyen d'annuler l'effet du contrecoup au départ du projectile!

— Vraiment? dit Michel en regardant le capitaine du coin de l'œil.

— Oui! de l'eau! de l'eau simple qui fera ressort... Ah! Maston! s'écria Barbicane, vous aussi!

— Lui-même, répondit Michel Ardan, et permets que je te présente en même temps le digne capitaine Nicholl!

— Nicholl! s'écria Barbicane, qui fut debout en un instant. Pardon, capitaine, dit-il, j'avais oublié... je suis prêt...

Michel Ardan intervint sans laisser aux deux ennemis le temps de s'interpeller.

— Parbleu! dit-il, il est heureux que de braves gens comme vous ne se soient pas rencontrés plus tôt! Nous aurions maintenant à pleurer l'un ou l'autre. Mais, grâce à Dieu qui s'en est mêlé, il n'y a plus rien à craindre. Quand on oublie sa haine pour se plonger dans des problèmes de mécanique ou jouer des tours aux araignées, c'est que cette haine n'est dangereuse pour personne.

Et Michel Ardan raconta au président l'histoire du capitaine.

— Je vous demande un peu, dit-il en terminant, si deux bons êtres comme vous sont faits pour se casser réciproquement la tête à coups de carabine?

Il y avait dans cette situation, un peu ridicule, quelque chose de si inattendu, que Barbicane et Nicholl ne savaient trop quelle contenance garder l'un vis-à-vis de l'autre. Michel Ardan le sentit bien, et il résolut de brusquer la réconciliation.

— Mes braves amis, dit-il en laissant poindre sur ses lèvres son meilleur sourire, il n'y a jamais eu entre vous qu'un malentendu. Pas autre chose. Eh bien! pour prouver que tout est fini entre vous, et puisque vous êtes gens à risquer votre peau, acceptez franchement la proposition que je vais vous faire.

— É ele! exclamou Maston.

Barbicane não se mexia. Ardan olhou fixamente para o capitão, mas este não reagiu. Ardan deu aguns passos, gritando:

— Barbicane! Barbicane!

Nenhuma resposta. Ardan correu na direção do amigo, mas no momento em que ia agarrar seu braço, parou de repente, dando um grito de surpresa.

Com um lápis, Barbicane escrevia fórmulas e desenhava figuras geométricas em uma caderneta, enquanto seu fuzil desarmado jazia no solo.

Absorvido em seu trabalho e esquecido do duelo e da vingança, não vira nem ouvira nada.

Mas quando Michel Ardan colocou a mão sobre a sua, levantou-se e o olhou com ar de espanto.

— Ah! exclamou por fim. Você por aqui! Encontrei, meu amigo! Encontrei!

— O que?

— O meio!

— Que meio?

— O meio de anular o efeito do contragolpe na partida do projétil!

— Verdade? perguntou Michel, olhando o capitão com o canto dos olhos.

— Sim! Água! Água pura servirá como mola... Ah! Maston! exclamou Barbicane, você também!

— Eu mesmo, respondeu Michel Ardan, e permita que eu também lhe apresente o digno capitão Nicholl!

— Nicholl! exclamou Barbicane, ficando em pé em um instante. Perdão, capitão, disse ele, eu me esqueci... estou pronto...

Michel Ardan interveio sem deixar que os inimigos tivessem tempo de se interpelar.

— Por Deus! disse ele. Que felicidade pessoas tão especiais como vocês não terem se encontravado antes! Agora estaríamos lamentando os dois. Porém, graças a Deus que se envolveu no assunto, não há mais nada a temer. Quando nos esquecemos da raiva para margulhar em problemas mecânicos ou frustrar os planos das aranhas é porque essa raiva não traz perigo a ninguém.

E Michel Ardan contou ao presidente a história do capitão e disse:

— Então, para concluir, eu lhes pergunto se duas pessoas de bem como vocês vão continuar a caçada para estourar a cabeça um do outro a tiros de carabina?

Diante dessa situação um pouco ridícula havia qualquer coisa de tão inesperado que Barbicane e Nicholl não sabiam bem como se comportar frente a frente com relação ao outro. Michel Ardan percebeu e resolveu promover a reconciliação.

— Meus bravos amigos, disse ele, sorrindo seu melhor sorriso. Entre vocês só houve um grande mal-entendido, nada mais. Pois bem! Para provar que isso tudo terminou, e como vocês são pessoas prontas a arriscar a pele, aceitem francamente a proposta que vou lhes fazer.

"Partez avec moi, et venez voir..."

— Parlez, dit Nicholl.

— L'ami Barbicane croit que son projectile ira tout droit à la Lune.

— Oui, certes, répliqua le président.

— Et l'ami Nicholl est persuadé qu'il retombera sur la terre.

— J'en suis certain, s'écria le capitaine.

— Bon! reprit Michel Ardan. Je n'ai pas la prétention de vous mettre d'accord; mais je vous dis tout bonnement: Partez avec moi, et venez voir si nous resterons en route.

— Hein! fit J. T. Maston stupéfait.

Les deux rivaux, à cette proposition subite, avaient levé les yeux l'un sur l'autre. Ils s'observaient avec attention. Barbicane attendait la réponse du

"Partam comigo e venham ver..."

— Fale, disse Nicholl.

— O amigo Barbicane acredita que seu projétil irá direto para a Lua.

— Sim, é verdade, replicou o presidente.

— E o amigo Nicholl está persuadido que ele voltará a cair na Terra.

— Tenho certeza disso, exclamou o capitão.

— Muito bem! continuou Michel Ardan. Jamais tive a pretensão de fazer com que vocês entrassem em acordo, mas digo-lhes simplesmente: Partam comigo e venham ver se ficamos ou não no meio do caminho.

— Como?! disse J. T. Maston estupefato.

Diante dessa súbita sugestão, os dois rivais se entreolharam, observando--se com atenção. Barbicane esperava pela resposta do capitão. Nicholl aguardava

capitaine. Nicholl guettait les paroles du président.

— Eh bien? fit Michel de son ton le plus engageant. Puisqu'il n'y a plus de contrecoup à craindre!

— Accepté! s'écria Barbicane.

Mais, si vite qu'il eût prononcé ce mot, Nicholl l'avait achevé en même temps que lui.

— Hurrah! bravo! vivat! hip! hip! hip! s'écria Michel Ardan en tendant la main aux deux adversaires. Et maintenant que l'affaire est arrangée, mes amis, permettez-moi de vous traiter à la française. Allons déjeuner.

as palavras do presidente.

— E então? perguntou Michel em seu tom mais sedutor. Agora que não há mais contragolpe a temer!...

— Aceito! exclamou Barbicane.

Porém, por mais depressa que tenha pronunciado essa palavra, Nicholl a concluíra junto com ele.

— Hurra! Bravo! Viva! Hip! Hip! Hip! bradou Michel Ardan, segurando as mãos dos dois adversários. Agora que está tudo arranjado, meus amigos, permitam-me tratá-los à francesa. Vamos almoçar.

CHAPITRE XXII
LE NOUVEAU CITOYEN DES ÉTATS-UNIS

Ce jour-là toute l'Amérique apprit en même temps l'affaire du capitaine Nicholl et du président Barbicane, ainsi que son singulier dénouement. Le rôle joué dans cette rencontre par le chevaleresque Européen, sa proposition inattendue qui tranchait la difficulté, l'acceptation simultanée des deux rivaux, cette conquête du continent lunaire à laquelle la France et les États-Unis allaient marcher d'accord, tout se réunit pour accroître encore la popularité de Michel Ardan.

On sait avec quelle frénésie les Yankees se passionnent pour un individu. Dans un pays où de graves magistrats s'attellent à la voiture d'une danseuse et la traînent triomphalement, que l'on juge de la passion déchaînée par l'audacieux Français! Si l'on ne détela pas ses chevaux, c'est probablement parce qu'il n'en avait pas, mais toutes les autres marques d'enthousiasme lui furent prodiguées. Pas un citoyen qui ne s'unît à lui d'esprit et de cœur! *Ex pluribus unum*, suivant la devise des États-Unis.

À dater de ce jour, Michel Ardan n'eut plus un moment de repos. Des députations venues de tous les coins de l'Union le harcelèrent sans fin ni trêve. Il dut les recevoir bon gré mal gré. Ce qu'il serra de mains, ce qu'il tutoya de gens ne peut se compter; il fut bientôt sur les dents; sa voix, enrouée dans des speechs innombrables, ne s'échappait plus de ses lèvres qu'en sons inintelligibles, et il faillit gagner une gastro-entérite à la suite des toasts qu'il dut porter à tous les comtés de l'Union. Ce succès eût grisé un autre dès le premier jour, mais lui sut se contenir dans une demi-ébriété spirituelle et charmante.

Parmi les députations de toute espèce qui l'assaillirent, celle des "lunatiques" n'eut garde d'oublier ce qu'elle devait au futur conquérant de la Lune. Un

CAPÍTULO XXII
O NOVO CIDADÃO DOS ESTADOS UNIDOS

Naquele dia toda a América, praticamente ao mesmo tempo, soube do episódio entre o capitão Nicholl e o presidente Barbicane, assim como de seu singular desfecho. O papel desempenhado pelo cavalheiresco europeu, sua inesperada proposta que resolvia a dificuldade, a aceitação simultânea dos dois rivais e a conquista do continente lunar empreendida conjuntamente pela França e pelos Estados Unidos aumentaram ainda mais a popularidade de Michel Ardan.

Sabe-se com que entusiasmo os ianques se apaixonam por um indivíduo. Em um país no qual os sisudos magistrados se atrelam à carruagem de uma dançarina para puxá-la em triunfo, pode-se imaginar a paixão desencadeada pelo audacioso francês! Se não desatrelaram seus cavalos, provavelmente foi porque ele não os possuía, mas todas as outras demonstrações de entusiasmo lhe foram prodigalizadas. Não houve um único cidadão que não se unisse a ele em espírito e de coração! *Ex pluribus unum*[107], de acordo com a divisa dos Estados Unidos.

A partir daquele dia, Michel Ardan não teve um minuto de descanso. Delegações vindas de todos os cantos da União o perturbavam sem trégua nem fim. Ele era obrigado a recebê-las, de bom ou mau grado. Não se pode calcular quantas mãos ele apertou, quantas pessoas tratou com certa intimidade. Logo ficou exausto. Devido aos inúmeros discursos, a voz já rouca que escapava de seus lábios se transformou em sons ininteligíveis, e só lhe faltou ganhar uma grastoenterite devido à quantidade de brindes que foi obrigado a fazer a todos os condados da União. Esse sucesso teria encantado qualquer outro desde o primeiro dia, mas ele soube se manter em uma semi-ebriedade espiritual e encantadora.

Entre as delegações de todas as espécies que o assaltaram, a dos "lunáticos" não esquecia que devia muito ao futuro conquistador da Lua. Um dia,

---

[107] "De muitos, um", lema sugerido por Pierre Eugene DuSimitiere (1737-1784), ao primeiro comitê do Grande Selo, em 1776, na formação dos Estados Unidos da América (N.T.).

jour, quelques-uns de ces pauvres gens, assez nombreux en Amérique, vinrent le trouver et demandèrent à retourner avec lui dans leur pays natal. Certains d'entre eux prétendaient parler "le sélénite" et voulurent l'apprendre à Michel Ardan. Celui-ci se prêta de bon cœur à leur innocente manie et se chargea de commissions pour leurs amis de la Lune.

— Singulière folie! dit-il à Barbicane après les avoir congédiés, et folie qui frappe souvent les vives intelligences. Un de nos plus illustres savants, Arago, me disait que beaucoup de gens très-sages et très-réservés dans leurs conceptions se laissaient aller à une grande exaltation, à d'incroyables singularités, toutes les fois que la Lune les occupait. Tu ne crois pas à l'influence de la Lune sur les maladies?

— Peu, répondit le président du Gun-Club.

— Je n'y crois pas non plus, et cependant l'histoire a enregistré des faits au moins étonnants. Ainsi, en 1693, pendant une épidémie, les personnes périrent en plus grand nombre le 21 janvier, au moment d'une éclipse. Le célèbre Bacon s'évanouissait pendant les éclipses de la Lune et ne revenait à la vie qu'après l'entière émersion de l'astre. Le roi Charles VI retomba six fois en démence pendant l'année 1399, soit à la nouvelle, soit à la pleine Lune. Des médecins ont classé le mal caduc parmi ceux qui suivent les phases de la Lune. Les maladies nerveuses ont paru subir souvent son influence. Mead parle d'un enfant qui entrait en convulsions quand la Lune entrait en opposition. Gall avait remarqué que l'exaltation des personnes faibles s'accroissait deux fois par mois, aux époques de la nouvelle et de la pleine Lune. Enfin il y a encore mille observations de ce genre sur les vertiges, les fièvres malignes, les somnambulismes, tendant à prouver que l'astre des nuits a une mystérieuse influence sur les maladies terrestres.

— Mais comment? pourquoi? demanda Barbicane.

— Pourquoi? répondit Ardan. Ma foi, je te ferai la même réponse qu'Arago répétait dix-neuf siècles après Plutarque: "C'est peut-être parce que ça n'est pas vrai!"

Au milieu de son triomphe, Michel Ardan ne put échapper à aucune des corvées inhérentes à l'état d'homme célèbre. Les entrepreneurs de succès voulurent l'exhiber. Barnum lui offrit un million pour le promener de ville en ville dans tous les États-Unis et le montrer comme un animal curieux. Michel Ardan le traita de cornac et l'envoya promener lui-même.

Cependant, s'il refusa de satisfaire ainsi la curiosité publique, ses portraits, du moins, coururent le monde entier et occupèrent la place d'honneur dans les albums; on en fit des épreuves de toutes dimensions, depuis la grandeur naturelle jusqu'aux réductions microscopiques des timbres-poste. Chacun pouvait posséder son héros dans toutes les poses imaginables, en tête, en buste, en pied, de face, de profil, de trois quarts, de dos. On en tira plus de quinze cent mille exemplaires, et il avait là une belle occasion de se débiter en reliques, mais il n'en profita pas. Rien qu'à vendre ses cheveux un dollar la pièce, il lui en restait assez pour faire fortune!

Pour tout dire, cette popularité ne lui déplaisait pas. Au contraire. Il se mettait à la disposition du public et correspondait avec l'univers entier. On répétait

alguns pobres diabos, bastante numerosos na América, foram procurá-lo e pediram para voltar com ele ao seu país natal. Alguns pretendiam falar "selenita" e desejavam ensinar essa língua a Michel Ardan. Ele até se prestou de bom grado a essa inocente mania e aceitou levar recados e encomendas para seus amigos da Lua.

— Uma loucura singular! disse ele a Barbicane depois de se despedir deles, e uma loucura que em geral afeta grandes inteligências. Um de nossos mais ilustres cientistas, Arago, me contou que muitas pessoas extremamente sensatas e reservadas em suas concepções se deixaram levar a uma grande exaltação e a incríveis excentricidades todas as vezes que se ocupavam da Lua. Você não acredita que a Lua tem influência sobre as doenças?

— Um pouco, respondeu o presidente do Clube do Canhão.

— Também não acredito, mas a história registrou fatos pelo menos espantosos. Em 1693, durante uma epidemia, houve um maior número de mortes no dia 21 de janeiro, durante um eclipse. O célebre Bacon desmaiava durante os eclipses da Lua e só voltava a si após a total emersão do astro. O rei Charles VI recaiu seis vezes em sua demência durante o ano de 1399, sempre na Lua nova ou na Lua cheia. Os médicos têm classificado o mal entre aqueles que seguem as fases da lua. São as doenças nervosas que em geral parecem sofrer sua influência. Mead fala de uma criança que tinha convulsões quando a Lua entrava em oposição. Gall notou que a exaltação das pessoas débeis aumentava duas vezes por mês, na Lua nova e na Lua cheia. Enfim, ainda há milhares de observações desse tipo sobre vertigens, febres malignas e sonambulismo, que procuram provar que o astro das noites exerce uma misteriosa influência sobre as doenças terrestres.

— Mas como? Por quê? Perguntou Barbicane.

— Por quê? perguntou Ardan. Por Deus, eu daria a mesma resposta que Arago repetiu, dezenove séculos depois de Plutarco: "Talvez seja por não ser verdade!"

Em meio ao seu triunfo, Michel Ardan não pôde escapar a nenhum aborrecimento inerente ao estado de homem célebre. Os empresários de sucesso quiseram exibi-lo. Barnum lhe ofereceu um milhão para conduzi-lo de cidade em cidade por todos os Estados Unidos, como um animal raro. Michel Ardan o chamou de imbecil e o mandaram plantar batatas.

Contudo, se ele recusava a satisfazer desse modo a curiosidade pública, pelo menos seus retratos correram o mundo todo e ocuparam o lugar de honra nos álbuns. Fizeram cópias em todas as dimensões, desde tamanho natural até reduções microscópicas impressas em selos de correio. Cada pessoa podia possuir seu herói em todas as poses imagináveis, somente a cabeça, o busto, em pé, de frente, de perfil, de três quartos, de costas. Foram feitas mais de 100 mil cópias e aquela era uma ótima ocasião para se multiplicar em relíquias, mas ele não a aproveitou. Se vendesse mechas do seu cabelo a um dólar a peça, ele teria o suficiente para fazer uma fortuna!

Mas essa popularidade não o desagradava. Ao contrário. Colocava-se à disposição do público e se correspondia com o universo inteiro. Todos repetiam

ses bons mots, on les propageait, surtout ceux qu'il ne faisait pas. On lui en prêtait, suivant l'habitude, car il était riche de ce côté.

Non-seulement il eut pour lui les hommes, mais aussi les femmes. Quel nombre infini de "beaux mariages" il aurait faits, pour peu que la fantaisie l'eût pris de "se fixer". Les vieilles misses surtout, celles qui depuis quarante ans séchaient sur pied, rêvaient nuit et jour devant ses photographies.

Il est certain qu'il eût trouvé des compagnes par centaines, même s'il leur avait imposé la condition de le suivre dans les airs. Les femmes sont intrépides quand elles n'ont pas peur de tout. Mais son intention n'était pas de faire souche sur le continent lunaire, et d'y transplanter une race croisée de Français et d'Américains. Il refusa donc.

— Aller jouer là-haut, disait-il, le rôle d'Adam avec une fille d'Ève, merci! Je n'aurais qu'à rencontrer des serpents!...

Dès qu'il put se soustraire enfin aux joies trop répétées du triomphe, il alla, suivi de ses amis, faire une visite à la Columbiad. Il lui devait bien cela. Du reste, il était devenu très fort en balistique, depuis qu'il vivait avec Barbicane, J. T. Maston et tutti quanti. Son plus grand plaisir consistait à répéter à ces braves artilleurs qu'ils n'étaient que des meurtriers aimables et savants. Il ne tarissait pas en plaisanteries à cet égard. Le jour où il visita la Columbiad, il l'admira fort et descendit jusqu'au fond de l'âme de ce gigantesque mortier qui devait bientôt le lancer vers l'astre des nuits.

— Au moins, dit-il, ce canon-là ne fera de mal à personne, ce qui est déjà assez étonnant de la part d'un canon. Mais quant à vos engins qui détruisent, qui incendient, qui brisent, qui tuent, ne m'en parlez pas, et surtout ne venez jamais me dire qu'ils ont "une âme", je ne vous croirais pas!

Il faut rapporter ici une proposition relative à J. T. Maston. Quand le secrétaire du Gun-Club entendit Barbicane et Nicholl accepter la proposition de Michel Ardan, il résolut de se joindre à eux et de faire "la partie à quatre". Un jour il demanda à être du voyage. Barbicane, désolé de refuser, lui fit comprendre que le projectile ne pouvait emporter un aussi grand nombre de passagers. J. T. Maston, désespéré, alla trouver Michel Ardan, qui l'invita à se résigner et fit valoir des arguments *ad hominem*.

— Vois-tu, mon vieux Maston, lui dit-il, il ne faut pas prendre mes paroles en mauvaise part; mais vraiment là, entre nous, tu es trop incomplet pour te présenter dans la Lune!

— Incomplet! s'écria le vaillant invalide.

— Oui! mon brave ami! Songe au cas où nous rencontrerions des habitants là-haut. Voudrais-tu donc leur donner une aussi triste idée de ce qui se passe ici-bas, leur apprendre ce que c'est que la guerre, leur montrer qu'on emploie le meilleur de son temps à se dévorer, à se manger, à se casser bras et jambes, et cela sur un globe qui pourrait nourrir cent milliards d'habitants, et où il y en a douze cents millions à peine? Allons donc, mon digne ami, tu nous ferais mettre à la porte!

— Mais si vous arrivez en morceaux, répliqua J. T. Maston, vous serez aussi incomplets que moi!

seus ditos interessantes, sobretudo os que ele jamais dissera. Como de hábito, eram-lhe atribuídos, pois era rico quanto a isso.

Agradava não apenas os homens, mas também as mulheres. Se tivesse tido a fantasia de se tornar um "homem sério", teria conseguido um número infinito de "belos casamentos". Eram, sobretudo, as solteironas velhas e secas que sonhavam dia e noite diante de suas fotografias.

É verdade que teria encontrado centenas de amigos, mesmo que lhes tivesse imposto a condição de acompanhá-lo em sua viagem pelos ares. As mulheres são intrépidas quando não têm medo de tudo. Mas sua intenção não era criar uma nova estirpe no continente lunar, e transplantar para lá uma raça surgida do cruzamento entre franceses e americanos. Então se recusou.

— Ir lá para cima desempenhar o papel de Adão com uma filha de Eva? Não, muito obrigado! Só faltaria encontrar serpentes!...

Assim que conseguiu fugir das alegrias do triunfo, por demais repetidas, foi fazer uma visita à Columbiada, acompanhado por seus amigos. Ele bem merecia. Além de tudo, tornara-se grande conhecedor de balística desde que passara a conviver com Barbicane, J. T. Maston e todos os outros. Seu maior prazer era repetir a esses bravos artilheiros que eles não passavam de assassinos amáveis e sábios. Não lhe faltavam brincadeiras com relação a esse assunto. No dia em que visitou a Columbiada ficou encantado e desceu até o fundo da alma do gigantesco morteiro que logo o lançaria na direção do astro das noites.

— Pelo menos este canhão não fará mal a ninguém, disse ele, o que já é espantoso no que diz respeito a um canhão. Mas não me falem sobre seus engenhos que destroem, incendeiam, dilaceram e matam, e principalmente jamais me digam que eles têm "uma alma", pois não acreditarei!

Agora é preciso narrar aqui uma proposição relativa a J. T. Maston. Quando o secretário do Clube do Canhão soube que Barbicane e Nicholl haviam aceitado a proposta de Michel Ardan, resolveu juntar-se a eles e fazer "um grupo de quatro". Um dia, pediu para participar da viagem. Desolado por recusar, Barbicane lhe explicou que o projétil não poderia carregar um número tão grande de passageiros. Desesperado, J. T. Maston foi procurar Michel Ardan, que o aconselhou a se resignar e fez valer alguns argumentos *ad hominem*.

— Veja, meu caro Maston, disse ele, e não leve a mal minhas palavras, mas verdadeiramente cá entre nós, você é bastante incompleto para se apresentar na Lua!

— Incompleto! exclamou o valente inválido.

— Sim, meu bravo amigo! Imagine que encontremos habitantes lá em cima. Você gostaria de lhes dar uma triste ideia do que se passa aqui em baixo, de lhes ensinar o que é a guerra, de lhes mostrar que empregamos o melhor de nosso tempo a devorar um ao outro, arrancando braços e pernas, e isso tudo em um globo que poderia nutrir bilhões de habitantes, e que só tem no máximo um bilhão e 200 milhões? Ora, meu digno amigo, você faria que eles nos expulsassem de lá!

— Mas se vocês chegarem aos pedaços serão tão incompletos quanto eu! replicou J. T. Maston.

— Sans doute, répondit Michel Ardan, mais nous n'arriverons pas en morceaux!

En effet, une expérience préparatoire, tentée le 18 octobre, avait donné les meilleurs résultats et fait concevoir les plus légitimes espérances. Barbicane, désirant se rendre compte de l'effet de contrecoup au moment du départ d'un projectile, fit venir un mortier de trente-deux pouces (~75 cm) de l'arsenal de Pensacola. On l'installa sur le rivage de la rade d'Hillisboro, afin que la bombe retombât dans la mer et que sa chute fût amortie. Il ne s'agissait que d'expérimenter la secousse au départ et non le choc à l'arrivée.

Le chat retiré de la bombe.

Un projectile creux fut préparé avec le plus grand soin pour cette curieuse expérience. Un épais capitonnage, appliqué sur un réseau de ressorts faits

— Sem dúvida, respondeu Michel Ardan, mas nós não chegaremos aos pedaços!

Na verdade, uma experiência preparatória tentada no dia 18 de outubro dera os melhores resultados e os fizera conceber as mais legítimas esperanças. Barbicane, desejando saber exatamente o efeito do contragolpe no momento da partida do projétil, fez com que lhe enviassem do arsenal de Pensacola um morteiro de 32 polegadas (~75 cm.). Este foi instalado na praia do molhe de Hillisboro para que a bomba caísse no mar e sua queda fosse amortecida. Tratava-se de experimentar o abalo da partida, não o choque da chegada.

Retirou-se o gato da bomba.

Com o maior cuidado, prepararam um projétil oco para essa curiosa experiência. Uma espessa forração aplicada sobre uma rede feita do melhor aço

du meilleur acier, doublait ses parois intérieures. C'était un véritable nid soigneusement ouaté.

— Quel dommage de ne pouvoir y prendre place! disait J. T. Maston en regrettant que sa taille ne lui permît pas de tenter l'aventure.

Dans cette charmante bombe, qui se fermait au moyen d'un couvercle à vis, on introduisit d'abord un gros chat, puis un écureuil appartenant au secrétaire perpétuel du Gun-Club, et auquel J. T. Maston tenait particulièrement. Mais on voulait savoir comment ce petit animal, peu sujet au vertige, supporterait ce voyage expérimental.

Le mortier fut chargé avec cent soixante livres de poudre et la bombe placée dans la pièce. On fit feu.

Aussitôt le projectile s'enleva avec rapidité, décrivit majestueusement sa parabole, atteignit une hauteur de mille pieds environ, et par une courbe gracieuse alla s'abîmer au milieu des flots.

Sans perdre un instant, une embarcation se dirigea vers le lieu de sa chute; des plongeurs habiles se précipitèrent sous les eaux, et attachèrent des câbles aux oreillettes de la bombe, qui fut rapidement hissée à bord. Cinq minutes ne s'étaient pas écoulées entre le moment où les animaux furent enfermés et le moment où l'on dévissa le couvercle de leur prison.

Ardan, Barbicane, Maston, Nicholl se trouvaient sur l'embarcation, et ils assistèrent à l'opération avec un sentiment d'intérêt facile à comprendre. À peine la bombe fut-elle ouverte, que le chat s'élança au-dehors, un peu froissé, mais plein de vie, et sans avoir l'air de revenir d'une expédition aérienne. Mais d'écureuil point. On chercha. Nulle trace. Il fallut bien alors reconnaître la vérité. Le chat avait mangé son compagnon de voyage.

J. T. Maston fut très attristé de la perte de son pauvre écureuil, et se proposa de l'inscrire au martyrologe de la science.

Quoi qu'il en soit, après cette expérience, toute hésitation, toute crainte disparurent; d'ailleurs les plans de Barbicane devaient encore perfectionner le projectile et anéantir presque entièrement les effets de contrecoup. Il n'y avait donc plus qu'à partir.

Deux jours plus tard, Michel Ardan reçut un message du président de l'Union, honneur auquel il se montra particulièrement sensible.

À l'exemple de son chevaleresque compatriote le marquis de la Fayette, le gouvernement lui décernait le titre de citoyen des États-Unis d'Amérique.

revestia suas paredes interiores. Era um verdadeiro ninho cuidadosamente protegido.

— Que pena não poder embarcar nele! dizia J. T. Maston, lamentando que seu tamanho não lhe permitisse tentar a aventura.

Nessa encantadora bomba fechada com uma tampa de rosca, primeiro foi colocado um gato grande, depois um esquilo pertencente a J. T. Maston, que o secretário perpétuo do Clube do Canhão estimava muitíssimo. Desejavam saber como esse pequeno animal pouco sujeito a vertigens suportaria essa viagem experimental.

O morteiro foi carregado com 160 libras de pólvora e a bomba foi colocada dentro da peça. Então foi acionada.

O projétil subiu rapidamente, descreveu uma majestosa parábola, atingiu uma altura de cerca de mil pés e, depois de fazer uma curva graciosa, caiu por entre as ondas.

Sem perder um instante, uma embarcação se dirigiu para o local do resgate. Hábeis mergulhadores se lançaram à água e amarraram cabos nas argolas da bomba que foi rapidamente içada para bordo. Menos de cinco minutos haviam se passado entre o momento em que os animais tinham sido encerrados e o momento em que a tampa de sua prisão foi desatarraxada.

Ardan, Barbicane, Maston e Nicholl se encontravam na embarcação e assistiram à operação com um sentimento de interesse bastante compreensível. Assim que a bomba foi aberta o gato pulou para fora, um pouco triste, mas cheio de vida, sem a aparência de ter voltado de uma expedição aérea. Mas do esquilo, nada. Procuraram muito, mas não encontraram nenhum vestígio dele. O gato comera seu companheiro de viagem.

J. T. Maston ficou muito triste com a perda de seu pobre esquilo e propôs que o inscrevessem como um mártir da ciência.

Seja como for, depois dessa experiência, toda hesitação e todo medo desapareceram; além disso, Barbicane ainda devia aperfeiçoar os planos do projétil e anular quase completamente os efeitos do contragolpe. Assim, só lhes restava nada além de partir.

Dois dias mais tarde Michel Ardan recebeu uma mensagem do presidente da União, honra à qual se mostrou particularmente sensível.

A exemplo de seu cavalheiresco compatriota, o marquês de La Fayette, o governo lhe oferecia o título de cidadão dos Estados Unidos da América.

CHAPITRE XXIII
LE WAGON-PROJECTILE

Après l'achèvement de la célèbre Columbiad, l'intérêt public se rejeta immédiatement sur le projectile, ce nouveau véhicule destiné à transporter à travers l'espace les trois hardis aventuriers. Personne n'avait oublié que, par sa dépêche du 30 septembre, Michel Ardan demandait une modification aux plans arrêtés par les membres du Comité.

Le président Barbicane pensait alors avec raison que la forme du projectile importait peu, car, après avoir traversé l'atmosphère en quelques secondes, son parcours devait s'effectuer dans le vide absolu. Le Comité avait donc adopté la forme ronde, afin que le boulet pût tourner sur lui-même et se comporter à sa fantaisie. Mais, dès l'instant qu'on le transformait en véhicule, c'était une autre affaire. Michel Ardan ne se souciait pas de voyager à la façon des écureuils; il voulait monter la tête en haut, les pieds en bas, ayant autant de dignité que dans la nacelle d'un ballon; plus vite sans doute, mais sans se livrer à une succession de cabrioles peu convenables.

De nouveaux plans furent donc envoyés à la maison Breadwill et Ce. d'Albany, avec recommandation de les exécuter sans retard. Le projectile, ainsi modifié, fut fondu le 2 novembre et expédié immédiatement à Stone's Hill par les railways de l'Est.

Le 10, il arriva sans accident au lieu de sa destination. Michel Ardan, Barbicane et Nicholl attendaient avec la plus vive impatience ce "wagon-projectile" dans lequel ils devaient prendre passage pour voler à la découverte d'un nouveau monde.

Il faut en convenir, c'était une magnifique pièce de métal, un produit métallurgique qui faisait le plus grand honneur au génie industriel des Américains. On venait d'obtenir pour la première fois l'aluminium en masse aussi considérable, ce qui pouvait être justement regardé comme un résultat prodigieux. Ce précieux pro-

CAPÍTULO XXIII
O VAGÃO-PROJÉTIL

Depois de terminada a célebre Columbiada, o interesse público imediatamente se voltou para o projétil, esse novo veículo que transportaria pelo espaço os três audazes aventureiros. Ninguém esquecera de que no telegrama do dia 30 de novembro, Michel Ardan solicitava uma modificação nos planos elaborados pelos membros da Comissão.

O presidente Barbicane agora tinha razões para considerar que o formato do projétil pouco importava, pois depois de atravessar a atmosfera em alguns segundos, seu percurso seria feito no vazio absoluto. A Comissão, então, adotara a forma redonda para que ele pudesse girar sobre si mesmo e se comportar de acordo com sua fantasia. Mas no instante em que foi transformado em veículo, era uma outra coisa. Michel Ardan não se importava de viajar como esquilo. Só queria subir com a cabeça para o alto, os pés para baixo, com tanta dignidade como se viajasse na barca de um balão; mais depressa, sem dúvida, mas sem ser obrigado a fazer uma série de cambalhotas inconvenientes.

Foram encaminhados novos planos à casa Breadwill e Co., de Albany, com a recomendação de que deveriam ser executados sem demora. Depois de modificado, o projétil foi fundido no dia 2 novembro e imediatamente enviado a Stone's Hill pela estrada de ferro do leste.

Ele chegou ao seu destino no dia 10, sem acidentes. Michel Ardan, Barbicane e Nicholl esperavam com grande impaciência esse "vagão-projétil" no qual eles deveriam embarcar para voar rumo à descoberta de um novo mundo.

Deve-se convir de que era uma magnífica peça de metal, um produto metalúrgico que muito honrava o gênio industrial dos americanos. Acabavam de obter, pela primeira vez, alumínio em quantidade tão considerável, o que podia ser justamente visto como um resultado prodigioso. Esse precioso projétil brilhava

jectile étincelait aux rayons du Soleil. À le voir avec ses formes imposantes et coiffé de son chapeau conique, on l'eût pris volontiers pour une de ces épaisses tourelles en façon de poivrières, que les architectes du Moyen Age suspendaient à l'angle des châteaux forts. Il ne lui manquait que des meurtrières et une girouette.

L'arrivé du projectile à Stone's Hill.

— Je m'attends, s'écriait Michel Ardan, à ce qu'il en sorte un homme d'armes portant la haquebutte et le corselet d'acier. Nous serons là-dedans comme des seigneurs féodaux, et, avec un peu d'artillerie, on y tiendrait tête à toutes les armées sélénites, si toutefois il y en a dans la Lune!

— Ainsi le véhicule te plaît? demanda Barbicane à son ami.

— Oui! oui! sans doute, répondit Michel Ardan qui l'examinait en artiste. Je regrette seulement que ses formes ne soient pas plus effilées, son cône plus

aos raios do sol. Ao vê-lo com suas formas imponentes, coberto com seu chapéu cônico, seria fácil tomá-lo por uma dessas pequenas torres construídas no formato de pimenteiros que os arquitetos da Idade Média elevavam nos ângulos dos castelos fortificados. Só lhe faltava seteiras e um cata-vento.

A chegada do projétil à Stone's Hill.

— Está parecendo que dali vai sair um homem armado com um arcabuz, vestindo um corpete de aço. Lá dentro seremos como senhores feudais, e com um pouco de artilharia poderemos enfrentar todos os exército selenitas, no caso de existirem na Lua!

— Quer dizer que o veículo o agrada? perguntou Barbicane ao seu amigo.

— Sim! Sim! Sem dúvida, respondeu Michel Ardan, que o examinava como um artista. Só lamento que suas formas não sejam mais afiladas, seu cone mais

gracieux; on aurait dû le terminer par une touffe d'ornements en métal guilloché, avec une chimère, par exemple, une gargouille, une salamandre sortant du feu les ailes déployées et la gueule ouverte...

— À quoi bon? dit Barbicane, dont l'esprit positif était peu sensible aux beautés de l'art.

— À quoi bon, ami Barbicane?! Hélas! puisque tu me le demandes, je crains bien que tu ne le comprennes jamais!

— Dis toujours, mon brave compagnon.

— Eh bien! suivant moi, il faut toujours mettre un peu d'art dans ce que l'on fait, cela vaut mieux. Connais-tu une pièce indienne qu'on appelle le *Chariot de l'Enfant*?

— Pas même de nom, répondit Barbicane.

— Cela ne m'étonne pas, reprit Michel Ardan. Apprends donc que, dans cette pièce, il y a un voleur qui, au moment de percer le mur d'une maison, se demande s'il donnera à son trou la forme d'une lyre, d'une fleur, d'un oiseau ou d'une amphore. Eh bien! dis-moi, ami Barbicane, si à cette époque tu avais été membre du jury, est-ce que tu aurais condamné ce voleur-là?

— Sans hésiter, répondit le président du Gun-Club, et avec la circonstance aggravante d'effraction.

— Et moi je l'aurais acquitté, ami Barbicane! Voilà pourquoi tu ne pourras jamais me comprendre!

— Je n'essaierai même pas, mon vaillant artiste.

— Mais au moins, reprit Michel Ardan, puisque l'extérieur de notre wagon-projectile laisse à désirer, on me permettra de le meubler à mon aise, et avec tout le luxe qui convient à des ambassadeurs de la Terre!

— À cet égard, mon brave Michel, répondit Barbicane, tu agiras à ta fantaisie, et nous te laisserons faire à ta guise.

Mais, avant de passer à l'agréable, le président du Gun-Club avait songé à l'utile, et les moyens inventés par lui pour amoindrir les effets du contrecoup furent appliqués avec une intelligence parfaite.

Barbicane s'était dit, non sans raison, que nul ressort ne serait assez puissant pour amortir le choc, et, pendant sa fameuse promenade dans le bois de Skersnaw, il avait fini par résoudre cette grande difficulté d'une ingénieuse façon. C'est à l'eau qu'il comptait demander de lui rendre ce service signalé. Voici comment:

Le projectile devait être rempli à la hauteur de trois pieds d'une couche d'eau destinée à supporter un disque en bois parfaitement étanche, qui glissait à frottement sur les parois intérieures du projectile. C'est sur ce véritable radeau que les voyageurs prenaient place. Quant à la masse liquide, elle était divisée par des cloisons horizontales que le choc au départ devait briser successivement. Alors chaque nappe d'eau, de la plus basse à la plus haute, s'échappant par des tuyaux de dégagement vers la partie supérieure du projectile, arrivait ainsi à faire ressort, et le disque, muni lui-même de tampons extrêmement puissants, ne pouvait heurter le culot inférieur qu'après l'écrasement successif des diverses

gracioso. Deveríamos tê-lo terminado por um florão de ornamentos de metal lavrado, com uma quimera, por exemplo, uma gárgula, uma salamandra cuspindo fogo, com as asas estendidas e a boca aberta...

— Qual o benefício que isso traria? perguntou Barbicane, cujo espírito prático era pouco sensível às belezas da arte.

— Qual o benefício, amigo Barbicane?! Ai de mim! Só pelo fato de perguntar temo que você não me compreenda!

— Diga assim mesmo, meu bravo companheiro.

— Está bem! Acredito que é sempre bom colocar um pouco de arte em tudo que se faz. Por acaso você conhece um peça indiana chamada *O Carrinho da Criança*?

— Nem mesmo de nome, respondeu Barbicane.

— Isso não me espanta, disse Michel Ardan. Então saiba que nessa peça há um ladrão que, no momento de fazer um buraco na parede de uma casa, pergunta-se se deve dar a essa abertura a forma de uma lira, de uma flor, de um pássaro ou de uma ânfora. Pois bem! Diga-me, amigo Barbicane, se fosse membro do júri naquela época, você teria condenado esse ladrão?

— Sem hesitar, respondeu o presidente do Clube do Canhão, e com a circunstância agravante da infração.

— Pois eu o teria absolvido, amigo Barbicane! É por isso que você jamais poderia compreender!

— Eu nem mesmo tentaria, meu valente artista.

— Mas pelo menos, falou Michel Ardan, como o exterior de nosso vagão-projétil deixa a desejar, devo ter permissão de mobiliá-lo de acordo com meu gosto e com todo o luxo devido aos embaixadores da Terra!

— Quanto a isso meu bravo Michel, respondeu Barbicane, agirá de acordo com sua fantasia e deixaremos você fazer o que desejar.

Mas antes de tratar da parte agradável, o presidente do Clube do Canhão pensara na parte útil e, com perfeita inteligência, conseguira aplicar os meios inventados para minimizar os efeitos do contragolpe.

Não sem razão, Barbicane dizia a si mesmo que nenhum recurso seria suficientemente forte para amortizar o choque, e durante seu famoso passeio pelo bosque de Skersnaw acabara resolvendo essa grande dificuldade de um modo bastante engenhoso. Era com a água que ele deveria contar para lhe prestar esse serviço. Eis de que modo:

O projétil devia ter uma camada de água de três pés de altura, destinada a suportar um disco de madeira perfeitamente estanque que, com o atrito, escorregasse pelas paredes interiores do projétil. Era sobre essa verdadeira jangada que os viajantes viajariam. Quanto à massa líquida, seria repartida por divisórias horizontais que o choque da partida quebraria sucessivamente. Então, cada lençol de água, do mais baixo ao mais alto, ao subir pelos tubos de despejo para a parte superior do projétil, faria o papel de almofada, e o disco, também munido de tampões extremamente fortes, só chegaria até a culatra inferior depois de quebrar sucessivamente as diversas divisórias. Sem dúvida

cloisons. Sans doute les voyageurs éprouveraient encore un contrecoup violent après le complet échappement de la masse liquide, mais le premier choc devait être presque entièrement amorti par ce ressort d'une grande puissance.

Il est vrai que trois pieds d'eau sur une surface de cinquante-quatre pieds carrés devaient peser près de onze mille cinq cents livres; mais la détente des gaz accumulés dans la Columbiad suffirait, suivant Barbicane, à vaincre cet accroissement de poids; d'ailleurs le choc devait chasser toute cette eau en moins d'une seconde, et le projectile reprendrait promptement sa pesanteur normale.

Voilà ce qu'avait imaginé le président du Gun-Club et de quelle façon il pensait avoir résolu la grave question du contrecoup. Du reste, ce travail, intelligemment compris par les ingénieurs de la maison Breadwill, fut merveilleusement exécuté; l'effet une fois produit et l'eau chassée au-dehors, les voyageurs pouvaient se débarrasser facilement des cloisons brisées et démonter le disque mobile qui les supportait au moment du départ.

Quant aux parois supérieures du projectile, elles étaient revêtues d'un épais capitonnage de cuir, appliqué sur des spirales du meilleur acier, qui avaient la souplesse des ressorts de montre. Les tuyaux d'échappement dissimulés sous ce capitonnage ne laissaient pas même soupçonner leur existence.

Ainsi donc toutes les précautions imaginables pour amortir le premier choc avaient été prises, et pour se laisser écraser, disait Michel Ardan, il faudrait être "de bien mauvaise composition".

Le projectile mesurait neuf pieds de large extérieurement sur douze pieds de haut. Afin de ne pas dépasser le poids assigné, on avait un peu diminué l'épaisseur de ses parois et renforcé sa partie inférieure, qui devait supporter toute la violence des gaz développés par la déflagration du pyroxyle. Il en est ainsi, d'ailleurs, dans les bombes et les obus cylindro-coniques, dont le culot est toujours plus épais.

On pénétrait dans cette tour de métal par une étroite ouverture ménagée sur les parois du cône, et semblable à ces "trous d'homme" des chaudières à vapeur. Elle se fermait hermétiquement au moyen d'une plaque d'aluminium, retenue à l'intérieur par de puissantes vis de pression. Les voyageurs pourraient donc sortir à volonté de leur prison mobile, dès qu'ils auraient atteint l'astre des nuits.

Mais il ne suffisait pas d'aller, il fallait voir en route. Rien ne fut plus facile. En effet, sous le capitonnage se trouvaient quatre hublots de verre lenticulaire d'une forte épaisseur, deux percés dans la paroi circulaire du projectile; un troisième à sa partie inférieure et un quatrième dans son chapeau conique. Les voyageurs seraient donc à même d'observer, pendant leur parcours, la Terre qu'ils abandonnaient, la Lune dont ils s'approchaient et les espaces constellés du ciel. Seulement, ces hublots étaient protégés contre les chocs du départ par des plaques solidement encastrées, qu'il était facile de rejeter au-dehors en dévissant des écrous intérieurs. De cette façon, l'air contenu dans le projectile ne pouvait pas s'échapper, et les observations devenaient possibles.

Tous ces mécanismes, admirablement établis, fonctionnaient avec la plus grande facilité, et les ingénieurs ne s'étaient pas montrés moins intelligents dans les aménagements du wagon-projectile.

Des récipients solidement assujettis étaient destinés à contenir l'eau et les vivres nécessaires aux trois voyageurs; ceux-ci pouvaient même se procurer

os viajantes ainda sentiriam um contragolpe violento depois da completa saída da massa líquida, mas o primeiro choque seria quase inteiramente absorvido por essa potentíssima mola.

É verdade que três pés de água em uma superfície de 54 pés quadrados pesariam quase 11.500 libras, mas segundo Barbicane, a força dos gases acumulados na Columbiada seria suficiente para vencer esse aumento de peso. Além disso, o choque expeliria toda essa água em menos de um segundo e o projétil imediatamente recuperaria seu peso normal.

Fora isso que imaginara o presidente do Clube do Canhão e o modo pelo qual acreditava ter resolvido a grave questão do contragolpe. De resto, esse trabalho fora inteligentemente compreendido pelos engenheiros da casa Breadwill, que o executaram maravilhosamente. Quando o efeito se produzisse e a água fosse expelida, os viajantes poderiam facilmente se livrar das divisórias quebradas e desmontar o disco móvel que os suportara no momento da partida.

Quanto às paredes superiores do projétil, haviam sido revestidas por um espesso acolchoado de couro aplicado sobre espirais feitas do melhor aço, flexíveis como molas de relógio. Os tubos de escapamento ficariam escondidos sob esse acolchoado e ninguém suspeitaria de sua existência.

Assim, foram tomadas todas as precauções imagináveis para amortecer o primeiro choque, e como dizia Michel Ardan, para ficar esmagado seria preciso possuir "uma péssima constituição".

Em seu exterior, o projétil media nove pés de largura e doze pés de altura. Para não ultrapassar o peso calculado fora necessário diminuir um pouco a espessura de suas paredes e reforçar sua parte inferior, o que devia suportar toda a violência do gás gerado pela deflagração do piróxilo. Na verdade, é isso que acontece com as bombas e os obuses cilindro-cônicos, cuja culatra sempre é mais espessa.

Entrava-se nessa torre de metal por uma estreita abertura nas paredes do cone, semelhante a esses "buracos de homem" das caldeiras a vapor. Ela se fechava hermeticamente por meio de uma placa de alumínio, presa em seu interior por poderosos parafusos de pressão. Os viajantes poderiam sair à vontade de sua prisão móvel assim que chegassem ao astro das noites.

Mas não era suficiente viajar, era preciso também ver o caminho. Nada mais fácil. De fato, sob o acolchoado havia quatro vigias de vidro lentiforme, muito espesso, duas delas na parede circular do projétil; uma terceira em sua parte inferior e uma quarta em seu chapéu cônico. Durante o percurso, os viajantes teriam toda facilidade para observar a Terra que abandonavam, a Lua da qual se aproximavam e o espaço celeste cheio de constelações. Essas vigias eram protegidas dos choques da partida por placas solidamente embutidas, que eram fáceis de se afastar soltando-se as porcas colocadas na parte interna. Desse modo, o ar contido no projétil não poderia escapar e as observações se tornavam possíveis.

Todos esses mecanismos admiravelmente estabelecidos funcionavam com a maior facilidade e os engenheiros não se mostraram menos inteligentes no preparo do vagão-projétil.

Recipientes solidamente presos estavam destinados a armazenar a água e os víveres necessários aos três viajantes. Eles até podiam conseguir fogo e luz

le feu et la lumière au moyen de gaz emmagasiné dans un récipient spécial sous une pression de plusieurs atmosphères. Il suffisait de tourner un robinet, et pendant six jours ce gaz devait éclairer et chauffer ce confortable véhicule. On le voit, rien ne manquait des choses essentielles à la vie et même au bien-être. De plus, grâce aux instincts de Michel Ardan, l'agréable vint se joindre à l'utile sous la forme d'objets d'art; il eût fait de son projectile un véritable atelier d'artiste, si l'espace ne lui eût pas manqué. Du reste, on se tromperait en supposant que trois personnes dussent se trouver à l'étroit dans cette tour de métal. Elle avait une surface de cinquante-quatre pieds carrés à peu près sur dix pieds de hauteur, ce qui permettait à ses hôtes une certaine liberté de mouvement. Ils n'eussent pas été aussi à leur aise dans le plus confortable wagon des États-Unis.

La question des vivres et de l'éclairage étant résolue, restait la question de l'air. Il était évident que l'air enfermé dans le projectile ne suffirait pas pendant quatre jours à la respiration des voyageurs; chaque homme, en effet, consomme dans une heure environ tout l'oxygène contenu dans cent litres d'air. Barbicane, ses deux compagnons, et deux chiens qu'il comptait emmener, devaient consommer, par vingt-quatre heures, deux mille quatre cents litres d'oxygène, ou, en poids, à peu près sept livres. Il fallait donc renouveler l'air du projectile. Comment? Par un procédé bien simple, celui de MM. Reiset et Regnault, indiqué par Michel Ardan pendant la discussion du meeting.

On sait que l'air se compose principalement de vingt et une parties d'oxygène et de soixante-dix-neuf parties d'azote. Or, que se passe-t-il dans l'acte de la respiration? Un phénomène fort simple. L'homme absorbe l'oxygène de l'air, éminemment propre à entretenir la vie, et rejette l'azote intact. L'air expiré a perdu près de cinq pour cent de son oxygène et contient alors un volume à peu près égal d'acide carbonique, produit définitif de la combustion des éléments du sang par l'oxygène inspiré. Il arrive donc que dans un milieu clos, et après un certain temps, tout l'oxygène de l'air est remplacé par l'acide carbonique, gaz essentiellement délétère.

La question se réduisait dès lors à ceci: l'azote s'étant conservé intact, 1° refaire l'oxygène absorbé; 2° détruire l'acide carbonique expiré. Rien de plus facile au moyen du chlorate de potasse et de la potasse caustique.

Le chlorate de potasse est un sel qui se présente sous la forme de paillettes blanches; lorsqu'on le porte à une température supérieure à quatre cents degrés, il se transforme en chlorure de potassium, et l'oxygène qu'il contient se dégage entièrement. Or, dix-huit livres de chlorate de potasse rendent sept livres d'oxygène, c'est-à-dire la quantité nécessaire aux voyageurs pendant vingt--quatre heures. Voilà pour refaire l'oxygène.

Quant à la potasse caustique, c'est une matière très avide de l'acide carbonique mêlé à l'air, et il suffit de l'agiter pour qu'elle s'en empare et forme du bicarbonate de potasse. Voilà pour absorber l'acide carbonique.

En combinant ces deux moyens, on était certain de rendre à l'air vicié toutes ses qualités vivifiantes. C'est ce que les deux chimistes, MM. Reiset et Regnault, avaient expérimenté avec succès. Mais, il faut le dire, l'expérience avait eu lieu jusqu'alors *in anima vili*. Quelle que fût sa précision scientifique, on ignorait absolument comment des hommes la supporteraient.

por meio do gás armazenado em um recipiente especial, sob pressão de várias atmosferas. Era o suficiente se abrir uma válvula e durante seis dias esse gás iluminaria e aqueceria o confortável veículo. Como se vê, não faltava nada de essencial à vida e ao bem-estar. Além disso, graças aos instintos de Michel Ardan, o agradável juntou-se ao útil sob a forma de objetos de arte. Ele teria feito de seu projétil um verdadeiro estúdio de artista se não lhe faltasse espaço. De resto, enganava-se quem supunha que três pessoas não teriam conforto nessa torre de metal. Ela possuía uma superfície de aproximadamente 54 pés quadrados, com dez pés de altura, permitindo que os hóspedes tivessem certa liberdade de movimento. Ali, se sentiriam tão à vontade quanto no mais confortável vagão de trem dos Estados Unidos.

Resolvido o problema dos víveres e da iluminação, restava a questão do ar. Era evidente que o ar encerrado no projétil não seria suficiente para os viajantes respirarem durante quatro dias. Na verdade, cada qual consumiria em uma hora todo o oxigênio contido em 100 litros de ar. Barbicane, seus dois companheiros e dois cães que ele desejava levar consigo deviam consumir 2.400 litros de oxigênio a cada 24 horas ou, em peso, um pouco mais de sete libras. Portanto, seria necessário renovar o ar do projétil. Como? Através de um procedimento bem simples. Usando o método dos senhores Reiset e Regnault, descrito por Michel Ardan durante a discussão na assembleia.

Sabe-se que o ar é composto principalmente de 21 partes de oxigênio e 79 partes de nitrogênio. Ora, o que acontece durante o ato da respiração? Um fenômeno bem simples. O homem absorve o oxigênio do ar, eminentemente próprio para sustentar a vida, e expele o nitrogênio intacto. O ar expirado perde aproximadamente cinco por cento de seu oxigênio e passa a conter um volume quase igual de ácido carbônico, produto derivado da combustão do sangue pelo oxigênio inspirado. Assim sendo, em um ambiente fechado, e depois de certo tempo, todo o oxigênio do ar é substituído pelo ácido carbônico, gás essencialmente venenoso.

A questão se reduzia ao seguinte: como o nitrogênio se conservaria intacto, primeiro era necessário refazer o oxigênio; e, segundo, destruir o ácido carbônico expirado. Nada mais fácil, utilizando-se o clorato de potássio e a potassa cáustica.

O clorato de potássio é um sal que se apresenta sob a aparência de flocos brancos. Aquecido a uma temperatura superior a quatrocentos graus, transforma-se em cloreto de potássio, e o oxigênio que ele contém se solta inteiramente. Ora, 18 libras de clorato de potássio produzem sete libras de oxigênio, isto é, a quantidade necessária para os viajantes durante 24 horas. Assim seria refeito o oxigênio.

Quanto à potassa cáustica, ela é extremamente ávida pelo ácido carbônico mesclado ao ar e basta agitá-la no ambiente para ela se apoderar dele e produzir bicarbonato de potássio. E assim seria absorvido o ácido carbônico.

Combinando esses dois procedimentos, certamente seria possível devolver ao ar viciado todas as suas qualidades vivificadoras. Foi isso que os dois químicos, Reiset e Regnault, fizeram em seus experimentos, obtendo sucesso. Mas é preciso dizer que até aquele momento a experiência tivera lugar *in anima vili*[108]. Apesar de sua precisão científica, ignorava-se totalmente como os homens a suportariam.

---
[108] Em animais irracionais. (N.T.)

J. T. Maston avait engraissé!

Telle fut l'observation faite à la séance où se traita cette grave question. Michel Ardan ne voulait pas mettre en doute la possibilité de vivre au moyen de cet air factice, et il offrit d'en faire l'essai avant le départ.

Mais l'honneur de tenter cette épreuve fut réclamé énergiquement par J. T. Maston.

— Puisque je ne pars pas, dit ce brave artilleur, c'est bien le moins que j'habite le projectile pendant une huitaine de jours.

Il y aurait eu mauvaise grâce à lui refuser. On se rendit à ses vœux. Une quantité suffisante de chlorate de potasse et de potasse caustique fut mise à sa disposition avec des vivres pour huit jours; puis, ayant serré la main de ses amis, le 12 novembre, à six heures du matin, après avoir expressément recommandé

J. T. Maston tinha engordado!

Essa observação foi feita na sessão em que foi tratada essa grave questão. Michel Ardan não duvidava da possibilidade de viver desse ar artificial e se ofereceu para fazer a experiência antes da viagem.

Mas a honra de tentar esse experimento foi reivindicada energicamente por J. T. Maston.

— Como não posso viajar, disse esse bravo artilheiro, deixe-me pelo menos habitar o projétil durante oito dias.

Teria sido de mau gosto recusar. Renderam-se ao seu desejo. Colocaram à sua disposição uma quantidade suficiente de clorato de potássio e de potassa cáustica, juntamente com víveres para oito dias; então, tendo apertado as mãos de seus amigos, no dia 12 de novembro, às seis horas da manhã, depois de

de ne pas ouvrir sa prison avant le 20, à six heures du soir, il se glissa dans le projectile, dont la plaque fut hermétiquement fermée.

Que se passa-t-il pendant cette huitaine? Impossible de s'en rendre compte. L'épaisseur des parois du projectile empêchait tout bruit intérieur d'arriver au-dehors.

Le 20 novembre, à six heures précises, la plaque fut retirée; les amis de J. T. Maston ne laissaient pas d'être un peu inquiets. Mais ils furent promptement rassurés en entendant une voix joyeuse qui poussait un hurrah formidable.

Bientôt le secrétaire du Gun-Club apparut au sommet du cône dans une attitude triomphante.

Il avait engraissé!

expressamente recomendar que não abrissem sua prisão antes do dia 20, às seis horas da tarde, entrou no projétil cuja tampa foi hermeticamente fechada.

O que se passou durante esses oito dias? Impossível saber. A espessura das paredes do projétil impedia que qualquer ruído do interior fosse ouvido do lado de fora.

No dia 20 de novembro, precisamente às seis horas, a tampa foi retirada. Os amigos de J. T. Maston estavam um pouco inquietos. Mas foram prontamente tranquilizados ao ouvir uma voz alegre que lançava um formidável hurra.

O secretário do Clube do Canhão logo apareceu no topo do cone, em atitude triunfante.

Ele até engordara!

CHAPITRE XXIV
LE TÉLESCOPE DES MONTAGES ROCHEUSES

Le 20 octobre de l'année précédente, après la souscription close, le président du Gun-Club avait crédité l'Observatoire de Cambridge des sommes nécessaires à la construction d'un vaste instrument d'optique. Cet appareil, lunette ou télescope, devait être assez puissant pour rendre visible à la surface de la Lune un objet ayant au plus neuf pieds de largeur.

Il y a une différence importante entre la lunette et le télescope; il est bon de la rappeler ici. La lunette se compose d'un tube qui porte à son extrémité supérieure une lentille convexe appelée objectif, et à son extrémité inférieure une seconde lentille nommée oculaire, à laquelle s'applique l'œil de l'observateur. Les rayons émanant de l'objet lumineux traversent la première lentille et vont, par réfraction, former une image renversée à son foyer[87]. Cette image, on l'observe avec l'oculaire, qui la grossit exactement comme ferait une loupe. Le tube de la lunette est donc fermé à chaque extrémité par l'objectif et l'oculaire.

Au contraire, le tube du télescope est ouvert à son extrémité supérieure. Les rayons partis de l'objet observé y pénètrent librement et vont frapper un miroir métallique concave, c'est-à-dire convergent. De là ces rayons réfléchis rencontrent un petit miroir qui les renvoie à l'oculaire, disposé de façon à grossir l'image produite.

Ainsi, dans les lunettes, la réfraction joue le rôle principal, et dans les télescopes, la réflexion. De là le nom de réfracteurs donné aux premières, et celui de réflecteurs attribué aux seconds. Toute la difficulté d'exécution de ces appareils d'optique gît dans la confection des objectifs, qu'ils soient faits de lentilles ou de miroirs métalliques.

Cependant, à l'époque où le Gun-Club tenta sa grande expérience, ces instruments étaient singulièrement perfectionnés et donnaient des résultats

---
[87] C'est le point où les rayons lumineux se réunissent après avoir été réfractés.

CAPÍTULO XXIV
O TELESCÓPIO DAS MONTANHAS ROCHOSAS

No dia 20 de outubro do ano anterior, depois de encerrada a subscrição, o presidente do Clube do Canhão abrira um crédito para o Observatório de Cambridge, com a quantia necessária à construção de um enorme instrumento de ótica. Esse aparelho, luneta ou telescópio, devia ser suficientemente possante para tornar visível um objeto com nove pés de largura.

É conveniente lembrar que há uma diferença importante entre uma luneta e um telescópio. A luneta se compõe de um tubo que possui em sua extremidade superior uma lente convexa chamada objetiva, e em sua extremidade inferior uma segunda lente chamada ocular, à qual se aplica o olho do observador. Os raios que emanam do objeto luminoso atravessam a primeira lente e, por refração, formam uma imagem inversa do objeto focalizado[109]. Essa imagem é observada com a lente ocular, que a amplia exatamente como uma lupa. Portanto, o tubo da luneta é fechado nas duas extremidades pelas lentes objetiva e ocular.

Ao contrário, o tubo do telescópio é aberto na extremidade superior. Os raios que partem do objeto observado aí penetram livremente e incidem sobre um espelho metálico côncavo, isto é, convergente. De lá esses raios refletidos encontram um pequeno espelho que os reenvia à lente ocular, disposta de modo a ampliar a imagem produzida.

Assim sendo, a refração desempenha o papel principal nas lunetas, e nos telescópios esse papel cabe à reflexão. Daí o nome de refratores dado aos primeiros e de refletores atribuído aos segundos. Toda dificuldade de execução desses aparelhos de ótica repousa na confecção das objetivas, sejam elas lentes ou espelhos metálicos.

No entanto, na época em que o Clube do Canhão tentou sua grande experiência, esses instrumentos já haviam sido grandemente aperfeiçoados e davam

---
[109] Ponto em que os raios luminosos se reúnem após a refração.

magnifiques. Le temps était loin où Galilée observa les astres avec sa pauvre lunette qui grossissait sept fois au plus. Depuis le seizième siècle, les appareils d'optique s'élargirent et s'allongèrent dans des proportions considérables, et ils permirent de jauger les espaces stellaires à une profondeur inconnue jusqu'alors. Parmi les instruments réfracteurs fonctionnant à cette époque, on citait la lunette de l'Observatoire de Poulkowa, en Russie, dont l'objectif mesure quinze pouces (38 centimètres de largeur[88]), la lunette de l'opticien français Lerebours, pourvue d'un objectif égal au précédent, et enfin la lunette de l'Observatoire de Cambridge, munie d'un objectif qui a dix-neuf pouces de diamètre (48 cm).

Parmi les télescopes, on en connaissait deux d'une puissance remarquable et de dimension gigantesque. Le premier, construit par Herschell, était long de trente-six pieds et possédait un miroir large de quatre pieds et demi ; il permettait d'obtenir des grossissements de six mille fois. Le second s'élevait en Irlande, à Birrcastle, dans le parc de Parsonstown, et appartenait à Lord Rosse. La longueur de son tube était de quarante-huit pieds, la largeur de son miroir de six pieds (~1.93 m[89]) ; il grossissait six mille quatre cents fois, et il avait fallu bâtir une immense construction en maçonnerie pour disposer les appareils nécessaires à la manœuvre de l'instrument, qui pesait vingt-huit mille livres.

Mais, on le voit, malgré ces dimensions colossales, les grossissements obtenus ne dépassaient pas six mille fois en nombres ronds ; or, un grossissement de six mille fois ne ramène la Lune qu'à trente-neuf milles (~16 lieues), et il laisse seulement apercevoir les objets ayant soixante pieds de diamètre, à moins que ces objets ne soient très allongés.

Or, dans l'espèce, il s'agissait d'un projectile large de neuf pieds et long de quinze ; il fallait donc ramener la Lune à cinq milles (~2 lieues) au moins, et, pour cela, produire des grossissements de quarante-huit mille fois.

Telle était la question posée à l'Observatoire de Cambridge. Il ne devait pas être arrêté par les difficultés financières ; restaient donc les difficultés matérielles.

Et d'abord il fallut opter entre les télescopes et les lunettes. Les lunettes présentent des avantages sur les télescopes. À égalité d'objectifs, elles permettent d'obtenir des grossissements plus considérables, parce que les rayons lumineux qui traversent les lentilles perdent moins par l'absorption que par la réflexion sur le miroir métallique des télescopes. Mais l'épaisseur que l'on peut donner à une lentille est limitée, car, trop épaisse, elle ne laisse plus passer les rayons lumineux. En outre, la construction de ces vastes lentilles est excessivement difficile et demande un temps considérable, qui se mesure par années.

Donc, bien que les images fussent mieux éclairées dans les lunettes, avantage inappréciable quand il s'agit d'observer la Lune, dont la lumière est simplement réfléchie, on se décida à employer le télescope, qui est d'une exécution plus

---

[88] Elle a coûté 80,000 roubles (320,000 francs).
[89] On entend souvent parler de lunettes ayant une longueur bien plus considérable ; une, entre autres, de 300 pieds de foyer, fut établie par les soins de Dominique Cassini à l'Observatoire de Paris ; mais il faut savoir que ces lunettes n'avaient pas de tube. L'objectif était suspendu en l'air au moyen de mâts, et l'observateur, tenant son oculaire à la main, venait se placer au foyer de l'objectif le plus exactement possible. On comprend combien ces instruments étaient d'un emploi peu aisé et la difficulté qu'il y avait de centrer deux lentilles placées dans ces conditions.

resultados magníficos. Ficara longe o tempo em que Galileu observava os astros com sua pobre luneta que ampliava no máximo sete vezes. Desde o século XVI, os aparelhos de ótica cresceram e se alongaram em proporções consideráveis, permitindo que os espaços estelares fossem explorados em profundidade até então desconhecida. Entre os instrumentos refratores em uso naquela época, devemos citar a luneta do Observatório de Pulkowa, na Rússia, cuja objetiva mede 15 polegadas (38 centímetro de largura[110]), a luneta do especialista em ótica o francês Lerebours, provida de uma objetiva idêntica à precedente, e enfim a luneta do Observatório de Cambridge, munida de uma objetiva de 19 polegadas de diâmetro (48 cm).

Entre os telescópios, eram conhecidos dois de potência notável e dimensões gigantescas. O primeiro, construído por Herschell, tinha um comprimento de 36 pés e possuía um espelho de quatro pés e meio; ele permitia obter ampliações de seis mil vezes. O segundo se encontrava na Irlanda, em Birrcastle, no parque de Parsonstown, e pertencia ao lorde Rosse. O comprimento de seu tubo era 48 pés, e a largura de seu espelho, seis pés (~1.93 m)[111]; sua capacidade de ampliação era de 6.400 vezes e foi necessário construir uma imensa edificação de alvenaria para colocar os aparelhos necessários para manobrar o instrumento que pesava 28 mil libras.

Contudo, vemos que apesar dessas dimensões colossais, as ampliações obtidas não ultrapassavam seis mil vezes, em números redondos; ora, uma ampliação de seis mil vezes só traz a Lua até uma distância aparente de 39 milhas (~16 léguas), e só permite que vejamos objetos com no mínimo 60 pés de diâmetro, a menos que esses objetos sejam extremamente alongados.

Ora, em nosso caso, tratava-se de um projétil com nove pés de largura e 15 pés de comprimento. Portanto, seria preciso trazer a Lua a uma distância de cinco milhas (~2 léguas) pelo menos, sendo necessária uma ampliação de 48 mil vezes.

Tal foi o problema proposto ao Observatório de Cambridge. Não precisaria se ater às dificuldades financeiras; só restariam os problemas materiais.

Antes de tudo, era preciso escolher entre o telescópio e a luneta. A luneta apresentava certas vantagens sobre o telescópio. A igualdade entre as objetivas permitia obter ampliações maiores, pois os raios luminosos que atravessam as lentes perdem menos pela absorção que pela reflexão sobre o espelho metálico do telescópio. Mas a espessura que se pode dar a uma lente é limitada, pois espessa demais ela impede a passagem dos raios luminosos. Em outras palavras, a construção dessas enormes lentes é excessivamente difícil e exige um tempo considerável, medido em anos.

Assim, apesar de as imagens serem mais claras nas lunetas, vantagem apreciável quando se trata de observar a Lua cuja luminosidade é simplesmente refletida, decidiu-se empregar o telescópio que é de execução mais rápida e

---

[110] Ela custou 80.000 rublos (320.000 francos).
[111] Em geral, ouve-se falar em lunetas de comprimento bem maior. Entre outras, uma com 300 pés foi construída por Dominique Cassini no Observatório de Paris; mas é preciso que se saiba que essas lunetas não possuíam tubo. A objetiva ficava suspensa no ar por meio de colunas e o observador, segurando uma lente, se colocava diante da objetiva do modo mais exato possível. Pode-se compreender a dificuldade do emprego desses instrumentos e a complexidade da centralização das duas lentes colocadas nessas condições.

prompte et permet d'obtenir de plus forts grossissements. Seulement, comme les rayons lumineux perdent une grande partie de leur intensité en traversant l'atmosphère, le Gun-Club résolut d'établir l'instrument sur l'une des plus hautes montagnes de l'Union, ce qui diminuerait l'épaisseur des couches aériennes.

Dans les télescopes, on l'a vu, l'oculaire, c'est-à-dire la loupe placée à l'œil de l'observateur, produit le grossissement, et l'objectif qui supporte les plus forts grossissements est celui dont le diamètre est le plus considérable et la distance focale plus grande. Pour grossir quarante-huit mille fois, il fallait dépasser singulièrement en grandeur les objectifs d'Herschell et de Lord Rosse. Là était la difficulté, car la fonte de ces miroirs est une opération très-délicate.

Heureusement, quelques années auparavant, un savant de l'Institut de France, Léon Foucault, venait d'inventer un procédé qui rendait très-facile et très-prompt le polissage des objectifs, en remplaçant le miroir métallique par des miroirs argentés. Il suffisait de couler un morceau de verre de la grandeur voulue et de le métalliser ensuite avec un sel d'argent. Ce fut ce procédé, dont les résultats sont excellents, qui fut suivi pour la fabrication de l'objectif.

De plus, on le disposa suivant la méthode imaginée par Herschell pour ses télescopes. Dans le grand appareil de l'astronome de Slough, l'image des objets, réfléchie par le miroir incliné au fond du tube, venait se former à son autre extrémité où se trouvait situé l'oculaire. Ainsi l'observateur, au lieu d'être placé à la partie inférieure du tube, se hissait à sa partie supérieure, et là, muni de sa loupe, il plongeait dans l'énorme cylindre. Cette combinaison avait l'avantage de supprimer le petit miroir destiné à renvoyer l'image à l'oculaire. Celle-ci ne subissait plus qu'une réflexion au lieu de deux. Donc il y avait un moins grand nombre de rayons lumineux éteints. Donc l'image était moins affaiblie. Donc, enfin, on obtenait plus de clarté, avantage précieux dans l'observation qui devait être faite[90].

Ces résolutions prises, les travaux commencèrent. D'après les calculs du bureau de l'Observatoire de Cambridge, le tube du nouveau réflecteur devait avoir deux cent quatre-vingts pieds de longueur, et son miroir seize pieds de diamètre. Quelque colossal que fût un pareil instrument, il n'était pas comparable à ce télescope long de dix mille pieds (~ trois kilomètres et demi) que l'astronome Hooke proposait de construire il y a quelques années. Néanmoins l'établissement d'un semblable appareil présentait de grandes difficultés.

Quant à la question d'emplacement, elle fut promptement résolue. Il s'agissait de choisir une haute montagne, et les hautes montagnes ne sont pas nombreuses dans les États.

En effet, le système orographique de ce grand pays se réduit à deux chaînes de moyenne hauteur, entre lesquelles coule ce magnifique Mississippi que les Américains appelleraient "le roi des fleuves", s'ils admettaient une royauté quelconque.

À l'est, ce sont les Appalaches, dont le plus haut sommet, dans le New-Hampshire, ne dépasse pas cinq mille six cents pieds, ce qui est fort modeste.

À l'ouest, au contraire, on rencontre les montagnes Rocheuses, immense chaîne qui commence au détroit de Magellan, suit la côte occidentale de l'Amérique du Sud sous le nom d'Andes ou de Cordillères, franchit l'isthme de Panama et court

---

[90] Ces réflecteurs sont nommés "front view telescope".

permite obter ampliações maiores. Porém, como os raios luminosos perdem grande parte de sua intensidade ao atravessar a atmosfera, o Clube do Canhão resolveu colocar o instrumento sobre uma das mais altas montanhas da União, o que diminuiria a espessura das camadas aéreas.

Já vimos que nos telescópios a lente ocular, isto é, a lupa colocada diante do olho do observador produz a ampliação, e a objetiva que suporta as maiores ampliações é a que possui maior diâmetro e menor distância focal. Para ampliar 48 mil vezes, era preciso ultrapassar muitíssimo o tamanho das objetivas de Herschell e de lorde Rosse. Era essa a dificuldade, pois a fundição desses espelhos é uma operação extremamente delicada.

Felizmente, há alguns anos um cientista do Instituto Francês, Léon Foucault, inventara um processo que facilitava e apressava muitíssimo o polimento das objetivas ao substituir o espelho metálico por espelhos prateados. Era suficiente derreter um pedaço de vidro do tamanho exigido e metalizá-lo com sal de prata. Esse procedimento, cujos resultados são excelentes, foi utilizado na fabricação da objetiva.

Além disso, o espelho foi colocado segundo o método imaginado por Herschell para seus telescópios. No grande aparelho do astrônomo de Slough, a imagem refletida pelo espelho inclinado no fundo do tubo se formava na outra extremidade, onde estava situada a lente ocular. Assim, em vez de o observador se colocar na parte inferior do tubo, poaicionsava-se na parte superior, e lá, munido de sua lupa, mergulhava o olhar dentro do enorme cilindro. Essa combinação tinha a vantagem de suprimir o pequeno espelho destinado a reenviar a imagem à lente ocular. Esta só sofria uma reflexão, em vez de duas. Portanto, um menor número de raios luminosos se extinguia e imagem ficava menos enfraquecida. Enfim, havia mais claridade, vantagem preciosa para a observação a ser feita[112].

Após tomarem essas resoluções, os trabalhos começaram. De acordo com a diretoria do Observatório de Cambridge, o tubo do novo refletor teria 280 pés de comprimento e seu espelho, 16 pés de diâmetro. Apesar de o instrumento parecer colossal, não era comparável ao telescópio com o comprimento de 10 mil pés (~três quilômetros e meio) que o astrônomo Hooke propusera construir há alguns anos. Apesar disso, a construção de semelhante aparelho apresentava grandes dificuldades.

Quanto à questão da localização, foi prontamente resolvida. Tratava-se de escolher uma montanha alta, e as montanhas altas não são numerosas nos Estados Unidos.

Na verdade, o sistema orográfico desse grande país se reduz a duas cadeias de altura média, entre as quais corre o magnífico rio Mississipi, que os americanos chamariam "rei dos rios" se admitissem uma realeza qualquer.

No leste, há os Apalaches, cujo pico mais alto se localiza em Nova Hampshire e não passa de 5.600 pés, algo bastante modesto.

No oeste, pelo contrário, encontram-se as Montanhas Rochosas, imensa cadeia que tem início no estreito de Magalhães, na costa ocidental da América do Sul sob o nome de Andes ou de Cordilheiras, atravessa o istmo do Panamá e corre

---

[112] Esses refletores são denominados "de visão direta".

à travers l'Amérique du Nord jusqu'aux rivages de la mer polaire.

Ces montagnes ne sont pas très élevées, et les Alpes ou l'Himalaya les regarderaient avec un suprême dédain du haut de leur grandeur. En effet, leur plus haut sommet n'a que 10,701 pieds, tandis que le mont Blanc en mesure 14,439, et le Kintschindjinga[91] 26,776 au-dessus du niveau de la mer.

Mais, puisque le Gun-Club tenait à ce que le télescope, aussi bien que la Columbiad, fût établi dans les États de l'Union, il fallut se contenter des montagnes Rocheuses, et tout le matériel nécessaire fut dirigé sur le sommet de Long's Peak, dans le territoire du Missouri.

Le télescope des montagnes Rocheuses.

---

[91] La plus haute cime de l'Himalaya.

através da América do Norte até as praias do mar polar.

Essas montanhas não são muito altas, e do alto de sua grandeza, os Alpes ou o Himalaia as olhariam com um supremo desdém. Na verdade, seu pico mais alto tem apenas 10.701 pés, enquanto que o Monte Branco mede 14.439 pés e o Kintschindjinga[113][114], 26.776 pés acima do nível do mar.

Mas, como o Clube do Canhão desejava que esse telescópio e a Columbiada fossem instalados nos Estados da União, era preciso se contentar com as Montanhas Rochosas, e todo o material necessário foi transportado para o topo de Long's Peak, no território do Missouri.

O telescópio das montanhas Rochosas.

---

[113] O mais alto pico do Himalaia.
[114] Na verdade, desde 1856, portanto nove anos antes da publicação de "Da Terra à Lua", considera-se o monte Evereste e não o Kintschindjinga, como o mais alto do Himalaia. (N.E.)

Dire les difficultés de tout genre que les ingénieurs américains eurent à vaincre, les prodiges d'audace et d'habileté qu'ils accomplirent, la plume ou la parole ne le pourrait pas. Ce fut un véritable tour de force. Il fallut monter des pierres énormes, de lourdes pièces forgées, des cornières d'un poids considérable, les vastes morceaux du cylindre, l'objectif pesant lui seul près de trente mille livres, au-dessus de la limite des neiges perpétuelles, à plus de dix mille pieds de hauteur, après avoir franchi des prairies désertes, des forêts impénétrables, des "rapides" effrayants, loin des centres de populations, au milieu de régions sauvages dans lesquelles chaque détail de l'existence devenait un problème presque insoluble. Et néanmoins, ces mille obstacles, le génie des Américains en triompha. Moins d'un an après le commencement des travaux, dans les derniers jours du mois de septembre, le gigantesque réflecteur dressait dans les airs son tube de deux cent quatre-vingts pieds. Il était suspendu à une énorme charpente en fer; un mécanisme ingénieux permettait de le manœuvrer facilement vers tous les points du ciel et de suivre les astres d'un horizon à l'autre pendant leur marche à travers l'espace.

Il avait coûté plus de quatre cent mille dollars[92]. La première fois qu'il fut braqué sur la Lune, les observateurs éprouvèrent une émotion à la fois curieuse et inquiète. Qu'allaient-ils découvrir dans le champ de ce télescope qui grossissait quarante-huit mille fois les objets observés? Des populations, des troupeaux d'animaux lunaires, des villes, des lacs, des océans? Non, rien que la science ne connût déjà, et sur tous les points de son disque la nature volcanique de la Lune put être déterminée avec une précision absolue.

Mais le télescope des montagnes Rocheuses, avant de servir au Gun-Club, rendit d'immenses services à l'astronomie. Grâce à sa puissance de pénétration, les profondeurs du ciel furent sondées jusqu'aux dernières limites, le diamètre apparent d'un grand nombre d'étoiles put être rigoureusement mesuré, et M. Clarke, du bureau de Cambridge, décomposa le crab nebula[93] du Taureau, que le réflecteur de Lord Rosse n'avait jamais pu réduire.

---

[92] Un million six cent mille francs.
[93] Nébuleuse qui apparaît sous la forme d'une écrevisse.

Impossível descrever as dificuldades de toda ordem que os engenheiros americanos precisaram vencer e os prodígios de audácia e habilidade que realizaram. Foi um esforço verdadeiramente excepcional. Foi preciso subir por pedras enormes, levando pesadas peças forjadas, pilastras de peso considerável, imensas porções do cilindro e a objetiva pesando, somente ela, aproximadamente 30 mil libras, além dos limites das neves eternas, a mais de dez mil pés de altura, depois de ter percorrido planícies desertas, florestas impenetráveis e corredeiras assustadoras, longe dos centros populacionais, em meio a regiões selvagens nas quais todo detalhe da existência se tornava um problema quase insolúvel. Apesar disso, o gênio dos americanos triunfou sobre esses mil obstáculos. Menos de um ano após o início dos trabalhos, nos últimos dias do mês de setembro, o gigantesco refletor erguia nos ares seu tubo de 280 pés. Ficava suspenso por uma enorme corrente de ferro onde um mecanismo engenhoso permitia ser manobrado facilmente para que pudesse apontar para todos os pontos do céu e seguir os astros de um horizonte a outro durante sua marcha através do espaço.

Custara mais de 400 mil dólares[115]. A primeira vez que foi apontado para a Lua, os observadores sentiram uma emoção ao mesmo tempo curiosa e inquieta. O que iriam descobrir no campo desse telescópio que ampliava 48 mil vezes os objetos observados? Populações, rebanhos de animais lunares, cidades, lagos, oceanos? Não, nada que a ciência já não soubesse, e sobre todos os pontos de seu disco a natureza vulcânica da Lua pode ser determinada com uma precisão absoluta.

Mas antes de servir ao Clube do Canhão o telescópio das Montanhas Rochosas prestou imensos serviços à astronomia. Graças à sua potência de penetração, as profundezas do céu foram sondadas até os últimos limites, o diâmetro de um grande número de estrelas pôde ser rigorosamente medido, e Clarke, da diretoria de Cambridge, analisou a Nebulosa do Caranguejo[116], na constelação de Touro, algo que o refletor de lorde Rosse jamais conseguira fazer.

---

[115] Um milhão e seiscentos mil francos.
[116] Nebulosa que aparece sob a forma de um crustáceo.

CHAPITRE XXV
DERNIERS DÉTAILS

On était au 22 novembre. Le départ suprême devait avoir lieu dix jours plus tard. Une seule opération restait encore à mener à bonne fin, opération délicate, périlleuse, exigeant des précautions infinies, et contre le succès de laquelle le capitaine Nicholl avait engagé son troisième pari. Il s'agissait, en effet, de charger la Columbiad et d'y introduire les quatre cent mille livres de fulmi-coton. Nicholl avait pensé, non sans raison peut-être, que la manipulation d'une aussi formidable quantité de pyroxyle entraînerait de graves catastrophes, et qu'en tout cas cette masse éminemment explosive s'enflammerait d'elle-même sous la pression du projectile.

Il y avait là de graves dangers encore accrus par l'insouciance et la légèreté des Américains, qui ne se gênaient pas, pendant la guerre fédérale, pour charger leurs bombes le cigare à la bouche. Mais Barbicane avait à cœur de réussir et de ne pas échouer au port ; il choisit donc ses meilleurs ouvriers, il les fit opérer sous ses yeux, il ne les quitta pas un moment du regard, et, à force de prudence et de précautions, il sut mettre de son côté toutes les chances de succès.

Et d'abord il se garda bien d'amener tout son chargement à l'enceinte de Stone's Hill. Il le fit venir peu à peu dans des caissons parfaitement clos. Les quatre cent mille livres de pyroxyle avaient été divisées en paquets de cinq cents livres, ce qui faisait huit cents grosses gargousses confectionnées avec soin par les plus habiles artificiers de Pensacola. Chaque caisson pouvait en contenir dix et arrivait l'un après l'autre par le rail-road de Tampa-Town ; de cette façon il n'y avait jamais plus de cinq mille livres de pyroxyle à la fois dans l'enceinte. Aussitôt arrivé, chaque caisson était déchargé par des ouvriers marchant pieds nus, et chaque gargousse transportée à l'orifice de la Columbiad, dans laquelle on la descendait au moyen de grues manœuvrées à bras d'hommes. Toute machine à vapeur avait été écartée, et les moindres feux éteints à deux milles à la ronde. C'était déjà trop d'avoir

CAPÍTULO XXV
ÚLTIMOS DETALHES

Era dia 22 de novembro. A suprema partida deveria ter lugar dez dias depois dessa data. Faltava uma única operação a ser realizada com êxito, mas era uma operação delicada e perigosa que exigia infinitas precauções, e contra o sucesso da qual era o objeto da terceira aposta do capitão Nicholl. Tratava-se de carregar a Columbiada e nela introduzir as 400 mil libras de algodão-pólvora. Nicholl talvez tivesse razão em acreditar que a manipulação de uma quantidade tão formidável de piróxilo provocaria graves catástrofes e que essa massa eminentemente explosiva se inflamaria espontaneamente sob a pressão do projétil.

Ainda havia os graves perigos decorrentes da imprudência e leviandade dos americanos que, durante a Guerra de Secessão, não se importavam em carregar suas bombas com um charuto na boca. Barbicane queria ter êxito em sua empreitada, não naufragar já no porto. Então escolheu seus melhores operários e fez com que trabalhassem sob seus olhos. Exigindo prudência e precauções, soube colocar ao seu lado todas as oportunidades de sucesso.

Para começar, evitou levar toda a carga para o âmbito de Stone's Hill. Fez com que as caixas perfeitamente fechadas fossem levadas pouco a pouco. As 400 mil libras de piróxilo haviam sido divididas em lotes de 500 libras, que resultaram em 800 grandes cartuchos confeccionados cuidadosamente pelos mais hábeis especialistas de Pensacola. Cada caixote podia conter dez cartuchos que chegavam pela ferrovia da cidade de Tampa, um após o outro; desse modo, jamais havia mais de 500 libras de piróxilo no recinto. Assim que chegava, cada caixote era descarregado pelos operários que trabalhavam descalços, transportando os cartuchos até o orifício da Columbiada, através do qual desciam por meio de guindastes manobrados manualmente. Todas as máquinas a vapor haviam sido retiradas, em um raio de duas milhas. Já era demais ter que preservar o algodão-

à préserver ces masses de fulmi-coton contre les ardeurs du soleil, même en novembre. Aussi travaillait-on de préférence pendant la nuit, sous l'éclat d'une lumière produite dans le vide et qui, au moyen des appareils de Ruhmkorff, créait un jour artificiel jusqu'au fond de la Columbiad. Là, les gargousses étaient rangées avec une parfaite régularité et reliées entre elles au moyen d'un fil métallique destiné à porter simultanément l'étincelle électrique au centre de chacune d'elles.

En effet, c'est au moyen de la pile que le feu devait être communiqué à cette masse de fulmi-coton. Tous ces fils, entourés d'une matière isolante, venaient se réunir en un seul à une étroite lumière percée à la hauteur où devait être maintenu le projectile, là ils traversaient l'épaisse paroi de fonte et remontaient jusqu'au sol par un des évents du revêtement de pierre conservé dans ce but. Une fois arrivé au sommet de Stone's-Hill, le fil, supporté sur des poteaux pendant une longueur de deux milles, rejoignait une puissante pile de Bunzen en passant par un appareil interrupteur. Il suffisait donc de presser du doigt le bouton de l'appareil pour que le courant fût instantanément rétabli et mît le feu aux quatre cent mille livres de fulmi-coton. Il va sans dire que la pile ne devait entrer en activité qu'au dernier moment.

Le 28 novembre, les huit cents gargousses étaient disposées au fond de la Columbiad. Cette partie de l'opération avait réussi. Mais que de tracas, que d'inquiétudes, de luttes, avait subis le président Barbicane! Vainement il avait défendu l'entrée de Stone's-Hill; chaque jour les curieux escaladaient les palissades, et quelques-uns, poussant l'imprudence jusqu'à la folie, venaient fumer au milieu des balles de fulmi-coton. Barbicane se mettait dans des fureurs quotidiennes. J. T. Maston le secondait de son mieux, faisant la chasse aux intrus avec une grande vigueur et ramassant les bouts de cigares encore allumés que les Yankees jetaient çà et là. Rude tâche, car plus de trois cent mille personnes se pressaient autour des palissades. Michel Ardan s'était bien offert pour escorter les caissons jusqu'à la bouche de la Columbiad; mais, l'ayant surpris lui-même un énorme cigare à la bouche, tandis qu'il pourchassait les imprudents auxquels il donnait ce funeste exemple, le président du Gun-Club vit bien qu'il ne pouvait pas compter sur cet intrépide fumeur, et il fut réduit à le faire surveiller tout spécialement.

Enfin, comme il y a un Dieu pour les artilleurs, rien ne sauta, et le chargement fut mené à bonne fin. Le troisième pari du capitaine Nicholl était donc fort aventuré. Restait à introduire le projectile dans la Columbiad et à le placer sur l'épaisse couche de fulmi-coton.

Mais, avant de procéder à cette opération, les objets nécessaires au voyage furent disposés avec ordre dans le wagon-projectile. Ils étaient en assez grand nombre, et si l'on avait laissé faire Michel Ardan, ils auraient bientôt occupé toute la place réservée aux voyageurs. On ne se figure pas ce que cet aimable Français voulait emporter dans la Lune. Une véritable pacotille d'inutilités. Mais Barbicane intervint, et l'on dut se réduire au strict nécessaire.

Plusieurs thermomètres, baromètres et lunettes furent disposés dans le coffre aux instruments.

Les voyageurs étaient curieux d'examiner la Lune pendant le trajet, et, pour faciliter la reconnaissance de ce monde nouveau, ils emportaient une

-pólvora do calor do sol, mesmo no mês de novembro. Assim, trabalhavam de preferência durante a noite, iluminados por uma luz produzida no vácuo, através dos aparelhos inventados por Ruhmkorff, que criava um dia artificial até o fundo da Columbiada. Ali, os cartuchos estavam dispostos em perfeita regularidade, interligados por um fio metálico destinado a levar simultaneamente a fagulha elétrica ao centro de cada um deles.

Com efeito, era através da pilha que o fogo se comunicaria a essa massa de algodão-pólvora. Todos esses fios, envolvidos por matéria isolante, reuniam-se como um só em um estreito orifício perfurado à altura em que se manteria o projétil, de lá atravessavam a espessa parede de ferro fundido e voltavam a subir para o solo por um dos respiradouros do revestimento de pedra, especialmente feito com essa finalidade. Ao chegar ao topo de Stone's Hill, apoiado em postes, o fio corria por uma distância de duas milhas até encontrar uma potente pilha de Bunsen, depois de passar por um interruptor. Portanto, bastava apertar o botão do interruptor para que a corrente fosse instantaneamente restabelecida, acendendo as 400 mil libras de algodão-pólvora. Não é preciso dizer que a pilha só devia ser ativada no último momento.

No dia 28 de novembro, os 800 cartuchos estavam dispostos no fundo da Columbiada. Essa parte da operação tivera êxito. Mas por quantos aborrecimentos, inquietações e lutas passara o presidente Barbicane! Inutilmente proibira a entrada em Stone's Hill. A cada dia, os curiosos escalavam as paliçadas, e alguns, levando a imprudência até a loucura, fumavam no meio dos fardos de algodão-pólvora. Barbicane ficava furioso todos os dias. J. T. Maston fazia o possível para ajudá-lo, caçando os intrusos com grande vigor e recolhendo as pontas de cigarro ainda acesas que os ianques jogavam em todos os lugares. Uma tarefa difícil, pois mais de 300 mil pessoas se apertavam em torno das paliçadas. Na verdade, Michel Ardan se oferecera para acompanhar os caixotes até a boca da Columbiada, mas tendo sido surpreendido com um enorme charuto na boca ao perseguir os imprudentes ao qual dava péssimo exemplo, o presidente do Clube do Canhão viu perfeitamente que não poderia contar com esse intrépido fumante, e além de tudo foi obrigado a vigiá-lo de perto.

Enfim, como existe um Deus para os artilheiros, nada explodiu e o carregamento foi levado sem percalços. A terceira aposta do capitão Nicholl ainda estava pendente, pois faltava introduzir o projétil na Columbiada e colocá-lo sobre a espessa camada de algodão-pólvora.

Contudo, antes de realizar essa operação, os objetos necessários à viagem foram dispostos em ordem no vagão-projétil. Eram em grande número, e se tivessem dado liberdade a Michel Ardan ele logo teria ocupado todo o lugar reservado aos viajantes. Ninguém imagina as coisas que esse amável francês queria levar para a Lua. Uma verdadeira coleção de inutilidades. Mas Barbicane interveio e ele foi obrigado a se ater ao estritamente necessário.

Na caixa de instrumentos foram colocados vários termômetros, barômetros e lunetas.

Os viajantes tinham curiosidade de examinar a Lua durante o trajeto, e para facilitar o reconhecimento desse mundo novo levavam o excelente mapa

excellente carte de Beer et Moedler, la *Mappa selenographica*, publiée en quatre planches, qui passe à bon droit pour un véritable chef-d'œuvre d'observation et de patience. Elle reproduisait avec une scrupuleuse exactitude les moindres détails de cette portion de l'astre tournée vers la Terre; montagnes, vallées, cirques, cratères, pitons, rainures s'y voyaient avec leurs dimensions exactes, leur orientation fidèle, leur dénomination, depuis les monts Doerfel et Leibniz dont le haut sommet se dresse à la partie orientale du disque, jusqu'à la *Mare frigoris*, qui s'étend dans les régions circumpolaires du Nord.

L'intérieur du projectile.

C'était donc un précieux document pour les voyageurs, car ils pouvaient déjà étudier le pays avant d'y mettre le pied.

Ils emportaient aussi trois rifles et trois carabines de chasse à système et à balles explosives; de plus, de la poudre et du plomb en très grande quantité.

de Beer e Moedler, *Mappa selenographica*, publicado em quatro pranchas, justamente considerado uma verdadeira obra-prima de observação e paciência. Reproduzia com escrupulosa exatidão os menores detalhes da face do astro voltada para a Terra: montanhas, vales, círculos de erosão, crateras, picos e ranhuras podiam ser vistos com suas dimensões exatas, fiel orientação e denominação, desde os montes Doerfel e Leibniz, cujos altos picos se elevam na parte oriental do disco, até o *Mare Frigoris*, que se estende pelas regiões circumpolares do norte.

O interior do projétil.

Portanto, era um documento precioso para os viajantes, pois podiam estudar a região antes de lá chegarem.

Também levavam três rifles e três carabinas de caça que usavam o sistema de balas explosivas; além de pólvora e chumbo em grande quantidade.

— On ne sait pas à qui on aura affaire, disait Michel Ardan. Hommes ou bêtes peuvent trouver mauvais que nous allions leur rendre visite! Il faut donc prendre ses précautions.

Du reste, les instruments de défense personnelle étaient accompagnés de pics, de pioches, de scies à main et autres outils indispensables, sans parler des vêtements convenables à toutes les températures, depuis le froid des régions polaires jusqu'aux chaleurs de la zone torride.

Michel Ardan aurait voulu emmener dans son expédition un certain nombre d'animaux, non pas un couple de toutes les espèces, car il ne voyait pas la nécessité d'acclimater dans la Lune les serpents, les tigres, les alligators et autres bêtes malfaisantes.

— Non, disait-il à Barbicane, mais quelques bêtes de somme, bœuf ou vache, âne ou cheval, feraient bien dans le paysage et nous seraient d'une grande utilité.

— J'en conviens, mon cher Ardan, répondait le président du Gun-Club, mais notre wagon-projectile n'est pas l'arche de Noé. Il n'en a ni la capacité ni la destination. Ainsi restons dans les limites du possible.

Enfin, après de longues discussions, il fut convenu que les voyageurs se contenteraient d'emmener une excellente chienne de chasse appartenant à Nicholl et un vigoureux terre-neuve d'une force prodigieuse. Plusieurs caisses des graines les plus utiles furent mises au nombre des objets indispensables. Si l'on eût laissé faire Michel Ardan, il aurait emporté aussi quelques sacs de terre pour les y semer. En tout cas, il prit une douzaine d'arbustes qui furent soigneusement enveloppés d'un étui de paille et placés dans un coin du projectile.

Restait alors l'importante question des vivres, car il fallait prévoir le cas où l'on accosterait une portion de la Lune absolument stérile. Barbicane fit si bien qu'il parvint à en prendre pour une année. Mais il faut ajouter, pour n'étonner personne, que ces vivres consistaient en conserves de viandes et de légumes réduits à leur plus simple volume sous l'action de la presse hydraulique, et qu'ils renfermaient une grande quantité d'éléments nutritifs; ils n'étaient pas très variés, mais il ne fallait pas se montrer difficile dans une pareille expédition. Il y avait aussi une réserve d'eau-de-vie pouvant s'élever à cinquante gallons[94] et de l'eau pour deux mois seulement; en effet, à la suite des dernières observations des astronomes, personne ne mettait en doute la présence d'une certaine quantité d'eau à la surface de la Lune. Quant aux vivres, il eût été insensé de croire que des habitants de la Terre ne trouveraient pas à se nourrir là-haut. Michel Ardan ne conservait aucun doute à cet égard. S'il en avait eu, il ne se serait pas décidé à partir.

— D'ailleurs, dit-il un jour à ses amis, nous ne serons pas complètement abandonnés de nos camarades de la Terre, et ils auront soin de ne pas nous oublier.

— Non, certes, répondit J. T. Maston.

— Comment l'entendez-vous? demanda Nicholl.

— Rien de plus simple, répondit Ardan. Est-ce que la Columbiad ne sera pas toujours là? Eh bien! toutes les fois que la Lune se présentera dans des

---

[94] Environ 200 litres.

— Não se sabe o que poderá acontecer, dizia Michel Ardan. Homens ou animais podem não gostar que nós os visitemos! É melhor que tomemos precauções.

Do resto, os instrumentos de defesa pessoal iam acompanhados de picaretas, pás, serras manuais e outros utensílios indispensáveis, sem falar em roupas apropriadas a todas as temperaturas, do frio das regiões polares até o calor da zona tórrida.

Michel Ardan gostaria de levar um certo número de animais em sua expedição, não um casal de cada uma das espécies, pois não via necessidade de aclimatar à Lua as serpentes, os tigres, os crocodilos e outros animais malignos.

— Não muitos, dizia ele a Barbicane, mas alguns animais de carga, como bois ou vacas, burros ou cavalos, ficariam bem na paisagem e nos seriam de grande utilidade.

— Concordo meu caro Ardan, respondia o presidente do Clube do Canhão, mas nosso vagão-projétil não é a arca de Noé. Não tem capacidade para isso e sua finalidade é outra. Assim sendo, fiquemos dentro dos limites do possível.

Enfim, depois de longas discussões, ficou resolvido que os viajantes se contentariam em levar uma excelente cadela de caça pertencente a Nicholl, e um vigoroso terranova de força prodigiosa. Muitas caixas de sementes, das mais úteis, foram inscritas no número dos objetos indispensáveis. Se tivessem deixado por conta de Michel Ardan, ele também teria levado alguns sacos de terra para semeá-las. Em todo caso, incluiu uma dúzia de arbustos que foram cuidadosamente envoltos em palha e colocados em um canto do projétil.

Ainda restava a importante questão dos víveres, pois era preciso prever o caso de chegarem a um local da Lua absolutamente estéril. Barbicane se saiu tão bem que conseguiu reunir o suficiente por um ano. Mas para que ninguém se espante é preciso acrescentar que esses víveres consistiam em conservas de carnes e legumes reduzidos ao seu menor volume pela ação de uma prensa hidráulica, e que encerravam grande quantidade de elementos nutritivos. Não eram muito variados, mas ninguém poderia se mostrar difícil em uma expedição como aquela. Também havia uma reserva de aguardente, algo como 50 galões[117], e água para apenas dois meses. Na verdade, diante das últimas observações dos astrônomos, ninguém duvidava de que havia água na superfície da Lua. Quanto aos víveres, seria insensato crer que os habitantes da Terra não encontrariam nada para comer lá em cima. Michel Ardan não tinha qualquer dúvida a respeito disso. Se tivesse, não teria se decidido a partir.

— Além disso, não ficaremos completamente abandonados pelos nossos amigos da Terra, e eles terão o cuidado de não se esquecerem de nós, disse ele.

— Isso é verdade, respondeu J. T. Maston.

— O que quer dizer com isso? perguntou Nicholl.

— Nada mais simples, respondeu Ardan. A Columbiada não continuará no mesmo lugar? Pois bem! Todas as vezes que a Lua estiver nas condições fa-

---

[117] Cerca de 200 litros.

conditions favorables de zénith, sinon de périgée, c'est-à-dire une fois par an à peu près, ne pourra-t-on pas nous envoyer des obus chargés de vivres, que nous attendrons à jour fixe?

— Hurrah! hurrah! s'écria J. T. Maston en homme qui avait son idée; voilà qui est bien dit! Certainement, mes braves amis, nous ne vous oublierons pas!

— J'y compte! Ainsi, vous le voyez, nous aurons régulièrement des nouvelles du globe, et, pour notre compte, nous serons bien maladroits si nous ne trouvons pas moyen de communiquer avec nos bons amis de la Terre!

Ces paroles respiraient une telle confiance, que Michel Ardan, avec son air déterminé, son aplomb superbe, eût entraîné tout le Gun-Club à sa suite. Ce qu'il disait paraissait simple, élémentaire, facile, d'un succès assuré, et il aurait fallu véritablement tenir d'une façon mesquine à ce misérable globe terraqué pour ne pas suivre les trois voyageurs dans leur expédition lunaire.

Lorsque les divers objets eurent été disposés dans le projectile, l'eau destinée à faire ressort fut introduite entre ses cloisons, et le gaz d'éclairage refoulé dans son récipient. Quant au chlorate de potasse et à la potasse caustique, Barbicane, craignant des retards imprévus en route, en emporta une quantité suffisante pour renouveler l'oxygène et absorber l'acide carbonique pendant deux mois. Un appareil extrêmement ingénieux et fonctionnant automatiquement se chargeait de rendre à l'air ses qualités vivifiantes et de le purifier d'une façon complète. Le projectile était donc prêt, et il n'y avait plus qu'à le descendre dans la Columbiad. Opération, d'ailleurs, pleine de difficultés et de périls.

L'énorme obus fut amené au sommet de Stone's Hill. Là, des grues puissantes le saisirent et le tinrent suspendu au-dessus du puits de métal.

Ce fut un moment palpitant. Que les chaînes vinssent à casser sous ce poids énorme, et la chute d'une pareille masse eût certainement déterminé l'inflammation du fulmi-coton.

Heureusement il n'en fut rien, et quelques heures après, le wagon-projectile, descendu doucement dans l'âme du canon, reposait sur sa couche de pyroxyle, un véritable édredon fulminant. Sa pression n'eut d'autre effet que de bourrer plus fortement la charge de la Columbiad.

— J'ai perdu, dit le capitaine en remettant au président Barbicane une somme de trois mille dollars.

Barbicane ne voulait pas recevoir cet argent de la part d'un compagnon de voyage; mais il dut céder devant l'obstination de Nicholl, que tenait à remplir tous ses engagements avant de quitter la Terre.

— Alors, dit Michel Ardan, je n'ai plus qu'une chose à vous souhaiter, mon brave capitaine.

— Laquelle? demanda Nicholl.

— C'est que vous perdiez vos deux autres paris! De cette façon, nous serons sûrs de ne pas rester en route.

voráveis de zênite, ou mesmo de perigeu, isto é, mais ou menos uma vez por ano, eles não poderão nos enviar um obus carregado de víveres, que nos encontrarão em dias pré-fixados?

— Hurra! Hurra! exclamou J. T. Maston como se alguém tivesse tido uma ideia brilhante. Muito bem dito! Certamente não nos esqueceremos, bravos amigos!

— Conto com isso! E vejam vocês, assim teremos notícias regulares do globo, e de nossa parte seremos bem desajeitados se não encontrarmos um meio de comunicação com nossos bons amigos da Terra!

Essas palavras transpiravam tamanha confiança que Michel Ardan, com seu ar determinado e sua soberba autoconfiança, teria contagiado todo o Clube do Canhão. O que ele dizia parecia simples, elementar, fácil, de sucesso seguro, e seria preciso se agarrar de modo verdadeiramente mesquinho a este miserável globo terrestre por não seguir os três viajantes em sua expedição lunar.

Assim que os diversos objetos foram colocados no projétil, a água destinada a servir como mola foi introduzida entre as divisórias e o gás destinado à iluminação foi colocado em seu recipiente. Quanto ao clorato de potássio e à potassa cáustica, temendo atrasos imprevistos durante o trajeto, Barbicane resolveu levar uma quantidade suficiente para renovar o oxigênio e para absorver o ácido carbônico durante dois meses. Um aparelho extremamente engenhoso, de funcionamento automático, se encarregava de dar ao ar suas qualidades vivificantes e purificá-lo de modo completo. O projétil estava pronto e só faltava entrar no interior da Columbiada; na verdade, uma operação cheia de dificuldades e perigos.

O enorme obus foi levado ao pico de Stone's Hill. Ali, guindastes potentes o suspenderam acima do poço de metal.

Foi um momento palpitante. Se as correntes se partissem sob aquele peso enorme, a queda daquela imensa massa certamente determinaria a incineração do algodão-pólvora.

Felizmente nada aconteceu e depois de algumas horas o vagão-projétil desceu suavemente para a alma do canhão e descansou sobre sua camada de piróxilo, um verdadeiro acolchoado explosivo. A pressão não teve outro efeito além de prender mais fortemente a carga da Columbiada.

— Perdi, disse o capitão, entregando ao presidente Barbicane uma quantia de três mil dólares.

Barbicane não queria receber esse dinheiro de um companheiro de viagem, mas foi obrigado a ceder diante a obstinação de Nicholl, que fazia questão de liquidar todos os seus compromissos antes de deixar a Terra.

— Então, falou Michel Ardan, só tenho mais uma coisa para lhe desejar, meu bravo capitão.

— Qual é? perguntou Nicholl.

— Que você perca suas outras duas apostas! Desse modo, teremos certeza de que não ficaremos pelo caminho.

CHAPITRE XXVI

FEU!

Le premier jour de décembre était arrivé, jour fatal, car si le départ du projectile ne s'effectuait pas le soir même, à dix heures quarante-six minutes et quarante secondes du soir, plus de dix-huit ans s'écouleraient avant que la Lune se représentât dans ces mêmes conditions simultanées de zénith et de périgée.

Le temps était magnifique; malgré les approches de l'hiver, le soleil resplendissait et baignait de sa radieuse effluve cette Terre que trois de ses habitants allaient abandonner pour un nouveau monde.

Que de gens dormirent mal pendant la nuit qui précéda ce jour si impatiemment désiré! Que de poitrines furent oppressées par le pesant fardeau de l'attente! Tous les cœurs palpitèrent d'inquiétude, sauf le cœur de Michel Ardan. Cet impassible personnage allait et venait avec son affairement habituel, mais rien ne dénonçait en lui une préoccupation inaccoutumée. Son sommeil avait été paisible, le sommeil de Turenne, avant la bataille, sur l'affût d'un canon.

Depuis le matin une foule innombrable couvrait les prairies qui s'étendent à perte de vue autour de Stone's-Hill. Tous les quarts d'heure, le rail-road de Tampa amenait de nouveaux curieux; cette immigration prit bientôt des proportions fabuleuses, et, suivant les relevés du *Tampa-Town Observer*, pendant cette mémorable journée, cinq millions de spectateurs foulèrent du pied le sol de la Floride.

Depuis un mois la plus grande partie de cette foule bivouaquait autour de l'enceinte, et jetait les fondements d'une ville qui s'est appelée depuis Ardan's--Town. Des baraquements, des cabanes, des cahutes, des tentes hérissaient la plaine, et ces habitations éphémères abritaient une population assez nombreuse pour faire envie aux plus grandes cités de l'Europe.

CAPÍTULO XXVI
FOGO!

O primeiro dia de dezembro chegara. Dia fatal, pois se a partida do projétil não se efetuasse naquela mesma noite, às 10 horas 42 minutos e 40 segundos, mais de 18 anos se passariam antes que a Lua apresentasse as mesmas condições simultâneas de zênite e perigeu.

O tempo estava magnífico. Apesar da aproximação do inverno, o sol resplandecia e banhava com seus raios cintilantes essa Terra que três de seus habitantes iam abandonar por um novo mundo.

Quantas pessoas dormiram mal durante a noite que precedeu esse dia tão impacientemente desejado! Quantos peitos ficaram oprimidos pelo pesado fardo da espera! Todos os corações palpitavam de inquietação, exceto o coração de Michel Ardan. Esse impassível personagem ia e vinha, realizando seus afazeres habituais sem que nada denunciasse que nele havia uma preocupação incomum. Sobre a cobertura de um canhão, seu sono fora tranquilo como o sono de Turenne antes da batalha.

Desde a manhã uma multidão incontável cobria as planícies que se estendiam a perder de vista em torno de Stone's Hill. A cada quarto de hora, a ferrovia da cidade de Tampa levava novos curiosos; essa imigração logo adquiriu proporções fabulosas, e segundo as estatísticas do *Tampa-Town Observer*, nesse dia memorável 5 milhões de espectadores pisaram o solo da Flórida.

Há um mês a maior parte dessa multidão acampava em torno do recinto e lançava as fundações de uma cidade que depois foi denominada cidade de Ardan. Barracas, cabanas, choças e tendas cobriam a planície e essas habitações efêmeras abrigavam uma população tão numerosa que fariam inveja às maiores cidades da Europa.

Depuis le matin, une foule innombrable...

Tous les peuples de la terre y avaient des représentants; tous les dialectes du monde s'y parlaient à la fois. On eût dit la confusion des langues, comme aux temps bibliques de la tour de Babel. Là, les diverses classes de la société américaine se confondaient dans une égalité absolue. Banquiers, cultivateurs, marins, commissionnaires, courtiers, planteurs de coton, négociants, bateliers, magistrats, s'y coudoyaient avec un sans-gêne primitif. Les créoles de la Louisiane fraternisaient avec les fermiers de l'Indiana; les gentlemen du Kentucky et du Tennessee, les Virginiens élégants et hautains donnaient la réplique aux trappeurs à demi sauvages des Lacs et aux marchands de bœufs de Cincinnati. Coiffés du chapeau de castor blanc à larges bord, ou du panama classique, vêtus de pantalons en cotonnade bleue des fabriques d'Opelousas, drapés dans leurs

Desde a manhã, uma multidão inumerável...

Havia representantes de todos os povos da Terra; ali, todos os dialetos do mundo eram falados ao mesmo tempo. Parecia a confusão de línguas da Torre de Babel dos tempos bíblicos. Naquele local, as diversas classes da sociedade americana se confundiam em uma igualdade absoluta. Banqueiros, agricultores, marinheiros, moços de recados, corretores, plantadores de algodão, negociantes, barqueiros, magistrados ali se acotovelavam com uma falta de cerimônia primitiva. Os criolos da Luisiana confraternizavam com os fazendeiros de Indiana; os cavalheiros de Kentucky e do Tennessee, elegantes e altaneiros da Virginia, conversavam com os caçadores meio selvagens dos Lagos e com os comerciantes de bois de Cincinnati. Apresentavam-se com a cabeça coberta com chapéus de castor branco de grandes abas ou com panamás clássicos, vestidos com calças de

blouses élégantes de toile écrue, chaussés de bottines aux couleurs éclatantes, ils exhibaient d'extravagants jabots de batiste et faisaient étinceler à leur chemise, à leurs manchettes, à leurs cravates, à leurs dix doigts, voire même à leurs oreilles, tout un assortiment de bagues, d'épingles, de brillants, de chaînes, de boucles, de breloques, dont le haut prix égalait le mauvais goût. Femmes, enfants, serviteurs, dans des toilettes non moins opulentes, accompagnaient, suivaient, précédaient, entouraient ces maris, ces pères, ces maîtres, qui ressemblaient à des chefs de tribu au milieu de leurs familles innombrables.

À l'heure des repas, il fallait voir tout ce monde se précipiter sur les mets particuliers aux États du Sud et dévorer, avec un appétit menaçant pour l'approvisionnement de la Floride, ces aliments qui répugneraient à un estomac européen, tels que grenouilles fricassées, singes à l'étouffée, *fish-chowder*[95], sarigue rôtie, o'possum saignant, ou grillades de racoon.

Mais aussi quelle série variée de liqueurs ou de boissons venait en aide à cette alimentation indigeste! Quels cris excitants, quelles vociférations engageantes retentissaient dans les bar-rooms ou les tavernes ornées de verres, de chopes, de flacons, de carafes, de bouteilles aux formes invraisemblables, de mortiers pour piler le sucre et de paquets de paille!

— Voilà le *julep* à la menthe! criait l'un de ces débitants d'une voix retentissante.

— Voici le sangaree au vin de Bordeaux! répliquait un autre d'un ton glapissant.

— Et du *gin-sling*! répétait celui-ci.

— Et le cocktail! le brandy-smash! criait celui-là.

— Qui veut goûter le véritable mint-julep, à la dernière mode? » s'écriaient ces adroits marchands en faisant passer rapidement d'un verre à l'autre, comme un escamoteur fait d'une muscade, le sucre, le citron, la menthe verte, la glace pilée, l'eau, le cognac et l'ananas frais qui composent cette boisson rafraîchissante.

Aussi, d'habitude, ces incitations adressées aux gosiers altérés sous l'action brûlante des épices se répétaient, se croisaient dans l'air et produisaient un assourdissant tapage. Mais ce jour-là, ce premier décembre, ces cris étaient rares. Les débitants se fussent vainement enroués à provoquer les chalands. Personne ne songeait ni à manger ni à boire, et, à quatre heures du soir, combien de spectateurs circulaient dans la foule qui n'avaient pas encore pris leur lunch accoutumé! Symptôme plus significatif encore, la passion violente de l'Américain pour les jeux était vaincue par l'émotion. À voir les quilles du tempins couchées sur le flanc, les dés du *creps* dormant dans leurs cornets, la roulette immobile, le cribbage abandonné, les cartes du whist, du vingt-et-un, du rouge et noir, du monte et du faro, tranquillement enfermées dans leurs enveloppes intactes, on comprenait que l'événement du jour absorbait tout autre besoin et ne laissait place à aucune distraction.

---

95   Mets composé de poissons divers.

algodão azul das fábricas de Opelousas, envoltos em camisas elegantes de algodão cru; calçavam botinas de cores brilhantes, exibiam extravagantes babados de cambraia e faziam flamejar na camisa, nos punhos, na gravata, em seus dez dedos e até nas orelhas, uma coleção de anéis, alfinetes, brilhantes, correntes, argolas, bugigangas cujo alto preço igualava o mau gosto. Mulheres, crianças e seus empregados em trajes não menos opulentos acompanhavam, seguiam, precediam esses maridos, esses pais, esses patrões que pareciam chefes de tribos no meio de suas famílias numerosas.

Na hora das refeições, era de se ver toda essa gente se precipitar sobre as iguarias típicas dos Estados do sul e devorar, com apetite ameaçador para o abastecimento da Flórida, esses alimentos que causariam repulsa a qualquer estômago europeu, como sapos fritos, macacos recheados, *fish-chowder*[118], gambás assados, marsupiais em seu próprio sangue ou guaxinins grelhados.

Mas também, que série variada de licores ou bebidas vinha em auxílio dessa alimentação indigesta! Que gritos excitantes, que vociferações sedutoras ressoavam nos bares ou nas tavernas ornamentadas de vidros, canecas, frascos, garrafas e garrafões de formas inverossímeis, além de almofarizes para esmagar açúcar e maços de palha!

— Temos *julep* de menta! Gritava um desses donos de bar com voz ressonante.

— Temos sangria com vinho de Bordéus! respondia um outro, guinchando.

— E *gin-sling*[119]! insistia o primeiro.

— E coquetéis! *Brandy-smash*[120]! gritava o segundo.

— Quem quer provar o verdadeiro *julep* de menta, a última moda? exclamavam esses hábeis comerciantes, fazendo passar de um copo para o outro, como um ilusionista, noz moscada, açúcar, limão, menta verde, gelo picado, água, conhaque e abacaxi fresco, ingredientes que compõe essa bebida refrescante.

Em geral, esses estímulos endereçados às gargantas alteradas devido à ação ardente das especiarias se repetiam, cruzavam-se no ar e produziam um ruído ensurdecedor. Mas naquele dia primeiro de dezembro esses gritos eram raros. Os donos dos bares enrouqueceriam à toa provocando os fregueses. Ninguém sonhava em comer ou beber, e às quatro horas da tarde grande parte dos espectadores que circulavam entre a multidão ainda não havia almoçado! Sintoma ainda mais significativo, a violenta paixão da América pelos jogos fora vencida pela emoção. Vendo os pinos do boliche deitados de lado, os dados do jogo de *creps* adormecidos em seus copos, a roleta imóvel, o jogo de *cribbage* abandonado, as cartas do uíste, do vinte-um, do vermelho e negro, do monte e do faro tranquilamente fechadas em seus invólucros intactos, compreendia-se que o acontecimento do dia suplantara todas as outras necessidades e não deixara lugar para outras distrações.

---

[118] Quitute composto de vários tipos de peixe.
[119] Coquetel preparado com gin, vermute doce, suco de limão, melaço, angostura e água gasosa. (N.T.)
[120] Coquetel preparado com folhas de menta maceradas, açúcar de confeiteiro, *club soda*, conhaque, licor de laranja e cerejas ao *maraschino*. (N.T.)

Jusqu'au soir, une agitation sourde, sans clameur, comme celle qui précède les grandes catastrophes, courut parmi cette foule anxieuse. Un indescriptible malaise régnait dans les esprits, une torpeur pénible, un sentiment indéfinissable qui serrait le cœur. Chacun aurait voulu "que ce fût fini".

Cependant, vers sept heures, ce lourd silence se dissipa brusquement. La Lune se levait sur l'horizon. Plusieurs millions de hurrahs saluèrent son apparition. Elle était exacte au rendez-vous. Les clameurs montèrent jusqu'au ciel; les applaudissements éclatèrent de toutes parts, tandis que la blonde Phoebé brillait paisiblement dans un ciel admirable et caressait cette foule enivrée de ses rayons les plus affectueux.

En ce moment parurent les trois intrépides voyageurs. À leur aspect les cris redoublèrent d'intensité. Unanimement, instantanément, le chant national des États-Unis s'échappa de toutes les poitrines haletantes, et le *Yankee Doodle*, repris en chœur par cinq millions d'exécutants, s'éleva comme une tempête sonore jusqu'aux dernières limites de l'atmosphère.

Puis, après cet irrésistible élan, l'hymne se tut, les dernières harmonies s'éteignirent peu à peu, les bruits se dissipèrent, et une rumeur silencieuse flotta au-dessus de cette foule si profondément impressionnée. Cependant, le Français et les deux Américains avaient franchi l'enceinte réservée autour de laquelle se pressait l'immense foule. Ils étaient accompagnés des membres du Gun-Club et des députations envoyées par les observatoires européens. Barbicane, froid et calme, donnait tranquillement ses derniers ordres. Nicholl, les lèvres serrées, les mains croisées derrière le dos, marchait d'un pas ferme et mesuré. Michel Ardan, toujours dégagé, vêtu en parfait voyageur, les guêtres de cuir aux pieds, la gibecière au côté, flottant dans ses vastes vêtements de velours marron, le cigare à la bouche, distribuait sur son passage de chaleureuses poignées de main avec une prodigalité princière. Il était intarissable de verve, de gaieté, riant, plaisantant, faisant au digne J. T. Maston des farces de gamin, en un mot "Français", et, qui pis est, "Parisien" jusqu'à la dernière seconde.

Dix heures sonnèrent. Le moment était venu de prendre place dans le projectile; la manœuvre nécessaire pour y descendre, la plaque de fermeture à visser, le dégagement des grues et des échafaudages penchés sur la gueule de la Columbiad exigeaient un certain temps.

Barbicane avait réglé son chronomètre à un dixième de seconde près sur celui de l'ingénieur Murchison, chargé de mettre le feu aux poudres au moyen de l'étincelle électrique; les voyageurs enfermés dans le projectile pourraient ainsi suivre de l'œil l'impassible aiguille qui marquerait l'instant précis de leur départ.

Le moment des adieux était donc arrivé. La scène fut touchante; en dépit de sa gaieté fébrile, Michel Ardan se sentit ému. J. T. Maston avait retrouvé sous ses paupières sèches une vieille larme qu'il réservait sans doute pour cette occasion. Il la versa sur le front de son cher et brave président.

Até a noite, uma agitação surda, sem clamor, como a que precede as grandes catástrofes, correu entre essa multidão ansiosa. Reinava um indescritível mal-estar entre os espíritos. Um torpor doloroso, um sentimento indefinível apertava o coração. Cada qual desejava que "tudo já estivesse terminado".

No entanto, aproximadamente às sete horas esse silêncio pesado se dissipou bruscamente. A Lua surgiu no horizonte. Milhares de hurras saudaram seu surgimento. Ela compareceu ao encontro na hora certa. Os clamores subiram até o céu, os aplausos explodiram em todos os lugares enquanto a loura Febe brilhava tranquilamente em um céu admirável e acariciava a multidão embriagada com seus raios mais afetuosos.

Nesse momento apareceram os três intrépidos viajantes. Ao vê-los, os gritos redobraram de intensidade. Instantaneamente, a uma só voz a canção nacional dos Estados Unidos brotou de todos os peitos ofegantes e o *Yankee Doodle*[121], repetido em coro pelos cinco milhões de cantores, se elevou como uma tempestade sonora até os últimos limites da atmosfera.

Depois, após esse irresistível impulso o hino se calou, as últimas harmonias pouco a pouco se extinguiram, os ruídos se dissiparam e um rumor silencioso pairou sobre a multidão profundamente impressionada. Mas o francês e os dois americanos haviam entrado no recinto reservado em torno do qual se apertava a imensa multidão. Estavam acompanhados pelos membros do Clube do Canhão e das delegações enviadas pelos observatórios europeus. Frio e calmo, Barbicane dava suas últimas ordens com toda tranquilidade. Nicholl, com os lábios cerrados, as mãos cruzadas atrás das costas, caminhava com passo firme e medido. Michel Ardan, sempre despreocupado, vestido como um perfeito viajante, polainas de couro nos pés, mochila no ombro, nadando em seu vasto terno de veludo castanho, charuto na boca, distribuía à sua passagem calorosos apertos de mão com prodigalidade principesca. Mostrava-se inesgotável de entusiasmo e de alegria. Ria, zombava, fazia brincadeiras de criança com o digno J. T. Maston, em uma palavra, mostrava-se "francês", ou ainda pior, "parisiense" até o último segundo.

Soaram as dez horas. Chegara o momento de tomar lugar no projétil. A manobra necessária para descer, a tampa para fechar, o guindaste que devia ser para ser desengatado e a retirada dos andaimes suspensos sobre a abertura exigiam certo tempo.

Com margem de erro inferior a um décimo de segundo, Barbicane acertara seu cronômetro com o do engenheiro Murchinson, encarregado de colocar fogo à pólvora através de uma fagulha elétrica. Os viajantes encerrados no projétil poderiam observar visualmente a agulha que marcaria o instante preciso de sua partida.

O momento das despedidas chegara. A cena foi tocante. Apesar de sua alegria febril, Michel Ardan se emocionou. J. T. Maston encontrara sob suas pálpebras secas uma velha lágrima que sem dúvida reservara para essa ocasião. Ele a deixou cair sobre a fronte de seu caro e bravo presidente.

---

[121] Até o século XX, os Estados Unidos não possuíam um hino nacional. A partir da Guerra de Independência, uma canção composta durante a Guerra dos Sete Anos, "Yankee Doodle", passou a ser entoada como hino informal dos Estados Unidos, permanecendo assim até 3 de março de 1931, quando o presidente Herbert Hoover tornou "The Star-Spangled Banner" o hino oficial dos Estados Unidos da América. (N.T.)

Feu!!!

— Si je partais? dit-il, il est encore temps!

— Impossible, mon vieux Maston, répondit Barbicane.

Quelques instants plus tard, les trois compagnons de route étaient installés dans le projectile, dont ils avaient vissé intérieurement la plaque d'ouverture, et la bouche de la Columbiad, entièrement dégagée, s'ouvrait librement vers le ciel.

Nicholl, Barbicane et Michel Ardan étaient définitivement murés dans leur wagon de métal.

Qui pourrait peindre l'émotion universelle, arrivée alors à son paroxysme?

La lune s'avançait sur un firmament d'une pureté limpide, éteignant sur son passage les feux scintillants des étoiles; elle parcourait alors la constellation

Fogo!!!

— E se eu também partisse? disse ele. Ainda há tempo!

— Impossível, meu velho Maston, respondeu Barbicane.

Alguns instantes mais tarde os três companheiros de viagem estavam instalados no projétil cuja placa de abertura fora parafusada pelo lado de dentro. Inteiramente livre, a boca da Columbiada se abria francamente para o céu.

Nicholl, Barbicane e Michel Ardan estavam definitivamente murados em seu vagão de metal.

Quem poderia pintar a emoção universal que agora chegava ao paroxismo?

A Lua avançava sobre um firmamento de límpida pureza, extinguindo à sua passagem os fogos cintilantes das estrelas. Naquele momento ela passava

des Gémeaux et se trouvait presque à mi-chemin de l'horizon et du zénith. Chacun devait donc facilement comprendre que l'on visait en avant du but, comme le chasseur vise en avant du lièvre qu'il veut atteindre.

Un silence effrayant planait sur toute cette scène. Pas un souffle de vent sur la Terre! Pas un souffle dans les poitrines! Les cœurs n'osaient plus battre. Tous les regards effarés fixaient la gueule béante de la Columbiad.

Murchison suivait de l'œil l'aiguille de son chronomètre. Il s'en fallait à peine de quarante secondes que l'instant du départ ne sonnât, et chacune d'elles durait un siècle.

À la vingtième, il y eut un frémissement universel, et il vint à la pensée de cette foule que les audacieux voyageurs enfermés dans le projectile comptaient aussi ces terribles secondes! Des cris isolés s'échappèrent:

— Trente-cinq! — trente-six! — trente-sept! — trente-huit! — trente-neuf! — quarante! Feu!!!

Aussitôt Murchison, pressant du doigt l'interrupteur de l'appareil, rétablit le courant et lança l'étincelle électrique au fond de la Columbiad.

Une détonation épouvantable, inouïe, surhumaine, dont rien ne saurait donner une idée, ni les éclats de la foudre, ni le fracas des éruptions, se produisit instantanément. Une immense gerbe de feu jaillit des entrailles du sol comme d'un cratère. La terre se souleva, et c'est à peine si quelques personnes purent un instant entrevoir le projectile fendant victorieusement l'air au milieu des vapeurs flamboyantes.

pela constelação de Gêmeos e se encontrava exatamente entre o horizonte e o zênite. Compreendia-se facilmente que a pontaria seria feita adiante do alvo, como um caçador que aponta para além da lebre que pretende atingir.

Um silêncio assustador pairava sobre toda a cena. Nenhum sopro de vento sobre a Terra! Nenhum suspiro nos espíritos! Os corações não ousavam bater. Os olhares assombrados se fixavam na boca escancarada da Columbiada.

Murchison não tirava os olhos da agulha de seu cronômetro. Faltavam 40 segundos para soar o instante da partida, e cada um deles durou um século.

No vigésimo, houve um frêmito geral e ocorreu ao pensamento de todos que os audaciosos viajantes encerrados no projétil também contavam aqueles segundos terríveis! Alguns gritos isolados foram ouvidos:

— Trinta e cinco! — trinta e seis! — trinta e sete! — trinta e oito! — trinta e nove! — quarenta! Fogo!!!

Imediatamente, pressionando com o dedo o interruptor do aparelho, Murchison restabeleceu a corrente e lançou a fagulha elétrica para o fundo da Columbiada.

Instantaneamente, houve uma explosão terrível, incrível, sobre-humana, da qual nada conseguiria dar ideia — nem o ribombar do trovão, nem o estrondo das erupções. Um imenso feixe de fogo surgiu das entranhas do solo como se saísse de uma cratera. A terra sofreu um abalo tremendo e foi com dificuldade que, por um instante, algumas pessoas conseguiram entrever o projétil cortando vitoriosamente o ar em meio a vapores fulgurantes.

CHAPITRE XXVII
TEMPS COUVERT

Au moment où la gerbe incandescente s'éleva vers le ciel à une prodigieuse hauteur, cet épanouissement de flammes éclaira la Floride entière, et, pendant un instant incalculable, le jour se substitua à la nuit sur une étendue considérable de pays. Cet immense panache de feu fut aperçu de cent milles en mer du golfe comme de l'Atlantique, et plus d'un capitaine de navire nota sur son livre de bord l'apparition de ce météore gigantesque.

La détonation de la Columbiad fut accompagnée d'un véritable tremblement de terre. La Floride se sentit secouer jusque dans ses entrailles. Les gaz de la poudre, dilatés par la chaleur, repoussèrent avec une incomparable violence les couches atmosphériques, et cet ouragan artificiel, cent fois plus rapide que l'ouragan des tempêtes, passa comme une trombe au milieu des airs.

Pas un spectateur n'était resté debout; hommes, femmes, enfants, tous furent couchés comme des épis sous l'orage; il y eut un tumulte inexprimable, un grand nombre de personnes gravement blessées, et J. T. Maston, qui, contre toute prudence, se tenait trop en avant, se vit rejeté à vingt toises en arrière et passa comme un boulet au-dessus de la tête de ses concitoyens. Trois cent mille personnes demeurèrent momentanément sourdes et comme frappées de stupeur.

Le courant atmosphérique, après avoir renversé les baraquements, culbuté les cabanes, déraciné les arbres dans un rayon de vingt milles, chassé les trains du railway jusqu'à Tampa, fondit sur cette ville comme une avalanche, et détruisit une centaine de maisons, entre autres l'église Saint-Mary, et le nouvel édifice de la Bourse, qui se lézarda dans toute sa longueur. Quelques-uns des bâtiments du port, choqués les uns contre les autres, coulèrent à pic, et une dizaine de navires, mouillés en rade, vinrent à la côte, après avoir cassé leurs chaînes comme des fils de coton.

CAPÍTULO XXVII
TEMPO ENCOBERTO

No momento em que o feixe incandescente se elevou a uma prodigiosa altura em direção ao céu, essa florescência de chamas iluminou a Flórida inteira e durante um instante incalculável o dia substituiu a noite em uma extensão considerável da região. Esse imenso penacho de fogo foi visto a 100 milhas, tanto no Golfo quanto no Atlântico, e mais de um capitão de navio registrou no livro de bordo a aparição desse meteoro gigantesco.

A detonação da Columbiada foi acompanhada por um verdadeiro terremoto. A Flórida se sentiu tremer até as entranhas. Dilatados pelo calor, os gases da pólvora empurraram as camadas atmosféricas com violência incomparável e esse furacão artificial, 100 vezes mais rápido que o furacão das tempestades, passou como um ciclone pelo meio dos ares.

Nem um único espectador permaneceu em pé. Homens, mulheres e crianças foram atirados ao chão como espigas sob um furacão. Houve um tumulto inexprimível, inúmeras pessoas se feriram gravemente e J. T. Maston, que contra toda prudência se adiantara demais, foi atirado a vinte toesas de distância e passou como uma bala por sobre a cabeça de seus concidadãos. Trezentas mil pessoas ficaram momentaneamente surdas e como que atacadas por estupor.

Depois de ter virado barracas, derrubado cabanas, arrancado árvores em um raio de 20 milhas, atropelado os trens da estrada de ferro até Tampa, a corrente atmosférica desabou sobre a cidade como uma avalanche e destruiu uma centena de edifícios, entre as quais a igreja de Santa Maria e o novo edifício da Bolsa, que racharam em toda sua extensão. Algumas embarcações no porto se chocaram umas contra as outras e foram a pique, e uma dezena de navios atracados no molhe foi dar à costa, as amarras partidas como fios de algodão.

Effet de la détonation.

Mais le cercle de ces dévastations s'étendit plus loin encore, et au-delà des limites des États-Unis. L'effet du contrecoup, aidé des vents d'ouest, fut ressenti sur l'Atlantique à plus de trois cents milles des rivages américains. Une tempête factice, une tempête inattendue, que n'avait pu prévoir l'amiral Fitz-Roy, se jeta sur les navires avec une violence inouïe; plusieurs bâtiments, saisis dans ces tourbillons épouvantables sans avoir le temps d'amener, sombrèrent sous voiles, entre autres le *Childe-Harold*, de Liverpool, regrettable catastrophe qui devint de la part de l'Angleterre l'objet des plus vives récriminations.

Enfin, et pour tout dire, bien que le fait n'ait d'autre garantie que l'affirmation de quelques indigènes, une demi-heure après le départ du projectile, des habitants de Gorée et de Sierra Leone prétendirent avoir entendu une

O efeito da detonação.

Mas o círculo de devastações se estendeu ainda mais longe, para além dos limites dos Estados Unidos. Auxiliado pelos ventos do oeste, o efeito do contragolpe foi sentido no Atlântico, a mais de 300 milhas da costa americana. Uma tempestade artificial e inesperada que não fora prevista pelo almirante Fitz-Roy se precipitou sobre os navios com violência inaudita; apanhadas nesses turbilhões terríveis, várias embarcações soçobraram sem tempo de recolher suas velas, entre outras, a *Childe-Harold*, de Liverpool, catástrofe lamentável que se tornou objeto das mais vivas recriminações por parte da Inglaterra.

Em suma, se bem que o fato não tenha outras garantias de veracidade além da afirmação de alguns indígenas, meia hora após a partida do projétil, os habitantes de Goreia e de Serra Leoa, afirmaram ter ouvido uma comoção surda,

commotion sourde, dernier déplacement des ondes sonores, qui, après avoir traversé l'Atlantique, venait mourir sur la côte africaine.

Le directeur était à son poste.

Mais il faut revenir à la Floride. Le premier instant du tumulte passé, les blessés, les sourds, enfin la foule entière se réveilla, et des cris frénétiques: "Hurrah pour Ardan! Hurrah pour Barbicane! Hurrah pour Nicholl!" s'élevèrent jusqu'aux cieux. Plusieurs million d'hommes, le nez en l'air, armés de télescopes, de lunettes, de lorgnettes, interrogeaient l'espace, oubliant les contusions et les émotions, pour ne se préoccuper que du projectile. Mais ils le cherchaient en vain. On ne pouvait plus l'apercevoir, et il fallait se résoudre à attendre les télégrammes de Long's Peak. Le directeur de l'Observatoire de Cambridge[96] se trouvait

---

[96] M. Belfast.

último deslocamento das ondas sonoras que, depois de atravessar o Atlântico, vinham morrer nas costas africanas.

O diretor estava em seu posto.

     Porém, devemos voltar à Flórida. Após o primeiro instante, os feridos, os surdos, enfim, a multidão inteira acordou, e gritos frenéticos: "Vivas para Ardan! Vivas para Barbicane! Vivas para Nicholl!" se elevaram até o céu. Vários milhares de homens com o nariz levantado, armados de telescópios, lunetas e binóculos, interrogavam o espaço, esquecendo-se das contusões e das emoções para se preocupar apenas com o projétil. Porém, eles o buscaram em vão. Já não era possível vê-lo e só restava esperar pelos telegramas de Long's Peak. O diretor do Observatório de Cambridge[122] estava firme em seu posto nas Montanhas Rochosas, e

---

[122] Sr. Belfast.

à son poste dans les montagnes Rocheuses, et c'était à lui, astronome habile et persévérant, que les observations avaient été confiées.

Mais un phénomène imprévu, quoique facile à prévoir, et contre lequel on ne pouvait rien, vint bientôt mettre l'impatience publique à une rude épreuve.

Le temps, si beau jusqu'alors, changea subitement; le ciel assombri se couvrit de nuages. Pouvait-il en être autrement, après le terrible déplacement des couches atmosphériques, et cette dispersion de l'énorme quantité de vapeurs qui provenaient de la déflagration de quatre cent mille livres de pyroxyle? Tout l'ordre naturel avait été troublé. Cela ne saurait étonner, puisque, dans les combats sur mer, on a souvent vu l'état atmosphérique brutalement modifié par les décharges de l'artillerie.

Le lendemain, le soleil se leva sur un horizon chargé de nuages épais, lourd et impénétrable rideau jeté entre le ciel et la terre, et qui, malheureusement, s'étendit jusqu'aux régions des montagnes Rocheuses. Ce fut une fatalité. Un concert de réclamations s'éleva de toutes les parties du globe. Mais la nature s'en émut peu, et décidément, puisque les hommes avaient troublé l'atmosphère par leur détonation, ils devaient en subir les conséquences.

Pendant cette première journée, chacun chercha à pénétrer le voile opaque des nuages, mais chacun en fut pour ses peines, et chacun d'ailleurs se trompait en portant ses regards vers le ciel, car, par suite du mouvement diurne du globe, le projectile filait nécessairement alors par la ligne des antipodes.

Quoi qu'il en soit, lorsque la nuit vint envelopper la Terre, nuit impénétrable et profonde, quand la Lune fut remontée sur l'horizon, il fut impossible de l'apercevoir; on eût dit qu'elle se dérobait à dessein aux regards des téméraires qui avaient tiré sur elle. Il n'y eut donc pas d'observation possible, et les dépêches de Long's Peak confirmèrent ce fâcheux contretemps.

Cependant, si l'expérience avait réussi, les voyageurs, partis le 1er décembre à dix heures quarante-six minutes et quarante secondes du soir, devaient arriver le 4 à minuit. Donc, jusqu'à cette époque, et comme après tout il eût été bien difficile d'observer dans ces conditions un corps aussi petit que l'obus, on prit patience sans trop crier.

Le 4 décembre, de huit heures du soir à minuit, il eût été possible de suivre la trace du projectile, qui aurait apparu comme un point noir sur le disque éclatant de la Lune. Mais le temps demeura impitoyablement couvert, ce qui porta au paroxysme l'exaspération publique. On en vint à injurier la Lune qui ne se montrait point. Triste retour des choses d'ici-bas!

J. T. Maston, désespéré, partit pour Long's Peak. Il voulait observer lui-même. Il ne mettait pas en doute que ses amis ne fussent arrivés au terme de leur voyage. On n'avait pas, d'ailleurs, entendu dire que le projectile fût retombé sur un point quelconque des îles et des continents terrestres, et J. T. Maston n'admettait pas un instant une chute possible dans les océans dont le globe est aux trois quarts couvert.

Le 5, même temps. Les grands télescopes du Vieux Monde, ceux d'Herschell, de Rosse, de Foucault, étaient invariablement braqués sur l'astre

cabia a ele, astrônomo hábil e perseverante, fazer as observações que lhe haviam sido confiadas.

Mas um fenômeno imprevisto, apesar de fácil de se antecipar, contra o qual ninguém poderia fazer nada, logo submeteu a impaciência pública a uma rude prova.

O tempo, tão belo até aquele momento, se alterou subitamente. O céu escureceu e se cobriu de nuvens. Poderia ser diferente, depois do terrível deslocamento das camadas atmosféricas e da dispersão de uma enorme quantidade de vapores provenientes da deflagração de 400 mil libras de pirόxilo? Toda ordem natural fora perturbada. Isso não era de se espantar, pois nos combates marítimos era comum o estado atmosférico se alterar brutalmente devido às descargas da artilharia.

No dia seguinte, o sol surgiu em um horizonte carregado de nuvens espessas, pesadas e impenetráveis, como se uma cortina tivesse sido estendida entre o céu e a terra. Infelizmente, ela se estendia até a região das Montanhas Rochosas. Foi uma fatalidade. Um concerto de reclamações se elevou de todas as partes do globo. Mas a natureza pouco se importa, e como os homens haviam perturbado a atmosfera com sua detonação, deviam aguentar as consequências.

Durante esse primeiro dia, todos tentaram penetrar o véu opaco das nuvens, mas seus esforços foram em vão. Além disso, enganavam-se elevando seus olhares para o céu, pois em razão do movimento do globo o projétil necessariamente estaria correndo pela linha dos antípodas.

Seja como for, assim que a noite envolveu a Terra, noite impenetrável e profunda, quando a Lua surgiu no horizonte, foi impossível de vislumbrá-la; dizia-se que ela tinha fugido de propósito dos olhares dos temerários que ousaram atirar contra ela. Não houve, portanto, nenhuma observação possível, e os despachos de Long's-Peak confirmaram esse lamentável contratempo.

No entanto, se a experiência tivesse sido bem sucedida, os viajantes que haviam partido no dia 1° de dezembro às 10h46'40" da tarde, deveriam chegar no dia 4, à meia-noite. Portanto, até essa data, e como nessas condições era muito difícil observar um corpo tão pequeno como o obus, foram obrigados a ter paciência sem reclamar demais.

No dia 4 de dezembro, das oito horas da noite até a meia-noite, teria sido possível seguir o projétil, que apareceria como um ponto negro sobre o disco brilhante da Lua. Mas o tempo permaneceu implacavelmente encoberto, o que levou ao paroxismo a exasperação pública. Passaram a injuriar a Lua, pois não se mostrava. Triste compensação para as coisas deste mundo!

Desesperado, J. T. Maston partiu para Long's Peak. Desejava observar tudo pessoalmente. Não tinha dúvida de que seus amigos tinham levado a termo sua viagem. Além disso, não havia nenhuma notícia de que o projétil tivesse caído em um ponto qualquer das ilhas ou dos continentes terrestres e J. T. Maston não admitia, nem por um instante, a possibilidade de ele ter caído nos oceanos que cobrem três quartos do globo.

No dia 5, o tempo ainda era o mesmo. Os grandes telescópios do Velho Mundo, como os de Herschell, de Rosse, de Foucault, voltavam-se invariavelmente

des nuits, car le temps était précisément magnifique en Europe; mais la faiblesse relative de ces instruments empêchait toute observation utile.

Le 6, même temps. L'impatience rongeait les trois quarts du globe. On en vint à proposer les moyens les plus insensés pour dissiper les nuages accumulés dans l'air.

Le 7, le ciel sembla se modifier un peu. On espéra, mais l'espoir ne fut pas de longue durée, et le soir, les nuages épaissis défendirent la voûte étoilée contre tous les regards.

Alors cela devint grave. En effet, le 11, à neuf heures onze minutes du matin, la Lune devait entrer dans son dernier quartier. Après ce délai, elle irait en déclinant, et, quand même le ciel serait rasséréné, les chances de l'observation seraient singulièrement amoindries; en effet, la Lune ne montrerait plus alors qu'une portion toujours décroissante de son disque et finirait par devenir nouvelle, c'est-à-dire qu'elle se coucherait et se lèverait avec le soleil, dont les rayons la rendraient absolument invisible. Il faudrait donc attendre jusqu'au 3 janvier, à midi quarante-quatre minutes, pour la retrouver pleine et commencer les observations.

Les journaux publiaient ces réflexions avec mille commentaires et ne dissimulaient point au public qu'il devait s'armer d'une patience angélique.

Le 8, rien. Le 9, le soleil reparut un instant comme pour narguer les Américains. Il fut couvert de huées, et, blessé sans doute d'un pareil accueil, il se montra fort avare de ses rayons.

Le 10, pas de changement. J. T. Maston faillit devenir fou, et l'on eut des craintes pour le cerveau de ce digne homme, si bien conservé jusqu'alors sous son crâne de gutta-percha.

Mais le 11, une de ces épouvantables tempêtes des régions intertropicales se déchaîna dans l'atmosphère. De grands vents d'est balayèrent les nuages amoncelés depuis si longtemps, et le soir, le disque à demi rongé de l'astre des nuits passa majestueusement au milieu des limpides constellations du ciel.

para o astro das noites, pois o tempo estava absolutamente magnífico na Europa. Mas a relativa debilidade desses instrumentos impedia qualquer observação útil.

No dia 6, o tempo continuava ruim. A impaciência roía três quartos do globo. Propunham os meios mais insensatos para dissipar as nuvens acumuladas no ar.

No dia 7, o céu pareceu se modificar um pouco. Havia esperança, mas esta não durou muito, e ao anoitecer, as nuvens espessas impediam qualquer inspeção da abóboda estrelada.

Aquilo estava ficando grave. Com efeito, a Lua devia entrar em seu último quarto no dia 11, às nove horas e onze minutos da manhã. Após esse momento, entraria em declínio, e mesmo que o céu se abrisse as oportunidades de observação seriam singularmente mais difíceis. Na verdade, a Lua só mostraria uma pequena porção de seu disco, sempre decrescente, e acabaria por se tornar Lua nova, isto é, ela se poria e se levantaria com o Sol, cujos raios impossibilitariam que fosse vista até o dia 3 de janeiro ao meio-dia e quarenta e quatro minutos, quando voltaria a ser Lua cheia e poderiam se recomeçar as observações.

Os jornais publicavam essas reflexões, acrescidas de mil comentários, e não escondiam do público que ele devia se armar de paciência angélica.

No dia 8, nada. No dia 9, o sol reapareceu um instante, como que para provocar os americanos. Foi coberto de vaias e, sem dúvida, ferido por tal acolhida, mostrou-se avaro de seus raios.

No dia 10, nenhuma mudança. J. T. Maston só faltou enlouquecer e temeram pelo cérebro desse digno homem, tão bem conservado até aquele momento sob seu crânio de guta-percha.

Porém, no dia 11, uma dessas assustadoras tempestades intertropicais se desencadeou na atmosfera. Grandes ventos vindos do leste varreram as nuvens acumuladas há tanto tempo e, à noite, o disco meio corroído do astro das noites passou majestosamente pelo meio das límpidas constelações do céu.

CHAPITRE XXVIII
UN NOUVEL ASTRE

Cette nuit même, la palpitante nouvelle si impatiemment attendue éclata comme un coup de foudre dans les États de l'Union, et, de là, s'élançant à travers l'Océan, elle courut sur tous les fils télégraphiques du globe. Le projectile avait été aperçu, grâce au gigantesque réflecteur de Long's-Peak.

Voici la note rédigée par le directeur de l'Observatoire de Cambridge. Elle renferme la conclusion scientifique de cette grande expérience du Gun-Club.

Longs's Peak, 12 décembre.

À MM. les Membres du bureau de l'Observatoire de Cambridge.

Le projectile lancé par la Columbiad de Stone's Hill a été aperçu par MM. Belfast et J. T. Maston, le 12 décembre, à huit heures quarante-sept minutes du soir, la Lune étant entrée dans son dernier quartier.

Ce projectile n'est point arrivé à son but. Il a passé à côté, mais assez près, cependant, pour être retenu par l'attraction lunaire.

Là, son mouvement rectiligne s'est changé en un mouvement circulaire d'une rapidité vertigineuse, et il a été entraîné suivant une orbite elliptique autour de la Lune, dont il est devenu le véritable satellite.

Les éléments de ce nouvel astre n'ont pas encore pu être déterminés. On ne connaît ni sa vitesse de translation, ni sa vitesse de rotation. La distance qui le sépare de la surface de la Lune peut être évaluée à deux mille huit cent trente-trois milles environ (~4,500 lieues).

Maintenant, deux hypothèses peuvent se produire et amener une modification dans l'état des choses:

Ou l'attraction de la Lune finira par l'emporter, et les voyageurs atteindront le but de leur voyage;

CAPÍTULO XXVIII
UM NOVO ASTRO

Nessa mesma noite, a palpitante notícia tão impacientemente esperada estourou como um relâmpago nos Estados da União e de lá se lançou através do oceano e correu por todos os fios telegráficos do globo. O projétil fora visto graças ao gigantesco refletor de Long's-Peak.

Eis aqui a nota redigida pelo diretor do Observatório de Cambridge. Ela encerra a conclusão científica dessa grande experiência do Clube do Canhão.

Longs's-Peak, 12 de dezembro.

Aos senhores Membros da diretoria do Observatório de Cambridge.

O projétil lançado pela Columbiada de Stone's Hill foi vista pelos senhores Belfast e J. T. Maston no dia 12 de dezembro, às 20h47, com a Lua ingressando em seu último quarto.

Esse projétil não chegou ao seu destino. Porém, passando ao lado da Lua, foi preso pela atração lunar.

Ali, seu movimento retilíneo se transformou em movimento circular de rapidez vertiginosa e ele assumiu uma órbita elíptica em torno da Lua, da qual se tornou um verdadeiro satélite.

Os elementos desse novo astro ainda não puderam ser determinados. Não se conhece sua velocidade de translação, nem de rotação. A distância que o separa da superfície da Lua pode ser avaliada em aproximadamente 2.833 milhas (~4.500 léguas).

No momento, há duas alternativas que podem acontecer para trazer uma modificação no quadro:

Ou a atração da Lua terminará por capturá-lo e os viajantes chegarão ao final da viagem;

Ou, maintenu dans un ordre immuable, le projectile gravitera autour du disque lunaire jusqu'à la fin des siècles.

C'est ce que les observations apprendront un jour, mais jusqu'ici la tentative du Gun-Club n'a eu d'autre résultat que de doter d'un nouvel astre notre système solaire.

J.-M. Belfast. XXXX

Que de questions soulevait ce dénouement inattendu! Quelle situation grosse de mystères l'avenir réservait aux investigations de la science! Grâce au courage et au dévouement de trois hommes, cette entreprise, assez futile en apparence, d'envoyer un boulet à la Lune, venait d'avoir un résultat immense, et dont les conséquences sont incalculables. Les voyageurs, emprisonnés dans un nouveau satellite, s'ils n'avaient pas atteint leur but, faisaient du moins partie du monde lunaire; ils gravitaient autour de l'astre des nuits, et, pour le première fois, l'œil pouvait en pénétrer tous les mystères. Les noms de Nicholl, de Barbicane, de Michel Ardan, devront donc être à jamais célèbres dans les fastes astronomiques, car ces hardis explorateurs, avides d'agrandir le cercle des connaissances humaines, se sont audacieusement lancés à travers l'espace, et ont joué leur vie dans la plus étrange tentative des temps modernes.

Quoi qu'il en soit, la note de Long's Peak une fois connue, il y eut dans l'univers entier un sentiment de surprise et d'effroi. Était-il possible de venir en aide à ces hardis habitants de la Terre? Non, sans doute, car ils s'étaient mis en dehors de l'humanité en franchissant les limites imposées par Dieu aux créatures terrestres. Ils pouvaient se procurer de l'air pendant deux mois. Ils avaient des vivres pour un an. Mais après?... Les cœurs les plus insensibles palpitaient à cette terrible question.

Un seul homme ne voulait pas admettre que la situation fût désespérée. Un seul avait confiance, et c'était leur ami dévoué, audacieux et résolu comme eux, le brave J. T. Maston.

D'ailleurs, il ne les perdait pas des yeux. Son domicile fut désormais le poste de Long's Peak; son horizon, le miroir de l'immense réflecteur. Dès que la lune se levait à l'horizon, il l'encadrait dans le champ du télescope, il ne la perdait pas un instant du regard et la suivait assidûment dans sa marche à travers les espaces stellaires; il observait avec une éternelle patience le passage du projectile sur son disque d'argent, et véritablement le digne homme restait en perpétuelle communication avec ses trois amis, qu'il ne désespérait pas de revoir un jour.

— Nous correspondrons avec eux, disait-il à qui voulait l'entendre, dès que les circonstances le permettront. Nous aurons de leurs nouvelles et ils auront des nôtres! D'ailleurs, je les connais, ce sont des hommes ingénieux. À eux trois ils emportent dans l'espace toutes les ressources de l'art, de la science et de l'industrie. Avec cela on fait ce qu'on veut, et vous verrez qu'ils se tireront d'affaire!

FIN "DE LA TERRE À LA LUNE"

Ou, mantendo-se uma ordem imutável, o projétil gravitará em torno do disco lunar até o final dos séculos.

É isso que as observações nos dirão um dia, mas até aqui a tentativa do Clube do Canhão só teve como resultado dotar nosso sistema solar de um novo astro.

J. M. Belfast. XXXX

Quantas questões foram levantadas por essa notícia inesperada! Que situação repleta de mistérios o futuro reservara para as investigações da ciência! Graças à coragem e à devoção de três homens, a empreitada de aparência fútil de enviar um projétil à Lua acabava de ter um resultado imenso, cujas consequências eram incalculáveis. Aprisionados em um novo satélite, os viajantes não haviam realizado o que haviam proposto, mas ao menos faziam parte do mundo lunar. Gravitavam em torno do astro das noites, e pela primeira vez a vista podia penetrar todos os seus mistérios. Os nomes de Nicholl, de Barbicane e de Michel Ardan seriam celebrados para sempre nos anais astronômicos, pois esses valorosos exploradores, ávidos para engrandecer o círculo do conhecimento humano, audaciosamente haviam se lançado ao espaço e jogado suas vidas na mais estranha tentativa dos tempos modernos.

De qualquer modo, assim que foi conhecida, a nota de Long's-Peak provocou no universo inteiro um sentimento de surpresa e de temor. Seria possível auxiliar esses corajosos habitantes da Terra? Sem dúvida não, pois eles haviam se colocado fora da humanidade ao ultrapassar os limites impostos por Deus às criaturas terrestres. Poderiam obter ar durante dois meses. Tinham víveres por um ano. Mas, e depois?... Os corações mais insensíveis palpitaram diante desse terrível questão.

Um único homem não queria admitir que a situação fosse desesperada. Um único homem tinha confiança. Era o amigo devotado, audacioso e resoluto como os viajantes, o bravo J. T. Maston.

Além disso, ele não os perdia de vista. Seu domicílio se transferira para Long's Peak; seu horizonte era o espelho do imenso refletor. Assim que a Lua surgia no horizonte, ele a enquadrava no campo do telescópio. Não a perdia de vista por um único instante e seguia sua marcha através dos espaços estelares. Observava com eterna paciência a passagem do projétil sobre o disco de prata e, verdadeiramente, o digno homem permanecia em perpétua comunicação com os três amigos que esperava rever um dia.

— Nós nos corresponderemos com eles assim que as circunstâncias permitirem, dizia ele. Teremos notícias deles e eles terão as nossas! Além disso, eu os conheço. São homens engenhosos. Juntos, os três levaram ao espaço todos os recursos da arte, da ciência e da indústria. Com isso farão o que quiserem e vocês verão que eles se safarão das dificuldades!

FIM DE "DA TERRA À LUA"

POSFÁCIO

Os romances de Jules Verne, notadamente em suas primeiras narrativas — *Viagem ao Centro da Terra*, de 1864, *Da Terra à Lua*, de 1865, e *Vinte Mil Léguas Submarinas*, publicado em duas partes em 1869 e 1870 — refletiam sua crença na natureza humana, sua esperança no progresso e seu assombro diante dos grandes horizontes descortinados pela ciência. Verne foi um dos primeiros a defender o uso da ciência como uma ferramenta literária, compartilhando o otimismo pelo progresso tecnológico, marca tão característica do século XIX e das inovações obtidas através das conquistas da Revolução Industrial. Contudo ao longo de sua carreira literária e, principalmente em seus últimos anos de vida, Verne passou a adotar uma posição mais crítica com relação ao uso errôneo da ciência e de seu impacto sobre o meio-ambiente.

Mais do que qualquer outro escritor antes dele, Jules Verne uniu os vários ramos da ciência com componentes da ficção, adicionando recursos de histórias e relatos de viagens, poemas épicos, novelas picarescas, romances e sátiras para criar um novo tipo de arte popular, denominada posteriormente como ficção científica. Seu sucesso literário e comercial acostumaram seus leitores a especular sobre o poder da ciência e das probabilidades tecnológicas como ferramentas para se moldar a sociedade e o futuro.

Entretanto, suas *voyages extraordinaires*, incluindo aquelas mais conhecidas, possuem características de diários de viagem imaginários, cujo apelo inicial aos leitores é o de fornecer acesso às regiões remotas do mundo e permitir que esses mesmos leitores participassem de aventuras que somente poderiam ocorrer lá. Nos primeiros dez anos de sua carreira, as viagens imaginárias de Verne levaram-no às regiões mais inacessíveis do planeta: capitão Hatteras foi ao Polo Norte; os filhos do capitão Grant circum-navegaram o hemisfério sul; capitão Nemo percorreu os mares, descontente pelo uso que as nações colonialistas

faziam da ciência em sua sede de conquista; os protagonistas de *Cinco Semanas em um Balão* e *Meridiana* cruzaram a África desconhecida. Outros personagens comprometeram-se ainda mais em ousadas viagens: Axel e o professor Lidenbrock nunca chegaram ao centro da terra, mas conseguiram penetrar em regiões inexploradas sob a crosta terrestre; Barbicane e seus companheiros não conseguiram pousar na Lua, mas conseguiram viajar em torno dela.

Sua visão das coisas do porvir inspiraram escritores e cientistas, antecipando uma realidade futurista em várias ocasiões. Contudo, ao longo de sua carreira, Verne — apesar de ser considerado um dos fundadores do gênero literário de ficção científica — pouco escreveu sobre o futuro em si. Apenas uma fração de sua obra pode de fato ser descrita como ficção científica, ainda que se encaixe em um padrão único que é sugerido pelo seu uso do termo *voyages extraordinaires*.

O gênero que Verne ajudou a criar e a desenvolver poderia ser mais apropriadamente denominado como "romance de turismo imaginário", uma vez que os elementos de ficção científica em suas obras são utilizados para levar seus personagens a lugares nunca antes visitados por seres humanos, como o Polo Norte, a Lua, o fundo dos mares ou as profundezas da Terra. Em alguns casos, ele elaborou apenas novos modos de viajar — como o veículo espacial de Barbicane ou a máquina voadora de Robur — mas, na maior parte de seus relatos, ele apenas empregava meios convencionais de transporte ou versões ligeiramente modificadas ou mais luxuosas de máquinas já existentes, como balões ou submarinos. Com exceção de dois ensaios muito bem elaborados, de um último conto, escrito por volta de 1900, denominado *L'Eternel Adam*, e de dois romances publicados apenas postumamente — *La Journée d'un Journaliste Américain en 2889*, escrito em 1889 e publicado apenas em 1910; e *Paris au XXe Siècle*, escrito em 1863 e publicado em 1989 — Verne pouco se preocupou em criar uma visão utópica ou distópica da sociedade, ou mesmo um enredo ambientando em épocas futuras; na verdade, muitos dos seus romances lidam com conquistas ainda não realizadas em um mundo real, mas que eram realizações que o próprio Verne acreditava serem perfeitamente possíveis em um contexto do seu tempo.

Verne baseava seus romances na possibilidade ou na probabilidade do aperfeiçoamento da ciência de seu tempo, enfatizando o realismo disso através de uma descrição exata dos meios científicos, situando os seus personagens em um determinado tempo e lugar específicos e confrontando-os com os desafios de vencer os limites impostos pela natureza, através da dramatização das soluções voltadas às jornadas exploratórias. Com exceção do capitão Nemo em *Vinte Mil Léguas Submarinas*, seus personagens são agrupados principalmente em três categorias distintas: o aventureiro, o cientista e o acadêmico, subordinando-os às circunstâncias criadas pela ciência através da ação do Homem e, nesse sentido, os personagens criados por Jules Verne são os melhores exemplos disso ao encarnarem a praticidade, a independência, a tenacidade, a energia e a admiração, fortalecendo-os contra os obstáculos da natureza.

Sua atenção aos detalhes, particularmente aos detalhes da instrumentação científica e quantificação, dá aos seus viajantes um senso vital de propósito. Eles são pesquisadores, a coletar informações com a mesma curiosidade intelectual e dedicação que guiou Verne na coleta de materiais de pesquisa.

Na maioria dos enredos, os heróis dotados de um intelecto científico possuem companheiros de viagens menos capacitados e que geralmente fornecem certo alívio cômico à trama, mas não há nenhuma dúvida sobre onde se encontra o valor real de suas narrativas.

Adotando técnicas literárias similares aos dos escritores realistas franceses da metade do século XIX, Verne incluía dados cuidadosamente preparados sobre astronomia, mecânica, geografia, química e física providenciando assim um "background" plausível aos seus romances. A combinação entre a plausibilidade e a especulação criada por Verne convencia seus leitores de que uma viagem à Lua ou um submarino com os mais "modernos" recursos não eram apenas uma fantasia, mas sim uma possibilidade científica. De modo otimista, sobretudo em seus primeiros romances, Verne estimava os efeitos dos avanços da pesquisa e da ciência sobre a sociedade, mesmo que por diversas vezes incluísse um pouco de sátira e crítica social em seus relatos. No caso específico de *Da Terra à Lua*, o projeto de Barbicane e de Ardan continua firmemente, apesar das dificuldades técnicas iniciais, gerando mudanças positivas nos Estados Unidos. Trabalhando fora das instituições que se dedicavam especificamente à ciência, Barbicane e Ardan resolveram um problema após o outro com relação aos voos espaciais, valendo-se de conhecimentos científicos e tecnológicos e provocando com isso uma evolução cultural e tecnológica significativas. Verne, ao longo da narrativa, apresenta um otimismo fundamental e uma crença no progresso como características intrínsecas dos norte-americanos e que a predisposição dos habitantes daquela nação à liberdade, praticidade, imaginação e determinação faziam dos Estados Unidos um lugar ideal para o progresso da ciência e para a realização daquela empreitada.

Verne era um aventureiro da imaginação, uma vez que pouco viajou para além das fronteiras de França e mais especificamente das cidades onde nasceu e viveu. Seu sucesso, contudo, não pode ser somente atribuído à novidade do gênero literário, mas sim à uma ideologia característica da metade do século XIX e do início do XX: às das viagens fantásticas de exploração. Desde a antiguidade, a literatura tem explorado as viagens, principalmente as viagens fantásticas, como um tema de grande apelo popular. Jules Verne, ao associar essa curiosidade pelo estranho e diferente à inventividade proporcionada pelo avanço da ciência e da tecnologia, conseguiu despertar o interessante do grande público pelo novo. Rapidamente as narrativas elaboradas por ele produziram um imenso número de seguidores, tanto em França quanto no exterior, sendo que sua contínua popularidade pode ser atestada pelo grande número de traduções nas mais variadas línguas e pelas inúmeras adaptações nas mais variadas mídias.

Os romances de Jules Verne, além de demonstrar todo um aparato científico, que por força do progresso tecnológico muitas vezes pode agora parecer datado, valem-se de uma estrutura mitológica: a luta épica contra as forças do mal, as diversas jornadas como um modelo de iniciação e o insondável mistério que envolve o desfecho de seus personagens e aventuras que ainda fascinam os leitores de todas as idades e épocas.